Jenna Theiss

Kaiserjagd

Ein Ischl-Krimi

W0393810

PIPER

Mehr über unsere Autoren und Bücher:
www.piper.de

Wenn Ihnen dieser Krimi gefallen hat, schreiben Sie uns unter Nennung des Titels »Kaiserjagd« an empfehlungen@piper.de, und wir empfehlen Ihnen gerne vergleichbare Bücher.

ISBN 978-3-492-50495-9
© Piper Verlag GmbH, München 2020
Redaktion: Franz Leipold
Satz auf Grundlage eines CSS-Layouts
von digital publishing competence (München)
mit abavo vlow (Buchloe)
Dieses Werk wurde vermittelt durch die Scripta Literaturagentur (München)
Covergestaltung: FAVORITBUERO, München
Covermotiv: Bilder unter Lizenzierung von Shutterstock.com genutzt
Printed in Germany

Personen

Chefinspektor Paul Materna – Leiter des Ermittlungsbereichs *Leib und Leben* beim Landeskriminalamt Oberösterreich/Linz
Josephine »Josi« Konarek – Maternas Freundin; Psychologin/Wissenschaftsjournalistin, lebt in Berlin und Bad Ischl

Maternas Team im LKA Oberösterreich

Kontrollinspektor Cornelius »Conni« Laubenbacher – Maternas engster Mitarbeiter
Kontrollinspektor Christian Obermayer – dienstältester Mitarbeiter von Chefinspektor Materna und sein Stellvertreter
Abteilungsinspektor Mike Geringer – Kriminaltechniker, Chef der Tatortgruppe, Spurensicherung und Erkennungsdienst
Abteilungsinspektorin Martina »Tina« Kubitsch – überwiegend für Recherchen von der Dienststelle aus zuständig
Bezirksinspektor Lukas Markert – Greenhorn des Teams
Oberst Herbert Patzak – Leiter des LKA Oberösterreich

Polizisten auf der Polizeiinspektion Bad Ischl

Gruppeninspektor Hubert »Hubsi« Heininger
Abteilungsinspektor Harald Maurer
Gruppeninspektor Herbert Klanek
Bezirksinspektor Bernd Laimer
Revierinspektor Florian »Flo« Unterberger

Personen rund um das Mordopfer

Wolfgang Jarisch – das Mordopfer; renommierter Theater- und Filmschauspieler, spielte im Film über Erzherzogin Marie Valerie den Kaiser Franz Joseph

Leonie Thoma, geb. Schneider – junge Lebensgefährtin von Jarisch und seine Biografin

Andreas »Andi« Thoma – geschiedener Mann von Leonie Thoma

Gitta Jarisch – geschiedene Frau von Wolfgang Jarisch; ehemalige Primaballerina

Michael Jarisch – Sohn von Wolfgang Jarisch aus der Ehe mit Gitta; Student

Personen aus dem Filmteam

Valentina Greding – Darstellerin der jungen Erzherzogin Marie Valerie; kennt Josi und Materna bereits vom vorigen Jahr

Katharina Greding – Mutter von Valentina; spielt Kaiserin Elisabeth, die »Sissi«

Laura Greding – Katharinas Mutter und Valentinas Großmutter; ehemalige Schauspielerin, lebt für gewöhnlich auf Elba

Rüdiger Baum – Darsteller des Verlobten von Marie Valerie, Franz Salvator von Österreich-Toskana

Sarah Amberg – Darstellerin der Marie Louise von Wallersee

Clarissa Auerbach, »die Gräfin« – Spezialistin für höfische Etikette und Beraterin bei den Dreharbeiten; stammt aus altem Kärntner Adel

Julius Storz – springt als neuer Darsteller des Franz Joseph für den ermordeten Wolfgang Jarisch ein

Felix Reich – Regisseur des Films

Gerhard Braun – Waffenmeister

Personen im weiteren Umfeld des Films

Dr. Rainer Horvath – Katharina Gredings Psychiater

Mona Horvath – Mutter von Rainer Horvath

Tanja Moll – Klatschmagazinjournalistin bei der Boulevardzeitschrift »Weekly«
Bernie Wondraschek – Fotoreporter

Weitere Personen

Isabel Materna – Maternas erwachsene Tochter; Schmuckdesignerin, lebt in Tirol, zurzeit auf Urlaub in Ischl
Kerstin Meinhard – Touristin und Sissi-Fan; findet beim Joggen den toten Franz Joseph-Darsteller
Rosi Heininger – Haushälterin bei Wolfgang Jarisch und Leonie Thoma und Ehefrau des Polizisten Hubert Heininger
Dr. Eugen Ronacher – Rechtsanwalt; überzeugter Monarchist
Dr. Rudolf »Rudi« Lechner – Freund von Materna; Rechtsanwalt
Prof. Dr. Peter Eisler – Primar und Chefchirurg am Salzkammergut Klinikum Bad Ischl

Außerdem

Dr. Karl Wagner – praktischer Arzt
Dr. Fuchs – Notar in Bad Ischl
Ina Stadler – Rezeptionistin im Hotel Goldener Ochs
Oliver Eberhartinger – Angestellter im Hotel Schiff
Prof. Dr. Klaus Konarek – Josis geschiedener Mann; Professor für Neurologie und Psychiatrie in Wien
Juliane Bayer – Maternas geschiedene Frau; Schauspielerin
Mag. Dr. Simon Holzner – Direktor des Gymnasiums Gmunden
Alois Hirnböck – ein Zeuge

Freitag, 24. Mai

6.30 Uhr

Sie spürte, wie sich die Härchen auf ihren nackten Oberarmen aufstellten. Die Musik trieb wohlig-warme Schauer über ihren Rücken und überzog ihre Gliedmaßen mit einer Gänsehaut.

Kerstin Meinhard war bestimmt der einzige Mensch auf der Welt, der die Lieder aus dem Musical *Elisabeth* beim Joggen hörte. Ideal war der Rhythmus der Songs für diesen Zweck nicht, aber das Lauftempo ließ sich durchaus anpassen, wenn man sich etwas Mühe gab. Und Kerstin gab sich Mühe, denn sie wollte diese Musik hören, immer und überall.

Der Maiwind streichelte ihre Haut – und die Klänge ihre Seele. Sie sog die klare Luft des Morgens tief in die Lungen. Nur jetzt, zu dieser Zeit, da der Frühling allmählich in den Sommer überging, verströmte der Wald diesen unverwechselbar würzigen Duft – und das auch nur ganz früh am Tag.

Unglaublich, dachte sie, während sie mit federnden Schritten den Weg entlanglief, unglaublich – ich bin hier. Ich bin wirklich hier, auf den Spuren der Kaiserin! Genau wie der Elisabeth-Waldweg, den sie gestern genommen hatte, stand auch die heutige Jogging-Strecke ganz im Zeichen der Erinnerung an das Kaiserpaar. Der Weg führte von Bad Ischl am Kaiser-Jagdstandbild vorbei nach Lauffen. Bestimmt war einst die echte Sisi hier gelegentlich entlanggeritten. *Sisi* – so musste es nämlich richtig heißen, nicht *Sissi*, wie die meisten Leute sagten. Darauf legte Kerstin als begeisterter Fan der Kaiserin großen Wert.

Die Musik, unzählige Male gehört und doch immer noch von magischer Wirkung, ließ die Läuferin wie auf Wolken schweben. Leise, soweit es die Bewegung erlaubte, summte sie das Lied der jungen Kaiserin Elisabeth mit. *Ich gehör nur mir …* Im letzten Drittel des Liedes schraubte sich die Melodie stetig nach oben. Schließlich war eine derartige Höhe erreicht, dass Kerstin, völlig außer Atem, passen musste.

Lachend blieb sie stehen, um ein paar Dehnübungen zu machen. Sie atmete tief aus, nahm eine weite Schrittstellung ein, beugte das rechte Bein, das vorne stand, so weit es ging, streckte das linke durch und achtete darauf, dass die Ferse fest am Boden blieb, während sie mit dem Rumpf federnde Bewegungen nach vorne vollführte.

Unvermutet kam ihr ein Auto in flottem Tempo entgegen. Erschrocken sprang sie ein Stück zur Seite. Nicht nur, dass die Dreckschleuder die Waldluft verpestete, noch dazu wirbelte sie eine ordentliche Staubwolke hoch. Kerstin warf einen wütenden Blick auf das Fahrzeug und starrte ihm mit gerunzelter Stirn hinterher. Sie schüttelte sich wie ein nasser Hund. Dann lief sie weiter.

Der iPod hatte zu einer neuen Nummer aus *Elisabeth* gewechselt. Ohne stehen zu bleiben, drückte Kerstin zweimal auf *Zurück.* In dem angewählten Stück *Der letzte Tanz* ging es um die erste Begegnung der jungen Sisi mit einem, der ab da ihr ständiger Begleiter sein würde – dem Tod. Der harte Rhythmus der Nummer passte hervorragend zu Kerstins leicht verärgerter Stimmung. Sie holte sich neue Energie aus dem rockigen Beat des Songs. Erstaunlich – sie musste das Lauftempo gar nicht ändern.

Kerstin mochte das Lied, und vor allem mochte sie den Interpreten, einen jungen Ungarn. Wie er mit seiner Stimme die Spannung zwischen Bedrohung und Erotik hielt, war einfach fantastisch. Sie besaß einen DVD-Mitschnitt der Inszenierung, aus der diese Aufnahmen stammten, und hatte ihn schon mehrmals angesehen. Wenn der Tod so aussah wie der Kerl, der ihn spielte, wäre sie genau wie Elisabeth versucht, sich von ihm verführen zu lassen! Sie sah ihn vor sich: blond, gut gebaut, mit blitzenden blauen Augen, die seine Partnerin unter seinen Willen zwingen konnten – und die zugleich eine unendliche Zärtlichkeit verströmten. Sie seufzte genüsslich. Die gute Laune war zurück.

Rechts vor ihr tauchte das *Kaiser-Jagdstandbild* auf. Kerstin verlangsamte das Tempo, ging vom Laufen zum Gehen über und schaute nach oben zu dem in Bronze gegossenen Kaiser Franz Joseph auf seinem Felsen. Bekleidet mit Lederhose, Jägerjoppe und Jägerhut, stand er da, auf einen langen Stab gestützt; sein Blick war auf einen erlegten Hirsch am Fuß des Felsens gerichtet.

Kerstins Blick folgte dem des Kaisers. Vor dem Denkmal lag ein Mann – ein zweiter Franz Joseph! Ruckartig blieb sie stehen. Sie schlug die Hand vor den Mund. Der Mann trug zwar keine Jägerkleidung, sondern einen schwarzen Trainingsanzug, aber der Haarkranz um die Halbglatze war weiß, genau wie der des Kaisers auf so vielen Bildern. Sein Gesicht zierte der unverwechselbare Franz-Joseph-Backenbart.

Kerstin näherte sich vorsichtig. Die wilden Schläge ihres Herzens konnte sie bis in den Hals spüren. Das Kaiser-Ebenbild lag auf der rechten Körperseite. Die Augen waren weit geöffnet. Sie starrten ins Leere. Der Mann war tot.

Wie ohne ihr Zutun kam ein Schrei aus ihrer Kehle. Dann rannte sie los, den Weg zurück Richtung Ischl. »Der letzte Tanz …«, sang der Tod in ihr Ohr, »… gehört allein nur mir.«

7.45 Uhr

Chefinspektor Paul Materna rekelte sich auf dem Beifahrersitz des Dienstwagens und gähnte kräftig.

»Na, nicht ausgeschlafen, Chef?«, fragte Conni und zog einen Mundwinkel nach oben.

»Geht so. Sehr lange hätte ich ja eh nicht mehr schlafen können. Hab halt keine Zeit für einen Kaffee gehabt.« Schmunzelnd musterte Materna seinen bewährten Mitarbeiter. Wie meistens standen Connis Haare wirr vom Kopf ab. »Bei dir merkt man's natürlich nicht, wenn du so plötzlich aus dem Schlaf gerissen wirst. Schaust ja immer aus, als wärst du grade aus dem Bett gefallen.«

»Pfff...«, schnaufte Conny und trat das Gaspedal weiter durch, obwohl der Tacho bereits auf 125 zeigte und auf der Salzkammergut-Bundesstraße nur 100 km/h erlaubt waren.

»Und wenn du mich schon als Chef titulieren musst – als dein Chef sag ich dir, dass du nicht so rasen sollst.«

»Wenn wir doch aber zum Tatort müssen ...«

»Die Ischler Kollegen sind doch längst da. Glaubst vielleicht, die Leich' rennt uns davon, wenn wir ein paar Minuten später kommen?«

Conni grinste und drosselte das Tempo, wenn auch halbherzig. »Das wär wenigstens einmal was Neues.«

Materna gähnte noch einmal. »Weiß man eigentlich schon was Näheres über den Toten ...« Er brach ab, als sich im selben Moment sein Handy bemerkbar machte. Am Klingelton erkannte er, dass der Anruf von seiner Tochter kam. Er vergewisserte sich, dass sein Telefon nicht mit der Freisprechanlage des Dienstwagens synchronisiert war. »Isabel«, flüsterte er Conni zu, während er auf die Anrufannahme tippte und das Handy ans Ohr hielt.

»Hallo, Papa!«

Materna lächelte, als er ihre Stimme hörte. »Isi! Ich muss ...«

»Ja, weiß schon, musst gleich ins Büro. Ich wollte dich nur fragen, ob ich übers Wochenende zu dir kommen kann.«

Ein kleiner Schreck fuhr ihm durch die Glieder. Ein spontaner Besuch seiner Tochter bedeutete selten etwas Gutes. »Ist etwas passiert? Bist du krank?«

»Nein, ich bin gesund. Naja – ein Problem hab ich schon. Und ich wollte halt mit dir reden.«

»Was Schlimmes?«

»Ein Problem halt. Bist du am Abend zu Hause?«

Lieber Himmel – würde er am Abend zu Hause in Linz sein können? Bisher hatte er keine Ahnung, was mit diesem neuen Fall in Ischl auf ihn zukommen mochte. »Ja«, sagte er entschlossen. »Ich denke, so um sieben kann ich daheim sein. Hast ja einen Schlüssel, falls du früher da bist als ich. Ich bin grad unterwegs nach Ischl. Wir haben da einen Toten ...«

»Verstehe«, sagte Isabel. »Soll ich ...«

»Nein, mein Schatz. Du sollst nicht in Tirol bleiben. Setz dich in den Zug oder ins Auto, wie du magst. Ich bin um sieben herum daheim. Spätestens um acht. Versprochen.«

»Danke, Papa.«

»Bis heute Abend also. Gute Fahrt, Isi«, beendete er das Gespräch, steckte das Telefon ein und seufzte.

»Ist was passiert?« Connis Stimme klang besorgt.

Materna lächelte. Kontrollinspektor Cornelius Laubenbacher war nicht nur sein engster Mitarbeiter. Er war mittlerweile auch ein echter Freund. Conni wusste um das innige Verhältnis zwischen ihm und seiner erwachsenen Tochter. »Ich hoffe nicht. Die Isi kommt übers Wochenende nach Linz. Sie möchte über irgendwas mit mir reden.« Er machte eine kleine Pause und schaute durch das Fenster auf die vorbeiflitzende Landschaft. Natürlich waren sie schon wieder viel zu schnell, aber das war im Augenblick sein kleinstes Problem. »Vielleicht ist der Fall ja einigermaßen klar, und du könntest eventuell am Wochenende allein ... oder mit der

Tina … oder mit dem Christian …« Er brach ab, als er Connis zweifelnden Blick bemerkte, auch wenn er ihn nur von der Seite sehen konnte. »Ich möchte auf jeden Fall am Abend heim nach Linz fahren«, ergänzte er. »Wenn dann noch was zu tun ist …«

»… übernehm ich das, klar. In Ischl magst nicht bleiben und der Isabel sagen, dass sie hierherkommen soll?«

»Nein. Die Josi ist noch in Berlin.«

»Ist schon blöd, dass die dauernd zwischen Berlin und Bad Ischl hin- und herpendelt, oder? Also, wenn das meine Freundin wär …«

»Ist sie aber nicht«, entgegnete Materna scharf, doch gleich darauf schlug er wieder einen freundlicheren Ton an. »Das ist schon in Ordnung. Nach Linz würde sie eh nicht ziehen, wo sie doch so ein hübsches Häuserl in Ischl hat. Aber so ganz aussöhnen mit Ischl, dass sie ständig hierbleiben tät', kann sich die Josi halt nicht. Dazu ist zu viel passiert.«

Conni nickte. »Ich weiß. Ach so, ja, zu deiner Frage vorhin: Die Ischler Kollegen haben von der Inspektion aus beim Bereitschaftsdienst angerufen, nachdem eine Touristin den Leichenfund gemeldet hat. Da waren sie aber noch nicht am Tatort, also haben die auch nicht viel gewusst. Nur, was die Frau gesagt hat.«

»Aha. Und was hat sie gesagt?«

»Sie hat gesagt, der Kaiser Franz Joseph liegt tot vor dem Kaiser-Jagdstandbild.«

8.10 Uhr

Leonies erster Blick fiel auf den Wecker. Schon acht Uhr durch! Sie fuhr im Bett hoch. Verflixt – verschlafen! Warum hatte das vermaledeite Ding nicht geläutet? Hatte sie im Halbschlaf den Aus-Knopf gedrückt oder war die Batterie zu schwach? Egal. Sie musste Wolfgang wenigstens noch kurz sehen!

Rasch sprang sie aus dem Bett und lief auf nackten Füßen ins Bad. »Es gibt etwas, was ich mit dir besprechen muss«, hatte er am Abend gesagt. »Morgen, ja? Aber jetzt muss ich noch Text lernen und dann will ich ins Bett.« Gegen halb acht hatte er vom Nordic Walking zurück sein wollen. Drehbeginn war für ihn heute erst um neun. Sie hätten also noch Zeit gehabt, gemeinsam zu frühstücken und miteinander zu reden, bevor der Fahrer ihn um halb neun abholen würde. Die Chance war nun vertan. Leonie seufzte.

Nach einer schnellen Morgentoilette schlüpfte sie in Jeans und T-Shirt. Das lange dunkelblonde Haar fasste sie mit einem Gummiband zusammen. Dann lief sie die Stiege hinunter ins Erdgeschoss.

Bestimmt saß er inzwischen an dem ausladenden Esstisch beim Kaffee. Er frühstückte meistens dort – fast immer allein, da er für gewöhnlich sehr früh in der Maske sein musste und sie nicht wecken wollte. Manchmal war es ihr fast peinlich, dass sie mit ihren 34 Jahren morgens nicht aus dem Bett kam, wo doch er, der mehr als drei Jahrzehnte Ältere, fast täglich schon vor Drehbeginn Sport trieb. Wolfgang war fit, weil er in seinem Beruf fit sein musste. Als sie ihm einmal gestanden hatte, sie habe angesichts seiner sportlichen Aktivitäten in aller Frühe – und ihrer eigenen Morgenmuffeligkeit – ein schlechtes Gewissen, hatte er nur gelacht. »Du arbeitest schließlich oft bis tief in die Nacht hinein«, hatte er gesagt. »Das ist schon in Ordnung.«

Es wunderte sie ein bisschen, dass sie ihn nicht im Esszimmer vorfand. Aber vielleicht hatte es ihn ja bei dem schönen Wetter nach draußen gezogen, auf seine Lieblingsveranda? Er liebte jeden Winkel seines Traumschlosses, konnte gar nicht aufhören, das immer wieder zu betonen, seit es ihm gelungen war, dieses geschichtsträchtige, ganz und gar aus Holz gebaute Haus zu erwerben. Auch die Innenräume waren fast durchwegs mit Holz gestaltet, die Vertäfelungen, Böden, Treppen, die Möbel. Alles war im Stil des Fin de Siècle gehalten. Es war Wolfgang wichtig, alles so zu erhalten, wie es war.

»Wolfgang?«, rief sie. Keine Antwort. Die Veranda mit ihrem kunstvoll geschnitzten Geländer war ebenso menschenleer wie das Esszimmer.

Leonie schaute in die Bibliothek, ins Herrenzimmer, in den Salon; zuletzt lief sie in den Garten. Keine Spur von Wolfgang. Ein unangenehmer Druck legte sich auf ihre Brust. Er hatte gestern Abend etwas verstört gewirkt. War etwas mit ihm nicht in Ordnung? Worüber hatte er mit ihr heute früh sprechen wollen?

Mit ihren langen Beinen immer zwei Stufen auf einmal nehmend, rannte sie die elegante Holztreppe wieder nach oben.

»Wolfgang?« Sie öffnete jede Tür zu jedem einzelnen Raum, sogar die zu ihrem eigenen Arbeitszimmer. Nichts.

Also zurück nach unten, in die Küche. Dort würde sie feststellen können, ob er gefrühstückt oder sich wenigstens einen Kaffee gemacht hatte. Ihr Puls raste.

Die Küche wirkte unberührt. Die Kaffeemaschine war kalt. Nirgendwo stand benutztes Geschirr herum, auch der Geschirrspüler war leer. Leonies Hände zitterten, als sie die Klappe der Maschine schloss.

Wahrscheinlich war Wolfgang angerufen worden, dass er doch früher am Drehort sein sollte, versuchte sie sich selbst zu beruhigen. Wahrscheinlich hatte der Fahrer der Produktionsfirma ihn so früh abgeholt, dass keine Zeit für einen Kaffee geblieben war. Beim Drehen eines Films wurde doch ständig umdisponiert. Sie kannte das. Aber dass er ihr nicht wenigstens eine Nachricht hinterlassen hatte, war eigenartig. Während der Dreharbeiten konnte sie ihn nicht anrufen und …

Es läutete.

Leonie ging zur Haustür und öffnete sie.

Draußen stand der Fahrer der Filmgesellschaft.

»Guten Morgen, Frau Thoma«, sagte er. »Ich möchte den Herrn Jarisch abholen.«

8.40 Uhr

»Servus, Kaiser!«, stöhnte Materna beim Anblick des Kaiser-Jagdstandbilds mit dem doppelten Franz Joseph. In seiner Funktion als Leiter der Abteilung *Leib und Leben* des Landeskriminalamts Oberösterreich hatte er schon viele Tote gesehen, Opfer von Mord und Totschlag in den unterschiedlichsten Umgebungen und Zuständen. Aber der Anblick dieses Kaisers zu Füßen des Kaisers wirkte so skurril, dass er sogar den routinierten Chefinspektor aus der Fassung brachte.

»Servus, Kaiser – das kannst laut sagen.« Conni fuhr sich mit einer Hand durch die Strubbelhaare.

Gruppeninspektor Herbert Klanek von der Ischler Polizei hatte sich zu den beiden Kriminalbeamten gesellt. Er machte eine Kopfbewegung in Richtung des Toten. »Ihr habt ihn ja wahrscheinlich schon erkannt, oder?«

»Auf den zweiten Blick, ja«, bestätigte Materna. »Der Franz-Joseph-Bart und die Halbglatze haben mich zuerst irritiert. Das ist doch der berühmte Wolfgang Jarisch, oder?«

»Ich kenn den auch«, sagte Conni schnell. »Nicht, dass du wieder *Kulturbremse* zu mir sagst, Paul. Ich hab ihn schon im Kino gesehen, und in einer Fernsehserie spielt er auch mit.«

»Ja, vor allem ist er ... war er auf allen großen Bühnen der ganzen Welt zu Hause. Na Mahlzeit – wieder einmal ein prominentes Opfer, ein sehr prominentes sogar.« Materna seufzte. Er wusste nur zu gut, was das bei Oberst Patzak auslösen würde. Der Leiter des Landeskriminalamtes geriet jedes Mal in höchste Aufregung, wenn es um eine bekannte Persönlichkeit ging. Verständlich war es ja. Die Presse bedrängte die Polizei in solchen Fällen auf oft schon unerträgliche Weise. Auch das enorme Interesse der Öffentlichkeit übte einen gewaltigen Druck auf die ermittelnden Beamten und den LKA-Chef aus.

Beim Anblick des toten Schauspielers war Materna sofort klar geworden, dass er die Idee, den Fall übers Wochenende seinen Mitarbeitern anzuvertrauen, abhaken konnte. Dabei wäre es ihm so wichtig gewesen, Zeit für seine Tochter zu haben. Verdammt!

»Drehen s' in Ischl wieder einmal einen Sissi-Film?«, erkundigte sich Conni.

Klanek schüttelte leicht den Kopf. »Nicht ganz. Diesmal geht es um Marie Valerie, die Lieblingstochter von der Kaiserin. Aber die Sissi spielt auch mit.«

»Aha.« Materna nickte. »Und – wissen wir schon was?«

»Der Doktor hat schon draufg'schaut. Da kommt er grad.«

Mit schwungvollen Schritten bewegte sich der grauhaarige Arzt auf die drei Männer zu.

»Guten Morgen, Dr. Wagner.« Materna kannte den freundlichen alten Herrn von früheren Fällen in Bad Ischl.

»Grüß Sie Gott, Herr Materna! Herr Laubenbacher! Wieder kein schöner Anlass, aus dem wir uns treffen.«

»Stimmt.« Maternas Blick glitt über den Toten. »Können Sie schon was sagen?«

»Auf den Mann ist zweimal geschossen worden. Einmal haben wir einen Durchschuss von hinten im unteren Lungenbereich, da ist das Projektil vorn wieder ausgetreten. Der zweite Schuss hat ihn direkt ins Herz getroffen. Er ist noch nicht lange tot, zwei, drei Stunden vielleicht.«

Materna und Conni traten näher.

»Genauer untersucht hab ich ihn übrigens noch nicht«, erklärte Dr. Wagner. »Ich weiß ja, dass Sie und der Herr ...

der Herr von der Spurensicherung immer froh sind, wenn die Leiche nicht zu viel bewegt worden ist, bevor er sie angeschaut und fotografiert hat.«

»Danke, Herr Doktor. Der Herr Geringer, unser Chefkriminaltechniker, wird das zu schätzen wissen«, bestätige Materna.

»Ach so – der kleine Zweig, der neben dem Toten liegt, ist bei der oberflächlichen Untersuchung heruntergefallen.«

»Er ist auf dem Toten gelegen?«

»Ja – ungefähr so.« Dr. Wagner hob den kleinen Tannenzweig auf und legte ihn auf die Schulter des getöteten Schauspielers.

»Sag einmal, Conni, weißt du, was es bedeutet, wenn man einen Zweig auf einen Toten legt?«, wandte sich Materna an seinen Kollegen.

Conni schüttelte stumm den Kopf.

In diesem Moment näherte sich Klanek. »Und du Herbert, weißt du vielleicht, was für eine Bedeutung es hat, wenn ein Zweig auf einem Toten liegt?«, fragte Materna auch ihn.

»Ich weiß nur, dass Jäger dem erlegten Wild einen Zweig auf das linke Schulterblatt legen, wenn sie sich aus irgendeinem Grund entfernen müssen. Sie nennen das Inbesitznahmebruch.«

»Na servus«, brummte Materna. »Da hat anscheinend jemand richtig Jagd auf den Jarisch gemacht.«

»Eine Kaiserjagd ...«, sinnierte Conni. »Schau, Paul, der Mike und seine Leute sind da.« Er deutete mit einer Kopfbewegung auf den Weg, wo gerade ein Bus hielt.

Florian Unterberger, der jüngste der Ischler Polizisten, hielt das Absperrband hoch, mit dem er und die anderen Kollegen von der örtlichen Polizei den Fundort der Leiche abgegrenzt hatten. Vier Männer und zwei Frauen in weißen Ganzkörper-Anzügen schlüpften mit ihren Köfferchen und Geräten einer nach dem anderen unter der Absperrung hindurch. Sie machten sich sofort an die Arbeit.

Mike Geringer, Leiter der Tatortgruppe und ebenfalls ganz in Weiß, betrat den Tatort als Letzter. Er begrüßte den Arzt und die Kollegen. »Ihr wart's aber schnell«, stellte er mit Blick auf Materna und Conni fest.

Materna zuckte mit den Schultern. »Kein Wunder, beim Conni seiner Fahrweise!«

Mike grinste. »Also, ich muss dann ...« sagte er. Er wandte sich dem Toten zu, fotografierte ihn von allen Seiten und fasste in die Taschen seines Trainingsanzugs.

»Ausweis? Telefon? Schlüssel?«, fragte Materna.

Mike schüttelte den Kopf. »Nichts. Nur ein Taschentuch.«

»Also, i weiß ganz genau ...«, ertönte eine wohlbekannte Stimme hinter ihnen.

Der Chefinspektor drehte sich um. Der Heininger Hubsi schaute ihn an und nickte wissend mit dem Kopf.

»Servus, Heininger«, begrüßte Materna das Original der Ischler Polizeiinspektion. Wie er an den Distinktionen seiner Uniform erkennen konnte, war der ewige Revierinspektor inzwischen zum Gruppeninspektor befördert worden. »Was weißt denn ganz genau? – Du, wart einmal ...«

Heininger stand so, dass der Weg nach Ischl in seinem Rücken lag. Materna reckte den Hals ein wenig und schaute an dem Ischler Polizisten vorbei.

Beim Anblick der beiden Personen, die sich dort gerade näherten, musste der Chefinspektor einerseits mit dem Lachen, andererseits aber auch mit aufsteigendem Ärger kämpfen. Die Frau, eine blondierte Endvierzigerin in einem weinroten Kostüm, stakste auf enorm hohen Stöckelschuhen, ebenfalls in Weinrot, die Waldstraße entlang und fuchtelte mit beiden Armen in der Luft herum. Der Mann hatte eine Nikon mit aufgesetztem Blitzgerät umgehängt; er umklammerte seine Kamera, als hätte er Angst, jemand könnte sie ihm jeden Moment entreißen.

Materna kannte die beiden. Es waren die Klatschreporterin Tanja Moll und der Fotograf Bernie Wondraschek vom

Boulevardmagazin *Weekly*. Die hatten ihm gerade noch gefehlt.

Energisch stellte sich Florian den Journalisten in den Weg, als diese sich anschickten, unter dem Absperrband hindurchzuschlüpfen.

Da war Materna auch schon bei ihnen.

Blitzartig fasste Tanja Moll in ihre Schultertasche.

Materna war sofort klar, was sie da tat. Er hatte bereits das kleine Ansteckmikrofon an ihrem Revers bemerkt. In der Tasche befand sich offensichtlich ein Aufnahmegerät, das sie soeben eingeschaltet hatte.

»Herr Chefinspektor – guten Morgen!«, redete sie gleich drauflos. »Es ist doch richtig, dass Wolfgang Jarisch tot ist? War es Mord? Was können Sie uns dazu sagen?«

Müßig zu fragen, woher die beiden das nun wieder hatten. Auch wenn sie wahrscheinlich wegen des Films in Ischl waren, hatten sie garantiert den Polizeifunk abgehört.

»Ich kann und werde Ihnen gar nichts sagen«, antwortete Materna beherrscht.

»Aber die Öffentlichkeit hat ein Recht auf Information!« Tanja Molls Stimme hatte sich um ein paar Nuancen hochgeschraubt, ihre Augen blitzten kampfeslustig.

Wondraschek zückte die Kamera.

»Die Öffentlichkeit hat vor allem ein Recht darauf, dass die Polizei ihre Arbeit erledigt. Und die lassen Sie uns jetzt bitte machen.« Mit einem schnellen Blick vergewisserte sich Materna, dass die Journalisten von hier aus den Toten nicht sehen konnten. »Fotografiert wird auch nicht«, sagte er trotzdem zu Wondraschek. »Und jetzt gehen Sie bitte.«

»Aber ...«

»Auskünfte erteilt zu gegebener Zeit unsere Pressestelle.« Materna bedachte die beiden mit einem scharfen Blick.

Das wirkte. Sie verzogen sich.

Der Chefinspektor sah ihnen kurz nach. Er wollte einigermaßen sicher sein, dass sie sich auch wirklich entfernten.

Dann ging er zurück zu Dr. Wagner, der soeben seine Untersuchung an dem Toten beendete.

»Getötet hat ihn der Schuss ins Herz. Der Tod dürfte, wie gesagt, vor zwei bis drei Stunden eingetreten sein.« Der Arzt packte Fieberthermometer, Augentropfen, Taschenlampe und ein paar weitere Utensilien in seine Tasche. »Genaueres werden Ihnen die Gerichtsmediziner sagen.«

»Danke, Herr Doktor.« Materna nickte dem Arzt zu. »Und – wie schaut's aus?«, wandte er sich an den Kriminaltechniker.

»Sicher ist, dass der Mann auf dem Weg erschossen worden ist. Die Blutspuren wirst ja auch schon gesehen haben, Paul.«

Materna nickte.

»Er dürfte zuerst angeschossen und ein Stück weiter vorne tödlich getroffen worden sein«, fuhr Mike fort. »Wir haben ein Haar gefunden, das vom Täter stammen könnte, und weiteres Material, das uns Fremd-DNA liefern könnte. Ansonsten sieht es schlecht aus mit Spuren, weil es sehr trocken ist; außerdem müssen hier in letzter Zeit ziemlich viele Leute herumgetrampelt sein.«

»Genau.« Heininger hatte die Bemerkung aufgeschnappt. »Erst gestern war eine Reisegruppe im Rahmen der *Sissi-Tours* an allen Orten unterwegs, die irgendwas mit dem Kaiserpaar zu tun haben.«

Mike seufzte. »Genauso schaut's aus. Dort hinten ist eine passende Stelle, an der sich der Schütze versteckt haben könnte.« Er deutete auf dichtes Buschwerk im Abstand von etwa drei Metern zum Denkmal. »Es gibt Fußabdrücke, wenn auch sehr undeutliche. Aber etliche Zweige wurden geknickt. Patronenhülsen haben wir nicht gefunden, die hat der Täter wahrscheinlich mitgenommen. Auch das Projektil, das aus dem Körper ausgetreten sein muss, ist entfernt worden. Die Schüsse sind auf jeden Fall aus einer Langwaffe abgegeben worden, vermutlich aus einem Jagdgewehr.«

»Der Täter hat das Opfer also erschossen und es dann zum Jagdstandbild gezerrt«, stellte Materna fest.

Mike deutete auf den Boden. »Hier sind die Schleifspuren recht deutlich. Schaut so aus, als hätte er dafür eine Plastikplane verwendet. Und dort, hinter dem Denkmal, war ein Paar Nordic-Walking-Stöcke versteckt. Vermutlich ist …«

»Wolfgang!« Ein gellender Schrei unterbrach Mikes Ausführungen.

Die Köpfe der drei Männer fuhren herum. Von der Lauffener Seite her war eine noch junge Frau mit langem Pferdeschwanz in das abgesperrte Gebiet eingedrungen. Klanek versuchte gerade, sie davon abzuhalten, auf den Toten loszustürzen. Wie ein gefangenes Tier kämpfte sie gegen den Griff des Polizisten.

Mit ein paar schnellen Schritten näherte sich Materna den beiden. Er packte die Tobende an den Oberarmen und hielt sie fest. Mit einer Kopfbewegung bedeutete er Klanek, dass er loslassen konnte.

Die Frau strampelte und trat nach ihm.

Materna hielt sie weiter fest, sagte nichts, tat nichts. Er wartete. Allmählich wurden die Abwehrbewegungen weniger. Sie versiegten. Das Wüten ging in ein trockenes, tränenloses Schluchzen über. Er lockerte seinen Griff, nahm sie in die Arme und strich ihr sacht über den Rücken.

Irgendwann ließ das krampfartige Schluchzen ein wenig nach.

»Ich bin Chefinspektor Paul Materna. Und wer sind Sie?«, fragte er, ohne die Frau loszulassen. Er strich ihr ununterbrochen weiter über den Rücken.

Sie starrte ihn aus großen Augen an. Auf einmal krümmte sich ihr Körper zusammen. Sie zitterte.

Wie Josi, dachte Materna. Josi reagierte auf Aufregung auch immer mit einer Art Schüttelfrost. »Ganz ruhig. Sagen Sie mir, wer Sie sind und wo Sie wohnen?«

Keine Antwort. Starren. Heftiges Zittern.

»I weiß des.« Der Heininger war herangekommen. »Des is die Frau Thoma, die ... die Grafologin vom Jarisch. Sie wohnt in der *Villa Blumenthal.*«

Materna schaute irritiert von Heininger zu der Frau, die er immer noch sanft festhielt. »Sie wohnen wirklich in der *Villa Blumenthal*?« Josi hatte ihm von dem ungewöhnlichen Haus mitten im Wald erzählt. Er kannte Fotos, hatte es schon immer einmal besichtigen wollen. Dass dort wirklich jemand wohnen könnte, war ihm bisher gar nicht in den Sinn gekommen.

Ein fast unmerkliches Nicken von Leonie Thoma schien ihm die Aussage zu bestätigen.

»Und Sie sind Grafologin?«

Kopfschütteln.

»Die halt die Lebensgeschichte vom Herrn Jarisch aufschreibt. Für ein Buch«, erklärte der Heininger.

»Ach so – Biografin.«

Keine Reaktion.

Dr. Wagner war herangekommen. »Herr Materna, ich glaube, wir sollten die junge Dame heimbringen und medizinisch versorgen. Sie steht unter Schock. Also, wenn Sie mich hier nicht mehr brauchen ...«

»Natürlich. Sollen wir Sie fahren?«

Dr. Wagner schüttelte den Kopf. »Danke, das ist nicht notwendig.«

»Aber vielleicht ist es gut, wenn ein Beamter Sie begleitet?«

Der Arzt nickte. »Ja, das wäre hilfreich. Ich hol schnell meinen Wagen. Sie müssten mich bitte nur durchlassen. Er steht auf der anderen Seite.«

»Natürlich.« Materna gab die Anweisung, die Absperrung vorübergehend zu öffnen. Ein paar Minuten später hielt ein Mercedes direkt neben ihm, und der Arzt stieg aus.

Materna deutete mit einer Kopfbewegung auf Florian Unterberger, der neben ihm stand. »Wenn's also recht ist, Herr Doktor, fährt der Kollege mit. Das ist der Herr Unterberger.«

Dr. Wagner nickte lächelnd. »Den Florian kenn ich, seit er ein kleiner Bub war. Servus, Flo.«

»Grüß Gott, Herr Doktor.«

Gemeinsam halfen sie der immer noch wortlos vor sich hin starrenden Frau auf den Rücksitz des Autos. Florian setzte sich neben sie.

»Auf Wiedersehen, Herr Materna. Ich ruf Sie an«, versprach Dr. Wagner.

Materna nickte und winkte dem Wagen des Arztes kurz nach.

»Paul?«, sagte Conni plötzlich neben ihm.

»Ja?«

»Du solltest das nicht tun, ich mein, das mit der Umarmung ... weißt schon.«

Materna nickte. »Ja, ich weiß. Aber so hat sie sich doch wenigstens ein bisserl beruhigt, nicht?«

Conni seufzte.

9.10 Uhr

»Mist!« Tanja Moll stand in Strümpfen vor dem Verlags-BMW und hielt ihre Pumps hoch. Der linke Absatz war abgebrochen.

Bernie Wondraschek zuckte die Schultern. »Geh, jammer ned rum – das hat sich jetzt doch wirklich gelohnt. Außerdem hättest doch im Auto auf mich warten können, wie ich es dir gesagt habe. Dass wir keine Auskunft kriegen, erst recht kein Interview, war doch eh klar. Oder meinst, die Kieberei wird auf einmal auskunftsfreudig, nur weil wir von der anderen Seite kommen? Dein Outfit ist halt wirklich nicht sonderlich geeignet für den Wald.«

»Kann ich doch nicht wissen, dass wir im Wald landen, wenn wir Schauspieler interviewen wollen!«, fauchte Tanja Moll. Sie öffnete die Tür des Autos auf der Beifahrerseite, stieg ein und betrachtete mit zusammengezogenen Brauen den Schuh und den abgebrochenen Absatz. »600 Euro im Eimer!«

Bernie legte seine Kamera auf den Rücksitz und stieg ebenfalls ein. »Jedenfalls haben wir eine Superstory. Dafür kann man schon mal einen abgebrochenen Absatz in Kauf nehmen, oder?« Er startete den Wagen und stieg aufs Gas.

»Schon klar. Sind ja nicht deine Schuhe.« Tanja blies heftig Luft durch die Nase aus. Im Grunde hatte Bernie recht. Der Ärger wegen des kaputten Schuhs stand wirklich in keinem Verhältnis zu der Geschichte, die sie jetzt im Sack hatten. Trotzdem – sie waren der Wahnsinn gewesen, die Schuhe!

»Wir haben ein Riesenglück gehabt, dass wir die Streifenwagen gesehen haben und dass sich die Deppen von der Polizei dann über Funk gleich so deutlich über die G'schicht' ausgelassen haben«, setzte der Fotoreporter fort. »Die Story ist der Hammer! Und die Bilder sind super.«

Tanja drehte sich um und angelte die Nikon zu sich heran.

»Pass auf!«, zischte er.

Sie wusste, dass er es nicht leiden konnte, wenn jemand anderes sein Schmuckstück anfasste. »Ich tu ihr schon nix«, sagte sie und begann, auf dem Display die Bilder durchzuklicken. Die Fotos waren wirklich klasse. »Super!«

»Des kannst laut sagen«, bestätigte Bernie. »Schließlich sind wir keine Tageszeitung, und dass wir die ersten am Tatort waren, nutzt uns ned viel. Spätestens heut Mittag haben eh alle die Infos. Aber die Fotos vom Herrn Chefinspektor in inniger Umarmung mit einer jungen Frau, die ganz aus dem Häusl ist vor lauter Trauer um den ermordeten Superstar – die haben nur wir.« Ein breites Grinsen überzog sein Gesicht. »Wetten, dass die hübsche Lady was mit dem Jarisch gehabt hat? Echt der Wahnsinn!«

10.00 Uhr

Als Materna und Conni auf der Ischler Polizeiinspektion in Roith eintrafen, hatte Abteilungsinspektor Harald Maurer bereits mit der Frau gesprochen, die den Leichenfund gemeldet hatte. Kerstin Meinhard war noch da. Sie war nach dem schockierenden Erlebnis sehr verstört gewesen und hatte das Angebot der Polizisten, mit einem Kriseninterventionsteam zu reden, angenommen. Materna sprach kurz mit ihr. Da sie immer noch verwirrt wirkte und im Moment offensichtlich nichts weiter zur Lösung des Falles beitragen konnte, entließ er sie. Sie würde ohnehin noch zwei Wochen in Ischl bleiben.

Jetzt stand erst einmal die Befragung der Filmleute an. Diese hatten die Außenaufnahmen im Kaiserpark abgebrochen. Sie erwarteten die Polizisten im Hotel Royal.

Auf der Fahrt zum Hotel rief Dr. Wagner an. »Herr Materna, ich hab der Frau Thoma ein Beruhigungsmittel gegeben. Ihr junger Kollege, der Florian, hat sich bereit erklärt, bei ihr zu bleiben, bis die Haushälterin da ist. Er hat sie verständigt. Sie kommt gleich.«

»Vielen Dank, Herr Doktor. Sehr gut, dass es jemand gibt, der sich um die Frau Thoma kümmern kann. Meinen Sie, ich kann heute noch mit ihr reden?«

»Am Nachmittag, würd ich meinen. Sie schläft jetzt.«

»Geh wui!«, ließ sich Conni vernehmen, als sie ein paar Minuten später das vornehme Hotel Royal betraten. »Edel, das muss man schon sagen!« Ein zweites bewunderndes »Geh wui!« entschlüpfte ihm unmittelbar darauf beim Anblick einer bildhübschen hochgewachsenen Mittzwanzigerin mit hüftlangen dunklen Haaren, die direkt auf sie zukam.

»Frau Greding!«, rief Materna überrascht. Er hatte die Schauspielerin letzten Sommer in Ischl kennengelernt.

»Grüß Gott, Herr Materna. Herr …«

»Kontrollinspektor Laubenbacher«, stellte Materna seinen Kollegen vor.

»Grüß Gott, Herr Laubenbacher. Valentina Greding.«

Connis Gesichtshaut verfärbte sich ins Rötliche. »Ah, dann sind Sie ja … Ich hab Sie jetzt gar nicht erkannt. Aber ich kenne Sie. Also, ich mein, ich hab Sie gesehen. Bei der Operette im Kaiserpark als Sissi.«

»Genau. Voriges Jahr war ich die Sissi, jetzt bin ich ihre Tochter, die Marie Valerie. Und die Sissi spielt diesmal meine Mutter. Aber sagen S', Herr Materna, das ist ja eine furchtbare Geschichte. Wir sind alle ganz schockiert. Der Wolfgang Jarisch ist wirklich erschossen worden?«

»Ja, leider.« Materna beschloss, die Befragung gleich mit Valentina Greding zu beginnen. Er deutete auf eine Sitzgruppe. »Setzen wir uns?«

»Gern.«

»Schaust du bitte, dass du den Hotelmanager auftreibst, Conni?«, wandte er sich an seinen Mitarbeiter. »Wir brauchen einen Raum, wo wir in Ruhe mit den Leuten reden können.«

»Hm.« Besonders begeistert schien Conni nicht zu sein, dass er weggeschickt wurde. Er zuckte bedauernd die Schultern und schenkte der Schauspielerin noch ein warmes Lächeln. Dann machte er kehrt und bewegte sich auf den Empfang zu.

»Also, Frau Greding …«, begann Materna.

»Valentina, bitte. Ich mein, die Josi und ich kennen uns ganz gut, da wär's doch komisch, gar so förmlich zu sein. Ist sie da?«

»Sie ist noch in Berlin. Ich hoffe, sie kommt bald.« Er merkte, dass ihm ein Seufzer entglitten war. Josi fehlte ihm. Sehr. Aber das war nicht der einzige Grund für den Seufzer. Immer wieder kannte Josi bestimmte Personen gut, die in Fälle verwickelt waren, an denen er arbeitete – oder sie war sogar mit ihnen befreundet. Auf diese Weise geriet sie mitten in die Ermittlungen, was sie schon mehrmals in gefährliche Situationen gebracht hatte. »Valentina, ist Ihnen irgendetwas aufgefallen?«, kam er schnell zur Sache. »War der Herr Jarisch in letzter Zeit anders als sonst? Haben Sie irgendetwas Ungewöhnliches bemerkt?«

Sie betrachtete ein paar Augenblicke lang ihre feingliedrigen Hände. »Nein, er war wie immer«, sagte sie schließlich. »Ein Fels in der Brandung, diszipliniert, konzentriert. Allerdings waren wir immer nur bei der Arbeit zusammen. Privat kenne ich ihn so gut wie gar nicht, und es gab auch keine Gelegenheit, ihn näher kennenzulernen. Sie werden es sicher schon gehört haben, dass er eine Villa in Ischl gekauft hat. Er ist nach dem Dreh immer gleich verschwunden und jedes Mal knapp, aber pünktlich zur Arbeit gekommen. Wolfgang Jarisch ist ... war ein sehr disziplinierter Künstler.«

»Und ein Schauspieler von Weltruf«, ergänzte Materna.

»Oh ja. Es war eine Ehre, mit ihm zu arbeiten.«

»Hat es Spannungen im Team gegeben, Eifersüchteleien vielleicht?«

Valentina zuckte die Achseln. »Irgendwelche Spannungen gibt es beim Drehen immer. Und der Wolfgang Jarisch war halt ... ich meine, er war ein Frauentyp, auch wenn er nicht mehr der Jüngste war.«

Der Chefinspektor nickte. Jarisch hatte wirklich verdammt gut ausgesehen – zumindest bis man ihn mit der eigenartigen Bart- und Haartracht des Kaisers verunstaltet hatte. Die 66 Jahre hätte man ihm nie im Leben angesehen. Er hatte die ausdrucksstärksten Augen, die man sich vorstellen konnte. Und er war einer von den Männern, die mit den Jahren immer noch mehr an Persönlichkeit und Ausstrahlung dazugewinnen. »Gibt es Damen im Team, mit denen Herr Jarisch eine Affäre gehabt hat?«

»Das glaub ich eigentlich nicht, auch wenn vielleicht ...« Erschrocken brach Valentina ab.

»Wenn vielleicht – was?« Materna sah sie aufmerksam an.

»... wenn vielleicht die eine oder andere ein Auge auf ihn geworfen hat.« Sie biss sich auf die Lippen.

Materna hatte das Anzeichen von Nervosität bemerkt. Vermutlich war es der Schauspielerin unangenehm, auf diese Weise über Kolleginnen zu reden. »Bitte seien Sie ganz offen«, bat er. »Bedenken Sie, es geht um Mord. Also – hat sich eine der Damen besonders um den Herrn Jarisch bemüht?«

»Sarah Amberg eventuell. Sie war viel um ihn rum, aber mehr kann ich dazu nicht sagen. Die Sarah spielt die Marie Luise von Wallersee. Soweit ich weiß, ist ihre Rolle abgedreht.« Valentina schaute kurz ins Leere. »Ich glaub, auch die Gräfin war interessiert an ihm«, sagte sie dann.

»Die Gräfin?«

»Ja, Clarissa Gräfin von Auerbach. Oder korrekt: Frau Clarissa Auerbach. Sie stammt aus einer Kärntner Adelsfamilie und arbeitet bei diesem Film als Beraterin für höfische Etikette.«

»Danke, Valentina. Wir werden ohnehin mit allen reden. Wir müssen feststellen, wer sich zur fraglichen Zeit wo aufgehalten hat. Und der Form halber muss ich auch Ihnen die Frage stellen: Wo waren Sie heute in der Früh zwischen 5.00 und 7.00 Uhr?«

»Um fünf hab ich mir das Frühstück aufs Zimmer bringen lassen, danach war ich in der Maske.«

»So früh?«

»Wenn wir Außenaufnahmen haben, müssen die Schauspieler, die in den ersten Szenen dran sind, sehr zeitig in der Maske sein.«

Materna nickte und grinste verstohlen in sich hinein. Seine geschiedene Frau Juliane war auch Schauspielerin. Womöglich war das der Grund, warum sie nie in einem Film mitgewirkt und immer nur Theater gespielt hatte. Sie hasste es, früh aufstehen zu müssen. »Und die Maskenbildner arbeiten wo?«, erkundigte er sich.

»Immer am jeweiligen Drehort in einem Zelt. Heute war das der Kaiserpark. Gestern sind Jagdszenen gedreht worden, in Rettenbach, glaube ich. Da war ich nicht dabei.«

»Wer außer Ihnen war heute um diese Zeit am Drehort?«

»Nicola Schwarz. Sie spielt die Gisela, meine ältere Schwester. Und der Rüdiger Baum. Der wäre eigentlich erst um halb sieben dran gewesen. Er ist aber schon um sechs in der Maske rumgestanden.«

Materna registrierte, dass sie ganz kurz die Augen verdreht hatte. Vermutlich war ihr der herumstehende Kollege auf die Nerven gegangen.

»Rüdiger Baum ist mein Partner«, erklärte Valentina, die seinen fragenden Blick anscheinend bemerkt hatte. »Er spielt meinen Verlobten und späteren Ehemann, Franz Salvator von Toskana.«

Materna schrieb die Namen in sein abgegriffenes Notizbuch, das er nach wie vor allen elektronischen Geräten vorzog. »Und Ihre Mutter spielt die Kaiserin?«

Valentina nickte. »Ja. Ich komme aus einer Schauspielerfamilie.«

»Ach – dann ist Ihre Mutter Katharina Greding?« Materna kannte den Namen, hatte ihn aber bisher nicht mit Valentina in Verbindung gebracht.

»Ja, genau. Mein Bruder Alexander ist auch Schauspieler und Sänger, so wie ich.«

»Ihre Mutter musste aber nicht so früh in der Maske sein?«

»Nein, das Kaiserpaar war heute später dran.« Valentina fuhr sich mit der Zunge über die Lippen. »Ich meine, meine Mutter und Wolfgang wären heute später dran gewesen.«

»Vielen Dank, Valentina.« Materna klappte sein Notizbuch zu. Lächelnd schaute er sie an. »Das ist sicher interessant, Mutter und Tochter in einem Film … wie damals in den Sissi-Filmen Magda und Romy Schneider.«

»Ja«, sagte Valentina und sah zu Boden.

11.00 Uhr

Der Regisseur Felix Reich rannte in dem Zimmer, das die Hoteldirektion für die Befragungen zur Verfügung gestellt hatte, auf und ab. »Das ist eine Katastrophe, meine Herren! Eine echte Katastrophe! Wenigstens haben wir noch nicht allzu viele Szenen mit Jarisch gedreht. Bei einigen kann man auch den neuen Darsteller reinschneiden, aber trotzdem …«

Materna warf Conni einen Blick zu. Die Trauer um den Schauspieler schien bei dem Regisseur nicht sehr ausgeprägt zu sein, zumindest nicht im Vergleich zu dem Ärger über den entstandenen Schaden für den Film. In jedem Fall war der Tod dieses wichtigen Darstellers wohl kaum im Interesse von Felix Reich. »Haben Sie schon Ersatz für Herrn Jarisch im Auge?«

Reich blieb abrupt stehen. »Ersatz! Ersatz!«, blaffte er. »Es gibt keinen Ersatz für einen Wolfgang Jarisch! Wissen Sie, wie viele Preise der Mann gewonnen hat?«

Materna wusste es. Er hatte inzwischen schnell über Jarisch sowie über Katharina Greding im Internet nachgelesen. Zu Wort kam er allerdings nicht.

»Der ganze Film ist … ach, was!« Reich schüttelte heftig den Kopf. Der Blick, den er den beiden Polizisten zuwarf, wirkte fast mitleidig über so viel Unverständnis. »Der Jarisch war ein Weltstar«, versuchte er es dann doch mit einer Erklärung. »Und der Film, den wir hier drehen, das ist keine billige Unterhaltungsschnulze. Er verlangt Schauspieler von Format. Die Geschichte von Marie Valerie ist komplex und psychologisch hochinteressant, besonders die Beziehung zwischen der Kaiserin und ihrer Lieblingstochter. Elisabeth hat Valerie *die Einzige* genannt und schließlich ja auch dafür gesorgt, dass sie die Kaiservilla geerbt hat. Ischl war für Valerie sehr wichtig. Sie hat in Ischl geheiratet ...«

Conni hatte die Hände verschränkt und drehte die Daumen umeinander. Ein für ihn typisches Verhalten, wenn er ungeduldig wurde.

Materna dagegen ließ die Leute gerne einfach reden. Er wusste, dass sie auf diese Weise oft mehr verrieten, als wenn man sie direkt befragte. Aber Conni hatte recht. Sie hatten jede Menge Einvernahmen vor sich und mussten ökonomisch vorgehen. »Ja, ich habe darüber gelesen«, unterbrach er höflich, aber bestimmt die Ausführungen des Regisseurs. »Ischl ist aber nicht der einzige Drehort, oder?«

»Nein, nur der erste. Als Nächstes drehen wir auf Schloss Lichtegg in Wels, dann in Wien natürlich, und schließlich auf Schloss Wallsee an der Donau, also an allen Orten, an denen Marie Valerie gelebt hat. Für einige Kindheitsszenen werden wir auch nach Ungarn gehen. Valerie hat ja, vor allem in ihren jungen Jahren, sehr viel Zeit dort verbracht, sodass man sie *das ungarische Kind* nannte.«

»Ah – ja. Herr Reich, Sie können uns doch bestimmt sagen, ob während der vergangenen Tage irgendetwas an Wolfgang Jarisch oder um Herrn Jarisch herum auffällig war«, lenkte Materna das Gespräch wieder in die gewünschte Bahn.

»Auffällig? Hm ... Der Wolfgang war recht euphorisch wegen dieser Villa. Er war ganz selig, dass er sie erwerben konnte.«

»Irgendwelche Feindschaften, Streitigkeiten, Eifersucht, heftige Liebesgeschichten im Team?«

»Nicht mehr als üblich. Wissen Sie, Herr ... ähm ...«

»Materna.«

»... Herr Materna, wenn es wegen jedem Streit oder wegen jeder heißen Affäre Mord und Totschlag gäbe, dann hätten wir so gut wie keine Schauspieler mehr. Wolfgang Jarisch hatte garantiert Neider, ganz sicher auch irgendwelche Bettgeschichten, aber ...« Reich unterbrach, als sein Handy die Kennmelodie aus dem Film *Der rosarote Panther* zu dudeln begann. Er zog es aus der Tasche, hielt es ans Ohr und hörte kurz zu. »Ja, dann sollen sie sie schicken. Alle drei! Wir machen morgen ein Schnellcasting. Um acht. Danke.«

Mit einer fahrigen Bewegung steckte der Regisseur das Telefon zurück in die Tasche. »Meine Sekretärin«, erklärte er den Polizisten. »Es geht um die Neubesetzung.« Er warf einen Blick auf seine Armbanduhr und einen weiteren, sehr genervt wirkenden auf die Polizisten. »Entschuldigen Sie, aber ...«

»Herr Reich, wir werden Sie nicht mehr lange aufhalten«, sagte Materna. »Wir brauchen jedoch eine Liste mit allen, die am Film beteiligt sind, also Schauspieler, aber auch Kameraleute, Requisiteure, Assistenten, Maskenbildner und so weiter. Mit Heimatadresse, Anschrift in Bad Ischl, sofern sie nicht hier im Hotel wohnen, und dazu die Autonummern von allen, die mit dem eigenen Wagen angereist sind.«

»Meine Sekretärin, die Frau Winkler, wird Ihnen alles geben. Sie ist oben. Wir haben ein Zimmer in meiner Suite als Büro eingerichtet. Fragen Sie nach der Kristall-Suite.«

Conni verdrehte leicht die Augen. Es war ihm anzusehen, dass er überlegte, wie viel eine Unterkunft, die Kristall-Suite hieß, wohl pro Nacht kosten würde.

Materna nickte. »Gut. Vielen Dank. Eine Frage noch: Ich gehe davon aus, dass in einem Film, in dem der Kaiser Franz

Joseph eine Rolle spielt, Gewehre benötigt werden. Um welche Art von Waffen handelt es sich dabei?«

»Wenn Sie wissen wollen, ob wir Spielzeuggewehre verwenden – natürlich nicht! Die Waffen sind echt. Sie sind alt, viele davon sehr wertvoll. Zum Beispiel haben wir einige Ischler Büchsen, wie sie der Kaiser für die Jagd bevorzugt hat. Geschossen wird in den Jagdszenen natürlich mit Platzpatronen.«

»Das heißt, man könnte mit diesen Gewehren auch scharf schießen?«, erkundigte sich Conni.

»Ja.«

»Können Sie uns bitte sagen, wo die Waffen zu finden sind, und dafür sorgen, dass unsere Leute Zutritt zu ihnen haben?«

»Die Gewehre befinden sich in einem besonders gesicherten Lkw, mit dem sie zum jeweiligen Drehort gebracht werden. Unser Waffenmeister, Herr Braun, wird Ihnen weiterhelfen. Ich gebe Ihnen noch schnell seine Handynummer, aber dann muss ich wirklich ...« Reich seufzte leise und diktierte die Nummer des Waffenmeisters. Sowohl Materna als auch Conni speicherten sie in ihr Handy.

Erneut machte sich *Der Rosarote Panther* bemerkbar.

»Na bravo!«, schimpfte der Regisseur. Mit verdrehten Augen nahm er den Anruf an. Ein, zwei Minuten lang hörte er schweigend zu. Er begann, wieder auf und ab zu rennen. »Katharina, ich hab deine Faxen satt!«, schrie er plötzlich in das Telefon. »Jetzt tu bitte nicht so, als würdest du entsetzlich um Wolfgang trauern. Selbstverständlich kannst du morgen arbeiten! Basta!« Er schlug sich mit der flachen Hand gegen die Stirn und steckte das Handy weg. »Schauspieler!«, stöhnte er. »Oder noch schlimmer: Schauspieler*innen*!«

Materna war hellhörig geworden, ließ sich das aber nicht anmerken. »Frau Greding geht es nicht gut?«

»Ach was, alles nur Theater. Wenn Sie mich fragen: Die hat den Jarisch nicht leiden können. Jetzt demonstriert sie mal wieder, was für ein sensibles Seelchen sie doch hat, liegt in ihrem Zimmer herum und pflegt ihre Depressionen.«

»War es beim Drehen nicht schwierig, wenn die Frau Greding den Herrn Jarisch nicht leiden konnte? Immerhin haben sie im Film ein Paar spielen müssen.«

Ein leichtes Grinsen huschte über das Gesicht des Regisseurs. »Das passt ganz gut. Die echte Kaiserin hat sich ja auch nicht allzu viel aus ihrer besseren Hälfte gemacht.«

Materna nickte. Durch die Sissi-Morde vor zwei Jahren war er mit der Geschichte der Habsburger Monarchie und dem Charakter der Kaiserin Elisabeth ganz gut vertraut. »Sie wollen morgen weiterdrehen?«

»Heute noch! Wir ziehen eine Szene ohne den Kaiser vor. Morgen casten wir den Ersatz für Jarisch. Jetzt müssen wir schauen, wie wir im Zeitrahmen bleiben. Die nächste Location ist schon gebucht. Es wäre eine totale Katastrophe, wenn diese Sache jetzt alles über den Haufen schmeißt.« An Reichs Schläfen traten die Adern hervor. Er schnappte nach Luft.

Materna zog eine Visitenkarte aus der Tasche und händigte sie dem Regisseur aus. »Vielen Dank, Herr Reich, das war's für heute«, verabschiedete er sich. Gefolgt von Conni verließ er eilig den Raum. Er musste mit Katharina Greding sprechen. Jetzt gleich.

11.45 Uhr

Das Erste, was Leonie wahrnahm, war ein süßlicher Duft. Langsam öffnete sie die Augen. Der Duft entströmte einer Tasse, die mit einer dampfenden Flüssigkeit gefüllt war. Jemand hatte sie auf ein kleines Tischchen neben dem Sofa gestellt. Sie schlug die Wolldecke zurück, in die sie eingehüllt war, und setzte sich auf.

Im selben Moment wurde die Tür geöffnet.

»Rosi!«, rief Leonie, als ihre Haushaltshilfe leise und vorsichtig das Zimmer betrat. »Ich hab gar nicht gewusst, dass Sie heute kommen wollten. Ich muss eingeschlafen sein. Wie spät ist es denn?«

Rosi warf einen Blick auf ihre Armbanduhr. »Dreiviertel zwölf.«

»Warum schlafe ich denn am helllichten Tag? Stellen Sie sich vor – ich hab geträumt, der Wolfgang, also der Herr Jarisch, liegt zu Füßen des Kaisers wie ein erschossener Hirsch. So was Irres!« Leonie schüttelte heftig den Kopf.

»Jessasmarandjosef«, stieß die Rosi hervor. »Sie haben's vergessen …«

»Vergessen? Was?« Leonie richtete sich auf. Eine unbestimmte, nicht greifbare Angst kroch durch ihren Körper.

»Wissen S' es nimmer? Der Dr. Wagner hat Sie her'bracht, zusammen mit am jungen Polizisten, dem Inspektor Unterberger. Der Herr Doktor hat mich ang'rufen. Ich soll mich um Sie kümmern …« Sie griff nach der Tasse und hielt sie Leonie hin. »Jetzt trinken S' erst einmal den Tee. Kamille und Melisse – das tut Ihnen gut.«

Leonie schaute ihre Haushaltshilfe verständnislos an. Was war mit Kamille und Melisse? Warum sollte sie Tee trinken? Sie verstand gar nichts, nahm aber trotzdem einen Schluck.

Rosi stellte die Tasse zurück auf das Tischchen.

Urplötzlich und mit brutaler Gewalt brach die Erkenntnis über Leonie herein. Sie warf die Decke auf den Boden und sprang auf. »Er ist tot!«, schrie sie. »Wolfgang ist wirklich tot! Ich hab ihn gesehen, er ist …«

Rosi fasste sie um die Schulter und drückte sie sanft zurück aufs Sofa. Sie murmelte irgendetwas, was wohl beruhigen sollte.

Die gut gemeinten Worte rauschten ungehört an Leonie vorbei. Immer weiter, unaufhaltsam und unbarmherzig grub sich die Erinnerung den Weg in ihr Bewusstsein. Sie hatte keinen verrückten Traum gehabt! Sie war wirklich am Kaiser-Jagdstandbild gewesen. Sie hatte Wolfgang dort liegen sehen. Und ein Mann war da gewesen, der hatte sie in die Arme genommen. Dann war ein Arzt mit dem Auto gekommen ... »Es stimmt, Rosi, oder? Er ist tot.«

Rosi nickte leicht mit dem Kopf. »Ja, es ist ganz furchtbar. Jemand hat den Herrn Jarisch erschossen.«

»Erschossen! Warum denn? Er hat doch niemandem was getan!« Die rationalen Teile von Leonies Gehirn hatten begriffen. Ihr Gefühl aber weigerte sich beharrlich, das Grauenvolle zu akzeptieren. In rasender Abfolge tobten in ihrem Kopf wechselnde Bilder. Einmal sah sie den toten Wolfgang zu Füßen des Kaiserdenkmals liegen, dann wieder einen lachenden Wolfgang, der ihr zurief: »Hallo, Leonie! Schau nicht so entsetzt. Es ist doch alles nur Kino!« Unvermittelt brach ein heftiges, hartes Lachen aus ihr heraus.

»Jessas, Frau Thoma, i hab g'meint, der Doktor hätt Ihnen ein Beruhigungsmittel geben? Soll ich den Dr. Wagner noch einmal anrufen?«

»Nein.« Fast hätte Leonie Rosis Hand brutal weggestoßen, die ihr erneut den Tee vor die Nase hielt. Im letzten Moment schaffte sie es, sich zusammenzureißen. Sie nahm der Haushälterin die Tasse aus der Hand und trank einen Schluck.

»Die Polizei wird den Täter finden, ganz bestimmt. Mein Mann sagt ...«

»Rosi ...«, unterbrach Leonie. Es war ihr klar, dass Rosi es gut meinte, sie trösten wollte, aber die Polizei war ihr im Augenblick vollkommen egal – und Rosis Mann erst recht. Sie musste erst einmal wirklich begreifen, was passiert war, für sich einordnen, was das alles bedeutete. Sie brauchte Ruhe. »... ganz herzlichen Dank, dass Sie gekommen sind –

und auch für den Tee. Bitte nicht bös sein – ich glaub, ich wär jetzt gern ein bisserl allein.«

»Ja, aber ...«

»Das ist schon in Ordnung, Rosi, wirklich. Heut ist ja eh nicht Ihr Tag. Danke noch mal. Bis morgen!«

»Bis ... ja, dann ...« Rosi warf noch einen langen prüfenden Blick auf Leonie. »Auf Wiederschaun und alles Gute«, sagte sie schließlich. Sie ging zur Tür, blieb aber davor stehen und drehte sich noch einmal um. »Ah so, ja ... ich hab die Post aus'm Briefkastl rausg'holt. Sie liegt auf'm Küchentisch.«

»Danke, Rosi.« Leonie war einfach nicht länger imstande zu reden. Reden zu müssen bedeutete eine unermessliche Kraftanstrengung. Und sie hatte einfach keine Kraft mehr. Erleichtert stellte sie fest, dass Rosi endlich gegangen war.

Leonie stand auf. Sie musste etwas tun. Irgendetwas. Wenn sie hier auf dem Sofa sitzen bliebe, würde sie verrückt werden. Die Post ... Gut, sie würde die Post aus der Küche holen.

Auf dem Küchentisch lagen die Maiausgabe der Zeitschrift *Bühne*, die Wolfgang abonniert hatte, und ein gepolstertes Kuvert, das ihre Anschrift trug. Kein Absender. Leonie wusste auch so, von wem es war. Ihr Herz raste. Das nicht jetzt auch noch! Entschlossen nahm sie den Umschlag zusammen mit der Theaterzeitschrift an sich und ging nach oben.

In ihrem Zimmer warf sie das Kuvert in eine Schublade ihrer Kommode, ohne einen weiteren Blick darauf zu verschwenden.

Dann lief sie über den Flur und betrat Wolfgangs Arbeitszimmer. Das Heft legte sie auf seinen Schreibtisch und rückte es ein wenig zurecht. Es sah aus, als wartete es darauf, später von seinem Empfänger in die Hand genommen und gelesen zu werden. Das Drehbuch zu *Marie Valerie* lag neben seinem Laptop. Natürlich – Wolfgang hatte ja am Abend noch Text gelernt.

Leonies Blick glitt über die aufgeschlagene Seite. Gleich am Anfang stand eine Regieanweisung:

Vor der Jagd. Der Kaiser schaut mit dem Fernrohr vom Balkon seiner Villa nach dem Wetter aus. Der geliebte Ischler Stutzen hängt über seiner Schulter.

Der geliebte Ischler Stutzen ... Wolfgang hatte Waffen gehasst und für die Jagd so gar nichts übriggehabt. Aber als hervorragender Schauspieler hatte er sich in jedes Gefühl hineinversetzen können, sogar in die Jagdleidenschaft von Franz Joseph ... Was für ein Wahnsinn – Wolfgang war erschossen worden. Wie ein Stück Wild war er vor dem Standbild des jagdbegeisterten Kaisers gelegen. Und dabei hätte er der Jäger sein sollen. Mit einem Jagdgewehr über der Schulter, dem *geliebten Ischler Stutzen ...*

Moment ... Leonie bemerkte, dass zwischen dieser und der nächsten Seite etwas lag. Ein Lesezeichen? Sie blätterte um. Es war ein Foto, das Bild einer jungen Frau mit rundem Gesicht und kurz geschnittenen dunklen Haaren. Sie stand auf einem Bootssteg und lachte in die Kamera. Wer war die Frau? Ein kurzer Anflug von Eifersucht ließ ihre Brust einen Augenblick lang eng werden. Eine Geliebte? Aber nein – eher nicht. Die Unbekannte sah sympathisch aus, war aber so ganz und gar nicht Wolfgangs Typ. Leonie drehte die Fotografie um. *Pimmi,* Rust am Neusiedlersee 1977 stand darauf. In Wolfgangs Handschrift.

12.00 Uhr

Materna stieg aus dem Lift und ging auf das Zimmer der Schauspielerin Katharina Greding zu. Als Allererstes wollte er sich ein Bild von der Sissi-Darstellerin machen. Danach hoffte er, Clarissa Auerbach, genannt *die Gräfin,* anzutreffen, die im *Goldenen Ochsen* abgestiegen war. Später würde er noch bei Leonie Thoma vorbeischauen. Vielleicht konnte er mit ihr ja auch schon reden.

Mike war mit seinen Ballistik-Spezialisten bereits auf dem Weg zu dem Waffenmeister. Conni hatte indessen die Mitarbeiterlisten bei Reichs Sekretärin in Auftrag gegeben und in dem reservierten Raum mit der Befragung der anderen Filmleute begonnen. Von der Polizeiinspektion in Roith war Florian dazugekommen, um Conni zu unterstützen.

Materna klopfte an die Zimmertür von Valentinas Mutter.

»Herein«, rief eine schwache weibliche Stimme.

Er trat ein und stellte sich vor.

Die Schauspielerin saß auf einem Sofa und nippte an einem Drink. Die Füße hatte sie hochgelegt und sich mit einer Wolldecke zugedeckt. Vor ihr auf dem Couchtisch lag ein Smartphone. Wortlos deutete sie auf einen Polstersessel.

Materna setzte sich. »Wie geht es Ihnen, Frau Greding?«

Katharina Greding drehte ruckartig den Kopf zu ihm. Mit so einer Frage hatte sie offensichtlich nicht gerechnet – nicht von einem Polizisten.

»Sie meinen, wegen Wolfgang?«, fragte sie mit brüchiger Stimme. »Mich nimmt das alles sehr mit.«

»Das verstehe ich.« Mitgenommen sah sie wirklich aus. Im Grunde war sie eine bildschöne Frau, groß, schlank, mit vollem Haar und einem aparten Gesicht wie ihre Tochter. Aber das Make-up verdeckte nur notdürftig die Ringe unter den honigbraunen Augen, die ihn glanzlos anblickten. »Sie waren mit Herrn Jarisch befreundet?«

Sie schüttelte stumm den Kopf.

»Nicht? In welcher Beziehung standen Sie denn zu Wolfgang Jarisch?«

»Beziehung!« Ihre Stimme klang jetzt fast schrill. »Wir waren Kollegen.«

»Sie haben schon vor diesem Film zusammengearbeitet?«

Sie nickte.

»Oft?«

»Ein paarmal.«

»Wann?«

»Zuletzt 2014. Davor, glaube ich, so um 2000 herum.«

»Das war das erste Mal?«

»Nein, dass ich das erste Mal mit ihm gedreht habe, ist schon lange her.« Sie sah ihn nicht an. Ihr Blick glitt zum Fenster. »Fast 40 Jahre.«

Fast 40 Jahre. Sie war gerade einmal 49 – wenn Wikipedia nicht log. »Sie waren ein Kinderstar?«

Sie wandte sich ihm wieder zu. »Kinderstar ist übertrieben. Meine Eltern waren Schauspieler, und so hab ich als Kind halt auch in ein paar Filmen mitgespielt.« Sie lehnte sich zurück und drehte den Oberkörper leicht zur Seite.

»Ist Ihnen während der letzten Tage irgendetwas an Herrn Jarisch aufgefallen?«, stellte Materna eine Routinefrage.

»Aufgefallen? Nein. Er war wie immer. Ein bisserl selbstverliebt. Perfektionistisch in der Arbeit. Privat hab ich mit ihm ja nichts zu tun gehabt. Ich kann dazu also wirklich nichts sagen.«

»Sie haben immerhin zusammen gearbeitet und sogar ein Paar gespielt.«

Schulterzucken.

»Und Sie haben vorhin gesagt, dass Sie das alles sehr mitnimmt.«

»Natürlich. Es wird ja nicht jeden Tag jemand ermordet, den man kennt und mit dem man zusammenarbeitet. Aber zu der Schar seiner Anbeterinnen und Gespielinnen gehöre ich nicht, falls Sie das meinen.«

»Frau Greding, ich meine gar nichts.« Es war Materna nicht entgangen, dass sich die Frequenz ihres Lidschlags stark erhöht hatte und dass sie sich ein paarmal fast unmerklich mit der Zunge über die Lippen gefahren war. »Wolfgang Jarisch ist ermordet worden, und ich muss die

Leute befragen, die mit ihm zu tun gehabt haben, egal ob beruflich oder privat. Wer gehörte denn zu der Schar seiner Anbeterinnen?«

»Fragen Sie lieber, wer nicht dazu gehörte. Ich jedenfalls nicht, und meine Tochter auch nicht.«

Es klopfte kurz, die Tür ging auf. Valentina steckte den Kopf herein. »Mami, ich ... Oh! Entschuldigung!«

»Kein Problem.« Materna hob die Hand zu einer beschwichtigenden Geste. »Wir sind gleich fertig.«

Valentina zog sich zurück und schloss die Tür.

»Frau Greding, wo waren Sie heute in der Früh zwischen 5.00 und 7.00 Uhr?«

»Im Bett.« Die Schauspielerin schob die Decke zurück, setzte sich gerade auf die Couch und schlug die Beine übereinander. »Ich war froh, dass ich mal etwas länger schlafen konnte.«

»Wann waren Sie beim Frühstück?«

»Gar nicht. Gegen 7.30 Uhr hat der Reich angerufen, dass der Dreh ausfällt, weil der Wolfgang ermordet worden ist. Da ist mir der Appetit vergangen.«

»Ich verstehe.« Materna stand auf, verabschiedete sich und wandte sich zum Gehen. An der Tür drehte er sich aber plötzlich noch einmal um. »Ach, Frau Greding, eine Frage noch: Können Sie mit Waffen umgehen?« Eigentlich hatte er nach dieser Überrumpelung eine deutliche Reaktion erwartet, die Frage etwa, ob er ihr einen Mord unterstellen wolle, Ärger, Nervosität ... Nichts dergleichen geschah.

Sie zündete sich eine Zigarette an.

Maternas Blick wanderte nach oben zum Rauchmelder. Er war mit einem kleinen Plastiksackerl umhüllt, das mit Isolierband festgeklebt war.

Katharina Greding zog einen Mundwinkel zu einem angedeuteten amüsierten Lächeln hoch. »Keine Sorge«, sagte sie. »Der ist außer Gefecht gesetzt. Kostet mich jedes Mal ein beachtliches Trinkgeld, aber es klappt. Um Ihre Frage zu beantworten: Ja, kann ich. Ich habe in einer Fernsehserie eine Kriminalkommissarin gespielt. Da hab ich die Handhabung von Waffen gezeigt gekriegt.«

»Auch Langwaffen?«

»Nur Pistolen. Mehr war für die Rolle nicht erforderlich.« Sie zog an ihrer Zigarette und entließ eine dicke Rauchwolke in den Raum. Dann erhob sie sich und öffnete das Fenster.

13.00 Uhr – Berlin

Zufrieden und mit einem neuen Vertrag in der Tasche verließ Josi das Verlagsgebäude in der Oranienburger Straße. Wie viele erfolgreiche Unternehmen war der Verlag *Bauer & Kühn* vor ein paar Jahren in den Ostteil Berlins umgezogen – und somit auch die Zeitschrift *Welt der Psyche*, für die sie seit etwa vier Jahren schrieb.

Sie ging über den Hof des typischen Alt-Berliner Gebäudes, wo sie ihren Golf geparkt hatte. Dackel Poldi stand schon hoch aufgerichtet am Seitenfenster, als hätte er sein Frauerl genau in diesem Moment erwartet.

Josi öffnete die rückwärtige Tür und strich dem Hund über das struppige Fell. »Na, Poldi? Ist dir schon langweilig geworden?« Sie leinte ihn rasch an und hob ihn aus dem Auto. Dann griff sie nach der Schirmmütze aus Jeansstoff, die auf der hinteren Ablage lag, und setzte sie auf das dicke rote Haar. »Komm, wir gehen ein Stück«, sagte sie zu dem Dackel, der erwartungsvoll mit dem Schwanz wedelte. Als freie Mitarbeiterin von *Bauer & Kühn* durfte sie bis Büroschluss den Parkplatz nutzen.

Bevor sie losging, schaute sie noch einmal hinauf zu den Fenstern im zweiten Stock, hinter denen sich die *Welt-der-Psyche*-Redaktion befand. Das populärwissenschaftliche Magazin war der Grund gewesen, warum Josi ihre Tätigkeit als klinische Psychologin an den Nagel gehängt und sich ganz dem Schreiben gewidmet hatte. Auch wenn sie inzwischen mehrere erfolgreiche Sachbücher veröffentlicht hatte und regelmäßig Beiträge für verschiedene Zeitschriften-, Rundfunk- und Fernsehredaktionen verfasste, war *Bauer & Kühn* so etwas wie ihr Stammhaus, das die Grundlage ihres Einkommens sicherte. *Welt der Psyche* hatte sich zu einem echten Erfolgsmodell entwickelt. Das edel aufgemachte Journal wurde für seine allgemein verständlichen und doch wissenschaftlich hochkarätigen Artikel von professionellen Psychologen, Ärzten, Neurobiologen, Psychotherapeuten und interessierten Laien gleichermaßen geschätzt.

Josis Magen knurrte laut. Mit Poldi an der Leine schlenderte sie die Straße hinunter. Ein Stück weiter gab es ein Café, in dem man auch eine Kleinigkeit essen konnte.

Im Frühjahr verlagerte sich in Berlin das Leben auf die Bürgersteige. Die Lokalbesitzer stellten Tische und Stühle nach draußen, bauten große Sonnenschirme mit aufgedruckter Bierreklame auf, und die sonnenhungrigen Großstädter kamen in Scharen, um hier den ersten Hauch von Frühling zu genießen. Und genau danach war es auch Josi jetzt zumute. Hoffentlich gab es draußen noch einen freien Platz.

Sie hatte Glück. Als sie beim Café Bodemann ankam, stand gerade ein Pärchen auf und ging, sodass sie einen Tisch ergattern konnte. Der Poldi machte es sich zu ihren Füßen bequem, und sie bestellte einen belegten Bagel und Café au Lait.

Sie schloss einen Moment lang die Augen, ließ sich die Sonne auf die Nase scheinen und hing noch ein wenig ihren Gedanken über den Job nach.

Ab und zu vermisste sie ihre Arbeit in der psychosomatischen Klinik, den Umgang mit den Patienten, die therapeutischen Gespräche. Aber sie liebte das Schreiben, und der Job als Wissenschaftsjournalistin bescherte ihr große Freiheiten – zum Beispiel die, immer wieder entscheiden zu können, ob sie in Berlin bleiben oder ins Salzkammergut fahren wollte. Arbeiten konnte sie in der Regel sowohl hier als auch dort.

Hätte es allerdings nicht Weihnachten vor einem Jahr eine große Veränderung in ihrem Leben gegeben, eine Veränderung namens Paul Materna, hätte sich die Frage gar nicht gestellt. Sie hätte das von ihrer Tante geerbte Häuschen in Ischl verkauft oder fest vermietet, genau wie sie es ursprünglich vorgehabt hatte. Und sie hätte weiterhin in Berlin gelebt, anstatt immer mehr Zeit in Ischl zu verbringen und hier brav Miete für eine immer häufiger leerstehende Wohnung zu bezahlen. Sie seufzte.

Im Augenblick allerdings stand eine Fahrt in die alte Heimat sowieso nicht zur Debatte. In acht Tagen schon sollte sie als psychologische Expertin an einer Talkshow teilnehmen, die aus Berlin-Adlershof gesendet wurde. Da musste sie ohnehin vor Ort sein. Warum also verschwendete sie überhaupt einen Gedanken daran? Es war unsinnig, für wenige Tage nach Ischl zu fahren, wo Paul doch immer so viel zu tun hatte. Er würde die meiste Zeit bei der Arbeit in Linz sein, und sie würden gar nicht viel Zeit miteinander verbringen können. Also blieb ihr wohl nichts anderes übrig, als bis nach der Fernsehaufzeichnung in Berlin zu bleiben, wie sie es mit Paul besprochen hatte!

Die Getränke und der Bagel kamen. Genüsslich biss Josi in das warme, mit Salat und Lachs belegte Gebäck. Der würzige Geschmack des feinen Wildlachs-Filets mischte sich geradezu perfekt mit dem des duftenden aufgebackenen Bagels und der frischen Salatblätter. Ein Gedicht!

Gerade als Josi erneut abbeißen wollte, summte ihr Handy. Paul? Aufgeregt wie ein verliebter Teenager zog sie das Telefon aus der Handtasche. Das Display zeigte eine unbekannte Nummer. Sie seufzte und nahm den Anruf an. »Ja bitte?«, fragte sie, ohne ihren Namen zu nennen.

»Josi, hier ist Valentina. Valentina Greding. Erinnerst du dich an mich? Wir haben uns letzten Sommer kennengelernt, und du hast mir deine Nummer gegeben.«

»Valentina – das ist ja eine Überraschung! Natürlich erinnere ich mich an dich. Wie kannst du nur fragen!«

»Josi, bitte entschuldige, dass ich doch so einfach störe, aber ich wollte wissen, ob du bald nach Ischl kommst. Der Herr Materna hat heute so was angedeutet.«

»Du hast mit dem Paul gesprochen? Heute? In Ischl?« Josi meinte, sie müsse sich verhört haben.

»Er ermittelt in Ischl. Und ich drehe in Ischl.«

»Er ermittelt in Ischl? Davon weiß ich ja noch gar nichts!«

»Oh, ich glaube, er ist hier sehr eingespannt. Bestimmt ist er noch nicht zum Telefonieren gekommen.«

Josi verstand. Egal, wie eingespannt er war – die Zeit, mit ihr zu telefonieren, nahm Paul sich immer. Aber schließlich wusste er von ihrem Termin in Berlin. Wahrscheinlich wollte er sie einfach nicht in Versuchung bringen, noch vor der Talkshow nach Ischl zu fahren.

»Wir drehen gerade einen Spielfilm über das Leben der Erzherzogin Marie Valerie«, erklärte Valentina.

»Du hast also wirklich die Hauptrolle bekommen!« Josi freute sich für die junge Schauspielerin. »Hast ja letzten Sommer davon erzählt. Toll, dass es geklappt hat – herzlichen Glückwunsch!«

»Danke, Josi. Es ist nur … heute früh ist ein Schauspielerkollege ermordet worden, ein sehr berühmter Kollege, der Wolfgang Jarisch.«

»Um Himmels willen! Den Wolfgang Jarisch kenne ich natürlich. Und deswegen ist der Paul in Ischl?«

»Ja. Und er hat gesagt, du bist noch in Berlin und kommst dann aber her. Da hab ich mir gedacht, ich frag dich einfach, wann. Ich würd wahnsinnig gern mit dir reden.«

»Über den Wolfgang Jarisch?«

Ein paar Sekunden blieb das Telefon stumm. »Irgendwie schon«, sagte Valentina schließlich. »Und ich ... na ja, ich brauch deinen Rat als Psychologin.«

»Ich komm bald, Valentina. Ich meld mich dann gleich bei dir.«

Nachdem sie sich von Valentina Greding verabschiedet hatte, steckte Josi ihr Handy zurück in die Tasche, nahm einen großen Schluck von ihrem Milchkaffee, biss noch einmal von ihrem Bagel ab und winkte der Bedienung zum Zahlen. »Poldi«, sagte sie. »Der Paul ist in Ischl. Wir fahren. Gleich morgen.« Sie warf einen Blick auf die Uhr. Viertel vor zwei. »Nein – heute!«

14.15 Uhr

Materna hatte sich einen Imbiss und einen kurzen Plausch mit seinem alten Freund Rudi Lechner beim *k. u. k. Hofwirt* gegönnt. Rudis Anwaltskanzlei lag nur ein paar Schritte entfernt vom Hofwirt, der sich dadurch zu einer Art Stammlokal für freundschaftliche Treffs der beiden entwickelt hatte.

Die kleine Pause hatte Materna gutgetan. Sein Magen fühlte sich nicht mehr flau an wie zuvor. Schließlich war er heute nicht einmal zum Frühstücken gekommen. Der starke Kaffee nach dem Essen und das Zusammensein mit dem Freund hatten neue Lebensgeister in ihm geweckt. Mit energischen Schritten betrat er die denkmalgeschützte, frisch renovierte Elisabeth-Brücke. Von hier aus konnte er schon das Hotel *Goldener Ochs* sehen, in dem Clarissa Auerbach abgestiegen war.

»Hallo«, sagte er zum heiligen Nepomuk, der in der Mitte der Brücke das Geländer zierte. Unbeeindruckt von der Welt um ihn herum, betrachtete der Heilige das Kreuz in seinen Händen. Materna blieb einen Augenblick lang stehen und sah zur Traun hinunter. Wie oft war er mit Josi auf dem Balkon ihres Häuschens gesessen und hatte gemeinsam mit ihr auf das Wasser geschaut, die kleinen Enten beobachtet und die vereinzelten Schwäne, die sich hier angesiedelt hatten. Bad Ischl ohne Josi … es fühlte sich irgendwie nicht richtig an, hier zu sein, wenn sie doch so weit weg war.

Er atmete zwei-, dreimal tief durch, dann setzte er seinen Weg fort. Er musste sich auf die bevorstehende Einvernahme konzentrieren.

An der Rezeption des Hotels fragte Materna nach Clarissa Auerbach.

»Einen Moment, bitte.« Die in ein stilvolles Dirndl gekleidete Rezeptionistin bedachte ihn mit einem Lächeln, griff nach dem Telefon, wählte, wartete kurz und legte wieder auf. »Die Frau Gräfin ist nicht in ihrem Zimmer.«

»Aha. Und wo könnte die Frau Gräfin sonst sein? Können Sie sie vielleicht auf ihrem Handy anrufen?«

Die Dame im Dirndl machte eine abwehrende Geste mit der Hand. »Ich weiß nicht, ob ihr das recht ist.«

»Es wird ihr recht sein müssen.« Er zog seinen Ausweis aus der Tasche und legte ihn vor sie auf den Tresen.

Erschrocken starrte die Rezeptionistin auf die Legitimation. »Aber …«

»Nur eine Zeugenaussage«, beruhigte Materna. »Aber es ist dringend. Rufen Sie bitte an.«

Sie nickte, suchte im Computer nach der Nummer und wählte. »Ein Herr von der Kripo möchte Sie sprechen, gnädige Frau.« Sie hörte kurz zu. »Ja, ich sag es ihm, vielen Dank«, sagte sie und legte auf. »Die Frau Gräfin erwartet Sie auf der Sonnenterrasse.« Sie machte eine richtungsweisende Geste mit der Hand.

Ah, Frau Gräfin erwarten mich. Sehr, sehr stilvoll. Materna grinste in sich hinein und machte sich auf den Weg.

Auf der Terrasse angekommen, glitt sein Blick über die Sonnenliegen, von denen einige belegt waren. Dort, ganz links, die ausgesprochen aparte dunkelhaarige Frau von Anfang vierzig in dem schicken weißen Sommeroverall mit Sonnenbrille und großem Strohhut – das musste sie sein.

Er trat an die Liege heran. »Frau Auerbach?«, sprach er sie an. Die *Gräfin* schenkte er sich. Nicht aus Prinzip – aber schließlich befand man sich hier nicht auf dem Opernball, sondern bei einer polizeilichen Befragung.

Sie schob die Sonnenbrille ins Haar und musterte Materna vom Scheitel bis zur Sohle und noch einmal zurück.

»Chefinspektor Paul Materna vom Landeskriminalamt«, stellte er sich vor. »Wir ermitteln im Mordfall Jarisch. Ich habe in diesem Zusammenhang ein paar Fragen an Sie.«

»So«, sagte sie spitz. Schließlich deutete sie auf die freie Liege neben sich.

Materna setzte sich seitlich auf das Möbel, sodass er ihr vollkommen zugewandt war.

»Eine schreckliche Geschichte.« Sie verweilte in der halb sitzenden, halb liegenden Haltung und schaute ihn an.

»Oh ja, ein Mord ist leider immer schrecklich.« Materna sagte nichts weiter. Er wartete ab.

»Und was kann ich in dieser Sache für Sie tun, Herr Chefinspektor?«, fragte sie schließlich mit der höflich distanzierenden Noblesse, die für Menschen aus ihren Kreisen so etwas wie eine zweite Natur war.

»Nun, zunächst habe ich ein paar Fragen an Sie. Frau Auerbach, Sie arbeiten als Beraterin in Sachen Etikette für die Filmgesellschaft. Nehmen Sie solche Aufträge öfter an?«

»Ja. Ich bin Historikerin und Theaterwissenschaftlerin und ich bin spezialisiert auf Fragen der Etikette. Daher werde ich immer wieder bei historischen Filmen hinzugezogen; wobei mein Schwerpunkt auf dem spanischen Hofzeremoniell der Habsburger liegt.«

»Wie interessant«, sagte Materna, was mit einem huldvollen Nicken quittiert wurde. »Haben Sie mit dem Herrn Jarisch schon vor diesem Film zusammengearbeitet?«

»Ja, in einem Film über Mayerling und den Selbstmord von Kronprinz Rudolf. Ein Remake. Herr Jarisch hat damals schon den Kaiser Franz Joseph gespielt.«

»Damals – war wann?«

»Vor ungefähr vier Jahren.«

Materna nickte. »Wie gut kannten Sie Herrn Jarisch?«

»Wie man sich halt so kennt, wenn man zusammenarbeitet.«

Es waren ihre Pupillen, die ihm verrieten, dass sie wahrscheinlich etwas vor ihm verbarg. Sie hatten sich bei seiner Frage stark vergrößert. »Wie gut kannten Sie ihn privat?«, hakte er nach.

»Können Sie mir sagen, was Sie damit meinen?«, fragte sie spitz.

»Ich glaube, Sie verstehen schon, was ich meine«, antwortete Materna ungerührt.

»Und – geht Sie das etwas an?« Ihre Augen verengten sich. Die Maske der perfekten Selbstbeherrschung bröckelte.

»Ja«, antwortete er schlicht. Er schaute sie abwartend an.

»Wir waren gute Bekannte«, sagte sie nach ein paar Sekunden des Schweigens. »Wir schätzten einander.«

»Gute Bekannte ...« Materna glaubte ihr kein Wort, beließ es aber dabei. »Frau Auerbach, wo waren Sie heute in der Früh zwischen 5.00 und 7.00 Uhr?«

Ihre Augenbrauen rutschten hoch. »Ich habe geschlafen. Was sollte ich um diese Zeit sonst tun?«

»Gibt es ...«

»Nein, dafür gibt es keine Zeugen«, fuhr sie ihm scharf ins Wort. »Und Sie gehen jetzt. Es reicht!«

15.20 Uhr

Ein paar Minuten später saß Materna wieder im Auto und fuhr Richtung Villa Blumenthal. Er aktivierte die Freisprechanlage und wählte Tinas Nummer im Büro.

»Abteilungsinspektorin Kubitsch«, meldete sich seine Mitarbeiterin. »Ach, du bist es, Paul!«

»Genau, ich bin es. Tina, ich melde mich später noch mal bei euch. Fürs Erste nur eine Bitte: Kannst du alles über eine Frau Clarissa Auerbach herausfinden? Sie ist Spross einer Kärntner Adelsfamilie, Historikerin und Theaterwissenschaftlerin, die öfter beim Film als Beraterin arbeitet. Vor allem wäre es interessant zu wissen, ob sie irgendwann etwas mit Wolfgang Jarisch hatte. Ach ja, und ich brauche auch Informationen über die Schauspielerin Katharina Greding, so viele wie möglich. Zwischen ihr und Jarisch könnte ebenfalls eine Beziehung bestanden haben. Und bitte recherchier auch über eine Leonie Thoma, Autorin. Sie ist entweder wirklich nur die Biografin vom Jarisch, was ich aber nicht so recht glaube, oder die derzeitige Geliebte.«

»Mach ich. Recherchen in den Boulevardmagazinen und auf Klatschseiten sind mir die allerliebsten.« Sie lachte.

»Dank dir, Tina.«

Materna hatte die Engleitenstraße erreicht. Die Umgebung des Leichenfundorts war mittlerweile nicht mehr abgesperrt. Die Tatortgruppe hatte ihre Arbeit hier beendet. Er fuhr immer wieder an Einzelpersonen und ganzen Gruppen von Leuten vorbei, die mit Blumen in den Händen in Richtung Kaiser Jagdstandbild wanderten. Der Mord hatte sich herumgesprochen.

Völlig unvermutet tauchte die Villa Blumenthal vor ihm auf – obwohl er sie ja gesucht hatte. Der Überraschungseffekt musste damit zu tun haben, dass man auf ein solches Bauwerk in dieser Umgebung einfach nicht gefasst war, sogar wenn man wusste, dass es hier stand.

Materna parkte den Dienstwagen am Rand des Weges und stieg aus. Der Anblick versetzte ihn prompt in eine ganz andere Welt. Mitten im Wald stand es da, das *Haus des blutigen Oscar*. Es war ganz aus Holz gebaut; mit seinen Türmchen, Erkern und Dachreitern, mit kunstvoll geschnitzten Veranden, Balkonen und Fensterumrahmungen, verziert mit Drachenköpfen und anderen Ornamenten, wirkte es wie eine Mischung aus Märchenschloss, Wild-West-Fort und herrschaftlichem Wohnsitz, mächtig und filigran zugleich.

Josi hatte erzählt, dass die gesamte Villa aus kanadischer Pech-Kiefer gefertigt war. Vermutlich rührte daher ihre rötliche Farbe. 1883 hatte der Berliner Bühnenautor, Feuilletonist und Kritiker Oscar Blumenthal diesen *Urahn der Fertighäuser* auf der *World's Fair* in Chicago entdeckt und erstanden. Zu einer Zeit, als noch niemand von Fertighäusern gehört, geschweige denn je ein solches gesehen hatte, hatte er das Haus in Teile zerlegen, verschiffen und am Rand von Bad Ischl wiederaufbauen lassen.

Den Namen *blutiger Oscar* hatte Blumenthal wohl seiner spitzen Feder als Kritiker zu verdanken. Dass nun aber der letzte Besitzer dieses ungewöhnlichen Bauwerks tatsächlich ein blutiges Ende gefunden hatte, war eine tragische Ironie des Schicksals.

Materna riss sich von dem Anblick und von seinen Gedanken los. Er straffte seine Haltung und läutete.

Keine Reaktion.

Er griff zu seinem Handy. Florian hatte Maternas Besuch bei der verstörten Leonie Thoma angekündigt und dem Chefinspektor ihre Handynummer gegeben.

»Ja?«, meldete sich eine brüchig klingende Stimme.

»Frau Thoma? Ich bin Paul Materna. Wir kennen uns von ... von vorhin. Ich bin der Polizist, der die Ermittlungen zum Tod von Wolfgang Jarisch leitet. Ich hätte ein paar Fragen an Sie. Darf ich reinkommen?«

»Hm«, hörte er noch, dann war das Gespräch beendet.

Gleich darauf erschien Leonie Thoma in der Haustür. Sie öffnete sie zunächst nur einen Spaltbreit und schaute sich ängstlich um, so als befürchtete sie, überfallen zu werden. »Kommen Sie.« Sie öffnete die Tür weiter, ließ ihn eintreten und sperrte die Tür von innen zu. Mit einer schüchternen Geste bat sie ihn in den Salon, wo sie ihm einen bequemen Polstersessel anbot und selbst auf dem Sofa Platz nahm.

»Wie geht es Ihnen, Frau Thoma?«, eröffnete er das Gespräch.

»Mir? Ich ... ich weiß nicht.«

»Frau Thoma, es tut mir so leid. Es ist ein schwerer Verlust für Sie.«

»Ja«, flüsterte sie.

»In welcher Beziehung standen Sie denn zu Herrn Jarisch?«

»Ich bin seine Biografin. Ich arbeite an einem Buch über sein Leben.« Sie zog ein Taschentuch aus der Jackentasche und tat so, als müsste sie sich die Nase putzen.

»Nur seine Biografin?«

»Hm.«

Materna sah sie ruhig und freundlich an. »Sie haben ihn geliebt, nicht wahr?«

»Ja, aber ...« Sie brach ab.

»Nun, das ist doch nicht verboten. Liebe ist etwas sehr Schönes.« Auch wenn sie manchmal verdammt wehtut, ergänzte er in Gedanken. »Sie waren ein Paar?«

Leonie Thoma hatte den Kopf gesenkt. Stumm schaute sie auf ihre Hände, die in ihrem Schoß lagen. Schließlich nickte sie fast unmerklich.

Materna konnte sich nicht gegen einen Anflug von Rührung wehren, als er sie betrachtete. »Ich hab es mir schon gedacht. So trauert man nicht um jemanden, der einfach nur ein guter Chef war. Frau Thoma, können Sie mir schildern, was heute früh passiert ist?«

»Wir wollten eigentlich zusammen frühstücken. Wolfgang hat heute nicht ganz so früh am Drehort sein müssen. Eigentlich wollte er spätestens um halb acht vom Nordic Walking zurück sein. Ich hab verschlafen und bin erst kurz nach acht heruntergekommen. Aber ich hab ihn nirgends gefunden.« Sie fuhr sich mit der Hand über die Augen. »Dann hab ich mich auf die Suche gemacht. Den Rest wissen Sie.«

Materna nickte. »War der Herr Jarisch immer so früh unterwegs?«

»Ja, er war jeden Tag spätestens um sechs Uhr für eine halbe Stunde beim Nordic Walking, manchmal auch für eine ganze, wenn er Zeit hatte. Das war ihm sehr wichtig.«

»Und wer außer Ihnen kann davon gewusst haben?«

Leonie Thoma zog die Stirn in Falten. »Na ja, um die Zeit sind ja wohl kaum Leute bei uns in der Gegend unterwegs ... Vielleicht hat der eine oder andere von seinen Kollegen davon gewusst. Ich mein, über so etwas redet man schon mal in den Drehpausen. Aber sicher weiß ich es nicht.«

»Was hat denn der Herr Jarisch zum Nordic Walking mitgenommen? Wissen Sie das?«

»Nur seine Schlüssel. Ein Handy mochte er nicht mitnehmen, obwohl ...«

Materna nickte. »Frau Thoma, es ist so ... Wir haben bei ihm keine Schlüssel gefunden. Es wäre wahrscheinlich klug, die Schlösser am Haus austauschen zu lassen.«

Leonie Thoma sah ihn erschrocken an. Dann nickte sie.

»Und noch eine Frage«, fuhr Materna fort. »Der Herr Jarisch hat doch sicher ein Testament gemacht. Wissen Sie, wer ...«

»Da!« Ein Aufschrei von Leonie unterbrach ihn mitten im Satz. Sie sprang auf und deutete mit hektischen Gesten auf das Fenster in seinem Rücken.

Materna stand ebenfalls auf und schaute in den Garten hinaus. Tanja Moll trug immer noch das weinrote Business-

Kostüm, allerdings schwarze Pumps. Auf nicht ganz so hohen Absätzen wie denen von heute früh stöckelte sie auf die Eingangstür zu.

Leonie Thoma stand gebückt hinter dem Sofa, als wollte sie dahinter Schutz suchen. Ihre Augen waren geweitet, ihr Teint war noch blasser, als er davor schon gewesen war. »Die soll gehen! Sie soll sofort verschwinden!«

Indessen läutete es.

»Ich schicke sie weg, keine Sorge.« Materna ging nach draußen.

Erneutes Läuten. »Frau Thoma!« Die Klatschreporterin trommelte gegen die Tür. »Nur ein paar Fragen ...«

Materna drehte schnell den Schlüssel herum und riss die Haustür auf.

Tanja Moll hatte ihr Smartphone in der Hand. Vermutlich hatte sie damit gerechnet, Leonie Thoma fotografieren zu können. Auf den Anblick des Chefinspektors war sie offensichtlich nicht gefasst gewesen. Sie starrte ihn kurz aus geweiteten Augen an, dann schob sie das Handy blitzartig zurück in die Tasche.

»Frau Moll, bitte gehen Sie«, sagte Materna bestimmt. »Sie lassen die Frau Thoma in Ruhe, jetzt und überhaupt. Haben wir uns verstanden?«

»Die Öffentlichkeit hat ein Recht ...«, begann sie sofort mit ihrer Standardfloskel.

»Frau Thoma ist keine öffentliche Person. Das heißt, *Sie* haben kein Recht, sie auszufragen oder ihr hinterher zu spionieren. Auf Wiedersehen.«

»Also, das ist ...«, zischte die Moll.

Was das ist, erfuhr Materna nicht mehr. Energisch schloss er die Tür vor der Nase der Journalistin.

16.00 Uhr

»Na, hat es was gebracht, dass du es allein versucht hast? Bist du in das verwunschene Schloss eingedrungen und hast eine Audienz bei der verzauberten Prinzessin erhalten?« Bernies Stimme am Telefon klang ganz schön zynisch.

Tanja hatte große Lust, ihrem Kollegen den Hals umzudrehen. Da hatte ihr der verflixte Polizist alles versaut, und jetzt konnte sie sich auch noch den Spott dieses selbstverliebten Gschaftlhubers anhören. »Nein«, presste sie unwillig zwischen den Zähnen hervor.

»Na bitte, no schau, kommt halt nie was G'scheites raus, wenn man den alten Bernie ausbooten will.«

Gerade wollte Tanja zu einer deftigen Erwiderung ansetzen, da schoss ihr ein Gedanke durch den Kopf. »Du, ich muss ganz schnell auflegen. Wir können uns ja später im Café Ramsauer treffen.«

»Eh klar. Wir müssen schauen, wie wir weitertun. Und wir müssen uns beeilen. Es sollte längst alles in der Redaktion sein, und wir haben noch nicht einmal ...«

Tanja hatte ihn bereits weggedrückt. Sie hatte einen neuen Plan. In ihrem Gesicht breitete sich ein triumphierendes Lächeln aus. Den Teufel würde sie tun, mit diesem Deppen von Bernie über ihre Idee zu reden. Sie würde dranbleiben. Und es würde ihre Story sein. Nur ihre.

16.20 Uhr

Es hatte einige Zeit gedauert, bis Leonie Thoma sich beruhigte. Immer wieder waren ihre hektischen Blicke zum Fenster gewandert.

Ohne wirklich Durst zu haben, hatte Materna sie um etwas zu trinken gebeten; er hoffte, sie damit ein wenig abzulenken. Bei einer Tasse Earl Grey hatte sie dem Chefinspektor schließlich erzählt, wie sie und Wolfgang Jarisch vor etwa zwei Jahren zusammengekommen waren, schon recht bald nach den ersten Vorbesprechungen für das Buch; wie sie es geschafft hatten, ihre Beziehung vor Presse und Öffentlichkeit geheim zu halten, was ihr persönlich sehr wichtig gewesen war.

Sie schenkte Tee nach. »Bisher hab wenigstens ich Ruhe vor der Klatschpresse gehabt. Aber jetzt diese Frau ...« Einmal mehr schickte sie einen hektischen Blick zum Fenster. »Es war so schrecklich, wie diese furchtbaren Leute von der Boulevardpresse dauernd hinter Wolfgang her waren, wie sie ihn überall verfolgt haben, was sie alles über ihn geschrieben haben!«

»Ich versteh Sie schon, Frau Thoma. Ich weiß, was in diesen Blättern so alles geschrieben wird. Und das hat mit der Wahrheit meistens so viel zu tun wie ein Eisbär mit der Sahara. Der Herr Jarisch stand als berühmter Schauspieler halt in der Öffentlichkeit. Aber Sie müssen es sich nicht gefallen lassen, ausgefragt und fotografiert zu werden.«

Sie zuckte die Schultern und seufzte.

»Vielleicht sollten Sie einmal mit einem Anwalt darüber reden?«, schlug er vor.

Sie nickte. »Ich kenne halt keinen. Wenigstens nicht in Ischl.«

»Ich darf Ihnen leider keinen Anwalt empfehlen. Vielleicht schauen Sie einfach ins Branchenbuch. Aber wegen des Testaments vom Herrn Jarisch ...«

Er brachte seinen Satz gar nicht zu Ende. Sie war nämlich bereits aufgesprungen und nach draußen gelaufen. Ein, zwei Minuten später kam sie mit einem Telefonbuch zurück. Sie setzte sich wieder hin, schlug es auf und begann zu suchen. »Hm, es gibt drei Rechtsanwälte in Ischl. Der erste, der hier steht, ist ein Dr. Lechner. Der wär in der Wirerstraße ...«

»Dann rufen Sie den Dr. Lechner doch einfach an«, sagte Materna und grinste in sich hinein. Na bitte, dachte er. So verschafft man seinem besten Freund Kundschaft. »Aber jetzt hab ich noch ein paar Fragen. Sagen Sie mir bitte vor allem, ob und was Sie über ein Testament von Herrn Jarisch wissen.«

Leonie Thoma begann, mit ihren Fingern zu spielen. »Wolfgang und ich haben nie darüber gesprochen. Ich weiß also nicht, was in seinem Testament steht. Ich nehme an, dass sein Sohn Michael der Haupterbe sein wird.«

»Ein ehelicher Sohn?«

»Ja. Wolfgang war mit Gitta, Michaels Mutter, verheiratet. Sie war früher Primaballerina an der Wiener Oper. Die Ehe ist nach fünf Jahren geschieden worden. Gitta und Michael leben in Wien.«

»Kennen Sie Michael Jarisch persönlich?«

Kopfschütteln.

»War der Herr Jarisch danach noch einmal verheiratet?«

»Nein. Er hat immer gesagt, es ist ihm eine Ehe zerbrochen, er gehört nicht zu den Leuten, die ständig denselben Fehler wiederholen.«

Materna nickte lächelnd. »Sagen Sie, gibt es Waffen im Haus?«

»Waffen?« Sie schaute ihn entsetzt an.

»Na ja, so abwegig ist die Frage doch nicht. Schließlich ist diese Villa sehr abgelegen. Da wäre es schon verständlich, wenn der Herr Jarisch eine Waffenbesitzkarte beantragt hätte.«

»Wolfgang hat Waffen gehasst. Aber er hat eine erstklassige Alarmanlage einbauen lassen. Wenn sich jemand an Türen oder Fenstern zu schaffen macht, geht sofort der Alarm los, und innerhalb von zwanzig Minuten ist der Sicherheitsdienst da.«

»Ah ja, sehr gut.« Materna trank den letzten Schluck Earl Grey und stellte die Tasse ab. »Frau Thoma, hat der Herr Jarisch so ein Arbeitszimmer?«

Sie nickte.

»Ich müsste mich dort ein bisschen umschauen und auch einige Sachen mitnehmen.«

Blitzartig setzte sie sich auf. Er merkte, wie sich ihr Gesicht etwas rötete und wie sich die Augen verengten.

»Brauchen Sie da nicht einen Hausdurchsuchungsbefehl – oder wie das heißt?«

»Seit Neuestem heißt es Hausdurchsuchungsanordnung«, sagte Materna ruhig. »Ich kann die jederzeit telefonisch einholen. Aber wollen Sie das wirklich? Eine richtige Hausdurchsuchung, bei der viele Beamte die ganze Villa durchwühlen und alles auf den Kopf stellen?«

»Mein Zimmer auch?« Sie riss entsetzt die Augen auf.

»Ja, wenn es erforderlich ist. Das ist immerhin das Haus eines Mordopfers. Und den Mord aufzuklären ist doch auch in ihrem Interesse, oder?«

Sie stand auf. »Kommen Sie.« Ihr Blick war verschlossen, und er merkte, dass sie auf ihre Unterlippe biss, bevor sie sich umdrehte und vor ihm die Treppe hochging.

17.20 Uhr

»Geh weiter, Hubsi, jetzt schleichst dich aber!« Die Heininger Rosi stemmte die Hände in die Hüften und schaute ihren Angetrauten streng an. »Das Beuschl muss noch a Zeitl kochen.«

Gehorsam legte der so Gescholtene den Kochlöffel weg und schloss den Deckel des Kochtopfs. »Wann's halt so gut riecht!«

»Wirst es schon derwarten können. Sag mir lieber, obsd' zwei Knödel magst oder drei«, stellte sie die Frage, die sie immer stellte, wenn es Knödel gab. Und es gab meistens Knödel bei den Heiningers.

»Drei«, antwortete der Gatte, auch wie immer. Er holte sich ein Bier aus dem Kühlschrank und das dazugehörige

Krügl aus der Kredenz. Dann setzte er sich an den Küchentisch.

Rosi griff nach der Schüssel mit dem Knödelteig.

»Habt's schon was rausg'funden in der Mordsach'? Mei, die arme Frau Thoma, so verzweifelt is s'! I hab sie gar ned beruhigen können. Und der Herr Jarisch – so a netter Mann! So berühmt und gar ned eingebildet.« Sie knetete den Knödelteig so heftig, als hätte sie es nicht mit einer weichen Masse aus Knödelbrot, Mehl, Milch und Ei zu tun, sondern mit einem Betongemisch.

»Ja mei«, antwortete der Heininger. »So schnell san ma a wieder ned. Jetzt müssen ma erst amal die ganzen Filmleut' befragen, die Spuren werden ausgewertet ...«

»Dass wer a so an feinen Menschen derschießt ... gar ned glauben kann i's.« Rosi unterbrach ihre Arbeit einen Moment lang und wischte sich mit dem Handrücken über die Augen. »*Rosi*, hat er immer g'sagt, der Herr Jarisch, *Rosi, für mich gehören Sie zur Familie.* Ned amal ihre große Liebe haben s' vor mir geheim gehalten, die Frau Thoma und er.« Sie seufzte tief, warf eine Handvoll Petersilie in die Knödelteig-Schüssel und knetete weiter.

Der Heininger stellte seinen Bierkrug so schwungvoll zurück auf den Tisch, dass es knallte. »Aber ned, dass d' irgendwem was davon erzählst! Du weißt, du hast unterschrieben, dass d' dich zum Schweigen verpflichtest, wiesd' beim Jarisch zum Arbeiten ang'fangen hast. Machst dich strafbar, wenn ...«

»Ah geh, Hubsi – ich kann schweigen wie ein Grab!« Die Rosi unterbrach die Kneterei und schaute ihren Ehemann herausfordernd an.

»No ja«, sagte der, was wenig überzeugt klang.

»I weiß a ganze Menge, des kannst mir glauben. Aber des sag ich nur dir. Du bist ja schließlich Polizist, und a guter noch dazu.«

»Ja eh.« Der Heininger schenkte sich Bier nach, nahm einen kräftigen Zug und stellte das Krügl mit einem inbrünstigen »Aah!« wieder ab.

»Und was wird denn jetzt überhaupt mit der Villa? Ob die Frau Thoma dableiben darf?«

»Des hängt davon ab, wer erbt. Des wiss'n ma no ned.«

»No, siehst es. Da weiß ich ja vielleicht was. Zum Testament und noch mehr«, sagte die Rosi mit geheimnisvoll gesenkter Stimme.

19.20 Uhr – Linz

Als er die Tür zu seiner Wohnung öffnete, strömte der betörend süße Duft einer warmen Mehlspeise in Maternas Nase. Isabel hatte eines seiner Lieblingsgerichte zubereitet – Palatschinken? Kaiserschmarrn? Topfenstrudel? Nicht nur, dass ihm das Wasser im Mund zusammenlief – die Tatsache, dass sie kochte, ließ ihn aufatmen. Eine kochende Isabel war doch bestimmt keine total verzweifelte Isabel. Hoffte er wenigstens.

Materna betrat die Küche. Isabel schloss gerade das Backrohr. Sie richtete sich auf, drehte sich zu ihm um, legte den Topflappen, den sie noch in der Hand hielt, zur Seite und fiel ihm um den Hals. »Papa!«

Erleichtert, sie immerhin nicht völlig am Boden zerstört vorzufinden, drückte er sie an sich. »Isi, mein Schatz. Wie schön, dass du da bist.« Er löste die Umarmung, schob sie ein klein wenig von sich und schaute sie aufmerksam an. Sie hatte ihr leicht gewelltes dunkles Haar etwas länger wachsen lassen. Es umrahmte ihr schmales Gesicht und machte es weicher. Allerdings hatte sie Ringe unter den Augen. Am liebsten hätte er sie mit Fragen bestürmt, aber er beherrschte sich.

»Es gibt Topfenstrudel.« Sie lächelte. »Ich bin mit dem Auto gekommen und war schon früher da. Da hab ich mir gedacht, ich koch uns was.«

Er schnupperte mit hochgereckter Nase. »Hm, riecht ja fantastisch«, sagte er und musterte sie weiter. Ihre helle Leinenhose und das eng anliegende T-Shirt ließen sie so schmal erscheinen, dass er meinte, ihre Taille mit zwei Händen umfassen zu können. »Sag, Isi, bist du noch dünner geworden?«

»Geh, Papa! Wenn man eine Mutter hat, neben der jedes Model fett wirkt, und einen Vater, der ausschaut wie ein Besenstiel, ist es doch kein Wunder, wenn man selber dünn ist. Das war ich doch schon immer und ich werd es wahrscheinlich immer bleiben. So wie du – trotz deiner Vorliebe für das ganze süße Zeug.«

»Hm«, brummte er und zwinkerte leicht. »Dann bedanke ich mich herzlich für den Besenstiel. Ich hab bis jetzt immer geglaubt, ich schau ganz passabel aus.«

»Tust du auch, Papa. Absolut passabel, echt! Ich hab gar nicht gewusst, dass du eitel bist, sonst hätte ich natürlich statt Besenstiel *gertenschlanker Vater* gesagt.«

»Soso«, brummte er, einerseits dankbar für das Geplänkel, andererseits getrieben von Unruhe, was sein Kind denn bedrückte.

»Brauchst dir keine Sorgen machen«, sagte Isabel im selben Moment, als hätte sie seine Gedanken gelesen. »Ich hab schon wieder einen klaren Kopf. Die Josi hat ihn mir nämlich zurechtgerückt.«

»Die Josi?«, fragte er verblüfft.

»Ja, am Telefon.«

Ein kleiner Eifersuchts-Dorn pikste in sein Herz. Brauchte seine Tochter ihn vielleicht nicht mehr, jetzt, wo sie in Josi eine gute Freundin und Vertraute gefunden hatte? Blödsinn!, schalt er sich selber. Dass die Frau, die er liebte, ein so herzlicher, offener Mensch war, dem man sich gerne anvertraute, war ein Geschenk; dass sie und seine Tochter sich so gut verstanden, ein noch größeres. Und dass es für Isabel mit ihren 22 Jahren immer noch selbstverständlich war, zu ihm zu kommen, wenn sie Unterstützung brauchte, war das größte Geschenk von allen. Er lächelte. »Sagst du mir denn auch, worum es geht?«

Isabel nickte. »Gleich. Ich hol nur schnell den Topfenstrudel aus dem Rohr, dann erzähl ich dir alles.«

»Gut. Ein Glaserl Wein dazu?«

»Ja, gern. Und ein Wasser.«

Er holte die Getränke und schenkte ein. Isabel stellte die Form mit dem Strudel auf den bereits gedeckten Tisch. Die warme Mehlspeise erfüllte den gesamten Raum mit ihrem Duft.

Sie setzten sich.

Materna hob sein Glas. »Auf dein Wohl, mein Mädel, was immer auch los ist.«

Isabel prostete zurück. »Der Moritz ...«, begann sie, nachdem beide einen Schluck getrunken hatten. Und jetzt schossen ihr doch Tränen in die Augen.

Mit einer heftigen Bewegung stellte Materna sein Glas ab. Er musste daran denken, wie sie vor eineinhalb Jahren hier gesessen waren, er und die in Tränen aufgelöste Isabel. Damals war es der Max gewesen, der sie verlassen hatte. Max und Moritz ... zur Hölle mit ihnen! Das Kopfkino sprang an, Maternas Hirn intonierte die Rachearie aus der *Zauberflöte*. »Der Moritz. So. Das hab ich mir schon gedacht. Was hat der Ke..., der Moritz dir getan?«

»Er hat ein Angebot aus Florida bekommen, interessant, karriereträchtig, gut bezahlt ... im Grunde ein Glückstreffer für jeden Schmuckdesigner.«

»Und jetzt willst du auch ...« Materna verschluckte sich prompt an dem Stück Topfenstrudel, das er gerade in den Mund geschoben hatte. Er musste husten.

»Geht's wieder?«, fragte Isabel, als das Husten aufhörte. Er nickte, und sie sprach weiter. »Ich könnte mitkommen und in derselben Firma arbeiten, aber mehr oder weniger als Aushilfskraft. Eine Greencard würde ich bekommen. Von der Arbeit her wär's halt eine Katastrophe.«

»Ah, und jetzt weißt du nicht, was du tun sollst?«

»Inzwischen schon, Papa. Ich hab lang mir der Josi geredet, und dabei ist mir klar geworden, dass es einfach nicht okay ist, wie der Moritz sich verhalten hat. Nicht einmal gefragt hat er, wie es mir mit der Sache geht. Und er hat überhaupt nicht infrage gestellt, ob er das Angebot annehmen soll oder vielleicht auch nicht, wenn ich nicht mit ihm gehe.« Sie zog ein Taschentuch hervor, wischte sich über die Augen und schnäuzte sich kräftig. »Offenbar hat er keinen einzigen Gedanken an irgendeine Alternative verschwendet und schon gar nicht daran, dass ich auch eine gute Schmuckdesignerin bin. Dass ich vielleicht auch noch weiterkommen möchte mit meiner Karriere. Er hat nur gesagt, ich soll mir überlegen, ob ich mitkomme oder nicht. Wenn nicht, geht er eben allein.«

Egoistischer Idiot! Materna hätte am liebsten laut herausgeschrien, was er dachte. Und Lust, auf den Tisch zu hauen, hatte er auch. Er bemühte sich um Beherrschung. »Und was hat die Josi dazu gesagt?«

»Sie hat eigentlich gar nicht viel gesagt. Sie hat ein paar Fragen gestellt und mich reden lassen. Auf einmal war alles ganz klar. Ich bleib hier.«

Unwillkürlich musste er lächeln. Andere dazu zu bringen, dass sie von sich aus die Lösung für ihre Probleme fanden, das konnte sie, die Josi. Und er war überzeugt, dass sie sich den einfühlsamen und geschickten Umgang mit anderen nicht allein durch ihr Psychologiestudium oder durch ihre Erfahrung als klinische Psychologin angeeignet hatte. Viel eher hatte sie ihr unglaubliches Geschick im Umgang mit Menschen ihren warmherzigen Eltern zu verdanken.

»G'scheit«, sagte er und hob sein Glas. »Auf meine zwei g'scheiten Mädeln, auf dich, Isi, und auf die Josi!« Sie stießen mit dem roten Burgenländer an und tranken. »Aber du weißt es schon, gell – ich würd dir nie dreinreden oder versuchen, mich deinen Plänen in den Weg zu stellen.« Er stellte sein Glas ab.

»Natürlich nicht, Papa.« Ein leicht verschmitztes Lächeln huschte über Isabels Gesicht.

»Aber froh bin ich schon, dass du weiterhin in Tirol arbeitest und nicht in Florida«, ergänzte er wahrheitsgemäß.

Sie nickte und wischte ein paar Tränen weg, die ihr trotz aller G'scheitheit über die Wangen kullerten. »Weißt was, Papa – ich hab mir Urlaub genommen. Ich bleib zwei Wochen bei dir.«

Einen winzigen Moment lang freute er sich über ihre Eröffnung. Gleich darauf merkte er, dass er schon wieder in dem wohlbekannten Dilemma steckte. Sie hatte Urlaub, wollte mit ihm zusammen sein – und er musste arbeiten. Wenn sie einen wichtigen Fall zu lösen hatten, konnte er als Chefinspektor sein Team nicht einfach allein lassen. Himmelkreuzkruzitürken!

»Isi …« Er fasste über den Tisch nach ihrer Hand. »Das tut mir so leid jetzt, aber ich hab dir doch von dem Fall in Ischl erzählt. Der berühmte Schauspieler Wolfgang Jarisch ist erschossen worden …«

»Hab ich schon gehört«, sagte Isabel. »In den Nachrichten haben sie's gebracht. Schlimm, so was. Ein Weltstar. Der Mord muss aufgeklärt werden. Logisch.«

»Ja«, bestätigte er ein wenig verzweifelt. »Ich muss morgen in der Früh gleich ins Büro. Der Oberst hat die Kollegen antanzen lassen, trotz Samstag. Und ich werd viel in Ischl sein in den nächsten Tagen.«

»Super. Ziehen wir nach Ischl! Ich hab doch mein eigenes Auto, also sind wir ganz unabhängig voneinander.« Isabel strahlte ihn an.

»Ah, ich weiß nicht, Isi. Wenn die Josi nicht da ist ...«

»Das haben wir doch schon besprochen, die Josi und ich. Sie freut sich, wenn wir in ihrem Häuserl wohnen. Sie hat gemeint, du hast doch eh einen Schlüssel. Und ich darf das Gästezimmer haben. Komm, Papa, wenn wir in Ischl sind, sehen wir uns öfter als hier, oder? Und ich möcht einmal ganz altmodisch zur Sommerfrische nach Bad Ischl, so wie früher die Sissi.«

Materna schüttelte leicht den Kopf. Was hatten die beiden denn da alles ausgemacht ... »Gut«, sagte er schließlich. »Dann auf zur Sommerfrische, Eure Majestät!«

Samstag, 25. Mai

8.10 Uhr

Trotz Wochenende hatte sich das Kernteam der Abteilung Leib und Leben des LKA Oberösterreich im Besprechungsraum versammelt. Außer Conni waren auch Tina Kubitsch sowie Kontrollinspektor Christian Obermayer, Maternas Stellvertreter, anwesend.

Lukas Markert, das Greenhorn der Abteilung, tauchte mit etwas Verspätung auch noch auf. Mit einem kurzen »'tschuldigung!« setzte er sich auf seinen Platz.

Nachdem das Allerwichtigste erledigt war – nämlich Kaffee gekocht und die Häferln gefüllt worden waren, informierte Materna sein Team noch einmal persönlich über den Fall, den er mit Christian und Tina gestern nur am Telefon besprochen hatte. Er berichtete von den Gesprächen mit Valentina und Katharina Greding, Clarissa Auerbach und Leonie Thoma.

Conni grinste breit. »Na bitte – der große Boss hat wieder einmal alle schönen Frauen für sich reserviert und wir ...«

Materna verdrehte die Augen.

»Is eh wurscht.« Conni wurde ernst. Er fasste die gestrige Einvernahme der Filmleute für die Kollegen zusammen.

Florian Unterberger und er hatten noch nicht alle befragen können. Berauschend waren die Ergebnisse nicht gerade. Es war ja auch schwierig, ein Alibi für die Zeit zwischen 5.00 und 7.00 Uhr abzufragen. Bis auf das technische Team, die Maskenbildner, Requisiteure und die Schauspieler, die bereits sehr früh am Set gewesen waren, hatten die meisten natürlich angegeben, sie hätten um diese Zeit noch geschlafen. Einige waren schon um 7 Uhr herum beim Frühstück gesessen. Das würde das Hotelpersonal zwar bezeugen können, es half aber nicht wirklich weiter. Theoretisch konnte jemand den Mord begangen haben und um diese Zeit wieder im Hotel zurück gewesen sein.

»Die Auswertung der Videoüberwachung aus der Hotelgarage ist noch in Arbeit«, berichtete Conni weiter. »Der Flo und ich haben noch kurz drüberg'schaut. Um halb sechs sind schon die Ersten rausgefahren. Die fangen ja wahnsinnig früh mit dem Drehen an. Das müssen wir alles noch abgleichen.«

»Hm, wenn ich vorhätte, jemanden irgendwo zu ermorden, wo ich mein Auto brauch, würd' ich davor eher nicht in einer Hotelgarage parken. Es ist ja eigentlich logisch, dass die überwacht wird«, gab Christian zu bedenken. »Und wie eine spontane Tat sieht das Ganze ja wirklich nicht aus.«

Conni nickte. »Stimmt schon. Aber Mörder machen die verrücktesten Fehler.« Er drückte auf seinem Smartphone herum, wo er seine Notizen abgespeichert hatte. Dann blickte er wieder hoch. »Sarah Amberg, die Schauspielerin, nach der du gefragt hast, Paul, hat am Donnerstag ihre letzte Szene gedreht und ist bereits abgereist. Wohin, wissen wir nicht. Sie lebt in Salzburg. Bis jetzt war sie nicht zu erreichen, nicht über das Festnetz, und ihr Handy war auch dauernd aus.«

»Da bleib ich dran. Gib mir bitte die Nummern, Conni.« Materna tippte beide Telefonnummern der Schauspielerin in sein Handy. »Habt ihr irgendwas rausgekriegt über Streit oder Eifersüchteleien im Filmteam?«

»Streit hat es nach den bisherigen Aussagen nur zwischen Rüdiger Baum, dem Darsteller des Franz Salvator von Toskana, und Wolfgang Jarisch gegeben«, antwortete Conni. »Anscheinend hat der Jarisch den jungen Mann als unbegabten Schönling bezeichnet, und es hat ordentlich gekracht zwischen den beiden. Rüdiger Baum hat allerdings ein Alibi«, fügte er hinzu. »Er ist laut Valentina Greding zur Mordzeit in der Maske herumgestanden, obwohl sein Termin erst etwas später war. Das haben die Maskenbildnerinnen bestätigt.«

»Genau das könnte aber auch eine raffinierte Finte sein«, wandte Christian ein. »Der Baum kann ja auch einen Komplizen gehabt haben und extra so früh am Set aufgetaucht sein, damit kein Verdacht auf ihn fällt.«

Materna zuckte leicht mit den Achseln. »Nur wegen so einer Streiterei? Unwahrscheinlich. Aber wir behalten ihn im Auge. Ansonsten sollten wir uns auch darum kümmern, ob noch alte Kontakte zwischen Jarisch und irgendwelchen Ischlern bestehen.«

»Alte Kontakte? Wieso denn?«, fragte Christian.

»Jarisch ist in Ischl geboren und aufgewachsen«, sagte Materna.

»Genau«, ergänzte Tina. »Und er hat dann in Wien am Reinhardt-Seminar studiert und anschließend ziemlich schnell eine Bomben-Karriere hingelegt.«

Materna stellte die Kaffeetasse ab. »Natürlich müssen wir in alle Richtungen ermitteln, vor allem, weil wir ja noch gar nicht wissen, was das Motiv für den Mord war. Bei einem erfolgreichen, beim Publikum und speziell bei den Frauen sehr beliebten Mann, der noch dazu ziemlich begütert gewesen sein dürfte, kommt ja vieles infrage – Eifersucht, Neid, Geldgier ... Mit der geschiedenen Frau vom Jarisch und seinem Sohn muss ich auch möglichst bald reden.«

»Apropos ...«, kam Tina auf ihre Recherchen zurück. »Der Jarisch hat noch eine Stadtwohnung in Wien gehabt.«

»Ich kümmer mich um Amtshilfe«, bot Christian an. »Die muss durchsucht werden.«

»Ja, bitte.« Materna nickte.

»Was ist eigentlich mit der Leonie Thoma?«, fragte Conni.

»Die war so abgrundtief verzweifelt und – wie soll ich das beschreiben – voller wütender, ungläubiger Trauer. Ich kann mir ehrlich gesagt nicht vorstellen, dass das gespielt war.«

»Ui, da kannst dich aber auch ganz schön täuschen«, wandte Christian ein.

»Ja, eben.« Lukas hatte mit seiner Smartwatch herumgespielt. Jetzt hob er den Blick und schaute Materna an.

Der Chefinspektor hatte sehr wohl den leicht hochgezogenen rechten Mundwinkel und die schmal gewordenen Augen des jungen Mannes bemerkt. Lukas provozierte immer wieder auf subtile Weise, was Materna bisher mit totaler Nichtbeachtung beantwortet hatte. Wenn es so weiterging, würde er allerdings ein ernstes Wort mit dem jungen Mann reden müssen.

»Nach meinem Gefühl waren Schock und Trauer echt«, sagte er an Christian gewandt. »Natürlich müssen wir sie im Auge behalten. Auffällig war, dass sie auf die Schmierblatt-Reporterin, die Moll, mit extremer Angst reagiert hat. Ich kann schon verstehen, dass man diese Boulevard-Figuren nicht mag, dass man sie sogar fürchtet, aber so eine Panik, wie sie die Frau Thoma geschoben hat …« Er brach ab und ließ den Blick durch das Fenster nach draußen schweifen. »Sie hat mir erzählt, dass sie seit zwei Jahren eine Beziehung mit Wolfgang Jarisch hat und dass es ihnen gelungen ist, das vor der Öffentlichkeit geheim zu halten. Dass das aber über seinen Tod hinaus nicht möglich sein wird, müsste ihr doch eigentlich klar sein. Schließlich dürfte sie als seine Lebensgefährtin zu seinen Erben gehören. Komisch war auch, dass sie zunächst mir gegenüber recht offen gewirkt hat, dann aber am liebsten verhindert hätte, dass ich mich im Arbeitszimmer vom Ermordeten umschaue und was mitnehme. Laptop und Handy vom Jarisch sind in der KTU. Wenn das Gerät spurentechnisch untersucht ist und die Passwörter geknackt sind, könntet ihr euch damit befassen, Tina und Lukas. Ein Testament hab ich nicht entdeckt, aber im Terminkalender vom Jarisch ist ein Termin mit einem Notar Dr. Fuchs eingetragen: Donnerstag, also vorgestern, 17.30 Uhr. Ohne richterliche Anordnung wird uns der Dr. Fuchs aber nix sagen.«

»Ich schau, dass wir die kriegen.« Christian machte sich eine Notiz.

»Danke, Christian. Hoffentlich dauert es nicht wieder ewig.« Er wandte sich an Tina. »Was hast du über die Leonie Thoma herausgefunden?«

»Die ist für heutige Verhältnisse ein auffällig unbeschriebenes Blatt.« Tina griff nach einer dünnen Pappmappe, öffnete sie und nahm einen bedruckten Zettel heraus. »Im Internet taucht sie als Verfasserin von einigen literaturwissenschaftlichen Werken, drei Romanen und einem Lyrikband auf. Eine Autorenwebsite oder so etwas hat sie nicht. Es gibt auch keine Accounts bei sozialen Netzwerken, wenigstens nicht unter ihrem richtigen Namen. Das überprüf ich aber noch genauer.«

»Das ist wirklich ungewöhnlich, zumindest für die Altersgruppe«, dachte Materna laut vor sich hin.

»Genau«, fuhr Tina fort. »Keine Vorstrafen – nicht einmal in der Verkehrssünder-Datenbank taucht sie auf. Sie hat in München Germanistik studiert. 2005 ist sie von München nach Graz gezogen, wo sie das Studium fortgesetzt und abgeschlossen hat. Ihr Geburtsname ist Schneider. 2006 hat sie den Grazer Andreas Thoma geheiratet. Die Ehe hat grad mal ein Jahr gehalten. Ihr geschiedener Mann arbeitet in einem Geschäft für Alpinbedarf und Outdoor-Mode in Graz. Sie selber ist nach dem Studium als Assistentin an der Uni geblieben und hat bis vor zwei Jahren da gearbeitet. Eigentlich wollte sie noch ihr Doktorat machen, hat dann aber plötzlich gekündigt.«

»Vor zwei Jahren hat sie mit der Biografie vom Jarisch angefangen«, erklärte Materna. »Danke, Tina, du bist super!«

Tina wurde ein wenig rot. »Im Internet ist der Lukas schon noch mal cleverer als ich.«

Der so Belobigte nickte mit einem breiten Lächeln.

Materna sagte nichts. Der junge Kollege mochte im Internet durchaus fitter sein als seine langjährige Mitarbeiterin. Aber für wirklich gute Recherchen genügte es nicht, sich in der Welt des World Wide Web perfekt auszukennen. Dafür waren auch Erfahrung und Feingefühl gefragt. »Und was hast du über die Frau Greding und unsere Gräfin rausbekommen?«

Tina nahm ein weiteres Blatt zur Hand. »Da steht alles über Katharina Greding drauf, was ich bis jetzt herausgekriegt habe. Auf eine Affäre mit dem Jarisch hab ich keine Hinweise gefunden. Ich mein, der Boulevardpresse entgeht so was ja normalerweise nicht, und ich hab die ganzen schicken Blätter durchforstet. Die Greding und der Jarisch haben ein paarmal zusammen gedreht. Beim ersten Mal war sie noch ein Kind. Sie hatte drei längere Beziehungen, war aber nie verheiratet. Die Tochter, Valentina, stammt aus der ersten. Katharina Greding ist seit sechs Jahren wieder Single. Sie lebt in Klagenfurt. Beruflich geht es ihr wohl so einigermaßen. Sie bekommt immer wieder Fernsehrollen, gelegentlich wirkt sie auch mal in einem Spielfilm mit. Vor ungefähr einem Jahr hat sie sich ein paar Monate Auszeit genommen – oder sie hat vielleicht einfach kein Rollenangebot gekriegt. Genaueres weiß ich noch nicht. Die *Sissi* in diesem Valerie-Film ist jedenfalls eine von den größeren Rollen der letzten Jahre.«

»Sehr gut, danke«, sagte Materna. »Und was gibt es zu unserer Gräfin?«

»Die ist öfter an der Seite von Jarisch aufgetaucht, bei Bällen und Galas zum Beispiel. Vermutlich hat sie auch was mit ihm gehabt, obwohl das in den Gazetten immer mit Fragezeichen steht. Also so was wie: *Ist die schöne Gräfin die neue Geliebte des Stars?*

Ich hab dir auch über sie alles zusammengestellt, was ich bisher gefunden habe, Paul. Dürfte sie in Österreich ihren Adelstitel noch führen, wäre sie eine Gräfin von und zu Auerbach. Verarmter Adel ist das allerdings nicht. Die Familie besitzt eine gut gehende Trachtenbekleidungsfirma der gehobenen Klasse, einen Gutshof, auf dem Pferde gezüchtet werden, und ein kleines Jagdschloss in Kärnten mit dazugehöriger Jagd. Clarissa Auerbach ist nicht nur Mitglied im Kärntner Landesjagdverband, sondern gehört sogar zu dem Expertenteam, das die Jägerprüfung zum Erwerb der Jagdkarte abnimmt.«

»Das ist allerdings interessant«, sagte Materna.

9.30 Uhr

Der Therapeut sprach mit ruhiger gleichmäßiger Stimme. »... und du sinkst tiefer ... und tiefer ... du bist vollkommen entspannt und lässt dich in deine innere Welt hineinfallen. Du fühlst dich wohl und geborgen ... du atmest weiter, ganz ruhig, ein – aus, ein ... Du bist am Ziel. Schau dich um. Vor dir ist eine Tür. Geh hin ... öffne sie!«

»Die Tür ...«, murmelte Katharina.

»Öffne sie.«

»Ich öffne sie.« Ihre Stimme war kaum hörbar. »Nein!«, schrie sie plötzlich.

»Was siehst du? Sag mir, was du siehst. Da ist *er*, nicht wahr?«

»Ja ... er!« Ihr Körper zuckte.

»Ruhig, ganz ruhig«, sagte er sanft. »Du darfst die Tür jetzt wieder schließen. Du warst sehr tapfer. Und während du nun noch ein bisschen schläfst und dich erholst, kannst du alles, was du gesehen hast, hinter dir lassen.«

Als Katharina die Augen öffnete, wusste sie nicht, wie lange sie geschlafen hatte. Es kam ihr vor wie eine Ewigkeit, aber die Wanduhr zeigte gerade einmal zehn Uhr.

Der Therapeut betrat den Raum. »Willkommen zurück, Frau Greding.« Mit Beendigung der Intervention kehrte er sofort zum *Sie* zurück. »Wie geht es Ihnen?«

»Ich weiß es nicht.«

»Sie wissen es nicht?«

»Ich fühle mich ausgeruht. Aber da ist so ein ungutes, ein bedrohliches Gefühl in mir.«

»Wo spüren Sie dieses Gefühl?«

»Hier.« Sie legte ihre Hand auf die Brust, dorthin, wo sich das Herz befindet.

Er nickte sanft. »Was haben Sie auf der Reise in Ihr Unbewusstes erlebt?«

Sie schwieg.

»Frau Greding, ich weiß, dass solche Erfahrungen sehr, sehr unangenehm sind, vielleicht sogar bedrohlich. Aber sich ihnen zu stellen ist der einzige Weg, sich von der Last der Vergangenheit zu befreien. Da war eine Tür, nicht wahr?«

»Ja, eine große Metalltür.«

»Eine große Metalltür. Sie haben sie geöffnet. Was war hinter der Tür?«

Ihre Augen weiteten sich. »Da war ... *er*«, flüsterte sie und begann zu weinen.

11.00 Uhr

Materna war in seinem eigenen Wagen unterwegs in Richtung Ischl. Isabel war schon in der Früh mit ihrem Corsa losgefahren. Da er mit ihr in Josis Häuschen übernachten würde, hatte er Conni gebeten, den Dienstwagen zu nehmen. Sie wollten sich auf der Ischler Polizeiinspektion treffen.

Er sinnierte noch ein wenig über den gestrigen Abend nach, während er die Salzkammergut Bundesstraße entlangfuhr. Dass Isabel die Enttäuschung mit ihrem Freund doch so gut verkraftete, beruhigte ihn. Der Urlaub würde ihr guttun. Und auch wenn er fürchtete, nicht viel Zeit für sie zu haben – er freute sich jedenfalls auf die Tage mit ihr. Nur Josi fehlte ihm sehr.

Das Telefon riss ihn aus seinen Gedanken. Er hatte die Freisprechanlage aktiviert und nahm den Anruf entgegen.

»Servus, da ist der Heininger«, ertönte eine laute, etwas aufgeregt klingende Stimme aus den Lautsprechern.

»Servus, Heininger. Was gibt's?«

»Ja, also, bei der Frau Thoma ist eingebrochen worden. Sie ist verletzt.«

»Wie bitte?« Materna war richtig erschrocken. »Ist sie schwer verletzt? Ist sie misshandelt worden? Ausgeraubt? Jetzt red schon, Heininger!«

»Na, i glaub, schwer verletzt is sie ned. Sie ist aber im Krankenhaus. Der Einbrecher hat ihr an Stesser geb'n. Da ist sie über die Stiegen nunterg'fallen. A Kopfwunde hat s' halt, die is genäht worden. Und an Muskelriss am Bein.«

»Ja – und? Hat sie jemand gefunden oder hat sie sich selber bei euch gemeldet?«

»Na, g'meldet hat sie sich nicht. Die Rosi hat sie g'funden.«

»Die Rosi! Deine Frau?«

»Ja, meine Frau!«

Na bravo! Materna schwante Fürchterliches. Schließlich kannte er das enorme Interesse der Rosi Heiniger an den Privatangelegenheiten anderer Leute; dazu kam noch ihr Talent, die in Erfahrung gebrachten Neuigkeiten blitzartig in ganz Ischl zu verbreiten. Wobei diese natürlich auch noch kräftig ausgeschmückt wurden. »Was hat denn die Rosi in der Villa Blumenthal zu tun?«

»Der Herr Jarisch hat sie ang'stellt. Als Haushälterin für viermal in der Woche.« Das klang, als teile Heininger mit, seine Gattin sei die engste Vertraute der Queen und hätte jederzeit Zutritt zum Buckingham-Palast.

Materna schluckte. Jedenfalls verstand er jetzt, warum der Heininger so einiges über Jarisch und Leonie Thoma gewusst hatte.

»Und Samstag ist ihr Tag. Da geht die Rosi immer einkaufen und richtet alles fürs Wochenende her. Sie kocht auch vor, für'n Sonntag. Deswegen war sie heut in der Villa. Gestern war sie nämlich außertourlich da, weil der Doktor Wagner ang'rufen hat, dass sie sich um die Frau Thoma kümmern soll.«

Materna verordnete sich selbst, tief und ruhig zu atmen. Bevor der Heininger wieder loslegen konnte, fragte er schnell, um wie viel Uhr die Rosi denn die Frau Thoma gefunden hätte.

»Um neun«, sagte der Heininger.

»Um neun!« Materna wurde laut. »Und da rufst mich erst jetzt an?«

»No ja, die Rosi hat mich auch grad erst ang'rufen. Sie hat die Frau Thoma erst einmal selber verarztet und sie dann ins Krankenhaus 'bracht. Der Maurer und der Laimer san jetzt eh scho losg'fahrn zur Villa 'naus.«

»Eh scho ...«, wiederholte Materna fassungslos. Er schnaufte ein weiteres Mal tief durch. »Heininger, die Rosi als Polizistenfrau wird doch wissen, dass man einen Einbruch immer sofort der Polizei melden muss. Und ich mein, wenn der Einbruch in einem Haus stattfindet, das einem Mordopfer gehört, erst recht, oder ned?«

»Ja, scho ...«, gab der Heininger zu. »Aber die Rosi war halt auch ganz durcheinander. Z'erst der Mord an dem Herrn Jarisch, der wo ja praktisch ihr Chef g'wesen ist, dann liegt da die Frau Thoma mit einer schlimmen Kopfwunde und dem verletzten Bein ... Und jetzt hat sie ja ang'rufen.«

Materna verdrehte die Augen und seufzte. »Ist gut, Heininger. Ich fahr ins Krankenhaus und dann zur Villa. Servus«, beendete er das Gespräch.

Er musste Conni anrufen. Eigentlich hätte der heute die Befragungen der Filmleute fortsetzen sollen. Er wählte die Nummer seines Mitarbeiters. »Servus, Conni. Wo bist du grad?«

»In Roith, vor der Inspektion. Ich wollt grad den Flo abholen und dann zum Drehort fahren, also zum Kaiserpark.«

Materna fasste die Ereignisse zusammen, soweit er sie selbst schon überblickte. »Geh bitte, Conni, schließ dich mit den Kollegen auf der Inspektion kurz, und dann fahrt ihr sofort weiter zur Villa Blumenthal. Ich muss ins Krankenhaus. Ich komm zur Villa, sobald ich dort fertig bin.«

Nachdem er das Gespräch mit Conni beendet hatte, rief Materna Professor Eisler zu Hause an. Als Primar musste der Professor ja keinen Wochenenddienst übernehmen.

Eisler hob sofort ab, und Materna schilderte ihm die Vorfälle des gestrigen Tages und der heutigen Nacht, die zur Folge hatten, dass eine Patientin namens Leonie Thoma in das Krankenhaus eingeliefert worden war.

»Wissen Sie was, Herr Materna – ich komm in die Klinik. So heilig ist mir mein Wochenende auch wieder nicht. Von dem Mord an Wolfgang Jarisch hab ich schon gehört. Wie furchtbar! Kommen S' doch bitte zu meinem Büro. Wenn Sie vor mir da sind, seien Sie so lieb und warten S' einen Moment auf mich.«

»Sehr gern. Vielen Dank, Herr Professor.«

Die gute Beziehung zwischen dem Primar und ihm war ein großes Glück, fand Materna. Er mochte und schätzte Eisler sehr, und dieser hatte ihm mit seiner medizinischen Expertise schon bei einem anderen Fall sehr geholfen.

Materna war jetzt kurz vor Bad Ischl. Hoffentlich hat Leonie Thoma wirklich keine allzu schweren Verletzungen davongetragen, dachte er und merkte, dass ihn sein Gewissen plagte. Er hätte nicht zulassen dürfen, dass sie allein in der Villa im Wald blieb. Schließlich würde es sich längst herumgesprochen haben, dass das Haus eines reichen Mannes leer stand – oder eben von einer jungen Frau allein bewohnt wurde. Die Alarmanlage, von der die Rede gewesen war, war offensichtlich nicht losgegangen. Die Frage war, warum nicht.

11.20 Uhr

Galant schob Rechtsanwalt Dr. Eugen Ronacher den weichen Ledersessel für die Dame zurecht. Erst dann nahm er selbst an seinem Schreibtisch Platz.

»Haben Sie vielen Dank, dass Sie sich am Samstag Zeit für mich nehmen.« Die elegante Frau neigte leicht den Kopf.

Ronacher erhob sich noch einmal ein wenig von seinem Sitz und deutete eine Verbeugung an. »Gern geschehen, gnä' Frau. Wenn es doch dringend ist.« Natürlich konnte die Dame nicht ahnen, warum er wirklich einen Teil seines heiligen Wochenendes geopfert hatte. Seit sie gestern am Telefon ihren Namen genannt hatte, ließ ihn eine ganz bestimmte Frage nicht mehr los. War sie's oder war sie's nicht?

Die Frage quälte ihn regelrecht. Und wie ohne sein Zutun rutschte sie auch schon heraus. »Darf ich Sie fragen, gnädige Frau – Auerbach … ist das die Kärntner Familie Auerbach?« Ihm wurde heiß. Er befürchtete, dass er gleich einen roten Kopf bekommen würde, und beinahe hätte er angefangen zu stottern. Nervös strich er mit der Hand die Haarsträhne zurück, die sich immer wieder selbstständig machte.

Clarissa Auerbach zog die rechte Augenbraue hoch. Nur die rechte. Dann nickte sie kaum merklich.

»Oh, verzeihen Sie, Gräfin, ich wollte nicht indiskret ... also, ich meine, es ist so eine große Ehre ...« Jetzt stotterte er doch.

»Zu viel der Ehre beinah ...« Die Augenbraue bewegte sich zurück an ihren Platz, dafür rutschte der linke Mundwinkel leicht nach oben. »Aber Sie kennen sich gut aus mit dem österreichischen Adel. Sagen Sie, sind Sie der Doktor Ronacher, der die österreichischen Monarchisten mitbegründet hat?«

Er lächelte. »Die *Schwarz-Gelbe Allianz*, ja. Und gegründet haben wir sie hier in Ischl. Wissen S', Gräfin, es ist ein offenes Geheimnis, dass meine Mutter, also nicht meine Adoptivmutter, meine richtige Mutter, eine Habsburgerin war. Da ist man natürlich mit dem Adel verbunden.« Oh Hilfe! Was redete er denn da! Er konnte doch nicht einer wildfremden Frau, einer Mandantin, einer Gräfin sogar, Vermutungen rund um seine Abstammung auftischen wie einen *Großen Braunen* mit einem Stückerl Gugelhupf! Sie würde bestimmt gleich aufstehen und gehen, so wie er sich aufführte.

Sie stand nicht auf. »Natürlich«, sagte sie.

Er wurde nicht schlau aus ihr und auch nicht aus der Art, wie sie ihm geantwortet hatte, knapp und selbstverständlich, ohne eine Miene zu verziehen. Verspottete sie ihn? Oder stimmte sie ihm wirklich zu?

Sein Puls legte ein beachtliches Tempo vor. Wie schön sie war – so aristokratisch. Oh ja, man sah ihr die edle Abstammung an. An den klaren Zügen ihres schön geschnittenen Gesichts, an ihrer Haltung, die Souveränität und Nonchalance zugleich ausstrahlte, an ihren lässig-eleganten Bewegungen, die ihm gleich aufgefallen waren, als sie die Kanzlei betreten hatte.

»Ja, also ...«, begann sie.

»Oh Gott, ja, verzeihen Sie, Gräfin.« Ronachers ohnehin schon rasender Puls beschleunigte sich weiter. »Bittschön, was kann ich für Sie tun?«

»Ich arbeite als Beraterin für höfische Etikette bei dem Film, der grade in Ischl gedreht wird. Gestern ist einer der Hauptdarsteller, Wolfgang Jarisch, ermordet worden. Wahrscheinlich haben Sie davon gehört?«

»Selbstverständlich, Gräfin.«

»Ja also, ich frag mich, ob es rechtens ist, dass ich in dem Zusammenhang verhört werde wie eine Verbrecherin.«

»Um Gottes willen – nein! Wenn nichts gegen Sie vorliegt, darf man Sie nur als Zeugin befragen. Verhören darf man nur Personen, gegen die ein begründeter Verdacht besteht – Sie also nicht.« Warum fragte er die Gräfin eigentlich nicht, ob etwa ein begründeter Verdacht gegen sie vorliegen könnte? Aber nein, das war absurd, vollkommen abwegig! Er würde die Details schon noch klären. Nachher. Später. Und warum fragte er nicht, ob sie wirklich verhört worden war oder ob es sich vielleicht um eine ganz normale Befragung gehandelt hatte? Auf keinen Fall! Wenn sie sagte, sie sei verhört worden, dann war sie verhört worden. Punkt. »Wer hat Sie denn wie eine Verbrecherin verhört?«

Sie hob ihr Kinn noch ein wenig höher, als sie es ohnehin schon trug. »Chefinspektor Materna.«

Ronacher fuhr der Schreck durch alle Glieder. Chefinspektor Materna – ausgerechnet! Nicht nur, dass er die Integrität und die Brillanz des Kriminalisten hochschätzte, Materna hatte ihn noch dazu bereits zweimal aus einer brenzligen Lage gerettet. Er konnte sich doch nicht gegen Materna stellen. Auf keinen Fall!

Die Gräfin hatte sich ihm ganz zugewandt. Sie schaute ihm jetzt direkt ins Gesicht; für einen kurzen Moment trafen sich ihre Augen. Ein kleines Lächeln verdrängte die bisher sachlich-ernste Miene.

Ronacher wurde noch heißer, obwohl die Temperatur im Raum sehr angenehm war. »Bitte, Gräfin ...«, begann er. Er merkte, dass seine Stimme heiser klang. Er räusperte sich. »Bitte, erzählen Sie mir alles, was ich wissen muss.«

12.50 Uhr

»Grüß Sie Gott, Herr Materna.« Prof. Eisler traf fast zugleich mit dem Chefinspektor vor seinem Büro im Salzkammergut Klinikum ein und streckte ihm die Hand entgegen. »Ich freu mich immer, Sie zu sehen, obwohl Ihr Auftauchen ja leider oft mit Mord und Totschlag verbunden ist.«

Die beiden Männer schüttelten einander ausgiebig die Hand. Dann folgte Materna dem Professor durch den Vorraum in sein Büro. Neben einem großen Schreibtisch mit einem gepolsterten Sessel dahinter, vielen gut bestückten Bücherregalen, einem Schrank und einem Garderobenständer für den Arztkittel gab es hier auch eine kleine Sitzecke. Sie bestand aus drei Polstersesseln und einem kleinen Couchtisch.

Eisler bot seinem Gast Platz an und setzte sich ihm gegenüber. »Das ist ja wirklich eine ganz furchtbare Geschichte, die Sie zu mir führt«, begann er. »Ich weiß gar nicht, was ich sagen soll. Der Jarisch Wolferl ist ... war ein bisserl älter als ich, drei Jahre ungefähr. Aber ich hab ihn gut gekannt. Unsere Eltern waren befreundet.« Er seufzte tief. »Und dass da jetzt auch noch seine kleine Freundin überfallen worden ist ... unfassbar! Ich hab gleich nach ihr geschaut, wie ich gekommen bin.«

Überrascht schaute Materna ihn an. »Hat die Frau Thoma denn gesagt, dass sie die Freundin vom Herrn Jarisch war?«

»Ich hab mich mit dem Wolfgang einmal getroffen, wie er nach Ischl gekommen ist. Er hat da so eine Bemerkung fallen lassen.« Eisler lachte kurz auf. »Und blind bin ich ja auch nicht, Herr Materna. Die junge Dame war verliebt in den alten Schwerenöter – bis über beide Ohren.«

Materna nickte.

»Viel gefragt hab ich sie aber nicht, zumindest nichts, was über die medizinische Seite des Problems hinausgeht«, fuhr Eisler fort. »Ich bring Sie nachher zu ihr.«

»Das ist sehr freundlich. Sind die Verletzungen schlimm?«

Eisler schüttelte den Kopf. »Die Kollegen haben eine Wunde am Kopf genäht. Am rechten Oberschenkel hat sie sich bei dem Sturz einen Muskelfaserriss zugezogen. Das ist sehr schmerzhaft, heilt aber ohne Folgen aus. Die Kollegen haben einen Kompressions-Druckverband angelegt, und sie bekommt Entzündungshemmer und Schmerzmittel. Der Verdacht auf Gehirnerschütterung hat sich nicht bestätigt. Die Patientin muss das Bein kühlen und schonen. Und sie sollte es möglichst oft hochlagern. Aber hierbleiben muss sie nicht. Sie hat wirklich einen Schutzengel gehabt.«

»Das kann man wohl sagen.« Wieder einmal machte sich mitten im Gespräch Maternas Handy bemerkbar. »Entschuldigen Sie, Herr Professor«, bat er zu Eisler gewandt. Er nahm den Anruf an. »Tina, hallo!«

»Servus, Paul. Du, ich hab die Frau Jarisch angerufen. Sie und ihr Sohn kommen übermorgen in der Früh oder vielleicht schon morgen am Abend nach Ischl. Am Montag um zwei ist die Testamentseröffnung. Wart, ich geb dir die Handynummern von beiden.«

»Super, dank dir, Tina.« Materna zog sein kleines Notizbuch samt Stift hervor und notierte die Nummern von Gitta und Michael Jarisch, die ihm die Kollegin diktierte.

»Wart einmal, noch was«, sagte Tina schnell. »Ich hab grad den Bericht von den ballistischen Untersuchungen reingekriegt. Die haben nichts ergeben. Aus den Filmgewehren ist ausnahmslos nur mit Platzpatronen geschossen worden.«

»Aha. Dank dir. Servus.« Verflixt! Spuren von scharfer Munition an einem der Gewehre hätten den Täterkreis deutlich eingeschränkt. Materna kniff die Lippen zusammen, als er das Telefon wieder einsteckte. Dann wandte er sich Eisler zu. »Tut mir leid, Herr Professor. Es war wirklich wichtig.«

»Das weiß ich doch. Schließlich sind Sie im Dienst. Kommen Sie, gehen wir zur Frau Thoma.« Eisler stand auf und ging zur Tür.

Materna folgte ihm.

»Apropos Dienst ...«, sagte Eisler, nachdem sie in den Lift gestiegen waren, um ein Stockwerk nach unten zu fahren. »Wenn Sie es ermöglichen können, kommen Sie doch am Abend wieder einmal zu mir nach Altmünster. Ist die Josi auch da?«

»Leider nicht. Sie hat noch in Berlin zu tun.«

»Schade. Dann kommen Sie halt allein, machen wir einen Herrenabend mit einem guten Glaserl Wein«, schlug Eisler vor.

»Das wäre wunderbar, Herr Professor. Es ist nur ...«

»Ja, was denn?«

Der Lift hielt, die beiden stiegen aus.

»Meine Tochter ist grad bei mir zu Besuch. Ich möchte sie nicht gern am Abend allein lassen«, erklärte Materna.

»Bringen S' die junge Dame doch einfach mit, falls sie Lust hat. Mich tät's freuen.«

13.20 Uhr

»Hallo, Papa.« Isabel hielt ihr Handy ans Ohr. Zugleich bedeutete sie Josi mit dem an die Lippen gelegten Finger, dass sie sich bloß nicht bemerkbar machen sollte.

»Nur ganz kurz, Isi.« Maternas Stimme klang etwas hektisch. »Ich bin heute Abend bei Professor Eisler eingeladen. Er fragt, ob du mitkommen möchtest.«

»Bei Professor Eisler? Heute Abend?«, wiederholte Isabel betont deutlich in Josis Richtung. Die nickte energisch mit dem Kopf.

»Ja, gut, sehr gern. Ich komm mit. Ihr habt ja so viel von ihm erzählt, die Josi und du. Ich bin gespannt, ihn kennenzulernen.«

»Du, Isi, tut mir leid, ich muss ... Ich bin so um sieben da, in Ordnung?«

Isabel lächelte. Die Hektik gehörte nun mal zum Leben ihres Vaters. »Passt, Papa. Servus, bis später.«

Kaum hatte sie ihr Handy eingesteckt, prusteten die beiden los wie zwei Teenager.

»Ist das jetzt blöd für dich?«, fragte Isabel wieder einigermaßen ernst.

»Ach wo.« Josi kicherte in sich hinein. »Ich ruf den Professor einfach an, sag ihm, dass ich da bin. Er wird mich ebenfalls einladen und dichthalten wird er auch, wenn ich ihn darum bitte. Schließlich sind wir so was wie alte Freunde.«

»Wuff«, machte der Poldi, der offensichtlich fand, dass ihm vonseiten der Damen gerade etwas zu wenig Aufmerksamkeit zuteilwurde.

»Ja, klar, du kommst auch mit«, sagte Josi. »Isi, ich müsst nachher noch einmal weg. Ist das in Ordnung für dich?«

»Klar. Ich hab für die Zeit in Ischl auch viel vor. Aber heut setz ich mich einfach nur in den Garten und les ein bisserl. Das Wetter ist ja so schön.«

»Das ist gut. Erhol dich nur. Ich treff mich mit einer Bekannten, die in dem Film mitspielt.«

»In dem Film? Ui, Josi, du bist aber nicht vielleicht dabei, wieder einmal nebenher zu ermitteln? Weißt ja, der Papa macht sich immer Sorgen um dich, wenn du den Hilfssheriff spielst.«

»Hilfssheriff? Ah geh, keine Spur! Ich treff mich mit der Valentina Greding. Ich hab sie letzten Sommer kennengelernt. Sie ist sehr nett. Und es ist *rein* privat.«

13.30 Uhr

Leonie Thoma saß in einem Rollstuhl ganz am Ende des Ganges unter einem Fenster. Um ihren Kopf war ein weißer Verband gewickelt, das rechte Bein war verbunden und mithilfe einer Vorrichtung am Stuhl hochgelagert. Bekleidet war sie mit einem Morgenmantel, unter dem eine seidene Pyjamahose hervorlugte.

»Frau Thoma, hallo. Wie geht es Ihnen? Was ist passiert?« Materna hätte am liebsten zehn Fragen auf einmal gestellt.

»Danke, es geht schon. Ich bin ja gut versorgt worden.« Leonie Thoma sprach leise. Sie war sehr blass, schaute aber den Chefinspektor offen an. »Was passiert ist? Ich hab um zwei in der Nacht herum ein Geräusch gehört und wollte nachschauen, was da los ist. Wie ich oben an der Stiege gestanden bin, hat mich plötzlich jemand von hinten gepackt und runtergestoßen. Mehr weiß ich nicht. Ich hab wohl das Bewusstsein verloren. Wie ich wieder zu mir gekommen bin, hab ich mich grad mal bis zum Sofa schleppen können. Unsere Haushälterin hat mich dann in der Früh gefunden.«

»Und die Kopfwunde?«

»Die hat am Anfang stark geblutet. Zum Glück steht eine Taschentuch-Spenderbox auf dem Couchtisch. Ich hab immer wieder Taschentücher dagegen gehalten.«

»Frau Thoma, warum haben Sie oder die Frau Heininger nicht sofort die Polizei gerufen?«

Unvermutet schossen Tränen in Leonies Augen. »Ich weiß nicht. Ich ... ich war so fertig. Der Muskelriss hat so wahnsinnig wehgetan. Ich wollte keine Fragen beantworten. Ich wollte einfach, dass mir jemand hilft.«

Materna war sich nicht sicher, ob er diese Erklärung glauben konnte, nahm sie aber erst einmal so hin. »Sie können sich darauf verlassen, dass wir in so einem Fall jede Rücksicht nehmen und dafür sorgen, dass Sie als Erstes medizinische Hilfe bekommen«, sagte er. »Fragen müssen wir natürlich stellen. Haben Sie die Person gesehen, die Sie gestoßen hat?«

Sie schüttelte den Kopf. »Nein. Er ist von hinten gekommen.«

»Er?«

»Ja, ein Mann war es. Da bin ich mir ziemlich sicher.«

»Hat der Herr Jarisch besonders wertvolle Dinge im Haus gehabt? Oder Bargeld?«

»Die Bilder sind wertvoll, das Porzellan, das Tafelsilber, ein paar Uhren ... Etwas Bargeld haben wir auch im Haus, aber keine Riesensummen. Vier-, fünfhundert Euro sind in einer Kassette in der Küche als Wirtschaftsgeld. Wolfgang hat selten Bargeld gehabt. Er hat eigentlich alles mit Karte bezahlt.«

»Gibt es einen Safe?«

»Noch nicht. Wolfgang wollte demnächst einen einbauen lassen.«

»Und Sie? Haben Sie etwas, das wertvoll ist? Schmuck vielleicht?«

Sie schüttelte heftig den Kopf. »Nur ein paar Silberketterln, Ringe und Armbänder, nichts Teures.«

»Gut. Sie werden uns sicher helfen festzustellen, was fehlt. Frau Thoma, der Herr Professor sagt, Sie dürfen wieder nach Hause. Wenn Sie möchten, nehme ich Sie gleich mit. Haben Sie irgendjemanden, der in nächster Zeit bei Ihnen in der Villa wohnen kann? Es geht nicht, dass Sie da draußen im Wald mutterseelenallein sind.«

Erneutes Kopfschütteln. »Ich kenn ja niemand in Ischl. Nur die Rosi, also die Haushälterin. Aber die ist verheiratet. Die will sicher abends heim zu ihrem Mann.«

»Ich werd schauen, ob ich für die nächsten zwei, drei Tage einen Kollegen abstellen kann. Dann sehen wir weiter.«

Sie senkte den Kopf. »Ich werde ja sicher gar nicht in der Villa bleiben dürfen, ich mein ...«

»Warten Sie doch erst einmal die Testamentseröffnung ab.«

»Ich geh da nicht hin!« Auf einmal wurde ihre Stimme richtig laut. »Ich hab einen Anruf vom Notar bekommen. Montag um zwei in seiner Kanzlei in der Pfarrgasse. Aber ich geh da nicht hin!« Sie zog den verbundenen Kopf zwischen die Schultern. Ihr Blick flackerte.

»Sie könnten doch noch einmal Professor Eisler fragen, ob das in Ordnung geht.«

»Es ist nicht wegen dem ... wegen dem Sturz. Ich möchte die Verwandtschaft vom Wolfgang nicht treffen.«

Materna betrachtete sie nachdenklich. »Ich verstehe, dass Ihnen das unangenehm ist. Sagen Sie, haben Sie schon mit ... mit dem Anwalt gesprochen?« Fast wäre Materna das vertraute *Rudi* herausgerutscht.

»Ja. Der Dr. Lechner wird mich beraten und wenn nötig vertreten.«

»Sehr gut. Vielleicht kann er Sie ja zur Testamentseröffnung begleiten. So – und jetzt bring ich Sie zur Villa, und wir sehen uns gemeinsam ein bisserl um.«

»Ja, gut.« Überzeugt klang das nicht.

»Eine Frage noch. Sie haben doch gesagt, der Herr Jarisch hat eine neue Alarmanlage einbauen lassen. Haben Sie die am Abend nicht scharf geschaltet?«

Leonie schaute ihn stirnrunzelnd an. »Schon. Das hab ich.«

»Und haben Sie gestern noch einen Schlüsseldienst geholt und die Schlösser austauschen lassen?«

»Ich hab einen angerufen, aber der Mann hat gesagt, bis zum Montag müsste ich mich schon gedulden.« Während sie sprach, weiteten sich langsam ihre Pupillen.

»Die Alarmanlage ist nicht losgegangen?«

»Nein!«, stöhnte sie, Panik im Blick. Sie versuchte, aus dem Rollstuhl hochzuspringen. Dabei blieb sie mit dem rechten Bein an der Hochlagerungs-Vorrichtung hängen und wäre fast gestürzt.

Materna konnte sie gerade noch rechtzeitig stützen. Vorsichtig ließ er sie zurück in den Rollstuhl gleiten.

Mit riesigen dunklen Augen starrte sie ihn an. »Sie meinen ... Was bedeutet das?« Jetzt schrie sie beinahe.

»Wir werden das alles aufklären, Frau Thoma. Bitte versuchen Sie, sich ein wenig zu beruhigen. Hat diese Anlage einen Voralarm?«

»Ja.« Leonies Stimme klang heiser. »Der wird beim Aufsperren aktiviert und bleibt einige Zeit im Stand-by, bis man einen Code eingegeben hat. Der Wolfgang hat einen Chip am Schlüsselbund gehabt, mit dem man den Voralarm ausschalten kann. Das heißt, der Kerl hat Wolfgangs Schlüssel gehabt!« Leonie war jetzt so weiß wie die Wand hinter ihr.

»Jemand könnte den Schlüssel gefunden haben«, versuchte Materna, sie etwas zu beruhigen. »Und derjenige hat herausgekriegt, zu welchem Haus er gehört.«

»Oder«, flüsterte Leonie Thoma mit angstvoll aufgerissenen Augen. »Oder es war der Mörder.«

14.30 Uhr

Er half Leonie aus dem Auto und stützte sie auf dem Weg zum Haus.

In der Villa Blumenthal warteten außer Conni inzwischen auch Maurer, Laimer und Florian auf den Chefinspektor.

Materna merkte, dass es Leonie peinlich war, in diesem Aufzug vor den Kollegen zu erscheinen. So winkte er ihnen nur kurz zu, während er die junge Frau bis zum Sofa im Salon geleitete. Auf einem Polstersessel lag eine zusammengefaltete Decke. Die breitete er über sie, sobald sie sich hingelegt hatte. »Brauchen Sie etwas?«, fragte er.

Sie schüttelte den Kopf. »Danke. Ich glaub, die Rosi ist noch da.«

Die Rosi. Das auch noch! Hoffentlich hatte die gute Rosi wenigstens nicht mit dem Aufräumen begonnen, geputzt womöglich, und somit Spuren beseitigt. Materna ging zurück nach draußen, wohin sich die Kollegen dezent verzogen hatten. »Und – wie schaut's aus?«, fragte er.

»Also«, begann Conni. »Wir haben die Aufnahmen von der Überwachungskamera. Magst sie gleich anschauen? Ich hab sie schon aufs Handy überspielt.«

Materna nickte und schaute auf das Display, das Conni ihm hinhielt. Der Eindringling war von der Statur her ein Mann, schlank, eher groß. Er war ganz schwarz – oder dunkel – gekleidet und trug auch schwarze Handschuhe. Vom Gesicht konnte man nichts erkennen. Die obere Hälfte war vom Schirm einer Mütze verdeckt, die er unter einer Kapuze trug, über Mund und Nase hatte er den Rollkragen seines Pullis gezogen. »Immerhin sieht man deutlich, dass er einfach aufsperrt«, stellte Materna fest. »Und hier, wie er mit dem Chip am Schlüsselbund den Voralarm ausschaltet. Der Kerl kennt sich offenbar gut mit Alarmanlagen aus.«

Conni strich sich mit der Hand über das Kinn. »Die Frage ist, woher er den Schlüssel gehabt hat. Hat er den Toten gefunden und seine Taschen durchsucht? In dem Fall ist er wahrscheinlich auf Wertgegenstände und Bargeld aus gewesen. Oder ist es der Mörder, der hier eingedrungen ist und etwas Bestimmtes gesucht hat?«

»Die Villa ist jedenfalls durchwühlt worden«, sagte Laimer. »Gehen wir rein?«

Zusammen mit den Kollegen betrat Materna das Foyer, dann gingen sie im Parterre von einem Raum zum anderen. Überall waren Schubladen herausgezogen, Schranktüren aufgerissen. Dinge lagen verstreut auf dem Boden. Nur die Küche sah unberührt aus.

»Oben, im Arbeitszimmer vom Herrn Jarisch, ist es noch schlimmer. Das Zimmer von der Frau Thoma scheint ihn nicht interessiert zu haben.« Conni deutete mit dem Daumen auf die Stiege zum ersten Stock, als sie zurück im Salon waren.

Gerade als sie sich anschickten, nach oben zu gehen, betrat eine rundliche braungelockte Frau den Salon. In der Hand hielt sie eine zusammengerollte Zeitschrift.

»Das ist die Frau Heininger«, ließ sich Leonie vom Sofa her vernehmen.

»Grüß Gott, Frau Heininger«, sagte Materna, der zwar schon viel von der Gattin des Kollegen Heininger gehört, sie aber noch nie persönlich getroffen hatte. »Ich müsst kurz mit Ihnen reden.« Sanft, aber nachdrücklich schob er die Rosi vor sich her in die Küche. »Frau Heininger, können Sie sagen, ob etwas aus der Villa gestohlen worden ist? Bilder zum Beispiel, Tafelsilber, wertvolles Porzellan?«

»Na«, sagte die Heiniger Rosi. »Des is all's noch da.«

»Geld?«

Rosi öffnete die Schublade einer alten Kredenz, nahm eine kleine stählerne Kasse heraus und schaute hinein. »Da fehlt auch nix.«

Materna nickte. »Danke. Frau Heininger, haben Sie in der Zwischenzeit irgendetwas verändert oder sauber gemacht?«

Ein giftiger Blick traf ihn. »Na, sicher ned«, antwortete sie patzig. »A bisserl was weiß i a von der Polizeiarbeit, i bin ...«

»... mit einem Polizisten verheiratet, ich weiß schon. Es war ja auch nur eine Routinefrage. Und was haben Sie in der Zwischenzeit gemacht?«

»G'lesen.« Sie entrollte die Zeitschrift in ihrer Hand. Es handelte sich um eine grellbunte Ausgabe des Boulevardmagazins *Weekly.* Auf dem Titelblatt war die Schlagersängerin Helene Fischer abgebildet, darunter stand in fetten Lettern: *Kehrt sie zu ihrem Flori zurück?* »Hab i mir im Krankenhaus 'kauft. Da im Haus gibt's nur a so a Literatur«, erklärte sie. »Die Frau Thoma wollt, dass i nach der Villa schau. Sie tät mi dann anrufen, wenn ich sie abholen soll, hat s' g'meint. Aber des haben Sie ja schon g'macht.« Sie schürzte die Lippen.

»Verstehe«, sagte Materna. Irgendwelche Ermahnungen, sie möge ihm alles berichten, was wichtig sein könnte, und nichts herumerzählen, verkniff er sich. Die Rosi wusste das alles schließlich. Man konnte nur hoffen, dass ihr ausgeprägtes Mitteilungsbedürfnis, das er im Zusammenhang mit einem früheren Fall kennengelernt hatte, nicht wider besseres Wissen mit ihr durchging. Er ließ sich von ihr genau schildern, wie sie die Frau Thoma und das Haus heute in der Früh vorgefunden hatte, und bat sie zu erklären, warum sie nicht umgehend in der Inspektion angerufen hatte.

Ein giftiger Blick traf ihn. »Wenn's Ihnen so schlecht geh'n tät', da wollerten S' auch nur, dass Ihnen wer hilft, oder ned? I hab da nix anderes im Kopf g'habt, als schnell an Verbandskasten holen und die Kopfwunde desinfizieren und verbinden. Sie hat ja immer nur Papiertaschentücher auf die Wunde g'halten. Das Bein hat ihr auch wahnsinnig wehtan. Also hamma ins Krankenhaus fahren müssen. Des war viel wichtiger. I hab ja dann eh den Hubsi ang'rufen ...«

Klar. Hatte sie ja eh ... Materna schnaufte kräftig durch die Nase aus. »Frau Heininger, ich werd sicher noch Fragen an Sie haben. Aber für heute war's das. Vielen Dank.«

Die Rosi schnappte nach Luft. »Heißt das, dass ich gehen soll?«

»Von mir aus können S' gern heimgehen. Es ist jetzt auch schon unsere Tatortgruppe unterwegs. Die Villa muss noch nach Spuren abgesucht werden. Da sollten möglichst wenig andere Personen im Haus sein. Aber wenn die Frau Thoma Sie noch braucht, können Sie natürlich gern bleiben.« Materna ließ ihr den Vortritt und folgte ihr zum Salon.

Mit ein paar Schritten war sie beim Sofa. »Frau Thoma, wenn S' wollen, bleib ich heut gern länger.«

Leonie Thoma schüttelte den Kopf. »Danke, Rosi, ich komm schon zurecht.«

»Aber Sie können doch nicht nach oben«, wandte Rosi ein.

»Schon. Wenn ich mich am Geländer festhalte, schaff ich das. Ich soll mein Bein schonen und viel hochlegen, das heißt aber nicht, dass ich überhaupt nicht mehr gehen kann. Die Schmerzmittel wirken recht gut. Vielleicht können Sie ausnahmsweise morgen vorbeischauen, Rosi? Das wär supernett.«

»Is gut«, gab die Rosi schnippisch zurück. Mit einem kurzen »Wiederschaun« machte sie auf dem Absatz kehrt. Ihre Illustrierte unter den Arm geklemmt, stapfte sie davon.

Leonie schaute ihr nach. »O je, hoffentlich hab ich sie jetzt nicht furchtbar beleidigt.«

Materna schmunzelte. »Sie wird sich schon wieder beruhigen. Frau Thoma, ich muss auch bald weiter. Aber mein Kollege, der Kontrollinspektor Laubenbacher, wird bei Ihnen bleiben. Er ist Ihnen auch gern behilflich, wenn Sie was brauchen. Zuvor sollten wir beide aber noch schauen, ob und was oben fehlt. Meinen Sie, Sie können wirklich mitkommen?«

»Natürlich.« Leonie stand vorsichtig auf und hüpfte auf dem gesunden Bein zur Stiege. Mit Maternas Hilfe bewältigte sie eine Stufe nach der anderen.

»Und?«, fragte er, nachdem sie oben angekommen waren. »Fällt Ihnen irgendetwas auf – abgesehen von der Unordnung?«

»Hm.« Sie deutete mit dem Kopf auf eine Armbanduhr auf einem kleinen Tischchen. »Diese Uhr dort auf dem kleinen Tisch ist noch da. Die hat der Wolfgang sehr geliebt. Ich weiß nicht, wie viel sie wert ist, aber ich glaube, eine Menge. Das Tischfeuerzeug auf dem Schreibtisch ist aus reinem Gold. Aber ... Augenblick, bitte!« Sie humpelte auf den Bücherschrank zu, dessen Glastüren offen standen. Suchend glitt ihr Blick über die verstreut auf dem Boden liegenden Bücher. »Der Wolfgang hat hier Fotoalben aufbewahrt. Die sind alle weg.«

»Wissen Sie, wie viele Alben es waren und was für Fotos da drin waren?«, fragte Materna.

»Drei oder vier, glaub ich. Es waren private Fotos, Familie, Freunde und so.«

»Eher ältere?«

Sie nickte.

»Waren irgendwelche ... sagen wir, irgendwelche besonderen Bilder dabei?«

Leonie schüttelte kräftig den Kopf.

Materna nickte nachdenklich. »Eher alte private Fotos ...«

15.30 Uhr

»Weißt, an was ich grad denken muss?« Nachdenklich lächelte Josi ihrem Gegenüber zu. »Vor einem bisserl weniger als einem Jahr sind wir auch hier beim *Zauner Esplanade* gesessen. Du hast damals grade mit der Produktionsfirma verhandelt und mir von der Rolle erzählt, die du vielleicht kriegst. Jetzt hast sie wirklich bekommen.«

Valentina betrachtete die kleinen Wellen der Traun, die in der Sonne glitzerten. »Ja, wenn der Film gut wird, ist das so was wie ein Karrieresprung für mich.«

»Bist ja auch schon ein richtiger Star, so wie du dich getarnt hast.« Josi lächelte. Auf den ersten Blick hätte sie Valentina fast nicht erkannt. Die junge Schauspielerin trug eine riesige dunkle Brille, ihr hüftlanges Haar hatte sie unter einer Ballonmütze versteckt.

»Na ja, inzwischen belagern ganze Horden von Reportern, Fotografen und Fernsehteams das Hotel. Ich hab keine Lust, mit denen über Wolfgang Jarisch zu reden.«

»Fans belagern dich nicht?« Josi zwinkerte Valentina zu. »Ich meine deine Fans. Verehrer?«

»Wahrscheinlich schon, aber im Augenblick dreht sich alles um den Mord – klar. Einen hartnäckigen Verehrer gibt es aber auch, meinen Partner Rüdiger. Dauernd will er mit mir Szenen proben. Er nervt!«

Valentinas Gesichtsausdruck brachte Josi zum Lachen.

»Zweimal Melange, die Damen.« Ein junger Ober servierte die kleinen Tabletts mit dem Kaffee und je einem Glas Wasser.

»Vielen Dank«, sagte Valentina, streute Zucker in den Kaffee und rührte um. Sie begann, von der Stimmung im Filmteam nach dem Mord zu berichten, erzählte von den Dreharbeiten und von dem neuen Franz-Joseph-Darsteller, der zwar nett und ein guter Schauspieler war, der aber ihrer Meinung nach Jarisch nicht das Wasser reichen konnte. Dann fragte sie nach gemeinsamen Bekannten und Freunden vom letzten Jahr, ob Josi von dem ein oder anderen etwas gehört habe. Zu einigen von ihnen habe sie Kontakt, bestätigte Josi, und es ginge allen gut.

Valentina wiederum konnte mit der Neuigkeit aufwarten, dass einer ihrer gemeinsamen Bekannten, der Tiertrainer und Reitlehrer Roland König, in Ischl war. Er wäre als Stallmeister bei der Produktion beschäftigt, und Josi nahm sich vor, ihn einmal bei seinen Pferden zu besuchen.

So viele Themen es zwischen ihnen auch geben mochte, Josi hatte das Gefühl, die junge Schauspielerin wollte mit dem, was ihr wirklich auf dem Herzen lag, nicht herausrücken. »Sag, wollen wir noch etwas bestellen oder magst ein Stückerl gehen? Dem Poldi würd's sicher Freude machen.«

»Gute Idee. Ich hab den ganzen Nachmittag drehfrei, also Zeit genug.« Valentina winkte der Bedienung. »Komm – lass bitte«, bat sie, als Josi ihre Geldbörse hervorkramte.

»Danke.« Lächelnd steckte Josi ihr Geld wieder weg.

Valentina bezahlte, und gleich darauf schlenderten die beiden Frauen mit dem kleinen Hund die Esplanade in Richtung Kaltenbach entlang. Hier durfte der Poldi frei laufen. Er beschnupperte alle Bäume, an denen sie vorbeikamen, und setzte eifrig seine Duftmarken.

Lächelnd beobachtete Valentina den Dackel.

»Der Poldi liest die neuesten Nachrichten und postet seine eigenen«, sagte Josi. »Wir nennen die Bäume immer *Facebook für Hunde*, der Paul und ich.«

Valentina musste lachen, wurde aber gleich wieder ernst. »Eigentlich wollte ich mit dir ja über ... über eine ganz bestimmte Sache reden«, begann sie. »Du bist doch Psychologin. Außerdem hab ich Vertrauen zu dir. Aber ...« Sie verstummte und sah zur Seite.

»Aber?«, ermunterte Josi sie, den Einwand auszusprechen.

»Aber du bist halt auch die Freundin von einem Polizisten – den ich übrigens sehr nett und sympathisch finde, nicht dass du mich falsch verstehst.«

»Ich versteh dich nicht falsch, Valentina. Und weil du mich als Psychologin angesprochen hast – also, obwohl ich nicht mehr als Psychotherapeutin tätig bin und das hier keine offizielle Therapiestunde ist, so stehe ich doch unter Schweigepflicht, wenn du mir unter diesem Aspekt etwas anvertraust.«

»Wie ein Arzt oder Pfarrer?«

»Genau so.«

»Ich mache mir Sorgen um meine Mutter«, brach es aus Valentina heraus.

»Erzähl.« Im Gehen schaute Josi die junge Schauspielerin von der Seite her aufmerksam an.

Valentina atmete energisch durch die Nase aus, dann begann sie zu erzählen. »Du musst wissen: Meine Mutter ist kein einfacher Mensch. Sie neigt auch außerhalb von Bühne und Film zur Theatralik – und zu Depressionen. Ich sehe sie nicht allzu oft. Sie lebt in Klagenfurt, ich in Wien. Wir sind an den unterschiedlichsten Orten engagiert. Ich besuche sie, wenn es halt grade passt. An ihre Stimmungsschwankungen bin ich gewöhnt. Aber so schlimm wie hier in Ischl war es noch nie. Sie raucht wie ein Schlot, trinkt zu viel, und ich glaube, sie nimmt auch Tabletten. Ob ihr die ein Arzt verschrieben hat, weiß ich nicht. Jedenfalls scheint sie zu einem Arzt zu gehen oder zu einem Psychologen. Ich hab zwei, drei Tage, nachdem wir nach Ischl gekommen sind, zufällig ein paar Fetzen von einem Telefongespräch mitbekommen. Sie hat mit einem Mann telefoniert, den sie mit *Herr Doktor* angesprochen hat. Und sie hat irgendeinen Termin mit ihm ausgemacht. Sie verschwindet auch immer wieder mal für ein paar Stunden spurlos, wenn sie drehfrei hat.«

»Du fragst sie nicht, wenn sie zurückkommt, wo sie war?«

Valentina schüttelte den Kopf. »Manchmal ist es schon schwer genug, mit ihr über Alltägliches zu sprechen – über solche Dinge kann man gar nicht mit ihr reden. Ich hab halt gedacht, dass du als Psychologin mir vielleicht etwas dazu sagen kannst.«

»Zu deiner Mutter?«

»Ja. Nein. Das ist schwierig, ich weiß. Du kennst sie ja gar nicht. Aber ich weiß einfach nicht mehr, was ich tun soll. Warum redet sie denn bloß nicht mit mir?«

»Hm. Wenn sie wirklich einen Therapeuten zugezogen hat, könnte es sein, dass es ihr irgendwie peinlich ist, darüber zu reden. Es gibt ja immer noch viele dumme Vorurteile gegen Psychotherapie – und auch gegen Leute, die sie in Anspruch nehmen. Aber wenn es stimmt, dass sie sich Hilfe gesucht hat, ist das doch eine gute Sache, meinst du nicht?«

Valentina zuckte die Achseln. »Schon. Natürlich. Nur ...« Sie holte tief Luft. »Wenn sie von diesen Terminen zurückkommt, ist sie noch miserabler beieinander als davor. Heute war es besonders schlimm. Am Vormittag hat sie drehfrei gehabt. Sie ist in der Früh verschwunden und gegen Mittag in einem wirren Zustand aufgetaucht. Sie hat durch mich hindurchgeschaut, als wär ich gar nicht da, und dann zur Whiskyflasche gegriffen.«

»Ich verstehe, dass du dir Sorgen machst.« Josi wusste nicht so recht, was sie sagen sollte. Es kam manchmal im Rahmen von bestimmten Langzeittherapien vor, dass sich der Zustand von Klienten vorübergehend verschlechterte. Aber wenn Valentinas Mutter nur für die paar Wochen in Ischl einen Therapeuten aufsuchte, sollte genau das eben nicht passieren.

Sie waren in der Kaltenbachau angekommen. Zwei Frauen mit roten Rosen in den Händen überholten sie.

Josi deutete mit einer Kopfbewegung auf die beiden. »Die wollen bestimmt zum Kaiser Jagdstandbild. Willst du hin?«

Valentina machte eine abwehrende Geste mit den Händen. »Nein, lass uns umkehren.«

Josi nickte und berührte Valentina leicht am Oberarm. »Erschrick nicht, ich pfeif mal dem Poldi.« Sie stieß einen lauten Pfiff aus.

Der Dackel, der ein gutes Stück vorausgelaufen war, kam mit wehenden Ohren angaloppiert.

»So bist du brav.« Josi strich ihm übers Fell.

Ein Lächeln huschte über Valentinas Gesicht. »Er ist so ein Süßer.«

»Das ist er – und auch ein ziemlicher Hallodri.« Josi kraulte den kleinen Hund noch einmal kurz hinter dem Ohr.

Dann traten sie den Rückweg an.

»Hast du irgendeine Ahnung, womit es zusammenhängen könnte, dass deine Mutter so ... also, dass sie so drauf ist?«, fragte Josi, um das Gespräch wieder in Gang zu bringen.

»Ich habe ... ich glaube ...« Valentina brach ab. Sie blieb stehen und wandte sich Josi ganz zu. »Ich hab von Anfang an den Eindruck gehabt, dass es irgendetwas mit dem Wolfgang Jarisch zu tun haben könnte.« Ihre Lippen bebten leicht.

»Hat es zwischen den beiden Streit gegeben?« Josi verstand Valentinas anfängliche Zurückhaltung immer besser.

»Streit – nein, ich glaub nicht.«

»Glaubst du, dass sie mal was miteinander hatten?«

»Das kann ich mir nicht recht vorstellen, aber sicher sagen kann ich es natürlich nicht. Ich hab halt gemerkt, dass da immer eine Spannung zwischen den beiden war, eine ungute Spannung. Dem Reich, also unserem Regisseur, hat das natürlich hervorragend in den Kram gepasst.«

»Du meinst, es ist dem Regisseur entgegengekommen, weil der Kaiser Franz Joseph und seine Sissi ja auch eine ziemlich schwierige Beziehung zueinander gehabt haben?«

»Ja. Genau das wollte er haben, diese unausgesprochenen Gefühle von Ablehnung und einer leichten Verachtung hinter der förmlichen Höflichkeit.«

»Verachtung ...« Gedankenverloren fuhr sich Josi mit den Fingern durch ihr dickes rotes Haar. »Vor einiger Zeit hab ich mich sehr intensiv mit der Kaiserin Elisabeth auseinandergesetzt – du sicher auch, wegen deiner Rollen. Elisabeth war ja von ihrer Persönlichkeitsstruktur her ziemlich ... sagen wir: kompliziert. Sie hat wirklich andere verachtet, auch, oder vor allem diejenigen, die sie angebetet haben. Und letztlich hat Franz Joseph sie angebetet. Seine Seitensprünge, auch die Beziehung zur Schauspielerin Katharina Schratt, all das hatte wohl eine ganze Menge mit Verzweiflung und Einsamkeit zu tun. Außerdem hat Elisabeth diese

Liaison mit der Schratt ja auch höchstpersönlich eingefädelt ...«

»Du hast recht. Man könnte sagen, Franz Joseph hat die Sissi ein Leben lang hoffnungslos geliebt.« Valentina blieb stehen und schaute Josi an. Ihr Gesicht hatte alle Farbe verloren.

»Glaubst du, dass der Wolfgang Jarisch deine Mutter geliebt hat?«

Valentina schüttelte den Kopf. »Nein, schon gar nicht hoffnungslos, aber die einseitige Abneigung, wie die zwischen Sissi und Franz Joseph, hat es genauso auch zwischen Katharina und Wolfgang gegeben. Diese ungute Spannung ist wirklich von ihr ausgegangen. Irgendetwas muss zwischen den beiden vorgefallen sein, aber ich habe keine Ahnung, was.«

»Und jetzt, wo der Jarisch tot ist, befürchtest du, dass man deine Mutter verdächtigen könnte«, formulierte Josi vorsichtig. Aber sie hatte verstanden. Valentina fürchtete nicht einfach nur, dass die Polizei ihre Mutter verdächtigen könnte. Sie hatte Angst, dass ihre Mutter eine Mörderin war.

18.30 Uhr

Materna parkte am Adalbert-Stifter-Kai und stieg aus dem Audi. Er war fest entschlossen, für heute Schluss zu machen – wobei der Besuch bei Eisler ohnehin nicht ganz privat war. Schließlich hatte der Professor das Mordopfer gekannt und konnte bestimmt einige interessante Fakten beisteuern. Ansonsten war für heute alles geregelt. Mikes Leute, die die Villa auf Spuren untersucht hatten, waren auf dem Heimweg nach Linz. Materna selbst hatte sie kurz begrüßt und war anschließend nach Roith gefahren, um sich mit den Ischler Kollegen abzusprechen. Zwischendurch hatte Christian angerufen und berichtet, dass die Hausdurchsuchung in

Jarischs Stadtwohnung durch die Wiener Kollegen keine weiteren Erkenntnisse gebracht hatte.

Kaum hatte Materna den Steg betreten, der über die Traun führte, begann sein Handy zu läuten. Am Display konnte er sehen, dass es Conni war. Hoffentlich bedeutete das nicht, dass er den Abend bei Eisler vergessen musste.

»Conni – was gibt es?«

»Draußen vor der Villa wimmelt es von Journalisten und Neugierigen. Ich hab versucht, sie wegzuschicken. Einige, die auf Handyfotos lauern, haben sich verzogen. Aber die Journalisten ... Weißt ja, wie viel es hilft, wenn man denen sagt, dass sie sich an die Pressestelle wenden sollen. Die sind natürlich an dem Mordfall interessiert, aber in erster Linie wollen sie mit der Frau Thoma reden.«

»Na Mahlzeit. Wie geht es der Frau Thoma?«

»Was die Folgen des Überfalls betrifft, besser. Aber sie ist ganz verzweifelt wegen dem Presseansturm.«

»Haltet durch. Die werden schon gehen, wenn sie merken, dass sie keine Chance haben. Machst halt vielleicht noch mal eine deutliche Ansage.« Materna war froh, dass Conni heute Abend und auch über Nacht in der Villa Blumenthal blieb, nicht nur, weil der Eindringling zurückkommen konnte. Conni hatte jede Menge Erfahrung im Umgang mit aufdringlichen Presseleuten. »Also dann – meldest dich gleich, wenn irgendwas ist. Servus und bis morgen!«

»Servus, Boss!«

»Du sollst nicht ...« *Boss zu mir sagen*, wollte er noch loswerden, aber da hatte Conni schon aufgelegt. Materna ging den Stelzhammer-Kai an der Traun entlang. Von hier aus konnte man schon Josis Häuschen sehen. Er dachte daran, wie er immer nach ihrem roten Haarschopf Ausschau gehalten hatte, wenn er heimkam, und wie oft ihm dieser auch wirklich vom Balkon her entgegengeleuchtet hatte. In der warmen Jahreszeit arbeitete Josi gerne draußen. Auch hatte sie bei schönem Wetter an den Abenden immer den kleinen

Tisch auf dem Balkon gedeckt – für ein Abendessen mit Blick auf den Fluss, auf die kleine Stadt und auf den Jainzenberg, den Hausberg der Kaiserin. Materna hatte dieses Häuschen liebgewonnen, es war ihm ein zweites Zuhause geworden – aber ohne Josi …

Mit einem Mal hatte er das Gefühl, als zöge sich ein stählerner Ring um seine Brust zusammen. Aber Isabel war ja da. Sie würden sie sich schön machen, die gemeinsamen Stunden.

Er bog in die schmale Gasse ein, die zur Wirerquellgasse auf der anderen Seite des Hauses führte, ging ein Stück um den Garten herum und öffnete das Gittertor.

Wie ein grauschwarzer Pfeil schoss etwas auf ihn los. Das Etwas quietschte wie eine schlecht geölte Maschine und sprang immerzu in die Luft wie ein Flummi.

»Poldi?« Materna ging in die Hocke, ohne wirklich irgendetwas zu kapieren. Eine winzige Zunge versuchte, sein Gesicht zu erreichen, um unzählige feuchte Hundeküsse dort anzubringen. Maternas Hand fuhr durch das Strubbelfell. »Poldi, kleiner Gauner! Wo kommst du denn her?«

Er hob den Blick, sobald sich der Dackel ein klein wenig beruhigt hatte, schaute zur Stiege, die zum Wohnbereich im Hochparterre führte. Da war es, das eben noch so sehr vermisste rote Leuchten. Es bewegte sich auf ihn zu, und ehe er so recht wusste, was und wie ihm geschah, hatte er Josi umfasst, ungläubig beinahe, aber ganz fest.

»Und sie flog in seine Arme«, feixte Isabel, die gleich hinter Josi aufgetaucht war. »Und wenn sie nicht gestorben sind …«

»Unverschämte Kröte!«, schimpfte Materna lachend in Richtung seiner Tochter. Aber für weitere Kommentare hatte er keine Zeit. Er hatte Besseres zu tun.

19.00 Uhr

Der Heininger Hubsi saß am Esstisch, die Ellbogen aufgestützt. Messer und Gabel hielt er nach oben gerichtet in den Händen, sodass es fast aussah, als plane er, mit diesen Instrumenten einen imaginären Feind abzuwehren. Dabei konnte er es einfach nicht erwarten, mit dem Essen anzufangen. Das Wasser lief einem ja im Mund zusammen, so, wie das hier duftete.

Die Rosi stellte einen Teller mit Bauernschmaus vor ihn hin, einen zweiten auf ihre Seite des Tisches.

Sofort stach er mit der Gabel in einen Knödel, teilte ihn und zerdrückte ein Stück in dem fettigen Saft zwischen Sauerkraut, G'selchtem, Speck und Würstl.

»Jetzt kenn i'n auch, euern Obermufti«, begann Rosi, nachdem sie sich ihrem Mann gegenübergesetzt hatte.

»Den Materna meinst? Der ist doch aber gar ned unser Obermufti.«

»A Gockel is er, a eingebildeter«, fauchte die Rosi und spießte ein Stück Würstel auf. »Z'erst fragt er mich, ob ich in der Villa schon was sauber g'macht hätt, wie wenn i des ned wissen tät, dass man nix anrühren soll nach am Verbrechen. Dann meckert er mi an, weil i ned früher auf der Inspektion ang'rufen hab – und dann schickt er mich auch noch heim. Der Mohr hat seine Schuldigkeit getan – der Mohr kann gehen!«

»Was denn für a Mohr?« Entgeistert schaute der Heininger seine Angetraute an. »Mohr sagt ma ned. Des ist so wie Neger. Und Neger sagt ma a ned.«

»Das sagt man schon so, des mit dem Mohr! Das ist aus Othello«, erklärte die Rosi hoch erhobenen Hauptes und steckte das Wurststück in den Mund.

Heininger staunte, was seine Frau alles wusste, seit sie bei so gebildeten Leuten ein und aus ging. »Hat er nix g'sagt, der Materna, warum er dich heimschickt?«

»Wegen der Spurensicherung, hat er g'sagt. So ein Blödsinn! Und dann hat er es auch noch g'schafft, dass die Frau Thoma sagt, sie braucht mich heut nimmer, wo s' mich doch eh braucht hätt.«

»Geh, jetzt spinnst aber. Und g'scheiter wär's eh g'wesen, wennsd gleich in der Früh bei uns ang'rufen hättst.«

»Geh, Hubsi, du hast ja keine Ahnung. Die Frau Thoma war total fertig, wie i in der Früh kommen bin. Und des war ned nur wegen die Verletzungen, aber das andere, das ist eigentlich ein Geheimnis.«

Eigentlich hatte sie gesagt. Wenn die Rosi im Zusammenhang mit einem Geheimnis *eigentlich* sagte, war sie kurz davor, es ihm gleich anzuvertrauen, das wusste er. Unter dem Siegel der Verschwiegenheit, versteht sich. »Ah geh«, murmelte er daher nur und wartete.

Rosi legte ihre Gabel hin und beugte sich leicht über den Tisch. »Sie hat regelrecht Angst g'habt, dass sie ausg'fragt wird, wenn i in der Inspektion anruf«, raunte sie ihrem Hubsi zu. »I glaub, wegen dem Geheimnis.«

»Wegen dem Geheimnis«, wiederholte der Hubsi. Es hatte keinen Sinn, in einer solchen Situation zu sehr in sie zu dringen. Man brauchte nur etwas Geduld. »Und du kennst es, das Geheimnis?«

»Ja, schon.« Die Rosi senkte ihre Stimme noch weiter. »Sie hat immerzu g'weint: *Mein Baby, hoffentlich ist meinem Baby nichts passiert!*«

»A geh«, sagte der Heininger Hubsi noch einmal, und jetzt legte auch er sein Besteck hin. »War sie 'leicht vom Jarisch schwanger, weißt des a?«

Rosi nickte. »Freilich. *Ich hab doch sonst nichts mehr von ihm*, hat sie g'sagt. Und g'weint und g'weint hat s'. Geh weiter, Hubsi, was hätt'st denn du da g'macht?«

Er zuckte die Schultern. Was immer er in dieser Situation gemacht hätte – er wollte keinen Ärger mit Materna. »Des könnt aber für den Fall wichtig sein, i mein, aus dem kann sich a ganz andere Motivlage ergeben«, wagte er sich vor. »Des müsst der Chefinspektor schon wissen.«

Pfeilgerade richtete sich die Rosi auf ihrem Sessel auf und stemmte die Hände in die Hüften. »Wenn du das dem Materna weitersagst, dann ...«

»Was ist denn dann?«

»Dann kannst meine gute Küche vergessen. Dann ... dann koch i vegetarisch!«

19.30 Uhr

Na bitte! Tanja Moll kontrollierte das Bild auf dem Display. Alles bestens. Genau in dem Moment, als er das Haus verließ, hatte sie ein Handyfoto schießen können. Die Aufnahme war scharf, und Materna hatte sie nicht bemerkt, als er plaudernd und lachend mit einer Dame links am Arm und der anderen rechts aus dem Gartentor kam.

Die nicht ganz schlanke, aber hübsche Rothaarige mit dem Strohhut auf dem Kopf war wahrscheinlich seine Freundin. Man konnte sie nicht richtig erkennen, weil die Hutkrempe ihr Gesicht verdeckte. Das war nur günstig. Schließlich war es verboten, Aufnahmen von Privatpersonen ohne Genehmigung in der Presse abzudrucken.

Die andere, eine junge aparte Dunkle, konnte seine Tochter sein. Die war allerdings sehr deutlich zu sehen. Egal. Man konnte das Gesicht ja pixeln oder schlimmstenfalls musste man eben Strafe zahlen. Das war aber selten der Fall, weil Privatpersonen so gut wie nie deswegen vor Gericht zogen. Außerdem hatten Zeitschriften wie die ihre für so etwas eine eigene Kasse. Man bezahlte stillschweigend, wenn es sein musste – und machte weiter.

Zufrieden steckte Tanja ihr Handy ein. Sie hatte auch schon die ideale Schlagzeile im Kopf: *Der mysteriöse Tod des Stars und das Geheimnis des Kommissars.* Das war es doch!

Die Reporterin wusste zwar sehr genau, dass es in Österreich die Bezeichnung *Kommissar* nicht gab, aber sie fand, *Kommissar* klang besser als *Chefinspektor* – oder wenigstens vertrauter. Schließlich waren die Leute durch die Fernsehkrimis daran gewöhnt.

Es machte nichts, dass Bernie schon nach Wien unterwegs war, überhaupt nichts. Dieser obergescheite Wichtigtuer bildete sich immer so viel auf seine Fotos ein. Wie begeistert über sich selber war er doch grade gestern wieder wegen der Bilder vom Chefinspektor und der jungen Frau gewesen – der Geliebten von Jarisch, wie Tanja inzwischen wusste.

Aber sie hatte es geschafft, Materna zweimal unbemerkt aus viel geringerer Distanz zu erwischen: gestern an der Haustür der Villa Blumenthal, das zweite Mal gerade eben beim Verlassen des Häuschens an der Traun. Eine teure Kamera und ein Teleobjektiv hatte sie dazu nicht gebraucht, nur ihren Instinkt für Menschen.

Sie hatte sofort geahnt, dass die Frau, die am Nachmittag die Villa Blumenthal verlassen hatte, eine Angestellte von Jarisch sein musste – die Haushälterin, wie sie gleich darauf erfahren hatte. Und sie hatte auch gewusst, wie sie die Frau ansprechen musste, als diese grade dabei war, ihren uralten klapprigen Ford aufzuschließen. 100 Euro hatte sie ihr zugesteckt, offensichtlich genau die richtige Summe, um ihr die Zunge ein wenig zu lösen.

Soweit es um Jarisch und dessen Beziehung zu der jungen Frau in der Villa ging, hatte sich die Haushälterin als wenig aussagefreudig erwiesen. Tanja wusste, dass Prominente ihr Personal so gut wie immer eine Schweigepflichtserklärung unterschreiben ließen. Die Frau Thoma wohne in der Villa, weil sie ein Buch über das Leben des Wolfgang Jarisch schreiben würde, hatte die Frau nur gesagt. Ihr knallroter Kopf und der Blick auf den Boden hatten Tanja jedoch alles verraten, was sie wissen wollte. In ihrem Artikel würde sie die Bemerkung über die Geliebte von Jarisch einfach mit einem Fragezeichen versehen, wie sie es oft machte, um unanfechtbar zu bleiben. Und den Namen der langhaarigen Mitbewohnerin des Schauspielers kannte sie nun auch.

Auch zu dem Einbruch hatte die Haushälterin nicht viel sagen können – oder wollen? Aber sobald Tanja ein paar Fragen zum leitenden Ermittler gestellt hatte, war die Frau gesprächig geworden. Bereitwillig hatte sie erzählt, dass er noch bei der Frau Thoma drin wäre. Schließlich hatte sie sogar gemeint, dass der Herr Chefinspektor bestimmt nicht nach Linz heimfahren würde, weil er in Ischl eine Freundin hätte, die ein Haus am Traunufer besaß. Sogar die Adresse hatte die Haushälterin verraten.

Das Einzige, was Tanja dann noch gebraucht hatte, war ein gutes Versteck und Geduld. Ersteres hatte sie hinter einem parkenden SUV gefunden, über Letzteres verfügte sie in hohem Maße. Wenn es um eine gute Story ging, war Tanja Molls Geduld grenzenlos.

20.00 Uhr

»Auf Ihr Wohl – und danke für Ihren Besuch!« Eisler hob sein Weinglas und prostete seinen Gästen zu. »Josi! Isabel – ich darf doch Isabel sagen? – Herr Materna!«

Sie stießen miteinander an und tranken.

An diesem angenehm warmen Frühsommerabend hatte Prof. Eisler seine Gäste auf die zum Haus gehörige Terrasse gebeten.

Genießerisch kniff Materna einen Moment lang die Augen zusammen. Der *Montonale Orestilla* schmeckte herrlich, ein reifer, fülliger und doch fruchtiger Wein. Ein leichter Windhauch wehte vom Wasser her und strich ihm übers Gesicht.

»Diese Aussicht ist ja unglaublich.« Isabels Blick schweifte zwischen der spiegelnden Wasseroberfläche des

Traunsees und dem dahinterliegenden Bergpanorama hin und her.

Eisler nickte. »In die kleine Seeterrasse hier hab ich mich sofort verliebt. Darum hab ich dieses Haus gekauft. Und am schönsten ist es, das alles mit netten Menschen genießen zu dürfen.« Er schaute lächelnd in die Runde. Sein Blick blieb an Josi hängen. »Das ist ja wirklich eine tolle Überraschung, Josi, dass Sie früher als geplant nach Ischl gekommen sind – für mich auch.«

»Unvernünftig ist es schon.« Materna drohte scherzhaft mit dem Zeigefinger. Dabei strahlte er übers ganze Gesicht. »Aber schön!«

»Unvernünftig?« Eisler runzelte die Stirn.

»Ich muss demnächst wieder in Berlin sein, und der Paul findet das Hin- und Herfahren zu anstrengend«, erklärte Josi.

»Meinst nicht, dass der Poldi die paar Tage, die du weg bist, bei mir bleiben würde?«, fragte Isabel. »Ich hab Zeit, und der Papa ist ja auch ab und zu da. Wenn du den Hund nicht mitnehmen musst, könntest du doch ausnahmsweise einmal fliegen oder mit dem Zug fahren.«

Josi legte ihre Hand auf die von Isabel. »Du bist ein Schatz! So machen wir's. Natürlich bleibt der Poldi bei dir. Er mag dich doch.«

»Wuff«, machte der Dackel. Da er ein paarmal hintereinander seinen Namen gehört hatte, war er unter dem Tisch hervorgekommen und schaute die Menschen erwartungsvoll an.

»Goldiger Kerl.« Eisler bückte sich, um ihn zu streicheln.

Dann wandte er sich an Materna. »Darf ich fragen, ob Sie die Frau Thoma inzwischen noch einmal gesehen haben?«

Materna nickte. »Ich war bis gegen halb vier bei ihr. Mein Kollege, der Herr Laubenbacher, ist in der Villa geblieben. Momentan belagern halt Reporter und Schaulustige das Haus, und ich glaube, das macht ihr sehr zu schaffen.«

»Ja, so etwas fehlt einem grade noch, wenn man um einen geliebten Menschen trauert und zusätzlich verletzt ist.« Nachdenklich nickte Eisler ein paarmal mit dem Kopf.

Materna bemerkte, dass Josi und Isabel recht verständnislos dreinschauten. »Leonie Thoma war die Biografin und auch die Lebensgefährtin vom Herrn Jarisch. Und heute in der Nacht ist jemand in das Haus eingedrungen und hat sie überfallen«, erklärte er. »Deswegen war sie im Krankenhaus.«

Erschrocken schlug Josi die Hand vor den Mund. »Das ist ja grauenhaft! Ist sie schwer verletzt?«

»Zum Glück nicht allzu schwer.« Eisler griff zur Weinflasche. »Darf ich nachschenken, Josi? Isabel?«

Josi nickte, aber Isabel machte eine abwehrende Geste mit der Hand. »Danke, lieber nicht. Ich fahre heute.«

»Oh, dann haben Sie ja vielleicht Lust auf frischgepresste Fruchtsäfte? Oder lieber nur Mineralwasser?«

»Fruchtsäfte nehme ich gern. Vielen Dank.«

»Na wunderbar. Würden Sie mich in die Küche begleiten, Herr Materna?«

Die Frage überraschte Materna ein wenig, aber er erhob sich schnell und folgte dem Professor ins Haus.

In der gemütlichen Landhausküche wartete auf einem Tisch aus dickem geöltem Kiefernholz eine hübsch angerichtete Platte mit kleinen belegten Brötchen darauf.

Eisler machte sich daran, die Klarsichtfolie, mit der sie abgedeckt war, zu entfernen. Sofort breitete sich der würzige Duft von Schinken, Käse, Lachs und anderen Köstlichkeiten in der Küche aus.

Materna lief das Wasser im Mund zusammen.

»Oh – hoher Besuch!« Der Professor lachte und deutete mit dem Kopf zu Tür.

Auf leisen Pfoten war ihnen der Dackel gefolgt. Da stand er nun mit schief gelegtem Köpfchen, mit diesem Ausdruck von *Seht-doch-wie-brav-und-unaufdringlich-ich-bin* und dem Blick eines Verhungernden.

»Darf der Poldi ein Würstel haben?«, fragte Eisler.

Materna nickte. »Schon, aber vielleicht nicht sofort. Was der alte Schlawiner hier aufführt, grenzt ja an Nötigung.«

Eisler lachte. »Gut, dann nehmen wir eines für ihn mit.« Er öffnete den Kühlschrank, nahm ein Frankfurter Würstchen heraus und legte es zu den Brötchen auf die Platte. Dann wandte er sich wieder Materna zu. »Ich wollte Sie noch etwas zu Frau Thoma fragen, Herr Materna.«

»Ja?« Materna hatte schon geahnt, dass der Ausflug in die Küche dazu dienen sollte, etwas unter vier Augen zu besprechen.

»Sagen Sie, war denn heute Nachmittag alles in Ordnung, was ihren körperlichen Zustand betrifft? Keine Blutungen, Krämpfe, sonstigen Beschwerden?«

»Soweit ich das beurteilen kann, hat sie die gesundheitlichen Folgen des Überfalls gut verkraftet. Sie schont das Bein, wie die Ärzte es ihr geraten haben, die Kopfwunde ist ja genäht, aber ... Blutungen? Krämpfe? Es geht ihr den Umständen entsprechend ...« Materna brach mitten im Satz ab. Er schaute den Professor fragend an. »Ach ... Sie meinen ... Leonie Thoma ist schwanger?«

»Das haben Sie gesagt, nicht ich.« Obwohl der Professor die Frage eigentlich nicht beantwortet hatte, nickte er unübersehbar mit dem Kopf.

»Oh mein Gott – da hat sie wirklich einen Schutzengel gehabt, dass bei dem Sturz über die Treppe nichts passiert ist.«

Eisler nickte. »Übrigens hat der Wolfgang schon so etwas angedeutet. Und dass er glücklich ist mit der jungen Freundin und der alten Villa ... Kommen Sie, Herr Materna, nehmen Sie den Saft.« Er deutete mit dem Kopf auf zwei Krüge, die auf der Anrichte standen. Der eine war mit goldfarbenem Apfel-, der andere mit leuchtend gelbem Orangensaft gefüllt. Er selbst griff zur Brötchenplatte, um sie nach draußen zu bringen.

Als sie wieder auf die Terrasse kamen, spürte Materna deutlich, dass es kühler geworden war. Der Wind, der vom Wasser her sanft übers Land strich, wehte nicht mehr so lau wie noch vor einer halben Stunde. Josi, die ein geblümtes Sommerkleid trug, hatte eine dünne gehäkelte Stola über die Schultern gelegt; Isabel hatte die Jacke ihres eierschalenfarbenen Hosenanzugs über die Bluse gezogen.

Poldi war den Herren gefolgt und verschwand sofort wieder unter dem Tisch, wo er sein Würstchen bekam. Er verschlang es mit zwei, drei Bissen.

Während Eisler Isabel Apfelsaft einschenkte und auf ihren Wunsch hin etwas Mineralwasser dazugoss, hing Materna noch ein wenig den Gedanken über Leonie nach. Er konnte nicht sagen, ob ihre Schwangerschaft irgendeine Bedeutung für den Fall haben könnte. Auszuschließen war es jedenfalls nicht.

Der Professor ermunterte seine Gäste zuzugreifen.

Materna wählte ein Brötchen mit Käse und Gurke.

»Ich soll Ihnen etwas über Wolfgang Jarisch erzählen, Herr Materna, richtig?«, wandte sich Eisler an den Chefinspektor.

Materna nickte. Zum Sprechen war sein Mund grade zu voll.

Auch Josi griff nach einem Brötchen mit Liptauer darauf. »Der Paul hat mir erzählt, dass der Herr Jarisch aus Ischl stammt. Das hab ich gar nicht gewusst.«

Eisler schmunzelte. »Wie Sie auf die Welt gekommen sind, Josi, war der Wolfgang ja auch schon Student am Reinhardt-Seminar.«

Materna hing an Eislers Lippen. »Sie waren schon als Kind mit ihm befreundet, Herr Professor?«

»Befreundet ist vielleicht zu viel gesagt. Wolfgang war schließlich drei Jahre älter als ich. Für Kinder ist das ein gewaltiger Altersunterschied. Aber da seine und meine Eltern recht eng miteinander waren, hab ich ihn ganz gut gekannt. Sein Vater war Richter am Bezirksgericht, seine Mutter hat gemalt und Klavierstunden gegeben. Die Familie Jarisch hat in einer Villa in Kaltenbach gewohnt.«

»Hat der Herr Jarisch vielleicht deshalb die Villa Blumenthal gekauft?«, fragte Josi.

»Gewissermaßen ja. Wolfgang und ich haben uns vor Drehbeginn einmal getroffen. Er war ja wegen des Hauskaufs und einigen Reparaturarbeiten schon ein paar Wochen früher in Ischl als die restliche Filmcrew. Er hat erzählt, es wär schon lange sein Traum gewesen, wieder eine Villa in der Stadt seiner Kindheit zu besitzen. Es war ein Glücksfall für ihn, dass die Villa Blumenthal gerade zum Verkauf stand.«

»Und dann noch so ein ungewöhnliches und geschichtsträchtiges Haus!« Isabel hatte ganz glänzende Augen bekommen.

Eisler schmunzelte. »Sie interessieren sich für geschichtsträchtige Häuser, Isabel?«

»Sehr. Ich hab sogar mal überlegt, Kunstgeschichte oder auch Geschichte zu studieren. Dann bin ich doch Schmuckdesignerin geworden. Aber das Interesse ist geblieben.«

»Oh, da können Sie in Ischl wirklich auf Ihre Kosten kommen. Bad Ischl ist die Stadt der Villen. Schließlich besaß zur Kaiserzeit, aber auch danach noch, alles, was Rang und Namen hatte, hier eine Villa als Sommersitz – nicht nur der Kaiser. Die meisten dieser Häuser sind ihren Besitzern während der Nazizeit weggenommen worden. Aber besichtigen können Sie fast alle heute noch.«

»Oh ja, das werde ich tun. Schließlich hab ich Urlaub – und ich kenne Ischl kaum, obwohl es ja eigentlich nicht so weit von Linz entfernt ist.«

»Wenn Sie möchten, gebe ich Ihnen nachher eine Art Villenführer mit. Die Lehár-Villa ist ja sehr bekannt, und die können Sie auch von innen besichtigen. Sie ist eine Art Museum für den Operetten-Komponisten, den zweiten berühmten Franz, der in Ischl gelebt hat. Aber es gibt so viele andere mit einer spannenden Geschichte dahinter. Schon die Nestroy-Villa zum Beispiel kennen die wenigsten Ischl-Besucher.«

»Johann Nestroy ... ich liebe seine Stücke sehr.« Isabel strahlte ihren Vater an. »Weißt du noch, Papa, wie ich grade zehn Jahre alt war, haben wir den *Lumpazivagabundus* im Linzer Theater gesehen. Das war so toll.«

Materna fiel auf, dass sie ihre Mutter gar nicht erwähnte, die damals in dem Stück mitgespielt hatte. »*Wir werden euch schon Mores lehren ...*«, begann er, den Anfang der Zauberposse zu zitieren.

»*... ihr liederlichen Burschen, ihr*«, ergänzte Josi. »Ich liebe Nestroy auch. Aber über seine Verbindung zu Ischl hab ich mir bisher keine großen Gedanken gemacht. Eine Schande eigentlich, wenn man hier aufgewachsen ist.« Sie fuhr sich mit den Fingern durch die dicken roten Haare.

Eisler lächelte. »Bad Ischl hat im Leben von Johann Nestroy eine wichtige Rolle gespielt – umgekehrt aber auch. Er hat viele Sommer in Bad Ischl verbracht. Damals war das Ischler Theater, das heutige Lehár-Kino, eine wichtige kulturelle Institution. Nestroys Stücke sind selbstverständlich auf dem Spielplan gestanden. Das Theater hat er zeitweise als Intendant geleitet; und er hat dafür gesorgt, dass es immer auch Aufführungen im Dienst der Wohltätigkeit für die Bedürftigen in Ischl gegeben hat.«

»Toll!« Isabels Augen glänzten. »Das ist so interessant.«

Eisler schmunzelte.

Materna rutschte auf seinem Sessel hin und her. So spannend er Eislers Exkurs über die Ischler Geschichte auch fand, er brannte darauf, mehr über die Kindheit des getöteten Schauspielers zu erfahren. Es war ja nicht auszuschließen, dass das Motiv für den Mord in der Vergangenheit lag.

Eisler musste seine Ungeduld bemerkt haben. »Aber zurück zur Familie Jarisch.« Er trank einen Schluck, dann fuhr er fort. »Wolfgang und seine Eltern haben uns öfter besucht, und wir sie auch. Schon als Kind war der Wolfgang ein Bücherwurm. Er hat sich sehr früh an die Werke der Weltliteratur gewagt und bald auch Textbücher von Bühnenstücken verschlungen wie andere Kinder die Geschichten von Karl May. Es hat mir Spaß gemacht, wenn er mir die verschiedenen Rollen vorgespielt hat, von den Räubern bis zu Hamlet, von der Minna von Barnhelm bis zu Raimund und Nestroy. Als ich alt genug war, dass ich selbst lesen konnte, hab ich dann gelegentlich als Stichwortgeber für ihn fungieren müssen. Wenn ich nur an die Balkonszene denke, in der ich für Wolfgang als Romeo die Julia markieren musste – ich glaub, ich krieg immer noch einen roten Kopf.«

Alle lachten.

»Er war also schon damals vom Theater besessen«, stellte Materna fest.

»Eindeutig ja. Er war bereits als Gymnasiast ein echter Star im Schultheater. Nach den Aufführungen haben sogar die Lokalzeitungen über ihn geschrieben. Aber weil der Wolfgang nicht das Ischler, sondern das Gmundner Gymnasium besucht hat, habe ich leider nur ein einziges Stück mit ihm gesehen – den Sommernachtstraum.«

»Er hat das Gmundner Gymnasium besucht? Warum denn?«, hakte Materna nach und griff nach einem weiteren Brötchen.

»Das Ischler Gymnasium war damals eine Privatschule. Wolfgangs Eltern hätten sich das Schulgeld zwar ohne Weiteres leisten können, das Gymnasium hat allerdings zu dieser Zeit keinen sehr guten Ruf gehabt. Man hat gemunkelt, dass in Ischl jeder die Matura machen könnte, wenn die Eltern nur genug zahlten, und dass sich die in der Schule versagenden Sprösslinge der Reichen aus ganz Österreich und auch aus Deutschland dort versammeln würden. Inwieweit das stimmt, kann ich nicht sagen. Wie ich ins Gymnasium gekommen bin, war es bereits verstaatlicht worden.«

Eisler nahm einen Schluck Wein aus seinem Glas. Er lächelte ein wenig versonnen und wandte sich Isabel zu. »Das Ischler Gymnasium war übrigens zu meiner Zeit auch in einer berühmten Villa untergebracht, der Villa Sickingen-Starhemberg. Die war früher eine der wichtigsten Sehenswürdigkeiten von Bad Ischl. Schillernde und interessante Persönlichkeiten haben sie im Lauf der Zeit bewohnt. Camillo Fürst von Starhemberg etwa. Man hat ihn aufgrund seines sozialen Engagements nur *Rote Durchlaucht* genannt. Sein Sohn Ernst Rüdiger und dessen Frau waren in der Politik aktiv, und sie war eine engagierte Frauenrechtlerin. Aber auch das eine oder andere Techtelmechtel mit Damen aus dem Theatermilieu und mit sogenannten leichten Mädchen hat die Geschichte der Villa geprägt.«

Zwischen Josis Augenbrauen zeigte sich eine tiefe senkrechte Falte. »Und wie ich ins Gymnasium gekommen bin, hat es die Starhemberg-Villa nicht mehr gegeben.«

Eisler nickte. »Leider. Ende der Sechzigerjahre hat die Familie die Villa an die Republik Österreich verkauft. 1974 ist sie abgerissen worden, und man hat einen Neubau errichtet.«

»Aber das ist doch unglaublich!«, rief Isabel aufgebracht.

»Ja, wirklich!« Aus Josis Augen blitzte es zornig. »Ich kenne die Geschichte, und sie hat mich schon immer wütend gemacht. In dem riesigen Park wäre schließlich Platz genug gewesen. Man hätte die neuen Gebäude einfach dazu bauen können. Das ist wieder mal typisch Ischl! Die Ischler zerstören mit Vorliebe ihre eigenen Schätze. Wäre die Kaiservilla nicht im Familienbesitz geblieben, hätten sie die wohl auch abgerissen – bevor sich gezeigt hat, was für gute Geschäfte man mit Sissi & Co. machen kann natürlich.« Josis Kopf war ganz rot geworden, so sehr hatte sie sich in Rage geredet.

Materna legte seine Hand auf die ihre und drückte sie sanft. Der Zorn auf ihre Geburtsstadt kochte immer wieder einmal in ihr hoch. Er verstand ihre Wut. Ischl hatte ihr Schlimmes angetan.

»Noch einen Schluck, Josi?«, fragte Eisler und hob die Weinflasche an.

Sie nickte, hielt dem Professor ihr Glas entgegen. »Dieser Wein ist wirklich hervorragend. Das war jetzt aber mein letztes Glas, sonst bekomm ich noch einen ordentlichen Schwips.«

Eisler schmunzelte und schenkte ein.

»Der Wolfgang Jarisch ist also jeden Tag nach Gmunden gefahren?«, kam Materna auf sein Thema zurück.

»Ja. Viele Kinder sind damals täglich mit dem Zug hin- und hergefahren. Der Wolfgang ist dann auch bis zur Matura im Gmundner Gymnasium geblieben.«

Das Gmundner Gymnasium ... Nachdenklich nahm Materna einen Schluck aus seinem Glas. Es gab inzwischen eine deutliche Spur, die in die Vergangenheit führte, die Tatsache nämlich, dass alte Fotos aus der Villa entwendet worden waren. Wenn Gmunden ein Teil von Wolfgang Jarischs Vergangenheit war, musste er sich dort umhören. So schnell wie möglich.

Josi zog die Stola enger um sich.

»Es wird kühl. Herr Professor, ich glaube, wir sollten allmählich aufbrechen.« Materna erhob sich langsam. »Es war ein langer Tag, und ich muss morgen früh raus. Danke noch mal für die Einladung. Es war ein wunderbarer Abend.«

»Es ist ja auch der erste Abend seit Josis Rückkehr.« Eisler verzog die Lippen zu einem verschmitzten Lächeln. »Danke, dass Sie mich trotzdem besucht haben.«

Tatsächlich konnte Materna es kaum erwarten, die letzten Stunden des Tages mit Josi allein zu verbringen. Dennoch geisterten Gmunden und das Gmundner Gymnasium weiterhin durch seinen Kopf, als er nach dem herzlichen Abschied mit den beiden Frauen und mit Poldi an der Leine auf Isabels Corsa zuging. Gleich morgen würde er zu dieser Schule fahren ... Moment – morgen? »Verdammt!«, entfuhr es ihm.

»Papa?« Isabel fasste nach seinem Arm.

Josi schaute ihn mit erschrocken hochgezogenen Brauen von der Seite an. »Paul! Ist etwas passiert?«

»Nein. Ja! Morgen ist Sonntag.«

Sonntag, 26. Mai

1.45 Uhr

Das verdammte Handy! Gerade hatte er noch in den herrlichsten Farben geträumt. Sogar im tiefen Schlaf hatte er es irgendwie gespürt, dass sie wieder da war. Weich, warm und lebendig lag sie an ihn gekuschelt, und er hielt sie fest umschlungen, als er die Augen öffnete.

Widerwillig löste er die Umarmung und tastete nach dem Störenfried neben dem Bett.

»Ja?«, krächzte er verschlafen ins Telefon.

»Paul, da ist der Conni.«

»Ja, ich seh schon. Ich mein, ich hör schon. Was gibt's denn?«

»Tut mir echt leid, großer Meister, dass ich dich aus dem Tiefschlaf reiß, aber der Kerl war schon wieder da.«

»Was?« Materna schoss im Bett hoch und schwang seine langen Beine über die Bettkante. »Ich komme.«

Josi gab ein undefinierbares Brummen von sich, drehte sich auf die andere Seite und schlief weiter.

»Ah – wart einmal, Paul. Ich denk, das bringt nichts. Der ist über alle Berge. Ich wollt nur, dass du Bescheid weißt.«

»Gut. Was ist passiert?«, fragte er mit gedämpfter Stimme und stand langsam auf. So leise wie möglich verließ er das Schlafzimmer, um Josi nicht doch noch zu wecken, und setzte sich im Wohnzimmer auf die Couch.

Conni räusperte sich, dann begann er zu berichten. »Also, ich hab ja unten auf dem Sofa geschlafen und die Frau

Thoma oben. Ich hab ihr am Abend über die Stiegen geholfen und …«

»Ja schon gut, und dann?«

»Ich hab ein komisches Geräusch gehört, ganz leise nur. Es hat geklungen, als tät jemand Steinderln gegen ein Fenster schmeißen.«

»Gegen welches Fenster?«

»Das weiß ich nicht, eines von den oberen halt.«

»Hast du jemanden gesehen?«

»Ich hab durchs Fenster kurz wen gesehen und wollt gleich raus und hinterher. Aber da ist von oben ein Schrei gekommen. Die Frau Thoma ist an der Stiege gestanden, hat um Hilfe gerufen und so komisch geschwankt.«

»Geschwankt?«

»Ja, so als ob sie gleich umfallen würde. Ich bin also schnell wieder rauf zu ihr. Wie ich bei ihr oben ankomm, hat sie gemeint, es ginge schon wieder, ihr Kreislauf würde spinnen. Ich bin also wieder runtergerannt und raus in den Garten. Aber der Typ war schon auf und davon. Ich hab die Umgebung abgesucht, hab aber aufgeben müssen.«

»Mist«, entfuhr es Materna.

»Aber echt«, sagte Conni. »Der Himmel hat sich ja inzwischen ziemlich zugezogen. Also war's stockfinster draußen. Und Vorsprung hat der Kerl ja auch jede Menge gehabt. Er hätt überall und nirgends sein können.«

»Ein Mann?«

»Glaub schon, ja. Ich bin davon ausgegangen, dass es der von letzter Nacht war.«

»Okay, Conni. Danke, dass du mir Bescheid gesagt hast. Brauchst mich also wirklich nicht?«

»Wirklich nicht. Ich pass schon auf, aber ich bin sicher, der ist weg. Die Frau Thoma hat sich wieder hingelegt.«

»Gut, ich komm dann so um acht … oder sagen wir, um halb neun in die Villa. Gute Nacht, Conni.«

»Servus, Paul. Schlaf noch gut.«

Materna legte das Telefon auf den Couchtisch. Mit dem guten Schlafen würde es wohl nichts werden. Erst einmal musste er versuchen, seine Gedanken zu sortieren. Er stand auf, ging in die Küche, holte eine Flasche Mineralwasser aus dem Kühlschrank und goss sich ein Glas ein. Langsam trank er zwei, drei Schlucke. Dann stellte er das Glas ab, trat ans Fenster und schaute hinaus in die Dunkelheit.

Wenn der Eindringling von letzter Nacht zurückgekommen war, konnte das nur eines bedeuten: Er hatte noch nicht alles gefunden, wonach er gesucht hatte. Aber wenn es dem Mann darum gegangen war, noch etwas im Haus zu suchen – warum um alles in der Welt warf er Steinchen gegen ein Fenster? Und selbst wenn Conni sich irrte und das Geräusch eine andere Ursache gehabt hatte – der Mann hatte doch einen Schlüssel und den Chip für die Alarmanlage. Warum also war er nicht möglichst leise in die Villa eingedrungen? Was war das nur für eine irre Geschichte. Das alles passte hinten und vorn nicht zusammen.

Mitten in seine Gedanken hinein läutete das Handy erneut. Diesmal schaute Materna auf das Display. Conni noch mal.

»Conni?«

»Ja, Chef, äh … Paul. Pass auf, ich bin grad noch einmal rausgegangen und hab mit der Taschenlampe die Wiese vor dem Haus abgeleuchtet. Ich hab mir gedacht, könnt doch sein, dass er was verloren hat oder so.«

»Und – hast was gefunden?« Materna schnaufte ungeduldig.

»Ja«, sagte Conni. »Einen Rosenkranz.«

8.45 Uhr

»Frau Thoma, denken Sie bitte genau nach. Kennen Sie wen, der nachts Steinchen gegen ein Fenster der Villa geworfen haben könnte? Oder vielleicht jemanden, der ohne gesehen zu werden mit Ihnen reden wollte? Oder auch jemanden, der Interesse daran haben könnte, Sie zu erschrecken oder zu belästigen?« Aufmerksam betrachtete Materna Leonie Thomas Mimik, während er sie befragte.

Ihre Augen flackerten, ganz leicht nur, aber es entging ihm nicht. Sie wandte den Blick ab und biss in eines der Croissants, die Materna zum Frühstück mitgebracht hatte. »Keine Ahnung, wirklich nicht.«

»Noch einen Schluck?« Conni hob die Kanne. Er hatte vorhin Kaffee gekocht.

»Ja, bitte.« Leonie hielt ihm ihre Tasse entgegen.

Gut so, dachte Materna. Die unverfänglich-gemütliche Atmosphäre war Teil seiner Taktik, und Conni wusste das. Schon während des Telefongesprächs mit seinem Mitarbeiter hatte sich bei ihm der Verdacht eingestellt, Leonie könnte etwas über die Hintergründe des nächtlichen Vorfalls wissen. Und der hatte sich inzwischen weiter erhärtet.

»Ich kenne ja niemanden hier«, fügte sie wie zur Entschuldigung an. »Und ich hab gedacht, es wär eh klar, dass es der ... also dieser Einbrecher war.«

»Einbrecher pflegen keine Steinchen an Fenster zu werfen«, entgegnete Materna. Er fragte sich, ob die Übelkeit nachts an der Treppe nicht einfach vorgetäuscht war, um Conni von der Verfolgung des Mannes abzuhalten. Aber welchen Sinn ergab das?

»Und der Rosenkranz, der vor dem Haus gelegen ist?«, fragte Conni, zog ein durchsichtiges Plastiksackerl aus seiner Jackentasche und legte es auf den Tisch.

Sie strich sich mit beiden Handflächen über die Oberschenkel. »Kenn ich nicht. So etwas habe ich nicht. Ich bin nicht mehr in der Kirche.«

Materna hielt sie mit seinem Blick fest. »Wenn er nicht Ihnen gehört – wer könnte ihn dann auf Ihrem Grundstück verloren haben? Könnte er dem Herrn Jarisch gehört haben?«

»Bestimmt nicht!«, fuhr sie auf. »Wenn ich wüsste, wem das Ding gehört, wüsste ich doch wahrscheinlich auch, wer das da in der Nacht war, oder?«

Materna zuckte die Schultern. »Es kann ja schon länger da gelegen sein.«

Von der Haustür her war ein leises kratziges Geräusch zu hören. Es klang nach einem Schlüssel, der ins Türschloss gesteckt und umgedreht wurde.

Keine drei Sekunden später stand Rosi Heininger im Salon. In der Hand hielt sie ein braunes Sackerl. »Ich hab Semmerln ...«, begann sie. Beim Anblick der Croissants verstummte sie. Sie schnappte nach Luft. »Ah, wie ich seh, frühstücken die Herrschaften bereits!« Ihre Worte waren mit Zyankali vergiftet, und aus ihren Augen sprühten Kurare-Pfeile.

»Ich habe mir erlaubt ...«, sagte Materna.

Die Rosi schaute ihn auf eine Weise an, dass er in Erwägung zog, Blicke könnten vielleicht doch töten.

»Na, dann sind Sie ja jetzt gut versorgt, wenn die Frau Heininger bei Ihnen ist, Frau Thoma«, sagte Materna und erhob sich. »Vielleicht sollten Sie aber doch für die kommende Nacht ein anderes Quartier suchen?«

»Das möchte ich nicht.« Leonie senkte den Kopf. »Es ist ... vielleicht ist es ja die letzte Nacht für mich in Wolfgangs Villa ...« Jetzt flüsterte sie beinahe.

»Ich übernachte noch mal hier«, bot Conni an.

»Na gut.« Materna nickte. Er hatte ohnehin vorgehabt, die Villa für eine weitere Nacht unter Beobachtung zu stellen.

»Ach, Frau Heininger?« Kurz vor der Tür wandte sich der Chefinspektor noch einmal um. »Haben Sie vielleicht einen Rosenkranz verloren?«

»An Rosenkranz? Halten S' mich 'leicht für a so a Betschwester?« Die Wangen der Heininger Rosi, die ohnehin schon recht rot waren, glühten jetzt beinahe.

»War nur eine Frage«, sagte Materna und strahlte sie an.

10.20 Uhr

»Also, Isi, wenn du wirklich kaum was von Ischl kennst, dann werd ich dir gleich als Erstes die süßeste Versuchung vorstellen, die die Stadt zu bieten hat.« Josi öffnete die Tür zur Konditorei Zauner und ließ Isabel den Vortritt.

»Na, das ist ja ein Paradies für den Papa«, bemerkte Isabel beim Anblick der Mehlspeisen in der langen Glasvitrine. Sie zwinkerte Josi zu. »Und ich hab doch glatt geglaubt, der fährt wegen dir so gern nach Ischl.«

Kichernd stupste Josi sie in die Rippen. »Dein Vater hat schon recht, du bist wirklich ein Frechdachs.«

»Soso.« Isabel lachte. Ihr Blick glitt über die süßen Köstlichkeiten. »Was für ein Anblick – und wie das duftet!«

»Ich finde immer, beim Zauner riecht es nach Eiscreme mit frischen Waffeln, aber die gibt es hier ja nur unter anderem – siehst es ja. Komm, wir suchen uns einen Platz.« Josi steuerte auf eines der kleinen Marmortischchen zu und deutete auf die mit rotem Samt bezogenen Sessel. »Also dann, bitte Platz zu nehmen und willkommen in der Sommerfrische, Majestät.«

»Hier fühlt man sich wirklich ganz kaiserlich«, bestätigte Isabel, nachdem sie sich gesetzt hatten. Sie ließ ihren Blick über Marmor, Samt und Goldornamente schweifen, bis er an dem Gemälde hängen blieb, das die Kaiserin zeigte. »Ah, die Sissi!«

»Na ohne die geht es nicht in Ischl«, erklärte Josi. »Hier schon gar nicht. Der Zauner war schließlich k. u. k. Hofkonditorei. Und die bleibt er auch, 21. Jahrhundert hin oder her.«

Isabel schmunzelte. »Du, Josi, das ist aber bitte eine Ausnahme heut. Nicht, dass du glaubst, ich erwarte jetzt von dir ein Touristen-Bespaßungsprogramm in Ischl. Ich hab viel vor, nicht nur die Villenbesichtigungen und so. Überhaupt will ich mich ein bisserl im Salzkammergut umschauen. Als Polizistentochter kommt man nicht so viel rum wie andere. Unsere immer wieder geplanten Wochenendausflüge sind so oft ausgefallen ... Eine Schulfreundin, die nach St. Wolfgang geheiratet hat, könnt ich auch mal besuchen. Und du musst ja schließlich arbeiten.«

»Ja, schon. Aber jetzt lass uns erst einmal was bestellen und den Sonntagvormittag genießen.«

»Der Papa hat gesagt, ich soll drauf schauen, dass du einen Zaunerstollen isst.«

»Na der hat gut reden, der ist ja eine dürre Latte.«

»Lass ihn das nur nicht hören. Ich hab mich grad mit einem ähnlichen Spruch unbeliebt gemacht. Mein Vater scheint mir ein ganz schön eitler Gockel zu sein.« Isabel blinzelte übermütig.

Josi musste lachen. Paul ein eitler Gockel ... das war eine komische Vorstellung.

Ein junger Kellner trat an ihren Tisch. »Bittschön, die Damen?«

»Eine Melange und eine Zaunerschnitte bitte«, bestellte Josi.

»Ich hätt gern einen Großen Braunen und ... ich such mir was aus.« Isabel stand auf, um an die Kuchentheke zu gehen.

Im selben Moment tauchte ein Mann wie aus dem Nichts hinter ihr auf und rempelte sie an. Er trug eine helle Leinenhose und ein weißes Trachtenhemd mit Stehkragen und Hirschhornknöpfen. »Entschuldigen S' tausendmal, bitte«, murmelte er zerstreut unter seinem Schnauzbärtchen hervor.

»Dr. Ronacher«, rief Josi überrascht.

»Ah, gnä' Frau, küss die Hand«, näselte der Angesprochene. Offenbar hatte er Josi erst jetzt erkannt. »Entschuldigen S' bittschön, ich muss ... Wiederschaun, habe die Ehre, die Damen!« Eilig strebte dem Ausgang zu.

»Und wer war jetzt das?«, fragte Isabel und sah ihm kopfschüttelnd hinterher.

Josi lachte. »Erzähl ich dir gleich. Such dir erst einmal deine Mehlspeis aus.«

Isabel nickte und entschwand Richtung Kuchentheke.

»Ich nehme einen Pariser Spitz«, sagte sie, als sie zurückkam. »Und – wer ist der ungestüme Herr nun?«

»*Ungestümer Herr* passt perfekt, Isi. So kann man Männer, ich mein natürlich: Herren seines Standes bezeichnen, die wie eine russische Dampfwalz'n daherkommen.«

»Herren seines Standes?«

»Na ja – er ist überzeugt, von den Habsburgern abzustammen. Kann schon sein, dass er wirklich ein uneheliches Kind von der Habsburger-Nachkommin ist, die früher im Kaiserpark gelebt hat. Sicher weiß es keiner. Ich nenn ihn immer Graf Bobby, weil er so bemüht ist, sein Schönbrunner Deutsch zu pflegen, und weil er so bobbymäßig raunzt und durch die Nase redet. Beim Zauner gehört er fast zum Inventar. Man trifft ihn hier so gut wie immer, wenn er nicht grad in seiner Kanzlei ist. Richtig heißt der Graf Bobby Dr. Ronacher und ist Rechtsanwalt. Er war mein Anwalt, wie ich damals Ärger mit den Mietern von meinem Häuserl gehabt habe. Und außerdem war er irgendwie in zwei Fälle verwickelt, in denen der Paul ermittelt hat – in aller Unschuld wohl.« Josi schüttelte den Kopf. »Was der heut wieder hat? Ganz schön verwirrt, der Herr Doktor-Bobby.«

»Was bedeutet es, dass ihr jetzt immer den ganzen Nino-Ziegel mit euch schleppt?«, fragte der Kaiser.

»Du meinst wohl, dass was mit dem Leopold und der Valerie ist?«, entgegnete die Kaiserin spitz. Mit verächtlich herabgezogenen Mundwinkeln schaute sie ihren Gatten an.

»Aus! Aus!«, schrie Reich, der auf seinem Regiestuhl saß und sich die Hand vor die Stirn schlug. »So geht das nicht, Katharina! Du kannst es nicht leiden, wenn man dich hier im Marmorschlössel stört. Das stimmt. Deine Beziehung zu Franz Joseph ist nicht die beste. Auch richtig. Aber sie ist auch nicht hasserfüllt, und du bist regelrecht aggressiv. Selbst wenn du deinen Mann abgrundtief hassen würdest, könntest du dich nicht so gehen lassen. Du bist die Kaiserin. Die hat Haltung zu bewahren.«

Der Seufzer von Katharina Greding wirkte demonstrativ. Sie verdrehte die Augen, aber sie schwieg.

»Zehn Minuten Pause!«, rief Reich. Er schnaufte kräftig durch die Nase, stand auf und wandte sich den beiden Polizisten zu, die mitten in dem Gewirr von sehr beschäftigt wirkenden Menschen, Kameras, Kabeln und technischen Gerätschaften standen. »Herr Materna! Herr Laubenbacher!« Hastig gab er zuerst Materna, dann Conni die Hand. »Wie kann ich Ihnen helfen? Viel Zeit hab ich nicht. Sie sehen ja, was hier los ist …« Er deutete mit einer ausladenden Geste auf das im Tudorstil erbaute Schlösschen vor ihnen. Es lag ein Stück oberhalb der Kaiservilla. Die dicht bewachsene Laube an der Vorderseite, in der ein filigranes Tischchen und zwei typische Kaffeehaussessel standen, war der Drehort der aktuellen Szene.

Hierher hatte sich Kaiserin Elisabeth zurückgezogen, um ihre Gedichte und Briefe zu schreiben, Tagebuch zu führen oder eine ihrer vielen Reisen zu planen; das hatte Materna vorhin im Internet nachgelesen. »Sissis Refugium …«, begann er im Plauderton, als hätte er Reichs Bemerkung über die Zeitknappheit nicht gehört. »Sagen Sie, Herr Reich, heißt die Kaiserin im Film eigentlich *Sissi* oder *Sisi*? Es wird ja in letzter Zeit immer üblicher, den korrekten Kosenamen *Sisi* zu benutzen.«

Reich nickte. »Ja, aber letztlich auch nur von Insidern. Und selbst die, die *Sisi* schreiben, sprechen es meist wie *Sissi* aus. Das hat sich einfach zu sehr eingebürgert. Ein Großteil aller Menschen könnte mit einer *Sisi* mit lang gesprochenem i gar nichts anfangen. Zum Glück müssen wir uns ja nicht schriftlich festlegen. Wenn der Kosename benutzt wird, sagen wir *Sissi*, um einem breiteren Publikum gerecht zu werden. Aber deshalb sind Sie ja wohl nicht gekommen, oder?«

»Natürlich nicht. Wir wollten uns einfach ein bisserl am Set umsehen.«

»Ach so. Ja bitte.« Reich machte eine einladende Geste zur Szenerie hin, aber seine Stimme klang verunsichert. Er warf einen demonstrativen Blick auf seine Armbanduhr.

Materna beschloss, diesen zu übersehen. »Sie waren nicht zufrieden mit der Szene vorhin, Herr Reich?«

»Überhaupt nicht. Es geht hier um das Gespräch zwischen Elisabeth und Franz Joseph, nachdem dieser bemerkt hat, dass seine jüngste Tochter verliebt ist. Valerie und der Erzherzog Franz Salvator von Toskana, der mit seiner Familie in der Villa Toskana in Traunkirchen logiert, sind sich nähergekommen. Die Familie von Franz Salvator, genannt *die Ninos*, trifft sich mit Elisabeth und Valerie zu Ausflügen – sehr oft, wie der Kaiser bemerkt. Nach den Tagebuch-Aufzeichnungen von Marie Valerie muss dieses Gespräch eher launig und amüsant gewesen sein. Es passt nicht, dass Katharina da auch wieder so heftige Aggressionen reinbringt.«

»Auch wieder? Das kommt also öfter vor?«, fragte Materna.

»Ja. Sie beißt ihren Partner regelrecht weg. Wir hatten das Problem auch schon in anderen Szenen. Eigentlich hab ich gedacht, das hängt mit Jarisch zusammen, dass sie den aus irgendeinem Grund nicht ausstehen kann. Sie ist aber unserem neuen Franz Joseph, dem Herrn Storz, gegenüber genauso biestig.« Reich schaute noch einmal auf seine Armbanduhr.

»Das hat sich also durch den Tod von Jarisch nicht verändert?«, fragte Materna ungerührt weiter.

»Es ist sogar schlimmer geworden. Eigentlich habe ich erwartet, dass Katharina Greding professionell genug ist, um die erforderlichen Gefühlslagen richtig zu erfassen und umzusetzen. Irrtum! Es ist zum Verrücktwerden – zuerst stirbt mir mein bester Schauspieler weg, und dann muss ich mich mit solchen dilettantischen Leistungen herumplagen. Die Sissi-Darstellerin kann ich ja schlecht auch noch austauschen.« Er fuhr sich mit den Fingern durch die Haare. »Ah – nein! Bitte nicht schon wieder!«, rief er plötzlich.

Maternas Blick folgte dem des Regisseurs. Hinter der Absperrung, die den Drehbereich begrenzte, entdeckte er Tanja Moll, die mit ihrem Handy fotografierte. Es dauerte einen Moment, bis er verstand, dass Reichs Ärger gar nicht der Klatschreporterin galt. Eine Frau mit einem kleinen Mädchen an der Hand hatte sich aus der Menge der Schaulustigen gelöst und schlüpfte unter dem Absperrband hindurch. Sie war groß, schlank, stark geschminkt, Mitte bis Ende dreißig. Das Kind, das sie regelrecht hinter sich herzerrte, war etwa sechs Jahre alt. Die Kleine trug ein kurzes Kleidchen mit einem weiten Röckchen, und es schien Materna, als wären ihre Lippen ebenfalls mit Lippenstift nachgezogen.

»Verschwinden Sie!« An Reichs Hals traten ein paar dicke Adern hervor. »Ich sage das zum letzten Mal. Ihre Tochter soll hier nicht vortanzen oder vorsingen. Ich bin keine Casting-Agentur. Wenn Sie noch ein einziges Mal unsere Arbeit stören, hole ich die Polizei …« Irritiert brach er ab. Offensichtlich war ihm gerade klar geworden, dass bereits zwei Polizisten neben ihm standen.

Indessen hatten zwei Männer vom Filmteam die Frau an den Oberarmen gepackt und schoben sie sanft, aber nachdrücklich mitsamt dem Mädchen zurück in den Zuschauerbereich.

»Na bitte«, wandte sich der Regisseur noch einmal an die beiden Kriminalbeamten. »Und da soll man nicht verrückt werden. So kann doch kein Mensch arbeiten.«

»Wer ist denn die Frau?«, wollte Conni wissen.

»Irgendeine Größenwahnsinnige, die unbedingt will, dass ihre Tochter berühmt wird. So, jetzt muss ich aber wirklich ...« Reich nickte und wandte sich seinem Regiestuhl zu.

Materna und Conni verabschiedeten sich und machten sich auf den Weg nach unten zur Kaiservilla.

Nach ein paar Schritten blieb Materna stehen. »Wart einmal, Conni. Vielleicht wär's ganz gescheit, wenn du hierbleibst und schaust, dass du noch mit dem neuen Franz-Joseph-Darsteller, dem Herrn Storz, reden kannst, sobald er fertig ist oder Pause macht. Es wäre interessant zu wissen, ob der schon mal mit der Katharina Greding zusammen gedreht hat. Ich werde noch einmal die jagdbegeisterte Gräfin befragen. Erstaunlicherweise hat sie gar kein Theater gemacht, wie ich sie vorhin angerufen habe. Ich treff sie nachher beim Zauner an der Esplanade.«

»Okay, Boss. Ich würde dir ja nie im Leben unterstellen, dass du die Befragungen hübscher Damen immer für dich reservierst und dass du sie auch immer in höchst angenehmer Umgebung durchführst. Schließlich kenne ich deine einmalige und weltberühmte Kaffeehaus-Befragungstechnik.«

»Na, dann befragst halt eine von den Schauspielerinnen, Assistentinnen, Kabelträgerinnen, Maskenbildnerinnen oder wen du willst, nachher ebenfalls im Kaffeehaus. Aber zahlen darfst selber!«

13.30 Uhr

Tanja Moll war nach dem Dreh am Marmorschlössel gleich noch zum Hotel Royal gefahren, um ein paar Dinge zu recherchieren. Danach hatte sie im Restaurant ihres Hotels zu Mittag gegessen. Im Grunde zog es sie zurück nach Wien, und eigentlich hatte sie ja mehr als genug Stoff für die nächste Dienstagsausgabe. Auf der anderen Seite deutete nach ihren Recherchen einiges darauf hin, dass ihr die Schauspielerin Katharina Greding eine weitere interessante Story bescheren könnte. Einen Tag in Ischl würde sie sich noch geben.

Seufzend steckte sie schon einmal die roten Pumps samt abgebrochenem Absatz in einen Stoffsack. Vielleicht konnte ein guter Schuster die edlen Teile ja doch noch retten. Danach ging sie ins Bad, um ihr Make-up aufzufrischen. Als sie sich gerade die Lippen nachzog, läutete das Zimmertelefon.

Sie legte den Lippenstift hin, ging zum Schreibtisch und nahm den Hörer ab.

»Ein Gespräch für Sie, gnä' Frau«, sagte der junge Mann von der Rezeption. »Soll ich durchstellen?«

»Ja bitte.«

»Grüß Gott, Frau Moll«, sagte gleich darauf eine unbekannte Männerstimme mit leichtem Dialekteinschlag. »Sie kennen mi ned, aber ich kenn Sie natürlich, sie sind ja a bekannte Journalistin.«

»Ja bitte?« Dass ein Fremder wusste, wo sie abgestiegen war, beunruhigte sie. Ein wenig geschmeichelt wegen der *bekannten Journalistin* fühlte sie sich aber doch.

»Ich weiß, dass Sie an der Jarisch-Geschichte dran sind.«

»Woher wollen Sie das wissen?«

»Des tut nix zur Sache. Ich hätte ein paar interessante Informationen für Sie.«

»Über Jarisch?«

»Vor allem über seine Freundin. Interessiert?«

Die Art, wie er sich ausdrückte, signalisierte Tanja, dass er Geld wollte. »Wie viel?«, fragte sie.

»Zehntausend«, kam es prompt zurück.

»Also, da müsste ich erst einmal wissen, ob Ihre Informationen so viel wert sind. Und ich muss mit meiner Chefin Rücksprache halten. Wer sind Sie denn überhaupt?«

»Ich bin der Andi«, sagte der Mann.

Tanja wusste, dass es keinen Sinn hatte weiter zu fragen. Er würde ihr höchstens einen falschen Namen präsentieren.

»Ich mach Ihnen an Vorschlag«, fuhr er fort. »Ich zeig Ihnen was, dass Sie schon einmal eine Vorstellung haben. Dann sehn ma's schon, ob wir ins G'schäft kommen. Ich bin sicher, meine Infos werden Sie sehr interessieren. Sie müssten halt ein Stück fahren.«

Ein Stück fahren ... Ja, warum nicht. Sie hatte grade eine Glückssträhne, was das Aufspüren von heißen Geschichten betraf. Wenn es sich lohnte, würde sie mit der Redaktion reden, ein paar Tage in Ischl dranhängen, Bernie zurückholen ...

»Frau Moll?«

»Ja?«

»Woll'n Sie sich mit mir treffen oder ned?«

»Okay. Wann?«

»Am besten wär's, Sie fahren gleich los.«

»Gut.« Tanja griff nach ihrer Handtasche und vergewisserte sich, dass sich neben dem Aufnahmegerät und dem Handy auch der Pfefferspray darin befand. »Wohin soll ich kommen?«

»Nach Fürstenfeld in der Steiermark«, sagte der Mann.

14.30 Uhr

An der Rezeption des *Goldenen Ochsen* fand Materna dieselbe Dame im Dirndl vor wie gestern.

»Grüß Gott.« Sie bedachte ihn mit einem Lächeln, zog dabei aber die perfekt gezupften Brauen ein wenig zusammen und schaute ihn abwartend an.

»Grüß Gott.« Materna lächelte zurück. »Frau ...?«

»Stadler«, gab sie Auskunft. »Ina Stadler.«

»Frau Stadler, ich hätte noch ein paar Fragen. Können Sie mir sagen, ob die Frau Auerbach mit dem Auto angereist ist?«

Sie zögerte, schaute ihn prüfend an. »Ja«, sagte sie schließlich. »Sie ist mit ihrem Wagen gekommen.«

»Sie haben doch eine Tiefgarage für Ihre Hotelgäste, oder?«

»Ja – und?« Sie nahm einen Bleistift in die Hand und drehte ihn zwischen den Fingern hin und her.

»Und die ist doch bestimmt videoüberwacht?«

»Das ist richtig.« Der Stift drehte sich weiter.

»Ich müsste die Aufzeichnungen der Nacht von Donnerstag auf Freitag einsehen.«

Über der Nase der Rezeptionistin zeigte sich eine kleine steile Falte. Sie machte eine halb entschuldigende, halb abwehrende Geste, indem sie die Hände mit nach vorn gedrehten Handflächen hob. »Das wird nicht gehen, Herr Materna. Wir sind ein Hotel. Diskretion in allem, was unsere Gäste betrifft, ist bei uns oberstes Gebot.«

»Daran hab ich keinen Zweifel, Frau Stadler«, versuchte Materna zu beschwichtigen. »Ich weiß, dass das hier ein erstklassiges Haus ist. Aber ich habe einen Mord aufzuklären und deshalb ...« Verdammt! Jetzt spürte er auch noch ein ungutes schmerzhaftes Pochen in einem seiner linken Backenzähne.

»Dann werden Sie doch sicher irgendeinen richterlichen Beschluss vorweisen können, nicht?«, fragte sie, nachdem er seinen Satz abgebrochen hatte.

Verdammt!, fluchte Materna innerlich gleich noch einmal. Er wusste, dass er einen solchen Beschluss nicht ohne Weiteres kriegen würde, schon gar nicht so schnell, wie er ihn brauchte. Gegen Clarissa Auerbach lag schließlich nichts vor. Sein Verdacht gegen sie beruhte auf einem vagen Gefühl, auf der letztlich wenig aussagekräftigen Tatsache, dass sie Mitglied im Jagdverband war, und darauf, dass sie Jarisch von früher kannte. »Nein, hören Sie …« Der Schmerz in dem vermaledeiten Zahn wurde heftiger. Unwillkürlich fasste er sich an die Backe.

Ina Stadler hatte indessen die Hände auf dem Empfangstresen abgestützt. Mit vorgebeugtem Oberkörper und vorgerecktem Kinn wirkte die liebenswürdige Empfangsdame auf einmal wie ein Zerberus, bereit, das Hotel und jeden Einzelnen seiner Gäste gegen alles und jeden zu verteidigen. »Bitte, Herr Materna, kommen Sie wieder, wenn Sie einen richterlichen Beschluss haben. Ohne den können wir Ihnen leider nicht weiterhelfen.«

14.50 Uhr

Josi klappte ihren Laptop zu. Zeit für eine verspätete Mittagspause. Der Artikel, an dem sie gearbeitet hatte, war fertig geschrieben. Korrekturlesen würde sie später. Sie stand von ihrem Sommerarbeitsplatz auf dem Balkon auf. Tief und genüsslich atmete sie die warme Luft ein, die schon den Duft des Sommers in sich trug. Auf das Balkongeländer gestützt, schaute sie einen Augenblick lang zur Traun hinunter. Die Wellen glitzerten im Sonnenlicht. Es war ein wunderschöner Tag, aber langsam wurde es zu trocken. Etwas Regen hätte der Natur gutgetan, so sehr Josi die Sonnentage auch genoss.

Sie hatte beschlossen, den üblichen kleinen Mittagsimbiss ausfallen zu lassen, um den morgendlichen Zaunerstollen abzubüßen. Das Blöde war nur, dass bei ihr Süßigkeiten den Appetit eher anregten, als dass sie sättigten. Ihre Lust auf ein Käsebrot wurde nun auch noch von einem deutlichen

Magenknurren unterstrichen. Aber sie blieb hart. Zaunerstollen am Vormittag – nix zu Mittag. Basta. Sie seufzte. Wer zum Kuckuck hatte ihr dieses verflixte Gen vererbt, das dafür sorgte, dass bei ihr alles gleich ansetzte? Wenn sie da an Paul und an Isabel dachte, die essen konnten, was sie wollten ... Sie seufzte noch einmal.

Der Poldi erschien auf der Bildfläche. Er hatte im angrenzenden Raum in seinem Körbchen geschlafen und sofort bemerkt, dass das Frauerl die Arbeit unterbrochen hatte. Erwartungsvoll schaute er Josi an.

Sie strich ihm über das struppige Fell. »Ja, wir gehen schon.«

Gegen ihre Gewohnheit, für kürzere Hundespaziergänge den Weg stadtauswärts über den Stelzhammer-Kai zur Maxquellgasse einzuschlagen, wählte Josi heute die andere Richtung. Sie wollte zur Abwechslung einmal den Lehár- und anschließend ein Stück den Traunkai entlanggehen.

Der Dackel versah mit großem Eifer alle Bäume und Randsteine mit wichtigen Nachrichten an den Rest der Hundewelt, während sich Josi noch einmal das Gespräch mit Valentina durch den Kopf gehen ließ. Sie würde die junge Schauspielerin später anrufen, um noch ein paar Dinge nachzufragen.

An der Elisabeth-Brücke, vor der viel befahrenen Grazer Straße, blieb Josi stehen. »Schön warten, Poldi.« Sie sah nach unten zu ihrem Hund. Dass er vor dem Überqueren einer Straße zuverlässig stehen blieb, bis sie ihn zum Weitergehen aufforderte, war ihr wichtig. Poldi stand an lockerer Leine wie ein ausgebildeter Polizeihund. Sie schaute nach links, dann nach rechts. »So ist es brav. Los ...« *komm* wollte sie sagen. Doch das Wort blieb ihr im Hals stecken.

Josi erkannte ihn sofort. Die Jahre hatten ihn stark verändert. Aber er war es eindeutig, dieser Verbrecher, der ihre kleine Schwester auf dem Gewissen und ihre Familie aus

Ischl vertrieben hatte. Unbehelligt und frei spazierte er über die Brücke.

Ein, zwei Sekunden lang kämpfte sie gegen ein Schwindelgefühl an. Fast zugleich kochte eine Mischung aus Wut und Angst in ihr hoch wie ein brodelnder unberechenbarer Vulkan. Sie drehte auf dem Absatz um und lief mit dem Dackel an der Leine einfach los. Sie musste heim, die Türen schließen, Schutz suchen, irgendwie ...

Atemlos kam sie zu Hause an.

Dem Poldi hatte das Rennen Spaß gemacht. Er wedelte heftig mit seiner kleinen Rute, als Josi das Gartentor öffnete.

Sie lief die Stufen nach oben ins Hochparterre, riss die Wohnzimmertür auf und ließ sich auf die Couch fallen. Sie merkte, dass sie am ganzen Körper zitterte. Paul! Sie musste mit Paul reden. Sie griff nach ihrem Handy, streckte den Finger aus, bereit, seine Nummer aufzurufen, zog die Hand jedoch wieder zurück und legte das Telefon weg. Nein. Sie konnte nicht darüber reden, nicht jetzt sofort. Sie musste ihre Gedanken ordnen, zur Ruhe kommen. Und Paul musste einen Mord aufklären. Einen Mord ... Wie sehr musste man hassen, um einen Mord begehen zu können? Mehr als sie in diesem Moment? Josi wusste es nicht. Sie wollte auch nichts mehr wissen, wollte nicht mehr denken müssen.

Eine Zeit lang starrte sie mit leerem Blick vor sich hin und hörte zu, wie ihr Herz raste. Immer noch. Sie musste sich beruhigen. Immerhin war sie eine ausgebildete Therapeutin. So vielen Menschen hatte sie geholfen. Sie würde es doch wohl schaffen, sich selber zu helfen, auch in dieser Situation. *Bewegung. Atmen*, verordnete sie sich selbst.

Sie ging ins Schlafzimmer, zog Jeans und Jacke aus, schlüpfte in ihren Trainingsanzug und begann mit Yogaübungen. Der *Krieger*, auch *Heldenstellung* genannt, tat gut. Nicht denken. Atmen. Ganz in der Heldenpose aufgehen. Sie spürte, wie die Kraft allmählich in ihren Körper zurückströmte. Weitermachen. Atmen.

Als sie zu Übungen auf dem Boden überging, spürte sie immer wieder Poldis kleine Pfoten auf ihrem Rücken, ihrem Bauch oder den Beinen. Er war ihr gefolgt und wollte unbedingt mitturnen, was sie fast schon wieder zum Lachen brachte. Als sie die Kerzenstellung einnahm und der kleine Hund ihr übers Gesicht leckte, merkte sie, dass ihr ein paar Tränen über die Wangen liefen. Sie kam auf den Boden zum Sitzen, und Poldi kletterte auf ihren Schoß. Eine warme Welle von Zärtlichkeit strömte durch Josis Körper, als sie ihm mit der Hand durch das Fell strich. Das Bild dieses gealterten, unbehelligt davongekommenen Verbrechers war nicht verschwunden. Und erneut bäumte sich der Zorn in ihr auf. Aber bedrohlich war das Bild jetzt nicht mehr.

»Weißt du, was, Poldi?« Mit schief gelegtem Köpfchen schaute der Dackel sie an. »Ich hab den Kerl mindestens doppelt so groß in Erinnerung gehabt.«

16.00 Uhr

Erleichtert atmete Materna durch, als er vom Schröpferplatz kommend in die Esplanade einbog. Die penetranten Zahnschmerzen waren fast weg. Fürs Erste jedenfalls. Zum Glück hatte die Apotheke am Kreuzplatz Sonntagsdienst gehabt, und er hatte ein entsprechendes Schmerzmittel erstanden.

Natürlich hatte die Apothekerin es nicht lassen können, ihn zu ermahnen, wirklich nur eine Tablette sofort und allerhöchstens noch eine weitere am Abend zu nehmen; und ganz bestimmt solle er gleich morgen zum Zahnarzt gehen. »Klar«, hatte er gesagt, wobei er für so etwas wie einen Zahnarztbesuch auf gar keinen Fall Zeit haben würde. Von den Tabletten hatte er auch gleich zwei geschluckt. Er würde ja wohl nicht daran sterben. Hauptsache, sie wirkten. Und das taten sie.

Er näherte sich dem *Zauner Esplanade.* An diesem sommerlich warmen Tag waren alle Tische im Gastgarten am Traunufer besetzt. An einem davon, direkt am Wasser, entdeckte er Clarissa Auerbach. Ihr gegenüber – er traute seinen Augen kaum – saß Ronacher. Die Gräfin kehrte Materna den Rücken zu. Der Graf Bobby himmelte die Dame so unverhohlen an, dass er den Chefinspektor ebenfalls nicht bemerkte.

»Einen wunderschönen Nachmittag, wünsche ich«, sagte Materna, als er am Tisch der beiden angekommen war. Da Clarissa Auerbach keine Anstalten machte, ihm die Hand zu reichen, und Ronacher sich mit einer im Sitzen angedeuteten Verbeugung begnügte, setzte er sich gleich dazu. »Sie haben einen Anwalt zugezogen, Frau Auerbach?«

»Das ist wohl meine Sache«, blaffte sie zurück.

»Natürlich. Wie ich am Telefon schon gesagt habe, hab ich noch ein paar Fragen an Sie.«

»Bitte. Fragen Sie.« Sie legte Ronacher kurz die Hand auf den Arm, als wollte sie sich vergewissern, dass er auch wirklich an ihrer Seite blieb. Der wurde prompt ein wenig rot.

Schau an, der Graf Bobby hat sich doch wirklich in die schöne Gräfin verknallt, dachte Materna und unterdrückte ein Schmunzeln. »Frau Auerbach, Sie sind Jägerin und Mitglied im Kärntner Jagdverband?«, begann er die Befragung.

»Richtig.« Sie verzog den Mund zu einem spöttischen Lächeln.

Im selben Moment schoss Ronacher auf seinem Sessel mit dem Oberkörper nach vorn. »Das ist ja wohl legitim! Es handelt sich um eine alte Familientradition.« Der Anwalt wirkte wie eine angriffslustige Schlange.

»Selbstverständlich ist das legitim«, unterbrach ihn Materna. »Aber es ist auch legitim, danach zu fragen. Und Herr Dr. Ronacher, das hier ist eine informelle Befragung. Ich möchte Sie trotzdem bitten, sich nicht einzumischen.«

»Natürlich.« Mit einer leichten Drehung warf Ronacher den Kopf in den Nacken.

Materna kannte diese Geste. Sie diente dazu, einen widerspenstigen Haarschopf aus dem Gesicht zu befördern. Und sie trat besonders oft auf, wenn er nervös war, der Graf Bobby.

»Also?«, wandte sich Materna wieder an Clarissa Auerbach.

»Also – was?« Wie neulich zog sie eine einzelne Braue hoch.

»Sie sind im Kärtner Jagdverband engagiert?«

»Das ist ja ...«, fuhr Ronacher auf.

»Noch einmal, Herr Dr. Ronacher: Sie mischen sich bitte nicht ein. Ansonsten wäre ich gezwungen, die Vernehmung in die Polizeiinspektion zu verlegen.«

Ronacher hüstelte.

»Wie Dr. Ronacher schon gesagt hat – beziehungsweise sagen wollte –, ist die Jagd in meiner Familie Tradition; das Engagement im Jagdverband ebenfalls«, erklärte Clarissa Auerbach. »Verdächtigen Sie mich deswegen, Wolfgang Jarisch erschossen zu haben?«

Materna beantwortete ihre Frage nicht. »Frau Auerbach, Herr Dr. Ronacher, ich habe eine Bitte. Sie würden mir sehr helfen, wenn Sie die Geschäftsführung des Goldenen Ochsen bitten, dass man der Polizei das Überwachungsvideo der Hotelgarage von vorgestern zur Verfügung stellt.« Es war ihm klar, dass man das Video an eine Privatperson und auch an einen Rechtsanwalt noch weniger bereitwillig herausgeben würde als an ihn als Polizisten. Aber er wollte die Reaktion der beiden sehen. »Am besten heute noch«, fügte er hinzu.

»Das geht nicht!« Ronacher war die Unsinnigkeit von Maternas Anliegen offenbar nicht aufgefallen.

Wieder legte ihm die Gräfin die Hand auf den Arm, woraufhin er kein Wort mehr sagte. Sie wandte sich Materna mit leicht gerunzelter Stirn zu und schaute ihm direkt in die

Augen. »Das würde Ihnen sehr helfen ... Sie denken, wir hätten einen Anlass, Ihnen zu helfen, Herr ...?«

»Materna«, ergänzte der Chefinspektor höflich. Er war überzeugt, dass sie genau wusste, wie er hieß. Aber sie sollte ruhig denken, er würde ihre Spielchen nicht durchschauen. Und auch diese – ohnehin nur rhetorische – Frage der Gräfin ließ er unbeantwortet. Er erhob sich langsam. Jetzt, wo er scheinbar schon im Begriff war zu gehen, war der ideale Moment gekommen, die Dame mit dem zu konfrontieren, was er mittlerweile wusste. Tina hatte in der Zwischenzeit die Fahrzeugdaten von Clarissa Auerbachs Wagen festgestellt und ihm aufs Handy geschickt – zusammen mit einigen hochinteressanten Fotos.

»Ach, eine Sache noch, gnädige Frau.« Im Stehen wandte sich Materna ihr noch einmal zu. »Vielleicht möchten Sie mir doch noch sagen, wie Sie zu Herrn Jarisch standen?«

Ronacher kniff die Lippen zusammen. Seine Augen schossen zwischen dem Chefinspektor und der Gräfin hin und her. »Sie müssen nichts ...«, entfuhr es ihm. Ein Blick von Materna brachte ihn zum Verstummen.

»Das habe ich Ihnen doch schon gesagt.« Ihre Nasenflügel weiteten sich, als sie kräftig die Luft einsog. »Wir kannten uns von einer früheren Produktion und haben uns gut verstanden.«

Materna zog sein Handy hervor, rief eines der Fotos auf, die Tina in der Boulevardpresse gefunden hatte, und hielt es der Gräfin vor die Nase. Er merkte, dass sie zu zwinkern begann, als wäre sie extrem kurzsichtig.

»Aber das ist doch nur ...«, begann sie, schien sich aber schnell anders zu besinnen. »Na ja, also ... eine kurze Affäre. Ohne Bedeutung. So etwas kommt vor.«

»Durchaus«, sagte Materna und besah die Aufnahme noch einmal. Sie zeigte Wolfgang Jarisch und die Gräfin auf einem Presseball vor etwa vier Jahren. Sie hielten einander umschlungen und küssten sich innig.

16.30 Uhr

»So, Frau Thoma. Ich tät dann heimgehen.« Rosi griff zu ihrer Tasche. »Oder brauchen S' noch was?«

Leonie schüttelte den Kopf. »Nein danke, Rosi, ich hab alles. Und danke, dass Sie jetzt so viel außertourlich da waren. Mögen S' gleich abrechnen oder später?«

Rosi Heininger winkte ab. »Des mach'n ma am Freitag wie immer. I bin ja gern kommen. Wenn ich Ihnen nur ein bisserl helfen kann, wo Sie's eh so schwer haben. Des is ja so furchtbar, was mit dem Herrn Jarisch passiert ist.«

Leonie merkte, wie ihr die Tränen in die Augen stiegen. Es gab bisher immer nur kurze Momente, in denen sie wirklich begriff, was geschehen war. Dass Wolfgang tot war. Dass er nie mehr zurückkommen würde. Dass sie allein war.

Rosi griff nach ihrer Jacke und schlüpfte hinein. »Alle haben ihn mögen, den Herrn Jarisch. So viele Blumen haben d'Leut hing'legt beim Kaiser Jagdstandbild.«

Kaiser Jagdstandbild ... Blumen ... das war zu viel. Friedhofsblumen ... Leichenblumen ... Lieb gemeint von den Leuten, lieb gemeint von Rosi, ganz bestimmt, aber zu viel. Leonie zog ein Papiertaschentuch aus dem inzwischen wieder gut gefüllten Spender und wandte sich schnell ab. »Wiederschaun, Rosi. Bis morgen.«

»Auf Wiederschaun, Frau Thoma.«

Rosi Heininger verließ das Haus, und Leonie humpelte die Treppe nach oben, während ihr Tränen übers Gesicht liefen. Es ging schon ganz gut mit dem verletzten Bein. Die Medikamente wirkten, sie hatte kaum mehr Schmerzen. Sie musste nur darauf achten, das Bein nicht zu stark zu belasten.

Auf der ersten Etage angekommen, stand sie unschlüssig vor der Tür zu Wolfgangs Arbeitszimmer. Auf einmal verspürte sie eine eigenartige Scheu vor diesem Raum. Hier hatte er Rollentexte gelernt, Telefonate geführt, Post erledigt, Drehbücher gelesen, die man ihm angeboten hatte ... Jetzt war ihr zumute, als würde sie unbefugt eine heilige Stätte betreten. Sie öffnete die Tür und blieb auf der Schwelle stehen, schaute mit unbeweglichem Blick in das Zimmer. Irgendeine Erinnerung bewegte sich frei fluktuierend durch ihr Gehirn, eine Erinnerung, die sich bedeutsam anfühlte, die aber nicht zu greifen war.

Leonie wandte sich ab, schloss die Tür und ging über die Diele in ihr Zimmer. Dort zog sie die oberste Schublade der Kommode auf. Die beiden gepolsterten Kuverts lagen genauso da, wie sie sie hineingelegt hatte. Das erste war vor ungefähr drei Wochen gekommen. Der Umschlag, den sie an Wolfgangs Todestag erhalten hatte, war noch immer ungeöffnet.

Leonies Hände zitterten, als sie nach einer Schere griff, um das Kuvert aufzuschneiden. Vorsichtig zog sie den Inhalt heraus, nur ein kleines Stückchen weit, stopfte ihn sofort zurück und ließ den Umschlag in die offene Lade fallen, als hätte sie sich die Finger daran verbrannt. Das Zeug musste weg, bevor es am Ende noch die Polizei fand. Beide Kuverts, samt Inhalt. Aber wo sollte sie es entsorgen? Den Stoff konnte man verbrennen, aber die Kette ... Wie sollte sie die Kette sicher loswerden, ohne das Haus zu verlassen? Sie konnte die Villa nicht verlassen. Überall lauerten diese Figuren von der Presse, Reporter, Paparazzi! Sie war gefangen.

Panisch warf Leonie die Schublade zu, rannte ohne Rücksicht auf ihr verletztes Bein aus dem Zimmer und die Treppe zum Turm hinauf. Schwer atmend, stand sie auf dem obersten Balkon der Villa. Auf das Geländer gestützt, starrte sie in die Baumwipfel.

»Frau Thoma! Nicht!«, schrie jemand.

Leonie schaute nach unten. Conni Laubenbacher war gekommen. Er stand vor dem Haus und fuchtelte mit beiden Armen.

16.50 Uhr

Ronacher und Clarissa Auerbach saßen immer noch an dem kleinen Tischchen an der Traun. Nachdem Materna gegangen war, hatten sie noch einen Kaffee getrunken. Die Befragung durch den Kriminalpolizisten hatte die Gräfin mit keinem Wort mehr erwähnt.

Eine Zeit lang hatte Ronacher versucht, auf ihr unverbindliches Geplauder einzusteigen. Allerdings hatten die ganze Zeit über vage Ängste an ihm genagt. Schließlich fasste er sich ein Herz.

»Sie sind also sicher, weder Freitag in der Früh noch in der Nacht davor aus der Garage gefahren zu sein, Gräfin?«, fragte er.

»Clarissa«, sagte sie statt einer Antwort auf seine Frage. »Clarissa und Du, wie es unter Adeligen üblich ist.«

Ronacher spürte, dass er heiße Ohren bekam. »Aber ich weiß ja gar nicht sicher ... äh ... also ... Eugen.« Er betonte den Namen auf der zweiten Silbe.

Sie lächelte. »Ah ja. Wie Prinz Eugén, nicht wahr? Ein Glas Wein?«

Er nickte. Irgendwelches Getier, Nachtschwärmer vielleicht, summte und brummte in seinem Bauch herum.

Suchend schaute Clarissa Auerbach sich um, dann hatte sie einen Kellner entdeckt und winkte ihm. Sie bestellte zwei Gläser Dürnsteiner.

»Clarissa.« Er merkte selber, wie heiser seine Stimme klang, als er nun wirklich den Namen aussprach, bei dem er sie seit gestern hundertmal in Gedanken genannt hatte – in kühnen Gedanken. »Clarissa, bitte beantworte meine Frage. Es ist wichtig.«

»Ich bin weder in der Nacht noch in der Früh aus der Garage gefahren. Ich war gar nicht da.«

»Wo warst du denn?«

Der Wein kam. Sie hob ihr Glas. »Eugen. Zum Wohl.«

Er tat es ihr gleich. »Clarissa.«

Sie tranken.

Sein Herz raste. »Bitte, Clarissa, wo warst du? Ich muss das wissen.«

»Bei meiner Tante in Salzburg. Ich war am Donnerstag bis gegen Abend am Set, bin dann vom Drehort aus direkt nach Salzburg gefahren und in der Früh gleich wieder zum Kaiserpark zurückgekehrt, wo man mir sagte, dass nicht gedreht würde, weil der Jarisch ermordet worden ist.«

»Lieber Himmel, Clarissa ... Warum hast du das dem Materna nicht gesagt?«

»Weil er mich nicht gefragt hat. Er wollte wissen, was ich zwischen 5.00 Uhr und 7.00 Uhr in der Früh gemacht habe, und ich hab gesagt, ich habe geschlafen. Hab ich ja auch.« Sie wandte den Kopf leicht ab und ließ den Blick über die Traun zum anderen Ufer schweifen.

»Aber das hättest du dem Materna doch sagen können.«

»Nun ja ... es war einfacher so. Der hätte doch gleich irgendwelche Schlüsse daraus gezogen, wenn ich gesagt hätte, dass ich über Nacht weg war.«

Ronacher war sich nicht sicher, ob er diesem Gedankengang folgen konnte. Er wusste überhaupt nicht mehr, was er denken sollte. Er wusste nur, dass diese wunderbare Frau nichts Böses getan haben konnte. Niemals! »Clarissa, bitte, du musst mir vertrauen. Ich bin dein Anwalt.«

Sie lächelte. »Mein Anwalt und mein Freund.«

Ihr Blick bewirkte, dass ihm schwindlig wurde. Auf einmal saß er nicht mehr auf einem Kaffeehaussessel beim Zauner, sondern auf dem Sitz eines sich schnell drehenden Karussells.

»Du musst das dem Materna sagen«, brachte er hervor, als er sich einigermaßen gefangen hatte. »Deine Tante wird doch bezeugen, dass du bei ihr warst?«

»Aber natürlich.« Sie hob erneut ihr Glas.

Als Ronacher nach dem seinen griff, spürte er, wie ihm der Schweiß den Rücken hinunterlief.

19.00 Uhr

»Also, bist du sicher, Conni, dass du allein klarkommst?« Materna ging an der Traun entlang auf Josis Häuschen zu, während er mit seinem Mitarbeiter telefonierte.

»Alles klar, Chef, ich mein: Paul. Die Frau Thoma hat sich wieder beruhigt. Sie streitet eh ab, dass sie von diesem Balkon runterspringen wollte, sie hätt nur frische Luft gebraucht, sagt sie. So ein Blödsinn! Kein Mensch klettert auf den höchsten Turm von der Villa, nur weil er Luft schnappen will, noch dazu mit einem verletzten Haxen.«

Materna seufzte. »Gut. Du passt auf sie auf, ja?«

»Soll ich mich zu ihr ins Bett legen? Ich mein, nicht dass sie womöglich da oben im Schlafzimmer wieder was Blödes macht? Also, wenn du das befiehlst, verehrter Boss, tät ich mich schon bereit erklären ...«

»Sollst du nicht«, brummte Materna. Er hatte keine Lust auf Geplänkel. Die Wirkung des Medikaments hatte nachgelassen. Der verdammte Zahn machte ihn allmählich fertig.

»Schon schad.« Conni seufzte hörbar ins Telefon. »Alsdann – bis morgen und gute Nacht.«

»Gute Nacht, Conni. Ich ruf dich morgen früh an.« Materna steckte das Handy ein.

Gleich darauf betrat er Josis Garten und folgte dem Essensduft nach oben. Einem bestimmten Gericht zuordnen konnte er den nicht, aber er hatte ohnehin keinen Appetit.

Vom Traunzimmer her schoss Poldi auf seinen heißgeliebten Zweitmenschen zu und warf sich gleich auf den Rücken. Trotz seiner Zahnschmerzen hockte sich Materna hin und kraulte ausgiebig den Dackelbauch.

Josi und Isabel saßen auf dem Balkon. Sie mussten wohl gerade nach draußen gegangen sein, denn sie waren vom Kai aus nicht zu sehen gewesen.

»Hallo.« Materna zwang sich ein Lächeln ab und küsste erst Josi, dann seine Tochter auf die Wange, während dieses Ungeheuer von Zahn eine Art Presslufthammer anwarf. Der Schmerz vibrierte durch seinen ganzen Körper. Automatisch griff er in die Jackentasche nach den Tabletten.

»Papa!« Isabels Augenbrauen verschwanden unter dem Pony.

Materna drückte zwei der Pillen auf die flache Hand und griff nach einem Glas mit einer hellen Flüssigkeit darin.

»Warte, Paul! Das ist Weißwein. Vielleicht solltest du ...« Josi sah ihn mit einem Gesicht an, das irgendetwas zwischen Erschrecken, Besorgnis und riesigem Erstaunen ausdrückte.

»Zum Zahnarzt sollte er gehen, sonst gar nix«, sagte Isabel streng. »Deine Backe ist ganz dick, Papa.«

»Jetzt mecker nicht rum mit mir, gib mir lieber ein Glas Wasser.«

»Hier.« Isabel füllte Wasser aus einer Karaffe in eines der noch unbenutzten Gläser und reichte es ihm. »Und morgen früh gehst du gleich zum Zahnarzt.«

»Ich hab keine Zeit.« Er warf die Tabletten in den Mund und spülte sie mit dem Wasser hinunter.

»Doch, hast du«, beharrte seine Tochter.

»Ich habe keinen Termin.«

Josi sah ihn aus großen Augen an. »Aber Paul, wenn du Schmerzen hast, brauchst du keinen Termin, dann kommst du auch so dran.«

»Ich geh doch nicht zu dem Danner!«, blaffte er. »Den hätte ich mal fast verhaftet, und brutal ist er auch.«

Josi nickte. »Das versteh ich, dass du da nicht hinwillst.«

Isabel verdrehte die Augen. »Es wird doch in Ischl mehr als einen Zahnarzt geben, oder?«

Materna zuckte die Schultern. Isi hatte ja recht. Es hatte keinen Sinn, sich auf einen Machtkampf mit einem kaputten Zahn einzulassen. Der Zahn würde gewinnen. Wenn man sich deswegen nur nicht einem dieser Sadisten, die sich Zahnärzte nannten, ausliefern müsste!

Josi schaute ihn ruhig an. »Zahnarztbesuche waren früher ganz fürchterlich.« Nachdenklich nickte sie ein paarmal mit dem Kopf. »Zum Glück ist das heute nicht mehr so. Du lässt dir eine Spritze geben, und dann ist alles gut. Musst ja nicht zum Danner, wir finden einen anderen. Und wenn der dir irgendwie blöd kommt, dann verhaftest du den eben auch.«

Trotz seiner Schmerzen musste Materna lachen. Eigentlich genierte er sich ja in Grund und Boden. Er, der Herr Chefinspektor, der sich mit gefährlichen Verbrechern anlegte, der Mörder jagte, fürchtete sich vor dem Zahnarzt. Seiner Tochter hatte er an dem Punkt nie etwas vormachen können. Und Josi wusste es nun auch. Aber sie hatte sich gar nicht über ihn lustig gemacht. Sie hatte sich verhalten, als wäre diese verrückte Angst die normalste Sache der Welt, sogar für einen Chefinspektor. Es war einer dieser Momente, in denen er ganz stark spürte, wie sehr er sie liebte.

»Wenn die Tabletten erst richtig wirken, essen wir, ja?« Josi küsste ihn auf die gesunde Backe, stand auf und wandte sich Richtung Küche. »Isi hat gekocht. Es gibt Spinatstrudel.«

Montag, 27. Mai

8.10 Uhr

Tanja Moll spürte keinerlei Müdigkeit. Dabei war sie erst lang nach Mitternacht von ihrem äußerst ergiebigen Ausflug in die Steiermark zurückgekommen. Danach hatte sie noch den Entwurf der neuen Story getippt – eine Wahnsinnsstory! – und heute war sie bereits um sechs Uhr aufgestanden. Seit einer guten Stunde saß sie jetzt schon in ihrem Auto vor dem Hotel Royal, wo die nächste Sensationsgeschichte auf sie wartete. Dass Katharina Greding total durch den Wind war, das war ja schon gestern beim Drehen nicht zu übersehen gewesen. Mithilfe eines 100-Euro-Scheins für einen der Beleuchter am Set hatte Tanja erfahren, dass Reich den Drehplan geändert hatte, sodass die Sissi-Darstellerin heute nicht vor die Kamera musste. Im Hotel hatte Tanja einiges über Katharina Gredings Gewohnheiten herausbekommen, so auch, dass die Schauspielerin an drehfreien Vormittagen oft allein mit dem Auto wegfuhr. Inzwischen wusste die Tanja auch, welchen Wagen die Greding fuhr, einen dunkelroten Seat Tarraco mit Klagenfurter Kennzeichen. Der eine oder andere Geldschein wirkte da wahre Wunder.

Seit sieben Uhr in der Früh hatte Tanja der Greding an der Hoteleinfahrt aufgelauert. Jetzt, eine gute Stunde später, tauchte der Seat auf. Tanja folgte ihm. Die Schauspielerin fuhr Richtung Roith, dann die Salzkammergut Bundesstraße entlang über Ebensee und Altmünster nach Gmunden.

Kurz nach dem Ortsschild bog sie auf eine schmale, wenig befahrene Straße ab. Tanja musste Abstand halten, um nicht entdeckt zu werden. Ein paar Augenblicke lang verlor sie den Tarraco aus den Augen. Zum Glück sah sie ihn schon nach der nächsten Kurve wieder. Er fuhr auf ein großzügig gebautes alleinstehendes Haus im Bungalowstil zu.

Tanja parkte schräg gegenüber auf der anderen Seite der Straße, gerade so weit weg, dass sie das Haus noch im Auge behalten konnte. Katharina Greding hielt direkt vor der gemauerten, mit schmiedeeisernem Gitter versehenen Einzäunung des Vorgartens. Sie stieg aus, drückte das Gartentor auf und verschwand gleich darauf im Haus.

Tanja konnte eine golden glänzende Tafel ausmachen, die an der Vorgartenmauer befestigt war, nicht aber, was darauf stand. Sie wartete zwei, drei Minuten, dann stieg sie aus. Rasch näherte sie sich dem Schild, fotografierte es mit dem Handy, setzte sich wieder ins Auto und betrachtete das Foto.

Dr. Rainer Horvath
Facharzt für Psychiatrie
Alle Kassen
Ordinationszeiten:
Mo – Fr: 9.00 bis 13.00 Uhr
Mi und Fr: 16.00 bis 21.00 Uhr
Sa: 10.00 bis 14.00 Uhr
und nach Vereinbarung

Ein Psychiater. Super. Zufrieden nickte Tanja ein paarmal vor sich hin. Nun müsste man nur noch genauer rauskriegen, was dahintersteckte. Aber egal – der Besuch der Schauspielerin Katharina Greding beim Psychiater reichte für die nächste Bomben-Schlagzeile. Was man nicht wusste, konnte man ja einfach als Frage formulieren. Tanja grinste in sich hinein. *Welche große Not treibt die schöne Sissi-Darstellerin zu einem Psychiater?*, notierte sie schon einmal vorsorglich.

»Blödsinn«, murmelte sie und ersetzte *große Not* durch *tiefe Verzweiflung*. Schon besser. *Hat Katharina Greding den Tod von Wolfgang Jarisch nicht verkraftet?*, schrieb sie darunter. Nein, das war Mist. Später würden ihr garantiert bessere Formulierungen einfallen. Jetzt musste sie als Erstes in der Redaktion anrufen. Den Eingang zur Praxis hatte sie ja im Blick. Die Greding würde bestimmt noch einige Zeit bei diesem Psychiater bleiben.

Die Chefredakteurin war selbst am Apparat. »Grüß Gott, Frau Svoboda«, begrüßte Tanja sie.

»Grüß Sie Gott. Sagen S', Frau Moll, haben S' noch mehr so klasse Storys auf Lager wie die von gestern? Sie entwickeln sich ja langsam zu unserer Starreporterin.«

Tanja fühlte sich geschmeichelt. »Es gibt ein paar Geschichten rund um den Tod vom Jarisch, die sind der Wahnsinn, einfach heiß.«

»Sehr gut. Schicken tun Sie's ja rechtzeitig?«

»Ja, logisch. Den Artikel über das brisante Geheimnis von der Jarisch-Freundin muss ich noch überarbeiten. Im Moment bin ich an der Filmpartnerin vom Jarisch dran. Die Greding, die dreht grad vollkommen durch und rennt zum Psychiater. Das gibt Aufmacher – Sie werden begeistert sein, Frau Svoboda.«

»Na gut, bleiben S' ruhig noch in Ischl, wenn es sich lohnt. Aber den Bernie kann ich Ihnen vor übermorgen Abend nicht schicken. Sie wissen ja – die Gala hier in Wien. Warten S'.« Sie hielt inne. »Er kommt grad. Ich geb Sie weiter.«

Tanja verabschiedete sich von der Chefredakteurin. Gleich darauf hatte sie Bernie am Apparat. »Hallo, Bernie. Ich hör grad, du hast noch in Wien zu tun.«

»So ist es.«

»Macht nix«, sagte Tanja. Mit einer gewissen Schadenfreude erwähnte sie ganz nebenher die gelungenen Fotos, die sie gemacht hatte. »Für ein paar Sachen wär dein Tele natürlich schon gefragt«, fügte sie schnell hinzu.

Bernie schnaubte ins Telefon wie ein Stier, vor dem man mit einem flatternden Tuch wedelte. »Ah so, ja klar! Mein Tele ... für ein paar Sachen! Tanja, weißt was? Du bist eine größenwahnsinnige Zicke. Ich bin grad hinter einem Hollywoodstar mit total fotoscheuer Freundin her. Das ist ein Job für einen Spitzenfotografen.« Er betonte *das* auf eine Weise, die deutlich machte, dass der Job in Ischl dagegen eher zweitklassig war.

»Geh, steig mir auf'n Frack, Superpaparazzo!«, beendete Tanja wutschnaubend das Gespräch.

Sie griff in ihre Handtasche, zog ihre Magentabletten heraus und schluckte eine davon – wie meistens ohne Wasser. Anschließend stieg sie aus. Sie blieb in Deckung hinter ihrem Auto und beobachtete weiter die Tür, die zur Arztpraxis führte. Wenn sie ein gutes Handyfoto schießen wollte, musste sie etwas näher heran, sobald die Greding das Haus verließ. Die würde sie bei der Gelegenheit zwar sehen, aber das Foto sollte dann schon im Kasten sein – im Kästchen, genau genommen.

Es war zehn Uhr durch, als die Schauspielerin endlich aus der Haustür trat. Tanja schoss hinter ihrem Auto hervor, lief ein paar Schritte auf sie zu, stoppte und drückte auf den Auslöser. Jawohl! Sie war sich sicher, dass sie die Greding so erwischt hatte, dass diese mitsamt dem Schild der psychiatrischen Praxis darauf war. Super.

Katharina Greding erstarrte. Reglos und stumm schaute sie der Journalistin ins Gesicht – eine gefühlte Ewigkeit lang.

Tanja öffnete den Mund, um etwas zu sagen, aber im selben Moment begann die Greding, durchdringend zu schreien. Sie stürzte auf die Reporterin los, versuchte, ihr das Handy zu entwinden, was ihr jedoch nicht gelang. Laut kreischend packte sie Tanja mit einer Hand an den Haaren und zog mit aller Kraft daran. Mit der anderen Hand fasste sie an den Kragen von Tanjas Seidenbluse, die mit einem Ratsch zerriss.

Gefolgt von einer älteren Frau mit rötlichen Haaren, kam ein dunkelhaariger Mann von etwa vierzig Jahren in einem weißen Arztkittel aus dem Haus gerannt – der Psychiater Dr. Horvath vermutlich. »Was ist hier los?«

Katharina Greding ließ von Tanja ab, als sie die Stimme des Arztes hörte. Sie begann, heftig zu schluchzen. Tanja rannte zu ihrem Auto, sprang hinein und fuhr los. Im Rückspiegel sah sie, dass der Arzt der Schauspielerin stützend eine Hand an den Unterarm gelegt hatte. Die Frau stand daneben. Zu dritt starrten sie hinter ihr her.

10.40 Uhr

Die Backe fühlte sich nur noch ein klein wenig taub an, als Materna einen der Gänge des Gmundner Gymnasiums entlangging. Der Zahnarztbesuch war überstanden. Selbst jetzt, da die Betäubung nachließ, war nichts mehr von den Schmerzen zu spüren – was für eine Erleichterung! Josi hatte recht gehabt. Der Arzt, den sie herausgesucht hatte, war freundlich gewesen und hatte ihn gleich drangenommen. Materna hatte eine Spritze bekommen und von der Behandlung gar nichts gespürt. Zeit hatte es halt gekostet, aber letztlich war ihm keine Wahl geblieben. Der Zahn hatte gerichtet werden müssen, sonst hätte er ihn total schachmatt gesetzt. ... *und alles ist gut*, hatte Josi gesagt. Materna lächelte. Jetzt war alles gut. Er konnte sich wieder auf seine Ermittlungen konzentrieren.

Vor einer Tür mit der Aufschrift *Direktionsbüro Mag. Dr. Simon Holzner* blieb er stehen. Er klopfte an und trat ein.

Da Materna noch von unterwegs den Direktor des Gymnasiums angerufen hatte, wurde er bereits erwartet. Die Herren schüttelten einander die Hand.

Dr. Holzner deutete auf den Besuchersessel an seinem Schreibtisch, bat den Chefinspektor, Platz zu nehmen, und setzte sich ebenfalls. »Sie möchten also etwas über den ehemaligen Schüler Wolfgang Jarisch wissen«, kam er gleich zur Sache.

Materna nickte. »Das würde uns sehr helfen.«

»Ich kann es noch gar nicht richtig glauben, dass er ermordet worden ist. Schrecklich ...« Dr. Holzner schaute einen Moment lang durch das Fenster in die Ferne. Dann wandte er sich wieder dem Chefinspektor zu. »Ich hab Ihnen schon ein paar Unterlagen zusammengestellt, Herr Materna.« Er nahm einen Zettel von seinem Schreibtisch, auf dem er die wichtigsten Daten notiert hatte, und reichte ihn dem Chefinspektor. Der überflog sie kurz.

Wolfgang Jarisch war 1963 in die erste Klasse des Gymnasiums gekommen. Maturiert hatte er 1971. Hauptrollen in verschieden Aufführungen der Theater AG ab 1968. Darunter waren die Stücke aufgezählt, in denen er brilliert hatte.

»Er war ein guter Schüler. Hervorragend vor allem in Deutsch, aber seine Leistungen waren in allen Fächern gut bis überdurchschnittlich.« Dr. Holzner griff nach einer roten Mappe, die auf seinem Schreibtisch lag. Er entnahm ihr einen Packen Fotos und breitete sie vor Materna aus. »Sein darstellerisches Talent ist von seiner Deutschlehrerin Frau Magister Rebusch entdeckt worden, die damals die Theater-AG geleitet hat. Schauen Sie. Das sind Aufnahmen von verschiedenen Schulaufführungen zwischen 1968 und 1971.«

Die Fotos zeigten einen sehr jungen Wolfgang Jarisch in verschiedenen Rollen auf der Bühne. Eines davon zog Maternas Aufmerksamkeit besonders an. *Ein Sommernachtstraum. 14. Juni 1969* war unten auf dem weißen Rand vermerkt. Die bunt kostümierte Schülerschar hatte sich auf der Bühne zum

Schlussapplaus versammelt. Wolfgang Jarisch stand vorn an der Rampe. Er strahlte übers ganze Gesicht. Von unten aus dem Zuschauerraum streckte ihm ein dunkelhaariges Mädchen mit einem langen Pferdeschwanz eine Rose entgegen. Die junge Dame schien den Star der Aufführung regelrecht anzuschmachten – sofern man so etwas anhand eines Fotos feststellen konnte. Sie war deutlich jünger als Jarisch. »Wer ist das?«, fragte Materna und deutete auf das Mädchen.

»O je, das tut mir leid, Herr Materna, das kann ich Ihnen nicht sagen. Ich bin ja erst seit 2014 an der Schule. Die Schüler, die vor vielen Jahren maturiert haben, kenne ich natürlich nicht – es sei denn, sie wären so berühmt geworden wie Wolfgang Jarisch oder sie gehören heute zur Gmundner Prominenz.«

»Ich verstehe. Aber gibt es nicht irgendeinen Weg, das herauszufinden?« Materna war nicht gewillt, so schnell aufzugeben.

»Warten Sie ...« Der Direktor fuhr sich mit der Hand über das Kinn. Er stand auf, holte ein Album aus einem der Regale im Direktionszimmer, stellte sich neben Materna und schlug es auf. »Das sind die Maturafotos von 1960 bis 1980. Da sind auch die Namen der Maturanten vermerkt. Vielleicht finden wir sie da.« Er blätterte etliche Seiten um.

Bei den Maturanten von 1974 wurden sie fündig.

»Die junge Dame in der zweiten Reihe – das könnte sie sein, oder?« Materna deutete auf eine der Maturantinnen, die wie alle übrigen schwarz gekleidet war, einen Pappzylinder auf dem Kopf trug und eine Papierrolle in der Hand hielt. »Auf dem anderen Foto sieht man sie zwar nur im Profil, aber ...«

Der Schuldirektor wiegte den Kopf ein paarmal hin und her. »Ohne Garantie, aber ja, ich glaube, das ist sie.«

Materna überflog die Namen, die unter dem Bild standen. »Die dritte von links ... Mona Horvath, nicht wahr?«

»Ja«, bestätigte Dr. Holzner. »Horvath ... Der Name kommt mir irgendwie bekannt vor, aber ehrlich gesagt weiß ich nicht, woher.«

»Ich finde sie schon. Wozu gibt es Internet? Herr Dr. Holzner, darf ich das Maturafoto und die Aufnahme von der Sommernachtstraum-Aufführung abfotografieren. Ist das in Ordnung?«

»Selbstverständlich. Ich mache Ihnen auch gern Kopien.« Holzner wartete, bis Materna die Bilder mit dem Handy abfotografiert hatte. Dann nahm er sie, verschwand in einem Nebenraum und kam bald darauf mit gestochen scharfen Fotokopien zurück.

12.20 Uhr

An dem gemauerten Vorgarten-Pfosten gab es zwei Klingeln. Da niemand aufmachte, als er bei *Horvath* läutete, drückte er auf die andere mit der Aufschrift *Praxis*. Es handelte sich um die psychiatrische Praxis eines gewissen Dr. Rainer Horvath, wie Materna dem großen kupferfarbenen Schild auf dem anderen Mauerpfosten entnommen hatte. Ein Summer ertönte. Materna öffnete das Gittertor. Er wählte die Eingangstür auf der rechten Seite des Hauses, die ebenfalls die Aufschrift *Praxis* trug, und trat ein. Von einem kleinen Windfang aus führte eine weitere Tür in ein geschmackvoll eingerichtetes Wartezimmer. An den Wänden hingen farbenprächtige moderne Gemälde. Ein Sofa mit Couchtischchen und zwei ausladende Polstersessel waren die einzigen Sitzgelegenheiten. Natürlich – bei einem Psychiater kamen die Patienten bestimmt nur zu festen Terminen und mussten kaum warten. Auch jetzt war das Wartezimmer leer, aber hinter einem Empfangstresen aus hellem Holz stand eine Frau mit rotbraun gefärbten Haaren. Sie trug einen weißen Kittel. Materna schätzte sie auf Anfang 60.

»Ja – bitte?« Sie musterte ihn mit leicht gerunzelter Stirn.

»Grüß Gott. Mein Name ist Paul Materna«, begann der Chefinspektor. »Ich bin auf der Suche nach Frau Mona Horvath.«

»Ich bin Mona Horvath. Und – was kann ich für Sie tun? Möchten Sie einen Termin?«

Materna zog seinen Ausweis hervor. »Ich möchte mit Ihnen sprechen, Frau Horvath. Ich komme vom LKA Oberösterreich und leite die Ermittlungen im Mordfall Jarisch.«

»Ach Gott, ja ... eine furchtbare Sache.« Sie fuhr sich mit der Hand über die Stirn. »Und wie kann ich Ihnen helfen?«

»Sie haben Wolfgang Jarisch doch gekannt, nicht wahr?«

»Na ja«, antwortete sie nach kurzem Zögern. »Aber ich werde Ihnen da nicht viel sagen können. Wir sind in dieselbe Schule gegangen, das ist alles. Wie kommen Sie überhaupt auf mich?«

»Durch ein Foto, das ich in ihrer früheren Schule gesehen habe.« Er zog das Sommernachtstraum-Bild aus der Tasche und zeigte es ihr.

Mona Horvath sog scharf die Luft ein, sodass sich ihre Nasenflügel ein wenig blähten. »Ach das ... Stimmt, wir haben damals alle für ihn geschwärmt. Aber, wie gesagt, ich werde Ihnen kaum weiterhelfen können und ich muss ...« Sie brach ab.

Materna bedachte sie mit einem Lächeln. Er wusste natürlich, dass er die Frau nur aufgrund der Tatsache, dass sie Jarisch vor Jahrzehnten bei einer Schulaufführung eine Rose überreicht hatte, nie und nimmer zu einem Gespräch zwingen konnte. Sie musste schon freiwillig mit ihm reden. »Ich möchte Sie nicht bei der Arbeit stören, gnädige Frau. Aber ich hab ein paar Fragen, und wenn Sie mir fünf oder zehn Minuten schenken könnten ...«

Mona Horvath schaute Materna irritiert an. Seine ausgesuchte Höflichkeit schien sie zu verwirren. »Setzen Sie sich«, sagte sie schließlich mit einer Kopfbewegung zur Sitzecke. »Ich muss noch schnell einen Termin eintragen.«

Materna nahm auf dem Sofa Platz. Sein Blick fiel auf die Zeitschriften, die auf dem Couchtischchen lagen. Auch die *Weekly* war dabei. Niemals würde er verstehen, was Leute an Klatschzeitungen wie dieser fanden. Egal. Er musste das Zeug schließlich nicht lesen.

»Also?« Mona Horvath setzte sich ihm gegenüber und schaute ihn abwartend an. Ob ihr der Tod von Jarisch nahegegangen war? Sie sah ein wenig müde aus, hatte Ringe unter den Augen.

»Könnten Sie mir ein bisserl darüber erzählen, wie Wolfgang Jarisch als junger Mensch so war?«

Sie zuckte die Achseln. »Ich bin ja nicht einmal in seine Klasse gegangen. Mir hat imponiert, dass er so besessen war von seiner Theaterspielerei. Er war anders als andere junge Männer, wahrscheinlich, weil er so genau gewusst hat, was er wollte. Das Theater und sein Wunsch, Schauspieler zu werden, waren ihm wichtiger als alles andere.«

Materna nickte. »Und das Andere, das waren Mädchen?«

»Ja, klar, er hatte damals schon ... also, ich meine ...«

»Ich verstehe schon.« Materna lächelte der Frau ermutigend zu. »Aber Sie waren nicht mit ihm zusammen?«

Mona Horvath lachte kurz auf. »Lieber Himmel – nein. Da hat es Hübschere gegeben als mich. Ich war wirklich nicht sein Typ. Er hat ja auch vor mir maturiert und ist anschließend gleich nach Wien gegangen. Er hat am Reinhardt-Seminar studiert.«

»Und Sie? Was haben Sie nach der Matura gemacht?«

»Ich hab Kunstgeschichte studiert.«

»Auch in Wien?«

Sie nickte.

»Und haben Sie den Wolfgang Jarisch in Wien getroffen?«

»Zwei- oder dreimal auf irgendwelchen Partys. Aber ich muss sagen, diese Partys waren so gar nicht meine Welt. Außerdem hab ich das Studium dann abgebrochen, weil ich von einem Kommilitonen schwanger geworden bin. Er war Amerikaner, Austauschstudent, wie man damals gesagt hat.«

»Sie sind nicht zusammengeblieben, Sie und der Amerikaner?«

Mona Horvath schüttelte den Kopf. »Er hat mich gefragt, ob ich mit ihm nach Amerika gehen würde. Das wollte ich nicht, also war es aus. Von dem Kind hab ich ihm gar nichts gesagt. Vielleicht war das ein Fehler.« Sie schaute auf ihre Hände, die in ihrem Schoß lagen. »Ich bin damals zurück nach Gmunden zu meinen Eltern gegangen, hab mein Kind gekriegt und dann eine Ausbildung zur Arzthelferin gemacht. Die kommt mir jetzt zugute, denn so kann ich meinen Sohn unterstützen. Er ist ja Arzt geworden.« Als sie von ihrem Sohn sprach, veränderte sich der Ausdruck ihres Gesichts. Stolz und Zärtlichkeit lagen in ihrem Blick.

Die Tür zum Sprechzimmer öffnete sich. Ein gut aussehender dunkelhaariger Mann erschien. »Mama, kannst du bitte das Rezept für Herrn Mahler ... Oh!« Offensichtlich überrascht von Maternas Anblick hielt er inne.

»Sie sehen ja, mein Sohn braucht mich.« Mona Horvath stand rasch auf. Ihre Stimme klang plötzlich genervt. »Die Ordinationszeit ist noch nicht zu Ende. Ich kann jetzt wirklich nicht länger mit Ihnen reden.« Fast hilfesuchend sah sie ihren Sohn an. »Der Herr ist von der Polizei, Rainer. Wegen dem Mord an Wolfgang Jarisch.«

»Ach«, sagte der Arzt. Sein Blick war distanziert. Man merkte ihm an, dass er von der Geschichte und von Maternas Besuch mitten in seiner Sprechstunde genervt war.

»Guten Tag, Herr Doktor. Ich hab nur ein paar Fragen gehabt. Wir sind auch schon fertig.« Materna war ebenfalls aufgestanden. Er zog eine Visitenkarte aus seiner Hemdtasche. »Falls Ihnen noch etwas einfällt«, sagte er zu Mona Horvath. Er nickte beiden zum Abschied zu. Eigenartig – irgendwo musste er den Psychiater schon einmal gesehen haben, aber er hatte keine Ahnung, wo.

14.00 Uhr

Hochzufrieden klappte Tanja Moll ihren Laptop zu. Die Storys für die nächste *Weekly*-Ausgabe nahmen Gestalt an. Die Rohentwürfe waren fertig, die Fotos überspielt. Für gewöhnlich schrieb sie ihre Artikel direkt ins Reine. Aber diesmal war es einfach zu viel Stoff. Sie würde das schnell Hingeschriebene später noch einmal durchgehen und etwas überarbeiten. Schließlich blieb noch genügend Zeit bis Redaktionsschluss.

Jetzt hatte sie sich aber einen Imbiss verdient. Sie beschloss, heute zur Abwechslung den *k. u. k. Hofwirt* aufzusuchen, und machte sich auf den Weg.

Gerade als sie einen Platz unter einem der großen Sonnenschirme im Schanigarten des Hofwirts gefunden hatte, machte sich ihr Handy bemerkbar. *Anonym* zeigte das Display. Trotzdem nahm Tanja den Anruf an. »Moll. Ja, bitte?«

»I bin's«, sagte eine männliche Stimme, die sie sofort erkannte. Es war ihr Informant von gestern. Tanja beschloss, vorsichtig zu sein. Sie hatte die Informationen bekommen, der Typ hatte seinen Scheck. Was also wollte er noch?«

»Ich tät Sie gern noch einmal treffen.«

»Ich muss Ihnen leider sagen, dass das Budget vonseiten der Redaktion ausgeschöpft ist. Mehr Geld für Infos kann ich nicht lockermachen.«

»Ja, na ... des ist wurscht. Sie brauchen eh nix zahl'n, aber ich muss Ihnen unbedingt wegen der G'schicht von gestern was sagen.«

»Ah, ja, gut. Und um was geht es?«

»Also, des kann ich Ihnen am Telefon nicht sagen. Können wir uns treffen?«

Tanja überlegte kurz. Sie wollte jetzt endlich etwas essen und dann noch ein bisschen ihre Notizen ordnen ... »Also gut. So um fünf vielleicht? Und wo?«

»Kennen Sie die Gaststätte am Siriuskogel?«

»Den Siriuskogel kenne ich. Gut, um fünf. Aber, wie gesagt – Geld gibt es keines mehr.«

14.30 Uhr

Das Gute an Bad Ischl war, dass es nirgendwohin weit war. Fast alles, was man so brauchte, war bequem zu Fuß zu erreichen: Restaurants, Geschäfte, Ärzte, Kino, Hotels, Cafés ... So hatte auch Materna die große Auswahl, wo er bei Kaffee und Kuchen ein wenig entspannen konnte, bis die Testamentseröffnung zu Ende war. Die Kanzlei Fuchs befand sich in der Pfarrgasse, daher entschied er sich für das *Café Sissi* im ehemaligen Hotel Elisabeth. Rudi, der Leonie Thoma zum Notar begleitete, würde ihm Bescheid geben, sobald die Verhandlung beendet war und er mit der geschiedenen Frau und dem Sohn von Jarisch sprechen konnte.

Materna nahm an einem der Tischchen unter dem mit Fresken verzierten Gewölbe Platz. Er bestellte bei einer freundlichen Serviererin einen Großen Braunen und eine Karottentorte. Letztere hatte er von einem früheren Besuch hier in allerbester Erinnerung. Dann rief er Conni an.

»Seid 's fertig mit den Befragungen, Conni?«

»Ja, samma. Aber ergiebig war es nicht.«

»Alles klar. Ich bin im Café Sissi. Kommst her?«

»Logisch, mein Boss. Wenn ich einen Kuchen krieg.«

»Kriegst du.«

Der Kaffee und die Karottentorte kamen genau in dem Moment, als Materna das Gespräch beendete. Nach einem großen Schluck von dem belebenden Getränk griff er zur Kuchengabel. Er schloss die Augen, während er den ersten Bissen auf der Zunge spürte. Die Erinnerung hatte ihn nicht getrogen, die Torte war traumhaft: süß, rund im Geschmack und saftig. Kaum hatte er ein weiteres Stückchen der Köstlichkeit in den Mund gesteckt, als sich auch schon Rudi meldete.

»Hallo Paul, die Verhandlung ist zu Ende. Die Frau Jarisch bittet um Verständnis, dass sie sich ein bisserl ausruhen und frisch machen möchte. Sie und ihr Sohn erwarten dich um 17.30 Uhr im Gastgarten vom Ochsen. Ich schau, dass ich die Frau Thoma hier rauskrieg. Die Paparazzi belagern das Gebäude. Ich bring sie woanders unter und meld mich später bei dir.«

»Ist gut, Rudi, dank dir.« Materna legte auf. Der Freund hatte hektisch geklungen. Jedes weitere Wort wäre jetzt eines zu viel gewesen. 17.30 Uhr – ganz schön selbstbewusst, diese Frau Jarisch ... Im Grunde tat ihm die Verschnaufpause ganz gut. So würde er sich in Ruhe mit Conni absprechen können, und bis der da war, wollte er noch einmal die Aufnahmen anschauen, die Tina ihm geschickt hatte.

Ein Foto, das in einem Gastgarten aufgenommen worden war, betrachtete er besonders lange. Es zeigte Jarisch und die Gräfin; sie saßen einander an einem kleinen Tisch gegenüber auf dem eine Weinflasche und zwei Gläser standen. Er hatte ihre Hand ergriffen, beugte sich darüber und schaute ihr dabei tief in die Augen. Zum ersten Mal fiel ihm in diesem Moment die Frau im Hintergrund auf. Ihr Gesicht war dem Paar zugewandt. Es schien so, als beobachtete sie die beiden. So klein und unscharf sie auch abgebildet war, sie erinnerte Materna an jemanden. Er kniff die Augen zusammen, um noch genauer zu sehen. War das nicht die vermisste Sarah Amberg, die Schauspielerin, die nicht mehr in Ischl weilte, weil ihr Part bereits abgedreht war? Materna kannte sie nicht persönlich, aber er hatte sie in einigen Filmen gesehen und einmal auch im Linzer Landestheater. Immer wieder hatte er versucht, sie anzurufen. Ihr Handy war die ganze Zeit über ausgeschaltet gewesen. Auch an ihrem Festnetz-Anschluss hatte sich niemand gemeldet. Eigenartig. Ohne große Hoffnung probierte er es noch einmal.

»Ja?«, meldete sich zu seiner Überraschung eine wohlklingende Frauenstimme.

»Frau Amberg? Hier spricht Paul Materna. Ich leite die Ermittlungen im Mordfall Jarisch und habe ein paar Fragen.«

»Herr Materna – bitte entschuldigen Sie! Ich wollte Sie auch grad anrufen. Wissen S', ich hab mir ein Wellness-Wochenende gegönnt – handyfrei – und bin erst seit einer halben Stunde wieder zu Hause. Stellen Sie sich vor, ich hab erst am Heimweg mitbekommen, dass der Wolfgang Jarisch tot ist. Auch Ihre Nachrichten auf der Mailbox und auf dem Anrufbeantworter habe ich grad erst abgehört.«

»Frau Amberg, können wir miteinander sprechen?«

»Hm, heute geht es nicht mehr. Ich arbeite am Salzburger Landestheater und hab heute Vorstellung. Morgen? Gleich am Vormittag? Kommen Sie zu mir?«

16.45 Uhr

Verdammt noch mal! Tanja hatte fest damit gerechnet, mit der Seilbahn zur Franz-Josefs-Warte auf dem Siriuskogel hochfahren zu können. Als Kind war sie mit ihren Eltern bei einem Besuch in Ischl mit dem Sessellift auf den Siriuskogel gefahren. Es hatte ihr damals riesigen Spaß gemacht. Und nun hatte sie erfahren müssen, dass dieser inzwischen nur noch der Versorgung des Gasthofes diente und schon seit Jahren keine Personen mehr beförderte. Da sie den Weg zur früheren Talstation nicht gleich gefunden hatte, musste sie unterwegs eine Passantin fragen, die ihr die Hiobsbotschaft mitgeteilt hatte. Der Weg sei aber gut ausgebaut, hatte ihr die Frau versichert, und der Aufstieg würde höchstens 20 Minuten dauern.

20 Minuten! Tanja hasste Aufstiege aller Art. Sie hatte sich immer geweigert, irgendwelche Bergtouren mitzumachen, nach denen viele Leute regelrecht zu lechzen schienen. Außerdem hatte sie wie fast immer Schuhe mit Absätzen an. Keine echten High Heels heute, aber eben Absätze. Und damit sollte sie nun bergsteigen! Andererseits – es konnte ja wichtig sein, was dieser Andi ihr zu sagen hatte. Sie sollte mit ihm reden, auch wenn sie die Situation beschissen fand. »Mist!«, fluchte sie. Dann machte sie sich auf den Weg nach oben.

17.40 Uhr

»Bevor Sie diese Frage stellen, Herr Materna: Nein, ich werde mir das nicht bieten lassen!« Gitta Jarisch sah in diesem Moment aus wie eine Raubkatze kurz vor dem Sprung auf die Beute. In ihren Augen blitzte entschlossene Wut.

Materna und Conni saßen der geschiedenen Frau und dem Sohn von Wolfgang Jarisch im Gastgarten des Goldenen Ochsen am Traunufer gegenüber. Die ehemalige Primaballerina war mit ihren 56 Jahren immer noch eine sehr schöne Frau. Jede ihrer Bewegungen war elegant, das Gesicht ebenmäßig und perfekt geschminkt. Ihr schwarzes Haar trug sie zu einem typischen Ballerinen-Knoten frisiert.

»Was wollen Sie tun, gnädige Frau?« Der Chefinspektor ließ seine Frage möglichst beiläufig klingen.

Ihre Nasenflügel blähten sich. »Das Testament anfechten natürlich! Es kann doch nicht sein, dass diese ... dass die junge Freundin von meinem Ex-Mann einen Großteil von seinem Vermögen und die Villa erbt, während sein eigener Sohn mit kaum mehr als dem Pflichtteil und der Wiener

Wohnung abgespeist wird. Da ist das letzte Wort noch nicht gesprochen!«

»Mama, ich bekomme sehr viel mehr als den Pflichtteil und ich denke ...« Ein Blick seiner Mutter brachte Michael Jarisch zum Verstummen. Vom Aussehen her kam der junge Mann sehr nach ihr. Er war Mitte 20, überschlank, schwarzhaarig und dunkeläugig wie sie. Allerdings machte er einen eher besonnenen Eindruck, während Gitta Jarisch auf Materna wie eine tickende Zeitbombe wirkte. Zumindest in diesem Moment.

»Was denken Sie, Herr Jarisch?«, wandte sich Conni an den jungen Mann.

»Na ja, sie erbt es ja nicht für sich, sondern für das Kind, das sie erwartet ...«

Ruckartig drehte Gitta Jarisch ihrem Sohn den Kopf zu. »Michael, ich habe es immer vermieden, über deinen Vater schlecht zu reden. Aber es gibt Grenzen!«

Ihre Stimme war laut und rau. Trotz des reichlich aufgetragenen Makeups konnte Materna sehen, dass sich ihre Haut rötete. Die kocht vor Zorn, dachte er. In dem Moment war er doppelt froh, dass Rudi sich angeboten hatte, Leonie in einer kleinen Pension in St. Wolfgang unterzubringen, wo die Paparazzi sie nicht vermuten würden. Vielleicht war es klug, sie auch vor Gitta Jarisch zu schützen.

»Entschuldigen Sie«, wandte die sich wieder den Kriminalbeamten zu. »Es ist halt leider so, dass der gute Wolfgang schon immer ein Faible für sehr junge Damen gehabt hat. Sein Verstand hat dann regelmäßig ausgesetzt.«

»Mama, bitte!« Michael legte seine Hand auf die ihre. »Leonie Thoma ist ...«

»Anfang oder Mitte dreißig. Okay«, fiel sie ihm ins Wort. »Aber Wolfgang war 66. Und das mit dem Kind, das ist doch ...«

»Ja?«, fragte Materna.

»Berechnung«, stieß sie hervor. »Pure Berechnung! Ein Trick, um einen großen Teil des Erbes an sich zu bringen. Das ist doch offensichtlich.«

Materna tauschte einen Blick mit Conni. Gitta und Michael Jarisch hatten ein Motiv wie aus dem Lehrbuch – sehr viel Geld. Vielleicht hatten sie geahnt oder gewusst, dass Jarisch sein Testament ändern wollte, jetzt, da er noch einmal Vater geworden wäre. »Seit wann wussten Sie denn, dass die Frau Thoma schwanger ist?«, fragte er.

»Seit der Verhandlung«, antwortete Gitta Jarisch, kaum dass Materna die Frage gestellt hatte.

»Seit einer Woche«, sagte Michael fast zeitgleich, was ihm einen entsetzten Blick seiner Mutter eintrug. »Papa hat mich angerufen«, erklärte er.

Gitta Jarisch kniff die Lippen zusammen.

Maternas Gedanken arbeiteten fieberhaft. »Wann sind Sie eigentlich in Ischl angekommen?«, fragte er.

»Heißt das, Sie wollen ein Alibi von mir?«, zischte die geschiedene Frau Jarisch.

»Genau. Von Ihnen und von Ihrem Sohn«, gab Conni zurück.

»Wir sind erst heute gegen Mittag gekommen.« Michael Jarisch zog seine Geldbörse aus der Hosentasche, kramte darin und überreichte Materna zwei Zettel. »Bitte schön, die Tankquittung und eine vom Restaurant.«

»Danke.« Conni warf einen Blick darauf. »Sie haben also um 10.11 Uhr an der Autobahnraststätte Landzeit St. Valentin getankt und anschließend im Restaurant Kaffee getrunken. Darf ich die Belege behalten?«

Materna hörte nicht mehr, was Michael antwortete. Sein Handy läutete. Er zog es schnell aus der Tasche und warf einen Blick darauf. »Entschuldigen Sie mich«, bat er, stand auf und ging ein paar Schritte zu Seite.

»Ronacher hier«, näselte es grafbobbymäßig an seinem Ohr.

»Herr Doktor – ja, bitte?«

»Herr Materna, ich soll Ihnen im Auftrag meiner Mandantin mitteilen, dass sie sich entschuldigen möchte. Sie hat bei der ersten Vernehmung nicht ganz die Wahrheit gesagt. Sie war in der Nacht von Donnerstag auf Freitag nicht in Ischl, sondern bei ihrer Tante in Salzburg.«

»So. Und warum erfahr ich das erst jetzt?«

»Schaun S', Herr Materna, das war doch alles ein Schock für sie. Sie war doch total außer sich. Schließlich hat sie den Herrn Jarisch gut gekannt. Und, naja, sie wollt halt auch vermeiden, dass Sie einen Verdacht gegen sie schöpfen.«

»Na, das ist ihr ja hervorragend gelungen«, bemerkte Materna und ließ sich die Kontaktdaten der Salzburger Tante geben. Kopfschüttelnd tippte er sie in sein Handy ein.

Nachdem er das Gespräch beendet hatte, rief er sofort Christian an und bat ihn, Clarissa Auerbachs Alibi zu überprüfen – soweit das überhaupt möglich war. Eine Tante würde der guten Clarissa mit Sicherheit ein Alibi …

Der Gedanke war noch nicht zu Ende gedacht, als sich das Handy erneut bemerkbar machte. Noch einmal Graf Bobby? Materna warf einen Blick auf das Display. Es war Maurer von der Ischler Inspektion.

»Hallo«, rief der Ischler Kollege ins Telefon. »Wir haben gerade eine Meldung hereinbekommen. Mordanschlag auf die Journalistin Tanja Moll auf dem Weg zum Siriuskogel-Restaurant. Komm schnell!«

17.45 Uhr

Der Heininger Hubsi hatte seinen freien Tag in vollen Zügen genossen. Er hatte lang geschlafen, gut gegessen, Zeitung gelesen und am Nachmittag den Rasen in seinem kleinen Garten gemäht. Nun saß er mit einem Bier am Küchentisch und hörte mit offenem Mund dem Bericht seiner Frau zu, die gerade erst heimgekommen war. »Ja, und wie viele Millionen hat s' denn jetzt g'erbt, die Frau Thoma?«

Rosi setzte sich nicht. Stattdessen lehnte sie sich an die Kredenz. »Des hat's ned g'sagt. An Haufen Geld halt. Und die Villa. Sie war aber gar ned glücklich. Die Villa muss sie verkaufen, und dann will s' ins Ausland. Stell dir vor, ihr Anwalt, der Dr. Lechner, hat g'sagt, sie sollt lieber irgendwo anders wohnen, solang sie noch in Ischl zum Tun hat. I hab ihr beim Z'sammpacken g'holfen. Ich soll mich noch a Zeitl um die Villa kümmern, bis sie verkauft is, hat sie g'sagt. Dann bin ich den Job auch los.« Sie seufzte.

»Wo is sie denn hinzogen?« Der Hubsi griff zum Krügl. Fast hätte er über diesen spannenden Neuigkeiten auf sein Bier vergessen.

»Das hat sie nicht verraten. Der Dr. Lechner hat g'sagt, des muss geheim bleiben.« Rosi schürzte die Lippen. »Also, mir hätt sie des schon sagen können.«

Statt einer Antwort nahm der Hubsi einen kräftigen Schluck von seinem Bier und stellte das Krügl zurück auf den Tisch – wie immer mit einem herzhaften »Aahhhh«. Kommentare sparte er sich an dem Punkt lieber, aber er fand es ganz gut, dass die Rosi den Aufenthaltsort der Frau Thoma nicht wusste. Er liebte seine Rosi. Allerdings kannte er sie eben auch. Was sie nicht wusste, konnte sie nicht ausplaudern. »Wegen die Paparazzi will s' fort?«, fragte er schließlich.

»Oder weil sie womöglich auch einer ermorden will.« Rosi seufzte tief.

»A geh, jetzt spinnst aber«, brummte der Hubsi.

»Des glaubst du! Sie ist bedroht worden, die Frau Thoma.«

»Bedroht? Geh, woher willst denn des wissen?«

»Ich weiß, was ich weiß«, gab sie kryptisch zurück.

»Geh, Rosi, wennsd' was weißt, musst es sagen.«

Rosis Kopf fuhr nach oben. »Gar nix muss ich. Ich tratsch nix herum!«

Der Hubsi schnappte nach Luft.

Im selben Moment fing sein Handy an, *I bin der Anton aus Tirol* zu dudeln. »Momenterl«, sagte er nach einem kurzen Blick auf das Display. »Des ist der Laimer.« Er hielt das Handy ans Ohr. »Servus, Laimer. Was gibt's?« Er hörte kurz zu, dann ließ er das Telefon sinken und schaute seine Frau an. »Du, Rosi, ein Mordanschlag auf die Journalistin, die Frau Moll ...« sagte er zu ihr und »Braucht's ihr mi?« wieder ins Telefon.

»Passt schon«, antwortete der Kollege. »Ich wollt nur, dass du Bescheid weißt. Sie haben die Frau Moll ins Krankenhaus gebracht. Ob sie durchkommt, ist sehr unsicher.«

»Ah so ... ja ... Dank dir schön. Servus, Laimer.«

Als er das Telefonat beendet hatte, merkte der Hubsi, dass die Gattin die übliche rötliche Gesichtsfarbe verloren hatte.

»Die Frau Moll? Is sie tot?«

»Sie ist im Krankenhaus. Ob sie durchkommt, weiß man no net.«

Rosi ließ sich auf einen der Sessel am Esstisch fallen. »Ja in Gott's Nam, wer macht den sowas! So a nette Frau!«

Dem Hubsi schwante Fürchterliches. »Rosi – was hast denn du mit der zum Tuan?«

»Nix, gar nix.« Rosi stand auf, ging zum Kühlschrank, riss ihn auf und zog eine Schüssel hervor. »Surschnitzel gibt's heut«, verkündete sie. »Mit Kartoffelsalat.«

»Du, Rosi, wennsd' der Moll was verraten hast, dann ...«

»Dann?« Rosi fixierte ihren Angetrauten mit einem langen scharfen Blick. Sie nahm die Schüssel mit den vorbereiteten Surschnitzeln in die Hand, öffnete die Kühlschranktür und machte Anstalten, das Fleisch zurückzustellen.

Der Heininger Hubsi verstand. Es gab Momente, da war es besser, den Dingen nicht allzu genau auf den Grund zu gehen – sogar für einen Polizisten.

18.35 Uhr

»Hier ist die Verletzte gelegen.« Klanek deutete auf eine Stelle vor einem Felsen, der etwa zwei Meter vom Weg entfernt aus dem Boden ragte. »Die Wunde war am Hinterkopf, ziemlich groß und hat stark geblutet.«

Materna und Conni betrachteten den Felsbrocken. Er wies deutliche Blutspuren auf.

»Sie kann unmöglich einfach gegen den Stein gefallen sein«, meinte Conni.

»Schon gar nicht vom Weg aus«, stimmte Materna ihm zu. »Sie muss gestoßen worden sein.«

Aus dem Gewusel von uniformierten Polizisten, die damit beschäftigt waren, den Tatort zu sichern, näherte sich ihnen Florian zusammen mit einem stämmigen Mann mittleren Alters. »Herr Chefinspektor, Herr Kontrollinspektor – das ist der Herr Hirnböck. Er hat die Verletzte gefunden«, stellte er ihn den Kriminalbeamten vor.

»Hallo«, grüßte Conni formlos.

»Grüß Gott, Herr Hirnböck.« Materna streckte dem Mann die Hand entgegen. »Mein Name ist Materna, und das ist mein Kollege Laubenbacher. Wir kommen vom LKA Oberösterreich.«

»LKA, ah so ... Grüß Gott.« Ein wenig unsicher ergriff Hirnböck die Hand des Chefinspektors.

»Ich nehme an, Sie waren nicht auf dem Weg zur Gastwirtschaft, oder?«, fragte Materna mit einem Blick auf den blauen Arbeitsoverall des Mannes.

»Nein, die war heute den ganzen Tag geschlossen, weil wir da oben alles für die Filmaufnahmen vorbereiten.«

»Deswegen waren Sie auf dem Siriuskogelweg? Und da haben Sie die verletzte Frau gefunden?«

»Ja. Ich hab zuerst geglaubt, sie ist tot. Aber dann hab ich den Puls gefühlt und gemerkt, dass sie noch lebt. Ich hab gleich die Rettung g'rufen.«

Materna nickte dem Mann freundlich zu. »Wenn die Frau durchkommt, hat sie das Ihnen zu verdanken.«

Ein stolzes Lächeln huschte über das Gesicht des Arbeiters. »Des war ja selbstverständlich.«

»Sie haben also gemerkt, dass sie noch lebt, und die Rettung gerufen«, fasste Materna zusammen. »Und dann? Bitte erzählen Sie alles so genau wie möglich.«

»Ja mei ... Sie war am Hinterkopf verletzt und hat sich überhaupt net g'rührt. Ich hab mit Taschentüchern ein bisserl das Blut stillen können, aber viel hat das nicht g'holfen. Also hab ich auf die Rettung g'wartet und zwischendurch immer wieder ihren Puls g'fühlt. Die Rettungsleut waren zum Glück schnell da. Und zugleich sind auch schon die ersten zwei Polizisten gekommen. Die haben g'sagt, ich soll auf die Herren von der Kripo warten.« Er zuckte die Schultern. »Dass das kein Unfall war, hab i mir schon gedacht, so, wie die Frau dag'legen ist.«

»Hat die Verletzte etwas bei sich gehabt, eine Tasche, ein Handy ...«

Der Mann schüttelte den Kopf. »Ich hab nix g'sehen.«

Materna nickte. Vermutlich hatte der Täter ihre persönlichen Sachen an sich genommen. »Herr Hirnböck, ist Ihnen sonst irgendetwas aufgefallen? Ein Geräusch vielleicht?«

Hirnböck schaute den Chefinspektor erschrocken an. »Sie meinen, der Täter war noch in der Nähe? Nein, ich hab nix bemerkt. Ich war total auf die Frau konzentriert. Hätt ich vielleicht ...«

»Sie haben alles richtig gemacht«, beschwichtigte Materna und gab ihm seine Karte. »Rufen S' mich einfach an, wenn Ihnen doch noch was einfällt. Ihre Nummer haben wir?«

Hirnböck nickte.

»Gut, dann können S' gehen. Vielen Dank, Herr Hirnböck.«

»Wiederschaun.« Der Mann machte sich auf den Weg nach unten.

»Weiß jemand von euch, was die da oben drehen?«, wandte sich Materna an Conni, Klanek und Florian.

»Ja, ich«, sagte Florian. »Es ist in der Zeitung gestanden, weil ja auch das Restaurant heute zu hat. Wie die echte Valerie geheiratet hat, war am Abend vor der Trauung die Franz-Josephs-Warte, also der hölzerne Aussichtsturm dort oben, mit der Kaiserkrone und den Initialen von Marie Valerie und Franz Salvator geschmückt und beleuchtet. Das wollte man für den Film möglichst originalgetreu nachbauen.«

»Ich verstehe. Was hat der Notarzt festgestellt?«

»Die Frau muss mit ziemlicher Wucht gegen den Felsbrocken gestoßen worden sein«, sagte Klanek und reichte Materna eine Karte mit Namen und Telefonnummer des diensthabenden Arztes.

»Dass es ein Unfall war, hält er nicht für möglich?«, fragte Materna sicherheitshalber doch nach.

»Nein. Er sagt, wenn man stolpert oder das Gleichgewicht verliert, fällt man nicht so weit und nicht mit so viel Schwung, dass es so eine heftige Wunde verursacht.«

Materna bedankte sich. Er würde nachher auf jeden Fall noch mit dem Notarzt und auch mit Prof. Eisler telefonieren.

Indessen traf die Tatortgruppe ein. Die weiß gekleideten Männer und Frauen machten sich sofort an die Arbeit.

»Na bitte, heut wart ihr aber ihr so schnell wie die Feuerwehr«, stellte Materna fest, nachdem er Mike und die anderen Kollegen begrüßt hatte.

»Sag einmal, Mike, deine Leute werden ja noch einige Zeit brauchen.« Materna wies mit einer Kopfbewegung auf die intensiv beschäftigten Weißgekleideten. »Meinst, sie könnten dich ausnahmsweise für eine Stunde oder so entbehren?«

»Ja, das wird schon einige Zeit dauern. Wir müssen das ganze Gebüsch durchforsten. Es sollten sich schon noch Spuren vom Täter finden lassen. Er muss ziemlich überstürzt abgehauen sein, sonst hätte er sich wohl überzeugt, dass sein Opfer wirklich tot ist.«

»Wahrscheinlich hat er den Arbeiter kommen hören und ist durch den Wald geflüchtet«, stimmte Materna zu.

»Genau. Aber wieso fragst du, ob mich meine Leute entbehren können?«

»Weil es super wäre, wenn du in der Zwischenzeit mit mir zum Hotel von der Moll kommst. Wir sollten uns in ihrem Zimmer umschauen.«

18.50 Uhr

»Josi, hier ist Valentina. Kann ich dich kurz sprechen?« Die Stimme am Telefon klang hektisch.

»Natürlich, Valentina. Grüß dich. Ist etwas passiert?«

»Ja. Nein, also eigentlich nicht. Es ist nur ... Ich mach mir Sorgen. Meine Mutter ist heute in einem besonders wilden Zustand von ihrem Psychiater zurückgekommen – fast noch schlimmer als neulich.«

Josi horchte auf. »Psychiater? Du weißt also inzwischen, zu wem sie geht?«

»Ja, genau. Ich wollte vorhin zu ihr, um sie zu fragen, ob sie am Abend mit mir essen mag. Sie hat grade telefoniert, wie ich die Tür aufgemacht habe. Da hab ich einen Namen aufgeschnappt: Dr. Horvath. Ich hab im Internet nachgeschaut. In Ischl gibt es keinen Dr. Horvath, aber in Gmunden. Dr. Rainer Horvath, Psychiater. Außer seiner Praxisseite hab ich aber nichts über ihn gefunden. Kennst du ihn vielleicht?«

Josi überlegte einen Moment. »Leider nicht. Soll ich schauen, ob ich noch irgendwas rauskriege?«

»Das wär superlieb von dir. Geht denn das?«

»Mal schauen.« Josi überlegte, ob sie Klaus, ihren Ex-Mann, anrufen sollte. Klaus war Professor für Psychiatrie und Nervenheilkunde in Wien und kannte Gott und die Welt. Sie hatte zwar wenig Kontakt zu ihm, aber immerhin war ihr Verhältnis mittlerweile freundlich-distanziert. Sie konnte ihn ja vielleicht fragen, ob er für eine Bekannte einen Psychiater in Gmunden empfehlen könnte. Vielleicht erfuhr sie auf diesem Weg etwas über diesen Dr. Horvath. Schließlich konnte es ja wirklich an dem Psychiater liegen und an der Art, wie er die Psychotherapie durchführte, dass Katharina Greding in einem so aufgewühlten Zustand von den Sitzungen zurückkam. Im Laufe ihres Berufslebens als Psychologin waren Josi schon die eigenartigsten Dinge begegnet.

Falls die Schauspielerin allerdings tatsächlich die Mörderin war und versuchte, ihre Schuldgefühle mithilfe des Psychiaters zu verarbeiten, könnte auch das die heftigen Reaktionen erklären. Der Arzt würde ihr vermutlich raten, zur Polizei zu gehen; andererseits stand er ja unter Schweigepflicht, sodass er ihr allenfalls ins Gewissen reden, ihr die Entscheidung aber nicht abnehmen konnte. Eventuell wurde ihr innerer Konflikt dadurch bis zur Unerträglichkeit verstärkt.

Schweigepflicht ... Josi seufzte. Unter der stand sie selbst in dem Fall ja mehr oder weniger auch. Und das wurde allmählich zu einer enormen Belastung. Es fühlte sich fast an wie ein Betrug an Paul.

»Josi? Bist du noch da?«

»Ja, entschuldige bitte. Ich hab grade darüber nachgedacht, wie ich etwas über Dr. Horvath herauskriegen könnte. Ich glaube, ich hab da eine Idee.«

»Ah, ja – super! Sag, können wir uns morgen treffen? Heute Abend trau ich mich ehrlich gesagt nicht weg. Aber vielleicht könntest du morgen Vormittag kurz in den Kaiserpark kommen. Zwischen halb zehn und zehn müsste es eine größere Umbaupause geben. Vielleicht können wir da kurz reden, bevor die Maskenbildner wieder über mich herfallen.«

»Kann man denn bei Dreharbeiten so einfach dazukommen?«

»Klar, wenn du hinter der Absperrung bleibst. Dort hol ich dich dann ab, ja?«

19.40 Uhr

Der junge Mann an der Rezeption stellte sich als Oliver Eberhartinger vor.

»Sind Sie mit dem Leadsänger von der *Ersten Allgemeinen Verunsicherung* verwandt?«, fragte Mike.

Der Hotelangestellte verzog den Mund zu einem amüsierten Grinsen. »Nein, bin ich nicht. Und singen kann ich auch nicht. Was glauben Sie, wie oft ich diese Frage schon beantwortet habe.« Er wurde ernst und reckte das Kinn vor. »Meine Herren, die Direktion bittet darum, dass Sie sehr diskret vorgehen. Wir sind schließlich ein Hotel, und ...«

»Wir tun, was wir können«, unterbrach ihn Materna. »Und was wir müssen. Beispielsweise muss mein Kollege hier ins Zimmer von der Frau Moll. Und ich habe ein paar Fragen. Aber keine Sorge, der Hotelbetrieb wird nicht beeinträchtigt. Der Anschlag ist ja nicht hier passiert.« Er registrierte, dass sich die Augen des jungen Mannes weiteten und ihm der Mund offen stehen blieb. Anscheinend war ihm erst in diesem Moment klar geworden, dass das alles auch ganz anders hätte ablaufen können. »Geben Sie meinem Kollegen bitte den Zimmerschlüssel.«

Eberhartinger nickte. Er nahm den Schlüssel vom Haken und reichte ihn Mike.

Der Kriminaltechniker verabschiedete sich nach oben, um nach dem Laptop der Journalistin zu sehen und den Raum vorsorglich auf Fingerabdrücke und DNA-Spuren zu überprüfen.

»Gut, Herr Eberhartinger, können Sie mir sagen, ob die Frau Moll Besuch hatte, während sie hier im Hotel gewohnt hat?«, begann Materna die Befragung.

»Besuch? Nein, das glaub ich nicht.« Hektisch schaute sich Eberhartinger in alle Richtungen um, als hätte er Angst, ein Gast könnte mithören. »Der Herr Wondraschek, ein Kollege von der Frau Moll, hat auch ein paar Tage hier gewohnt, aber der hat ja mit ihr zusammengearbeitet.«

»Sonst niemand?«

»Moment ...« Eberhartingers Blick ging nach oben zur Decke, als suchte er nach einer Erinnerung. Dann wandte er sich wieder dem Chefinspektor zu. »Hm, also Besuch hab ich keinen gesehen. Aber sie hat einen Anruf von außerhalb bekommen.«

»Über die Rezeption?«

»Ja. Ich hab zum Zimmertelefon durchgestellt.«

Es hatte also jemand angerufen, der die Handynummer der Reporterin nicht hatte, registrierte Materna. »Ein Mann oder eine Frau?«, fragte er.

»Ein Mann.«

»Ist Ihnen vielleicht irgendetwas an der Stimme aufgefallen? Hat der Anrufer Dialekt gesprochen?«

Eberhartinger schwieg einen Augenblick lang und legte den Kopf ein wenig schief, als würde er gerade auf den Klang der Stimmen hören. »Sagen wir, Umgangssprache mit Dialektfärbung.«

»Der Kollege von der Frau Moll war das aber nicht?«

»Nein, den hätte ich an der Stimme erkannt. Und am Wiener Dialekt. Der Mann am Telefon hat eher steirisch geklungen. Außerdem hätte der Herr Wondraschek die Frau Moll bestimmt am Handy angerufen.«

»Wann ist denn der Anruf gekommen?«, hakte Materna nach und holte sein Notizbuch aus der Tasche.

Eberhartinger zog leicht die Brauen zusammen. »Ich weiß nicht, ob ich das alles sagen darf, eigentlich ...«

»Sie dürfen«, sagte Materna. »Schließlich handelt es sich hier um eine Ermittlung in einem schweren Delikt.«

»Augenblick, bitte.« Der junge Mann wandte sich dem Computer zu und tippte auf der Tastatur herum. »Gestern um 13.40 Uhr«, sagte er schließlich.

»Und die Frau Moll? Wissen Sie, was sie danach gemacht hat?«

»Ja. Sie ist anschließend weggegangen.«

»Und heute? Wann ist sie heute weggegangen?«

»Um 14.00 Uhr herum, wenn ich mich richtig erinnere.«

»Haben Sie vielen Dank, Herr Eberhartinger. Ich geh noch kurz zu meinem Kollegen nach oben.« Materna steckte dem Rezeptionisten eine Visitenkarte zu. »Sie haben uns sehr geholfen. Wenn Ihnen noch etwas einfällt ...«

»... rufe ich Sie an«, ergänzte der junge Mann.

Materna grinste. Manchmal gab es ja doch sehr realistische Details in Fernsehkrimis. »Ach, eine Frage noch: Würden Sie die Stimme von dem Anrufer gegebenenfalls wiedererkennen?«

»Ich glaub schon«, sagte Eberhartinger. »Ich hab ein gutes Gehör, auch wenn ich nicht singen kann.«

21.30 Uhr

Wie ein heißer Strahl fuhr der freudige Schreck durch Ronachers Körper, als er seiner späte Besucherin die Wohnungstür öffnete. »Clarissa!«, stieß er hervor, wobei er einen Augenblick lang unsicher war, ob er nicht vielleicht auf seiner Couch eingeschlafen war und träumte.

»Guten Abend, Eugen«, sagte sie mit einem dezenten und dabei absolut hinreißenden Lächeln.

»Guten Abend.« Wie festgeschraubt stand er in der Eingangstür seiner Wohnung.

Sie legte den Kopf ein wenig schief. »Möchtest du mich nicht hereinbitten?«

»A... aber selbstverständlich«, stammelte er und ließ sie eintreten. »Komm doch bitte weiter.« Er führte sie in sein Wohnzimmer und bot ihr Platz an.

Sie nickte dankend, setzte sich aber nicht gleich, sondern ließ den Blick über die wertvollen Biedermeiermöbel gleiten, die gekonnt mit ein paar modernen Designerstücken kombiniert waren. »Über guten Geschmack lässt sich eben doch nicht streiten«, sagte sie.

»Es gefällt dir?«, fragte er ängstlich ob der Zweideutigkeit ihrer Aussage.

»Sehr.« Sie strahlte ihn an, dass ihm heiß und kalt zugleich wurde.

»Nimm doch bitte Platz. Darf ich dir vielleicht einen Cognac anbieten?« Er fühlte sich wie ein verliebter Firmling, der ständig Angst hatte, irgendetwas zu tun oder zu sagen, was der Angebeteten missfallen könnte.

»Gern.« Ihr Blick, der seine Augen traf, gab ihm den Rest. Fast hätte er beim Einschenken den Cognac verschüttet.

»Sag, hast du dem Materna gesagt ...«, fragte sie auf einmal.

»Natürlich. Es ist alles in Ordnung.«

»Gut.« Endlich ließ sie sich auf dem mit roséfarben und weiß gestreiftem Stoff bezogenen Sofa nieder. Sie streckte die Hand aus. »Komm, setz dich zu mir!«

Sein Herz raste, als er sich neben sie setzte, und die eigenartigen Brummtiere in seinem Bauch liefen zu Hochform auf. Er gab sich große Mühe, so beherrscht, so höflich und wohlerzogen zu wirken, wie es nur ging. Er hob sein Glas. »Auf dein Wohl, liebe Clarissa.«

»Auf uns!«

Ich träume doch, dachte Ronacher.

Das war das Letzte, was er denken konnte, denn nun nahm sie seinen Kopf zwischen ihre Hände und küsste den kümmerlichen noch verbliebenen Rest seines Verstandes fort.

Dienstag, 28. Mai

8.00 Uhr

»Sagen S' amal, san Sie jetzt total narrisch word'n, Materna?«, brüllte der Oberst, dass es über den ganzen Gang schallte. Mit hochrotem Kopf stand der Leiter des Landeskriminalamts Linz in der Tür zu seinem Büro. Dazu fuchtelte er mit einer zusammengerollten Zeitschrift in der Luft herum.

Materna blieb stehen. »Narrisch? Ich glaub nicht, Herr Oberst. Wir kommen mit dem Fall nur langsam weiter, wir haben einen Anschlag, der damit in Verbindung stehen dürfte, aber ...«

»Fall!«, schrie der Oberst, noch heftiger mit der Zeitschrift fuchtelnd. »Der Fall ist das eine, aber das hier, das ist was anderes.« Er rollte das Heft auf und hielt es seinem Chefinspektor unter die Nase.

Die *Weekly*! Materna konnte kaum glauben, was er da sah. Der Mann auf dem Titelblatt war unverkennbar er selber – in inniger Umarmung mit Leonie. Zumindest sah es wie eine innige Umarmung aus. Diese verdammten Paparazzi! *Der mysteriöse Tod des Stars und das Geheimnis des Kommissars* stand in dicken Buchstaben unter dem Bild. »Herr Oberst, ich kann das erklären«, begann er.

»Sie brauchen nix erklären, Materna, weil Erklärungen nix nutzen! Kommen S' rein.« Er ging Materna voraus in sein Büro und blieb hinter seinem Schreibtisch stehen. »Ich erteile Ihnen hiermit eine Abmahnung«, sagte er in korrektem Schriftdeutsch.

»Herr Oberst …«

»Nix *Herr Oberst*! Mir san ja eh wieder amal so unterbesetzt, dass ich mich schwertu, Sie von dem Fall abzuziehen. Aber eins sag ich Ihnen, Materna: Wenn S' weiterhin dauernd irgendwelche Zeuginnen abknutschen, können S' demnächst auf der Kreuzung den Verkehr regeln.«

»Ich knutsch keine Zeuginnen ab«, widersprach Materna.

»No ja, z'erst die Frau Konarek und jetzt die Freundin von dem Schauspieler!«

»Herr Oberst, die Frau Konarek hab ich im Zusammenhang mit einem Fall kennengelernt, das stimmt. Der Fall ist längst abgeschlossen, und sie ist heute meine Lebensgefährtin. Und die Frau Thoma, die ist uns in den Tatort reingelaufen. Sie war so schockiert über den Tod von ihrem Partner und total außer sich. Da hab ich versucht, sie zu beruhigen.«

»Beruhigen!« Patzak knallte die Zeitschrift auf den Schreibtisch. »Im Zeitalter von *Me Too* sollten S' sich schleunigst andere Methoden aussuchen, um Zeuginnen zu beruhigen!«

»Ja, Herr Oberst.« Letztlich, das wusste Materna, hatte sein Vorgesetzter recht.

»Also, nehmen S' des Schmierblattl mit und lesen S' weiter auf Seite drei. Da gibt es einen ausführlichen Artikel von dieser Tanja Moll.« Die Stimme von Oberst Patzak klang etwas versöhnlicher. »Und beten S', dass die Frau überlebt und bald aussagen kann. Sonst lesen wir demnächst in der Zeitung, dass der Herr Chefinspektor Materna durch einen Mord verhindern wollte, dass seine Affären publik gemacht werden. Sie kennen diese Art von Journalisten doch.«

Materna nickte. Auch in dem Punkt hatte der Oberst leider recht: Genau genommen, hatte er jetzt ein Motiv für einen Mordanschlag auf die Boulevardjournalistin. Und dieses Miststück hatte ihm gestern noch leidgetan!

»Also, machen S' halt weiter«, brummte der Oberst. »Aber bittschön umarmen S' keine Zeuginnen. Und ich hoff, dass der Herr Ermittlungsleiter jetzt bald einmal so viel Erfolg mit der Aufklärung von dem Fall hat wie bei den Frauen.« Mit einer Kopfbewegung Richtung Tür bedeutete Patzak, dass die Unterredung beendet war.

Auf dem Gang blieb Materna stehen. Er schlug die Seite drei der *Weekly* auf. Zuerst fiel sein Blick auf ein Foto, das die Moll offenbar unbemerkt gemacht hatte, als er in der Tür der Villa Blumenthal stand und versuchte, sie wegzuschicken. *Tröstet der Kriminalist die traurige Geliebte weiter?*, stand darunter. Das letzte Foto trieb ihm Schweißperlen auf die Stirn. Es trug die Bildunterschrift: *Sind ihm die Frauen wichtiger als die Aufklärung des Mordes an Wolfgang Jarisch?* und zeigte ihn selbst Arm in Arm mit Josi und Isabel. Josis Gesicht war von der Krempe ihres Strohhuts verdeckt. Aber Isabel war gut zu erkennen. Und Josis Häuschen auch.

8.30 Uhr

»Jessasmarandjosef, der hat ja gebrüllt«, bemerkte Christian, als Materna den Besprechungsraum betrat. »Servus, Paul. Jetzt trink erst einmal einen Kaffee, dass d' dich erholst von dem Geschrei.«

»Danke.« Materna nahm die Tasse entgegen, die Christian ihm reichte, griff nach der Zuckerdose und warf fünf Stück Würfelzucker in das dampfende Getränk. Sein Blick glitt über die Runde seiner Mitarbeiter. Lukas fehlte noch. Wie öfter in letzter Zeit war er zu spät dran. Tina, Christian und Conni setzten sich auf ihre Plätze.

»Ihr habt den Artikel alle gesehen, oder?«, fragte Materna.

»Schon«, bestätigte Tina. »Aber so ein Schmarrn ist es gar nicht wert, dass man groß drüber redet.«

Alle nickten.

»Na ja, von seiner Warte aus gesehen hat der Oberst schon recht«, gestand Materna ein. Die Sorgen, die er sich wegen der Abbildung seiner Freundin und seiner Tochter machte, behielt er für sich. Er musste sich konzentrieren. Sie hatten einen immer komplexer werdenden Fall zu klären. »Der Conni hat euch ja sicher schon auf den neuesten Stand gebracht, oder?«, fragte er.

»Hab ich«, bestätigte Conni. »Und der Christian hat den Obduktionsbericht zum Mordfall Jarisch ausgeteilt.«

»Irgendwelche neuen Erkenntnisse?«, wandte sich Materna an seinen Stellvertreter.

»Eigentlich nicht.« Christian griff nach dem bedruckten Blatt, das vor ihm lag und händigte es Materna aus. »Die Obduktion hat bestätigt, was der Ischler Arzt schon festgestellt hat. Zuerst ein Bauchdurchschuss, dann ein Schuss ins Herz. Tödlich war der zweite Einschuss. Der ist abgegeben worden, wie das Opfer schon am Boden gelegen ist.«

»Danke, Christian«, sagte Materna. »Dann wenden wir uns erst einmal dem Anschlag auf die Journalistin zu. Der Professor Eisler hat mich vorhin schon angerufen. Die Frau Moll ist nach wie vor bewusstlos. Wie lang das anhält – wenn sie überhaupt überlebt –, kann man nicht sagen; ob es bleibende Schäden geben wird, auch nicht. Von einer Vernehmung kann also erst einmal keine Rede sein. Tina, suchst du bitte die Boulevard-Presse durch und schaust, wer von den Schauspielern in den letzten Jahren von der Moll verrissen worden ist, damit wir eine Grundlage für die Einvernahmen haben.«

Tina nickte.

Im selben Moment öffnete sich die Tür. Lukas trat ein, ließ sich mit einem kurzen »Guten Morgen!« auf seinen Sessel fallen und fummelte an seiner Smartwatch herum.

»Lukas, das geht nicht, dass du so spät kommst und dich nicht einmal entschuldigst«, sagte Materna in bestimmtem Ton.

»Entschuldigung.« Lukas kramte in seinem Rucksack, zog eine *Weekly* daraus hervor und warf sie vor sich auf den Tisch.

Christian schnappte nach Luft. Conni wirkte wie ein Tiger auf dem Sprung, und Tinas Augen waren schmal geworden. Alle hatten die Provokation mitbekommen, die Materna wie immer überging. Aber er würde ein ernstes Wort mit dem jungen Mann reden müssen. Ein sehr ernstes.

Das Läuten des Telefons entspannte die Situation fürs Erste. Auf dem Display erschien Mikes Name. Materna nahm ab und stellte auf Lautsprecher.

»Morgen allerseits«, ertönte die Stimme des Kriminaltechnikers. »Nur kurz: Die Kollegen haben gestern noch ein benutztes Papiertaschentuch im Gebüsch gefunden, das möglicherweise dem Täter aus der Tasche gefallen ist. Die DNA-Analyse ist veranlasst. Zum Laptop von der Moll: Der Gerichtsbeschluss ist grade gekommen. Wir können jetzt anfangen, die Passwörter zu knacken. Es gibt mehrere, das haben wir schon gesehen. Super, dass du gleich gestern am Abend noch mit der Staatsanwaltschaft telefoniert hast, Paul. Dadurch ist das jetzt so schnell gegangen. Der Beschluss umfasst übrigens auch das Handy von der Frau Moll. Ist das vielleicht noch aufgetaucht?«

»Leider nein. In ihren Taschen ist nichts gefunden worden. Sie muss eine Handtasche dabeigehabt haben – wie eigentlich immer. Die wird der Täter mitgenommen haben.«

»Ja, wahrscheinlich. Sobald wir was haben, schicken wir es euch gleich. Also, servus allerseits.«

»Dank dir, Mike. Servus!«

»Auch in dem Fall bleiben wir in alle Richtungen offen«, wandte sich Materna wieder an die Runde. »Aber es ist schon sehr wahrscheinlich, dass der Fall Moll mit dem Mord an Jarisch zusammenhängt. Die Moll war ja wie verrückt hinter der Jarisch-Geschichte her. Vielleicht hat sie irgendwas rausgefunden, was dem Täter gefährlich werden könnte.«

»Oder der Täterin? Ist es denn sicher, dass es ein männlicher Täter war?«, fragte Tina.

»Das ist eine sehr gute Frage.« Materna nahm einen Schluck Kaffee und stellte die Tasse wieder ab. »Was den Anschlag auf die Journalistin betrifft, ist es wahrscheinlich, dass ihn ein Mann begangen hat. Nach Auskunft der Ärzte ist sie mit großer Wucht gegen den Felsen geschleudert worden. Und in ihrem Hotel hab ich erfahren, dass die Moll einen Tag davor über das Zimmertelefon von einem Mann angerufen worden ist, von einem also, der ihre Handynummer nicht gehabt hat.«

»Hm.« Conni massierte sein Kinn. »Der Eindringling in die Villa Blumenthal war ja auch ein Mann. Dabei sind aber die Personen, die ein offensichtliches Motiv für den Mord am Jarisch haben, praktisch alle Frauen. Den Verdacht gegen den Rüdiger Baum können wir abhaken. Der hat ein wasserdichtes Alibi für die Mordzeit. Er war Freitag wegen seiner Filmpartnerin, der Valentina Greding, so früh in der Maske. Ein paar andere Schauspieler haben mir gesteckt, dass er ganz schön hinter der her war.«

»Wir müssen vielleicht ein Paar in Betracht ziehen«, überlegte Materna. »Also einen Mann und eine Frau. Nach wie vor kommen jedenfalls Katharina Greding, Clarissa Auerbach sowie die Witwe, eventuell auch der Sohn vom Jarisch infrage, möglicherweise auch Sarah Amberg.« Er stand auf, ging zum Whiteboard und heftete Fotos von Katharina Greding, der Gräfin, von Gitta und Michael Jarisch sowie von Sarah Amberg an. Tina hatte sie ausgedruckt. Sie stammten allesamt aus der Yellow-Press. Unter die Fotos schrieb er die Namen. Den von Sarah Amberg versah er mit einem Fragezeichen. Dann setzte er sich wieder. »Zur Frau Amberg können wir im Moment gar nichts sagen. Wir wissen nur, dass sie den Jarisch von früher gekannt hat. Bis gestern war sie nicht zu erreichen. Sie war angeblich auf einem Wellness-Wochenende. Ich werd von hier aus gleich zu ihr nach Salzburg fahren. Lukas, du unterstützt den Conni bei den Befragungen in Ischl.«

Materna registrierte, dass Conni leicht die Augen verdrehte. Er sagte aber nichts. »Die Sissi-Darstellerin Katharina Greding ist auffällig verstört«, setzte er die Ausführungen zu den Verdächtigen fort. »Bei ihr könnte eine alte Geschichte mit dem Jarisch eine Rolle spielen. Dass die zwei schon ein paarmal miteinander gedreht haben, wissen wir ja. Nach eigener Aussage kann sie mit Waffen umgehen.«

»Eine Waffenbesitzkarte auf ihren Namen gibt es aber nicht«, sagte Tina. »Auch keine Jagdkarte.«

»Ob die Greding am Freitag in der Früh weggefahren ist, haben wir anhand der Videoüberwachung der Hotelgarage nicht feststellen können«, ergänzte Conni. »Möglicherweise hat sie gar nicht dort geparkt.«

»Apropos alte Geschichten ...«, wandte sich Materna an Tina. »Alles, was du an alten Fotos und Artikeln über den Jarisch auftreiben kannst, ist wichtig. Wir müssen unbedingt seine Vergangenheit gründlich anschauen.«

»Ist gut.« Tina machte sich ein paar Notizen.

»Danke.« Materna nickte ihr zu. »Dann ist da Clarissa Auerbach, die alle *die Gräfin* nennen«, fuhr er fort. »Von ihr wissen wir ja, dass sie Jägerin ist. Sie hat abgestritten, dass sie mit dem Jarisch was gehabt hat, bis ich ihr die Beweisfotos unter die Nase gehalten hab. Dass sie in der Mordnacht nicht im Hotel war, sondern angeblich bei einer Tante, hat sie erklärt, nachdem ich die Videoüberwachung der Hotelgarage angesprochen hab. Das heißt – sie hat es mir durch den Dr. Ronacher ausrichten lassen. Auffällig ist auch, dass sie zur zweiten Befragung gleich mit einem Anwalt aufgetaucht ist.«

»Na servus, Kaiser.« Christian schüttelte den Kopf. »Also, wenn ich was verbrochen hätt, tät ich mich ned dermaßen deppert aufführen. Dieses blöde Getue ist ja schon fast ein Unschuldsbeweis. Ich hab übrigens gestern am Abend noch diese Tante angerufen, wie du mich gebeten hast, Paul. Die hat natürlich hat bestätigt, was ihre Nichte behauptet.«

»Eh klar.« Materna schnaufte kräftig aus, dann fuhr er fort. »Die geschiedene Frau und der Sohn vom Toten, Gitta und Michael Jarisch, haben ein klassisches Motiv. Jarisch hat seiner Lebensgefährtin Leonie Thoma, die ein Kind von ihm erwartet, einen Großteil von seinem Vermögen vermacht. Das Testament ist erst unmittelbar vor seinem Tod geändert worden.«

»Hat das der Notar gesagt?«, wollte Tina wissen.

Materna schüttelte den Kopf. »Mit dem Notar hab ich noch gar nicht geredet, weil die Genehmigung zur Testamentseinsicht noch nicht vorliegt. Aber mein Freund, der Doktor Lechner, hat als Rechtsanwalt die Frau Thoma zur Testamentseröffnung begleitet. Mit dem hab ich telefoniert. Die Aussagen von der Ex und dem Sohn vom Jarisch, wann sie von der Schwangerschaft erfahren haben, waren übrigens widersprüchlich. Wenn sie ein paar Tage vorher davon gewusst haben – was der Sohn übrigens auch zugibt –, haben sie ja vielleicht versucht, einer Testamentsänderung zugunsten des ungeborenen Kindes und seiner Mutter zuvorzukommen.«

»Waren sie am Freitag schon in Ischl?«, wollte Christian wissen.

»Es gibt eine Tankquittung und eine von der Raststätte St. Valentin, die beweisen sollen, dass sie erst am Montagvormittag gefahren sind.« Conni zog die Belege aus seiner Geldbörse und gab sie Christian zur Asservierung weiter. »Sie können aber auch früher nach Ischl gekommen und wieder nach Wien zurückgefahren sein.«

»Ja. Beweis ist das keiner«, stimmte Materna zu.

»Und wie schaut es mit dem Schießen aus?«, fragte Christian.

»Eine Waffenbesitzkarte hat keiner von beiden.« Tina hatte das auf Maternas Bitte hin bereits recherchiert. »Aber der Michael hat vor dem Studium seinen Präsenzdienst abgeleistet. Schießen kann er also, der junge Herr Jarisch.«

»Den Überfall auf die Journalistin kann er aber nicht begangen haben«, überlegte Christian laut. »Er und seine Mutter waren doch bei der Testamentseröffnung, und danach habt ihr sie im Goldenen Ochsen befragt.«

»Moment ...« Materna stutzte. »Stimmt, sie waren bei der Testamentseröffnung. Die war aber kurz vor drei zu Ende, und empfangen wollten mich die Herrschaften erst um halb sechs rum. Der Überfall ist ungefähr um fünf passiert.« Er ärgerte sich über sich selber. Warum war ihm das eigentlich nicht gleich aufgefallen?

»Und die Zeit zwischen dieser Testamentseröffnung und der Vernehmung gestern hätte dem Michael Jarisch für einen Anschlag auf dem Siriuskogel gereicht?«, fragte Tina.

Materna fuhr sich mit den Fingern durch die Haare. »Wenn er schnell war und gute Nerven hat – ja!«

9.30 Uhr

Die Auffahrt zur Kaiservilla war von etlichen Schaulustigen gesäumt. Auf dem Weg stand ein offener Landauer mit zwei eleganten Füchsen davor und einem livrierten Kutscher auf dem Bock. Im Wagen hatten zwei Damen und zwei Herren Platz genommen. Die Herren trugen Uniformen aus der k. u. k.-Zeit, die Damen aufwendig geschneiderte Kleider, dazu elegante Hüte und Sonnenschirme. Der junge Mann musste der Verlobte von Marie Valerie sein, Franz Salvator von Toskana, der ältere Herr und die beiden Damen waren wohl seine Familie.

»Roland«, rief Josi, die im Näherkommen den Mann in der Livree erkannte. Roland König hatte bereits im letzten Jahr im Rahmen der Sommerfestspiele als Tiertrainer und Reitlehrer gearbeitet, und sie hatte sich mit dem Dresdner ein wenig angefreundet.

»Hallo, Josi, komm ruhig zu mir«, rief Roland vom Kutschbock herunter.

Josi trat an die Kutsche heran, schüttelte dem alten Bekannten die Hand und tätschelte den Pferden den Hals. »Schöne Tiere.«

»Trakehner. Die kennst du noch nicht. Die hatte ich vorigen Sommer nicht dabei. Ich freue mich …« Roland unterbrach sich, als ein junger Mann mit schwarzen Locken von der Seite her »Los« rief. In der einen Hand hielt der Schwarzgelockte ein Walkie-Talkie. Die andere zeigte mit hochgerecktem Daumen nach oben.

»Tut mir leid, wir müssen!« Roland zuckte bedauernd die Schultern und gab den Pferden ein Zeichen, indem er mit der Zunge schnalzte. Im Anfahren drehte er sich noch einmal kurz zu Josi um. »Besuch mich mal, ja? Weißt ja wo.«

»Mach ich«, rief Josi. Die Trakehner fielen in Trab, sie winkte dem Gespann hinterher. Dann folgte sie dem Pulk von Leuten, der sich jetzt Richtung Kaiservilla in Bewegung setzte.

Dafür, dass heute ein ganz normaler Arbeitstag war, drängelten sich beachtlich viele Menschen hinter den Flatterbändern, die die Zuschauer von der Szenerie abgrenzten. Josi war froh, dass sie Poldi im Auto gelassen hatte.

Als sie es endlich geschafft hatte, sich unter vielen Entschuldigungen bis nach vorne durchzukämpfen, konnte sie die Kaiserfamilie vor dem kaiserlichen Sommerschloss stehen sehen. Sie bestand aus Kaiser Franz Joseph, Kaiserin Elisabeth und Erzherzogin Marie Valerie, die von etlichen Bediensteten umgeben waren. Die Kutsche hatte angehalten. Ein Lakai eilte herbei und öffnete die Tür des Landauers. Er verbeugte sich, dann hielt er die Hand hoch, um beim Aussteigen zu helfen.

»Halt! Aus! Cut!«, kam eine ebenso laute wie gereizte Stimme von der Seite her. Sie gehörte zu einem Mann, der soeben von seinem Sessel aufgesprungen war – offensichtlich der Regisseur. Reich hieß er, wenn Josi sich richtig erinnerte. Neben ihm stand eine Dame mit hochgesteckten braunen Haaren in einem eleganten weißen Hosenanzug.

»Frau von Auerbach hat das klar und deutlich erklärt, verdammt und zugenäht«, schimpfte der Regisseur in Richtung des Lakaien neben der Kutsche. »Wie, zum Teufel, soll ich mit so einer Komparserie arbeiten?« Er wischte sich mit der Hand über die Stirn. »Bitte, Gräfin …«, wandte er sich an die Dame.

Diese trat nach vorn. »Sie schauen den Herrschaften auf keinen Fall ins Gesicht! Der Kopf bleibt unten und der Rücken gebeugt«, erklärte sie. »Um beim Aussteigen zu helfen, nehmen Sie nur die Hand hoch – so.« Sie stellte sich in der entsprechenden Pose neben den Lakai, der zerknirscht nickte.

»Noch einmal!«, rief der Regisseur. »Alles von vorn!«

Die Dame, die bereits ausgestiegen war, nahm wieder in der Kutsche Platz.

Die Kaiserin vor dem Schlosseingang verdrehte demonstrativ die Augen, der Kaiser schmunzelte, und Erzherzogin Marie Valerie machte eine kleine Lockerungsübung, indem sie zuerst die Schultern und dann den Kopf kreisen ließ.

Ohne eine Miene zu verziehen, fuhr Roland ein Stück vor, wendete den Landauer geschickt und kutschierte ihn dorthin zurück, wo er hergekommen war.

»Los«, rief der Regisseur ein paar Minuten später in ein Funkgerät. Gleich darauf hielt die Kutsche erneut vor der Villa. Der Lakai eilte herbei und half diesmal in vorschriftsmäßiger Pose beim Aussteigen.

Offenbar passte jetzt alles. »Zwanzig Minuten Pause«, rief Reich.

Die Kaiserin wandte sich sofort ab. Eilig strebte sie auf ein Zelt zu, das am Rande der Szenerie stand. Valentina-Valerie folgte ihr. Sie schien ihr noch etwas mitteilen zu wollen. Kaiser Franz Joseph trat ein paar Schritte zur Seite und zündete sich eine Zigarette an.

Josi wurde unsanft angerempelt. Eine Frau mit einem kleinen Mädchen an der Hand versuchte, sich an ihr vorbeizudrängeln, um unter dem Absperrband hindurchzuschlüpfen.

Auf einmal stand der Regisseur vor den beiden. Sein Kopf war rot. Am Hals traten einige Adern hervor. »Wenn Sie nicht sofort verschwinden, hole ich die Polizei! Ich zeig Sie an – wegen wiederholter Störung meiner Arbeit«, brüllte er und fuchtelte mit beiden Armen.

Besorgt schaute Josi das Kind an. Sie hätte erwartet, dass es völlig verschreckt sein würde, aber das kleine Mädchen reagierte erstaunlich gelassen.

»A... aber ...«, stammelte die Frau.

»Raus hier! Verschwinden Sie mitsamt Ihrer Tochter. Sofort!«

»Aber meine Tochter hat einen Brief für die Frau Greding, den soll sie ihr geben ...«

»Gehen Sie!«, schrie Reich noch einmal.

Zwei Männer traten auf die Frau zu und drängten sie zurück. Mit dem Kind an der Hand blieb sie ein paar Meter hinter der Absperrung stehen.

Josi, die die Szene erstaunt verfolgt hatte, trat auf die beiden zu. »Ich seh die Frau Greding gleich. Ich geb ihr den Brief gern, wenn Sie wollen.«

Das Kind streckte ihr die Hand mit dem Kuvert entgegen.

»Danke.« Josi lächelte der Kleinen zu. »Ich geb das der Frau Greding ganz bestimmt, ja?«

Das Mädchen nickte.

»Hast du etwas für die Frau Greding gemalt?«, fragte Josi die Kleine.

Kopfschütteln.

»Ein Bub hat uns vorhin angesprochen. Er hat gesagt, er soll diesen Brief bei der Frau Greding abgeben, er kann jetzt aber nicht so lange warten. Und da hat er gefragt, ob wir das machen können«, erklärte die Mutter.

»Ich verstehe«, sagte Josi. »Ich erledige das und sage der Frau Greding auch einen lieben Gruß. In Ordnung?«

Die Kleine nickte noch einmal, und die beiden machten sich davon.

Josi hielt nach Valentina Ausschau.

Zwei, drei Minuten später kam die junge Schauspielerin im Kostüm der Erzherzogin auf Josi zu. »Hallo, Josi. Schön, dass du da bist. Komm mit.« Sie hob das Flatterband hoch, sodass Josi bequem hindurchschlüpfen konnte. »Furchtbar, diese Atmosphäre, oder? Ich mein, es wird ja öfter rumgeschrien beim Drehen, Hektik ist normal, aber die Stimmung, die wir hier am Set haben, ist echt kaum auszuhalten. Und ich fürchte, meine Mutter ... na ja, weißt schon.«

»Ja, ich weiß.«

»Blöd, dass ich so wenig Zeit habe. Sag, hast du über diesen Psychiater was rausbekommen?«

»Ein bisschen. Aber so zwischen Tür und Angel ...«

»Ja, klar. Entschuldige bitte, Josi. Können wir uns vielleicht heute Abend sehen? So um acht?«

Josi überlegte einen Moment. Hoffentlich kam Paul nicht ausgerechnet heute früher nach Hause ... »Gut«, sagte sie. Isabel war ja auch noch da. »Und wo?«

»Am besten im Hotel. Treffen wir uns in der Lounge. Dann sehen wir weiter. Ich muss noch einmal ganz kurz in die Maske.« Valentina machte ein paar Schritte auf das große weiße Zelt zu.

Josi fasste sie sanft am Arm. »Wart mal. Ich hab einen Brief für dich. Ein kleines Mädchen sollte ihn dir geben.«

»Einen Brief? Für mich?«

Josi überreichte ihr das Kuvert.

Valentina riss es auf und zog ein Foto hervor. »Da ist kein Brief, nur dieses Bild. Verstehst du das?«

Josi warf einen Blick auf das Foto, das Valentina ihr entgegenhielt. Ihr Magen krampfte sich zusammen, und vor ihren Augen begann sich die Umgebung zu drehen.

11.10 Uhr

»Um diese Wohnung sind Sie wirklich zu beneiden, Frau Amberg.« Maternas Blick glitt durch das Wohnzimmer der Schauspielerin. Die Einrichtung bestand aus einer Kombination von antiken Möbeln und Designerstücken. »In der Salzburger Altstadt mit Blick auf die Salzach – toll! Darf ich?«, fragte er mit einer Kopfbewegung Richtung Fenster.

»Natürlich.« Lächelnd nickte sie ihm zu.

Er trat ans Fenster, schaute aufs Wasser und hinüber zum Kapuzinerberg. »Wunderschön.«

Sarah Amberg bedachte ihn mit einem kleinen, charmant perlenden Lachen. »Leider täuscht die Pracht ein bisserl. Ich bin kein hochbezahlter Superstar, der sich von seiner Gage locker so ein Schmuckstückerl leisten kann. Ich hab die Wohnung von meinen Großeltern geerbt. Der Großvater ist einer einträglicheren Arbeit nachgegangen als ich. Aber Sie sind ja wegen der entsetzlichen Jarisch-Geschichte gekommen, nicht? Ich kann's noch gar nicht glauben, dass der Wolfgang tot ist.« Sie fuhr sich mit dem Handrücken über die Augen. »Wollen S' nicht Platz nehmen, Herr Materna? Sie mögen doch bestimmt einen Mokka?«

»Sehr gern, danke.« Der Chefinspektor machte es sich auf einer mit Wildleder bezogenen Couch bequem.

Ein paar Minuten darauf war Sarah Amberg auch schon mit einem kleinen Tablett zurück. Zwei gefüllte Mokkatassen, eine Zuckerdose und eine kleine Schale mit Gebäck standen darauf.

Ihre Augen waren leicht gerötet. Trauerte sie um Jarisch? Er tat Zucker in seinen schwarzen Kaffee, nicht ganz so viel, wie er genommen hätte, wenn er nicht zu Gast gewesen wäre, aber zwei Löffelchen mussten es schon sein. »Sie waren also auf Wellness-Urlaub?«, begann er in lockerem Plauderton die Befragung.

»Sagen wir: Es war ein verlängertes Wellness-Wochenende. Tut mir echt leid, dass ich nicht zu erreichen war, aber ich find, so richtig erholen kann man sich doch nur, wenn das Handy aus ist.«

»Da haben Sie recht.« Materna griff nach seiner Tasse. »Wo waren Sie denn?«

»Schloss Prielau am Zeller See. Das hab ich mir jetzt einmal gegönnt.« Der letzte Satz klang, als wollte sie sich entschuldigen.

»Von wann bis wann genau waren Sie da?«

»Donnerstagmittag war meine Rolle abgedreht. Ich hab noch eine Kleinigkeit in Ischl gegessen, dann bin ich losgefahren. Am Montag bin ich heimgekommen, kurz bevor Sie angerufen haben. Warten S', ich hol Ihnen die Rechnung vom Hotel. Ich weiß ja, dass Sie das überprüfen müssen.« Sie stand auf, zog die Schublade einer Kommode auf und nahm ein Blatt Papier heraus, das sie Materna entgegenhielt. »Hier, bitte. Ich brauch die Rechnung nicht; absetzen geht nicht, und zahlen tut es mir ja auch keiner.«

»Sehr gut – vielen Dank.« Materna nahm das Blatt entgegen und überflog es. Dann faltete er es zusammen und steckte es ein. Die Kollegen würden noch überprüfen, ob die Schauspielerin auch wirklich die ganze Zeit über im Hotel war, aber fürs Erste sah das nach einem vernünftigen Alibi aus. »Frau Amberg, ich muss Sie fragen, in welchem Verhältnis sie zu Wolfgang Jarisch standen.«

»Verhältnis – ach je!« Sie schüttelte leicht den Kopf. »Also, wenn Sie damit meinen, ich hätt mich mit dem alten Windhund eing'lassen, dann irren Sie sich sehr.«

»Windhund?«

»No ja, schon. Er hat einen Schlag bei den Frauen g'habt, immer! Und er hat das ausgenutzt. Also, ich brauch so was nicht. Aber wir haben uns immer wieder getroffen und – ja, wir haben uns gemocht.«

Diese Aussage kam Materna bekannt vor. Sarah Amberg nahm er sie allerdings ab.

»Wir waren so was wie gute alte Bekannte«, setzte die Schauspielerin hinzu. »Vielleicht sogar Freunde. Aus seinen Affären hab ich mich immer rausgehalten.«

»Haben Sie gewusst, dass der Herr Jarisch eine junge Freundin hatte?«

Sie nickte. »Gesehen hab ich sie nie. Aber der Wolfgang hat mir von ihr erzählt. Er hat gesagt, dass er glücklich ist mit ihr, und er hat dabei wirklich so gewirkt, so … ich weiß nicht, wie ich es nennen soll. So angekommen.« Sie hielt inne und strich sich eine Haarsträhne aus dem Gesicht. »Ja, das passt. Angekommen bei dieser jungen Frau und angekommen in der neu erworbenen Villa. Jetzt greifen S' doch bitte zu, Herr Materna.« Sie deutete auf die Schale mit dem Gebäck.

»Danke.« Materna griff nach einem Brezel mit Schokoladenguss, das ihn schon die ganze Zeit angelacht hatte, und verzehrte es mit Genuss. Dann zog er sein Handy aus der Tasche. »Ich möchte Ihnen gern etwas zeigen. Moment, bitte.« Er klickte die Fotos durch, bis er das von dem Gartenrestaurant gefunden hatte, und hielt ihr das Handy hin. »Frau Amberg, sind Sie das, da im Hintergrund?«

Ein Lächeln huschte über ihr Gesicht. »Ja. Das bin ich. Das war im Klostergasthof Heiligenkreuz. Wir haben damals grad den Kronprinz-Rudolph-Film in Mayerling gedreht. Der Wolfgang war zu der Zeit mit der Gräfin zusammen. Die war total verrückt nach ihm. Er wollte mir ihr dorthin und hat mich an dem Abend gefragt, ob ich auch mitkommen möchte, es wär so schön in dem Klostergarten. Ich hab zugesagt, bin aber wohlweislich mit dem eigenen Auto gefahren. Und – recht hab ich g'habt: Kaum waren wir da, hat mich die gute Clarissa so angegiftet, dass es mir zu blöd geworden ist und ich mich lieber an einen anderen Tisch gesetzt habe. Um des lieben Friedens willen. Aber von Frieden konnte keine Rede sein.«

Materna horchte auf. »Nein?«

Sarah Amberg trank ihren Mokka aus und stellte die Tasse zurück auf den Unterteller. »Nein. Eine Frau ist aufgetaucht. Die ist zum Wolfgang hin und hat auf ihn eingeredet. Ich hab natürlich nichts hören können, weil ich zu weit weg gesessen bin. Aber sie hat wild gestikuliert. Und auf einmal ist der Wolfgang laut geworden.«

»Haben Sie verstanden, was er gesagt hat?«

Sie nickte. »Ja. Es war nicht zu überhören. *Es ist vorbei, Pimmi!*, hat er geschrien. *Geh! Geh einfach!*«

Materna saß mittlerweile auf der Sofakante, den Oberkörper in Richtung der Schauspielerin geneigt. »Frau Amberg, wissen Sie, wer diese Pimmi ist?«

»Nein, ich kenne sie nicht.«

»Können Sie sie beschreiben?«

»O je ... das ist vier Jahre her, und ich war, wie gesagt, ein gutes Stück weg. Soweit ich mich erinnern kann, war sie eher klein. Sie hatte kurz geschnittene dunkle Haare und ein rundes Gesicht. Ja ... eigentlich gar nicht sein Typ.«

»Und ihr Alter?«

»Schwer zu sagen aus der Entfernung. Also, ganz jung war sie nicht mehr. Mitte, Ende Fünfzig vielleicht.«

Materna stand auf. »Vielen Dank, Frau Amberg. Sie haben mir sehr geholfen. Ich lasse Ihnen auf alle Fälle meine Karte da und verabschiede mich für heute.«

»Auf Wiedersehen, Herr Materna. Es hat mich gefreut, Sie kennenzulernen.«

»Ganz meinerseits.« Er deutete eine Verbeugung an.

Sie begleitete ihn zur Tür und gab ihm noch einmal die Hand zum Abschied.

Materna hatte in der Mönchsberggarage geparkt. Noch auf dem Weg dorthin rief er Leonie Thoma an. Er erreichte sie auf Anhieb. »Leonie, ich habe eine wichtige Frage.«

»Ja?«

»Sagt Ihnen der Name *Pimmi* irgendetwas?«

Zwei, drei Sekunden lang war es still. »O mein Gott«, stöhnte Leonie Thoma. »Ich glaube, ja!«

12.20 Uhr

In der Mönchsberggarage gab es kein Netz. Kaum war der Audi aus dem Inneren des Berges ins Freie gerollt, aktivierte Materna die Freisprechanlage. »Hallo, Conni, was machst du grade?«

»Alibis überprüfen. Wie befohlen, großer Boss.«

»Mit dem Lukas?«

»Hm. Wir wollen grad was essen gehen.«

»Gut. Lass den Lukas was essen gehen, wenn er will, aber du musst mir bittschön noch was erledigen – jetzt gleich. Fahr zur Villa Blumenthal. Ich hab grad mit der Frau Thoma telefoniert. Die sagt, du hast noch einen Schlüssel.«

»Stimmt. In dem Wirbel gestern hab ich glatt vergessen, ihr den zurückzubringen.«

»Kannst du später machen. Jetzt fährst du erst einmal zur Villa raus und schaust im Arbeitszimmer vom Herrn Jarisch nach dem Drehbuch, das dort auf dem Schreibtisch liegt.«

»Drehbuch. Okay ...«

»Ja, genau. Irgendwo in dem Drehbuch steckt ein Foto mit einer Frau drauf. Auf der Rückseite steht *Pimmi, Rust am Neusiedlersee 1977.* Das Foto nimmst du mit. Ruf mich an, wenn du es hast.«

»Mach ich. Wo bist du, Paul?«

»Auf dem Weg nach Ischl.«

»Gut.«

»Bis später, Conni.«

Materna war gerade auf der Höhe des Salzburgrings, als Mike anrief. Er teilte ihm mit, dass er gleich ein Foto samt Textfragmenten schicken würde, das von Tanja Molls Laptop stammte. »Es kommt noch mehr, Paul. Dauert halt einen Moment. Die Gute hat alles einzeln und ganz schön raffiniert gesichert. Aber wir sind dran. Bis später also.«

»Dank dir, Mike. Servus!«

Materna hielt nach einer Stelle Ausschau, wo er stehen bleiben konnte. Auf der kurvenreichen steilen Strecke, auf der er sich gerade befand, war das nicht überall möglich. Wenige Kilometer weiter konnte er jedoch gut halten. Er fuhr das Auto an den Straßenrand, griff nach seinem Handy und öffnete die Datei.

»Das gibt's doch nicht!«, entfuhr es ihm beim Anblick der Aufnahme. Sie zeigte Katharina Greding vor der psychiatrischen Praxis von Dr. Horvath. Das Praxisschild war deutlich zu lesen. Die Augen der Schauspielerin waren weit aufgerissen. Sie wirkte, als wäre ihr gerade ein Gespenst erschienen.

Materna rief im Hotel Royal an und ließ sich mit der Sekretärin von Reich verbinden. Zum Glück war sie im Büro und ging gleich ans Telefon.

»Frau Winkler, Chefinspektor Materna hier. Können Sie mir bitte sagen, ob und wie lange die Frau Katharina Greding heute dreht?«

»Moment, Herr Materna. Ja – die Frau Greding ist heute bis am Abend am Set. Vor 18.00 Uhr dürfte sie nicht fertig sein.«

Materna bedankte sich, legte das Handy zur Seite und startete den Motor. Mit Katharina Greding während der Dreharbeiten zu reden hatte keinen Sinn. Also erst einmal nach Gmunden zu diesem Psychiater.

Bei Thalgau fuhr er auf die Autobahn. Gerade als er Conni anrufen wollte, um ihn von der Planänderung in Kenntnis zu setzen, meldete der sich selber.

»Hallo, Paul. Also, ich bin in dem Arbeitszimmer. Ich hab das Drehbuch durchgeschaut. Da ist kein Foto!«

»Sicher nicht?«

»Ich hab alles durchgesucht, auch den Schreibtisch und sogar das ganze Zimmer, obwohl das unsere Leute eh schon gemacht haben. Nix.«

»Mist«, schimpfte Materna. »Danke, Conni. Dann macht's mit den Alibis weiter, der Lukas und du. Die Katharina Greding befragt ihr aber nicht, das mach ich später. Es ist nämlich so ...« Er berichtete von Mikes Entdeckung. »Die Moll muss rausgekriegt haben, dass die Katharina Greding bei diesem Dr. Horvath in Behandlung ist. Und sie wollte natürlich eine Story für ihr Käseblatt daraus machen«, endete er.

»Ja da schau her«, sagte Conni.

Besser konnte man es nicht ausdrücken, fand Materna. »Der Text ist das übliche Boulevard-Geschreibsel von gebrochenem Herzen, unüberwindlichem Kummer und Scheinfragen wie *Findet sie Trost bei ihrem Seelenarzt?*«

»No Mahlzeit. Meinst, dass die Greding versucht hat, die Moll davon abzuhalten, dass sie die Geschichte veröffentlicht, Paul?«

»Das werd ich noch überprüfen. Eigentlich glaub ich eher, dass sie jemanden dafür angeheuert hat, mit der Moll zu verhandeln oder auch, ihr zu drohen. Dabei könnte es zum Streit gekommen sein, der dann für die Moll mit der schweren Verletzung geendet hat.«

»Dann sind wir doch immerhin mit der Moll-Geschichte ein Stück weiter.«

»Ja, schaut ganz so aus. Ich fahr jetzt erst einmal nach Gmunden zu diesem Psychiater. Servus, Conni.«

13.20 Uhr

Zwanzig nach eins erreichte Materna die Praxis von Dr. Horvath in Gmunden. Er parkte um die Ecke am Straßenrand, stieg aus und ging auf das Haus zu. Wie bei seinem ersten Besuch betätigte er beide Klingeln. Keine Reaktion. Das Vorgartentor war versperrt. Sein Blick fiel auf die Tafel mit den Ordinationszeiten. *Mo – Fr: 9.00 bis 13.00 Uhr*, las er. Verdammt – zwanzig Minuten zu spät!

Materna griff zum Handy und rief in der Praxis an. Dort lief ein Anrufbeantworter, wie er es schon erwartet hatte. Nach einer privaten Nummer suchte er im Internet-Telefonbuch vergeblich. Verflixt, warum hatte er sich die von Mona Horvath nicht geben lassen! Er rief Tina im Büro an.

»Hallo Paul«, meldete sie sich.

»Tina, besorg mir bitte die privaten Telefonnummern von einem Dr. Rainer Horvath und einer Mona Horvath in Gmunden. Ach ja, und alles, was du über die beiden rausfindest, ja?«

»Mach ich. Brauchst die Nummern jetzt gleich?«

Materna überlegte einen Moment. Da die beiden anscheinend außer Haus waren, schien es ihm ohnehin keine gute Idee, sie jetzt anzurufen. Lieber kam er später oder morgen wieder – unangekündigt. »Nein danke, Tina. Sofort muss es nicht sein. Servus, bis dann.«

Obwohl er wusste, dass das keinen Sinn hatte, drückte er noch einmal die Türklinke des Gartentors herunter. Es war und blieb versperrt. Heftig durch die Nase ausschnaufend, drehte er sich um, um unverrichteter Dinge den Rückweg anzutreten. Es war zum Verrücktwerden: Einerseits überschlugen sich die Ereignisse nur so an diesem Tag. Er war auf unerwartete interessante Spuren gestoßen, auf *Pimmi*, die möglicherweise eine wichtige Figur in diesem Fall war, sonst hätte der Eindringling ihr Foto nicht mitgenommen; dann auch noch auf die Verbindung zwischen Katharina

Greding, der Praxis Horvath und Tanja Moll. Die neuen Hinweise stellten sich in einem fast atemberaubenden Tempo ein. Auf der anderen Seite fühlte sich Materna wie in einem dieser Träume, in denen man rennen möchte und einfach nicht vom Fleck kommt.

Er bog um die Ecke, wo sein Auto parkte, und erstarrte. Einen Sekundenbruchteil meinte er, er halluziniere, aber fast gleichzeitig fuhr ihm der Schrecken durch den Körper wie eine hochschießende Flamme. Hinter seinem Audi hielt ein wohlbekannter blauer Golf. Aus ihm stieg Josi.

13.40 Uhr

Josi liefen die Tränen über die Wangen. Sie fuhr die Salzkammergut Bundesstraße entlang Richtung Ischl. Der Dackel hockte auf dem Rücksitz und fiepste leise vor sich hin. Er spürte es immer, wenn mit seinem Frauerl etwas nicht in Ordnung war.

Sie wandte sich kurz zu ihm um. »Alles ist gut, Poldi«, sagte sie. Dabei wusste sie genau, dass gar nichts gut war.

Sie kramte in der Ablage nach einem Papiertaschentuch – und trat in der nächsten Sekunde die Bremse voll durch. Ihr Herz setzte einen Schlag aus. Beinahe hätte sie einen Fußgänger übersehen, der gerade die Straße überqueren wollte. Sie musste sich unbedingt konzentrieren! Den Blick fest auf die Straße gerichtet, die linke Hand am Lenkrad und das Taschentuch in der rechten, wischte sie sich die Tränen aus dem Gesicht.

Jetzt, wo sie wieder einigermaßen denken konnte, war ihr vollkommen klar, dass Pauls Ausbruch nur allzu verständlich gewesen war. Wieder einmal war sie mitten in seine Mordermittlungen hineingeraten, auch wenn sie das gar nicht beabsichtigt hatte. Natürlich – er hätte nicht gleich losschreien sollen. Sie ertrug es einfach nicht, wenn jemand mit ihr schrie. Und wenn dieser Jemand Paul war, ertrug sie es erst recht nicht. Allerdings hätte sie aber auch nicht einfach ins Auto springen und davonfahren sollen. Und Paul war doch nur aus Sorge um sie so ausgeflippt. Schließlich war es noch nicht einmal ein Jahr her, dass sie angeschossen im Krankenhaus gelegen war.

Was hatte sie sich überhaupt von dieser blödsinnigen Unternehmung versprochen? Diesem Psychiater Depressionen vorzugaukeln! Um eine Probestunde bitten! Was für ein Schwachsinn. Hatte sie sich wirklich eingebildet, sie könnte auf diesem Weg etwas über den Arzt herausbekommen? Wozu wollte sie überhaupt etwas über diesen Dr. Horvath herausfinden? Deutete nicht alles in eine ganz andere Richtung? Versuchte sie etwa einfach zu verdrängen, dass sie Valentina höchstwahrscheinlich nicht würde helfen können?

Josi konnte die Fragen, die ihr durch den Kopf schossen, nicht beantworten, zumindest nicht in diesem Moment. Sie atmete zwei-, dreimal kräftig durch, griff nach einem weiteren Taschentuch und wischte eine letzte Träne von der Wange; dann warf sie einen Blick in den Rückspiegel. Der Hund hatte sich beruhigt. Er saß auf der Rückbank und schaute sie an. Sie seufzte. »Ach Poldi. Was soll ich nur tun?«

Das wusste der Dackel offenbar auch nicht. Er legte nur den Kopf ein wenig schief und zog leicht die Ohren hoch.

Josi seufzte noch einmal. Sie würde endlich mit Paul reden müssen – natürlich musste sie das! Sie kam sich ihm gegenüber ohnehin schon vor wie eine Verräterin. Dass sie nun das Bild von Jarisch mit der noch kleinen Katharina auf dem Schoß gesehen hatte, machte alles noch brisanter. Und schwieriger. Jetzt musste sie Paul sagen, was sie vermutete. Und Valentina gegenüber würde sie sich fühlen wie eine ganz miese Denunziantin. Wie sollte sie es nur über sich bringen, der jungen Schauspielerin, die ihr vertraute, klarzumachen, dass sie im Begriff war, ihre Mutter ans Messer zu liefern?

13.45 Uhr

Materna stand immer noch neben seinem Auto, starrte vor sich hin und kickte kleine Steinchen weg. Was war er nur für ein Idiot! Am liebsten hätte er sich geohrfeigt. Jetzt hatte er auch noch Josi angeschrien. Natürlich war er wahnsinnig erschrocken, als sie hier vor dieser psychiatrischen Praxis auftauchte. Schreckliche Bilder waren in ihm hochgekommen. Josi an einem Abhang hängend. Josi angeschossen im Krankenhaus – alles Folgen ihrer eigenmächtigen Ermittlungen.

Trotzdem – er hätte sie doch erst einmal fragen können, was sie überhaupt von dem Psychiater wollte, ihr notfalls wieder einmal ins Gewissen reden ... aber nein – er hatte herumbrüllen müssen wie der letzte Trottel. Und jetzt war sie fort. Mit allen zehn Fingern fuhr er sich durch die Haare. Irgendwann zwischendurch an diesem verrückten Tag musste er es schaffen, bei ihr vorbeizufahren. Er musste sich entschuldigen und alles mit ihr klären. Da sich bei Horvaths sowieso nichts rührte, würde er jetzt nach Ischl zurückfahren und dann ...

Das Handy riss ihn aus seinen Gedanken. *Mike ruft an*, entnahm er dem Display. »Mike? Hallo?« Er hoffte, dass man seiner Stimme nicht anhörte, wie es ihm ging.

»Hallo, Paul. Du, ich schick dir noch einen Artikel, den die Moll in Arbeit gehabt hat. Ich glaub, den wirst du ziemlich interessant finden.«

»Super. Dank dir, Mike.«

Materna schloss den Audi auf und ließ sich auf den Fahrersitz fallen. Gleich darauf war das Dokument da. Die Schlagzeile machte ihrem Namen alle Ehre – sie sprang ihm sofort ins Auge: *Die dunkle Vergangenheit der Geliebten. Wer ist Leonie Thoma wirklich? Ihr Ex lüftet das Geheimnis.*

Es gab ein kleines Foto von Leonies geschiedenem Mann und ein größeres von Leonie mit wehenden Haaren und angstvoll aufgerissenen Augen. Es stammte vom Tatort am Jagdstandbild. *Won.* stand darunter. Dieser Wondraschek musste sie mit seinem Teleobjektiv schon erwischt haben, bevor sie in den abgesperrten Bereich eingedrungen war. Zwei Bilder mit dem Kürzel TaMo darunter zeigten einen Dorfplatz und eine Kirche mit Friedhof drumherum. Beide sagten Materna nichts. Er überflog den Artikel. »Na so was«, murmelte er.

Er drückte das Dokument weg und wählte Leonies Nummer. Sie ging sofort ans Telefon. Er verzichtete auf alle Höflichkeitsfloskeln und Erklärungen. »Leonie, sind Sie in Ihrer Pension in St. Wolfgang?«

»Ja.«

»Ich habe etwas mit Ihnen zu besprechen. Ich bin noch in Gmunden. Ich kann in ungefähr einer Stunde bei Ihnen sein. Bitte warten Sie in der Pension auf mich. Es ist wichtig.«

»Ja, gut«, antwortete sie. Es klang verunsichert.

»Schön. Bis nachher also.« Bewusst hatte er das Gespräch kurz gehalten, keinen Ton gesagt, worum es ging. Auch wenn es sehr unwahrscheinlich war, dass sie den Auftrag gegeben hatte, Tanja Moll von der Veröffentlichung des Artikels über ihre Vergangenheit abzuhalten – ein Motiv hatte sie allemal. Er musste ihre Reaktion sehen, wenn er sie damit konfrontierte.

Dunkel erinnerte er sich daran, dass Tina gesagt hatte, Leonies geschiedener Mann arbeite in einem Geschäft für Alpinbedarf und Outdoor-Mode in Graz. Materna griff zum Handy, öffnete Google und gab die beiden Begriffe in die Suchleiste ein. Zumindest auf den ersten Blick fand er nur einen Laden, der infrage zu kommen schien. Er wählte die Nummer.

Eine weibliche Stimme meldete sich. »*Berglust*, Ihr Spezialist für Alpinbedarf und Outdoor-Mode. Guten Tag. Was kann ich für Sie tun?«

»Materna, guten Tag. Ich möchte den Herrn Thoma sprechen, bitte«, sagte er aufs Geratewohl.

»Der Herr Thoma ist nicht da.«

Na prima, dachte Materna. Immerhin war er an der richtigen Adresse. »Hören Sie, es ist dringend. Wo kann ich ihn denn erreichen?«

»Der ist auf Urlaub. Zum Klettern. Kann ich Ihnen helfen?«

»Ich muss schon persönlich mit ihm reden. Ich bin von der Kriminalpolizei und brauche dringend eine Aussage von ihm.«

»Jessas!«, rief die Frau.

»Also – wo finde ich den Herrn Thoma?«

»Es tut mir leid. Er hat uns nicht gesagt, wo er hinfahrt, nur, dass er klettern geht.«

»Haben Sie seine Handynummer?«

»Nein. Aber ich könnte ja den Chef fragen.«

»Dann tun Sie das, bitte.« Materna ertappte sich dabei, dass er mit den Fingern der linken Hand auf das Lenkrad trommelte. Er atmete ein paarmal tief durch. Dann schaltete er die Zündung an, sodass die Freisprechanlage ansprang.

»Hallo?«, meldete sich die Berglust-Dame. »Haben S' was zum Schreiben?«

Materna bejahte. Er notierte die Nummer, bedankte sich bei der Frau für die Auskunft und beendete das Gespräch, um sofort Andreas Thoma anzurufen. Es gab keine Verbindung.

14.00 Uhr

Am liebsten hätte Ronacher dunkelrote Rosen genommen. Aber erstens gab es in Ischl keine Blumenhandlung, in der man ihn nicht persönlich kannte, und die jeweilige Blumenfrau musste ja nicht wissen, dass er verliebt war wie ein Tanzstundenjüngling. Zweitens wollte er Clarissa auch nicht in Verlegenheit bringen. Die langstielige rot-weiße Sorte schien ihm genau das Richtige zu sein – ungewöhnlich, edel, elegant. So wie sie. Und natürlich hatte er sich nicht lumpen lassen und gleich 30 Stück erstanden.

Mit dem Riesenstrauß in der Hand näherte er sich dem *Zauner Esplanade*. Sein Herz klopfte so laut, dass er befürchtete, irgendwelche Passanten könnten es hören.

Der Zaunergarten war wie meistens gut besetzt, aber er hatte Glück. Gerade brach ein Pärchen auf, sodass er einen Tisch am Wasser ergattern konnte. Sehr gut. Das war genau das Richtige an einem so strahlenden Tag. Warum meckerten die Leute nur dauernd, es sei viel zu trocken? Ihm war das sonnige Wetter willkommen. Es entsprach genau seiner Stimmung.

Er legte die Rosen neben sich und setzte sich. Ein aufmerksamer Kellner hatte ihn schon bemerkt. Ronacher machte eine abwehrende Handbewegung.

»Ah ja, Sie warten noch.« Der Kellner nickte verständnisvoll und zog sich zurück, um andere Gäste zu bedienen.

Ronacher strich den lästigen Haarschopf zur Seite, der ihm schon wieder über das linke Auge fiel. Dann schaute auf die Uhr. Es war Punkt zwei Uhr, und sie waren um zwei verabredet. Natürlich würde sie ein wenig später kommen. Schließlich hatte sie Stil. Was aber, wenn sie gar nicht kam? Nein, so etwas durfte er gar nicht denken!

Um zehn nach zwei hatte er bereits viermal auf die Armbanduhr gesehen und zudem bemerkt, dass der Ober ihn mit einem Seitenblick streifte. Das fehlte noch, dass der sich über ihn amüsierte! Er winkte ihn herbei. »Bringen S' mir einen Espresso, bittschön.«

»Sehr gern.« Mit freundlich-unbewegter Miene nahm der Ober die Bestellung auf und verschwand in dem pavillonartigen Gebäude des Grand Café Esplanade.

Es war Viertel nach zwei. Der Espresso kam. Clarissa kam nicht. In seiner Verzweiflung stürzte Ronacher das Getränk hinunter, ohne darauf zu achten, dass es noch verdammt heiß war. Na bravo – jetzt hatte er sich auch noch die Zunge verbrannt! Er wedelte mit der Hand vor dem leicht geöffneten Mund herum, was auch nicht half. Dann starrte er wieder wie hypnotisiert in die Richtung, aus der sie kommen musste.

Auf einmal war sie da. In einem seidenen weißen Hosenanzug, der ihre schlanke Gestalt besonders gut zur Geltung brachte, schwebte sie auf ihn zu.

Er erhob sich sofort von seinem Sessel, griff nach den Blumen und nestelte das Papier ab. Wenn er gekonnt hätte, wie er wollte, hätte er sie an sich gerissen und sie leidenschaftlich geküsst. »Clarissa«, sagte er stattdessen nur mit rauer Stimme und übergab ihr die Blumen.

Er rückte ihr einen Sessel zurecht. Nachdem sie Platz genommen hatte, setzte auch er sich wieder hin und schaute sie an. Er konnte einfach nichts anderes tun, als sie anzuschauen.

»Wollen wir etwas bestellen?«

Ihre Frage weckte ihn aus seinem tranceähnlichen Zustand.

Bevor er antworten konnte, winkte sie dem Ober, orderte zwei Gläser Champagner und verlangte die Speisekarte.

»Sehr gern. Kommt sofort.« Der Ober deutete eine Verbeugung an. »Eine Vase, gnä' Frau?«

»Das wäre sehr freundlich.« Sie lächelte dem Mann kurz zu. »Du hast doch hoffentlich auch Hunger?«, wandte sie sich an Ronacher, als sie wieder allein waren.

Er nickte. Die wirren Gefühle, die in ihm tobten, raubten ihm immer noch die Sprache.

Der Champagner kam, und eine junge Serviererin brachte gleich darauf eine Vase und die Speisekarten.

Ronacher riss sich zusammen. Energisch schob er einmal mehr den Haarschopf aus dem Gesicht. Dann hob er sein Glas. »Auf dein Wohl, liebste Clarissa.«

»Auf uns«, sagte sie genau wie letzten Abend.

Die Erinnerung an den gestrigen Abend und an das, was danach gekommen war, brachten ihn erneut aus der Fassung. Er befürchtete, sie würde ihm den ziemlich wüsten Zustand ansehen, in dem er sich befand. Und nicht nur sie. Womöglich konnte es jeder sehen ...

»Prosit!« Sie lächelte und trank.

Einmal durchatmen. Trinken. Er konzentrierte sich auf das Prickeln des Getränks auf der immer noch etwas lädierten Zunge, ehe er es die Kehle hinunterlaufen ließ. Es tat gut.

Clarissa hatte zur Speisekarte gegriffen. »Also, ich nehm den Backhendlsalat mit Kernöl«, sagte sie nach wenigen Augenblicken und strahlte ihn an.

»Ah so. Ja. Ich auch.« Er hatte nicht einmal in die Karte geschaut.

Als der Ober erneut an den Tisch kam, gelang es Ronacher endlich, sich auf seine gute Erziehung zu besinnen. »Zweimal den Backhendlsalat, bitte«, bestellte er und lächelte Clarissa zu. »Eine gute Wahl bei diesem Wetter«, setzte er hinzu, als der Ober gegangen war.

»Sag, Eugen, gibt es etwas Neues von dem Mordfall?«, wollte sie wissen.

»No ja, diese aufdringliche Journalistin ist fast erschlagen worden. Aber das wirst ja schon wissen.«

»Freilich. Das ist Gesprächsthema Nummer eins am Set. Und sonst? Hast du mit dem Materna gesprochen?«

Er zuckte leicht zusammen. An Materna wollte er lieber nicht denken. »Ja, gestern«, sagte er so ruhig wie möglich. »Aber das hab ich dir ja schon erzählt. Mach dir keine Sorgen. Wie g'sagt – er hat Verständnis dafür, dass du nicht sofort die Wahr... also ... ich meine ... ja, also, dass du ein bisserl durcheinander warst.«

»Ein bisserl durcheinander ... so?« Sie hob die rechte Braue.

Sein Magen zog sich zusammen. War das Zorn, was da in ihren Augen aufblitzte? Er hatte sich blöd ausgedrückt. Sie war verärgert! Aber er hatte ihr doch nur helfen wollen. »Clarissa, verzeih bitte, aber irgendetwas hab ich doch sagen müssen.«

»Natürlich. Du hast recht. Ich danke dir, Eugen.« Sie griff über den Tisch nach seiner Hand und drückte sie.

Erleichtert atmete er auf, während ein wohliger Schauer durch seinen Körper kroch. »Wie läuft es bei den Dreharbeiten?«, versuchte er, vom Thema Materna abzulenken.

»Frage nicht.« Sie seufzte tief. »Die Stimmung ist grauenvoll, die Komparsen kapieren nichts, alle sind gereizt ... Die dicke Luft haben wir garantiert nur der Sissi-Darstellerin zu verdanken, dieser Greding. Die dreht ja total durch.«

Der Kellner brachte den Backhendlsalat und wünschte guten Appetit.

Oben auf der Straße fuhr ein Fiaker vorbei. Clarissa drehte den Kopf und sah ihm nach.

»Ich muss dir noch etwas sagen, Eugen.« Sie griff zum Besteck, legte es aber gleich wieder hin. Ernst, fast traurig schaute sie ihn über ihren Teller hinweg an.

Noch etwas ... Oh Gott! Ronacher rutschte die Serviette vom Schoß. Er bückte sich, um sie aufzuheben. Er spürte, wie er innerlich zitterte. Er hatte nicht gewusst, dass man innerlich zittern konnte. Aber genau das war es, was gerade passierte: Seine Eingeweide zitterten. Alle. Lieber Himmel – was würde sie ihm sagen? Dass es da jemanden gab in ihrem

Leben? Dass die letzte Nacht schön gewesen sei, dass es aber bei dieser einen bleiben müsse? Sie durfte ihn nicht verlassen! Alles, nur das nicht!

Mit der Serviette in der Hand richtete er sich wieder auf. Entschlossen warf er den Kopf in den Nacken, sodass die lästige Haarsträhne nach hinten fiel. Dann schaute er ihr gerade ins Gesicht, das sich leicht gerötet hatte.

»Ich werde sexuell belästigt.« Sie senkte den Kopf.

»Um Himmels willen, Clarissa!« Wie ein Schlag in die Magengrube hatte ihn dieser Satz getroffen. »Von wem? Ist es ein Schauspieler? Der Regisseur?«

»Nein«, sagte sie leise. Tränen glänzten in ihren Augen. »Der Kutscher.«

14.20 Uhr

»Sie werden erpresst, Frau Thoma«, sagte Materna der jungen Frau auf den Kopf zu, als er ihr eine knappe Stunde nach seinem vergeblichen Besuch bei Horvath in dem kleinen Pensionszimmer gegenübersaß. »Oder Sie sind erpresst worden. Richtig?«

Sie starrte ihn an, den Mund leicht geöffnet, und schwieg.

»Frau Thoma – Leonie!«

Ein fast unmerkliches Nicken war die einzige Reaktion.

»Von Ihrem Ex-Mann, auch richtig?«

»Hm.«

»Der war auch der Steinderlschmeißer in der Nacht von Samstag auf Sonntag. Und Sie haben das gewusst.«

»Hm.«

»Also ja. Und er hat Ihnen den Rosenkranz dagelassen, den der Herr Laubenbacher vor dem Haus gefunden hat?«

Keine Antwort. Sie hockte auf dem Fernsehsessel in dem kleinen Pensionszimmer und starrte ins Leere.

Materna hatte sich den Schreibtischsessel herangezogen. Mehr Sitzgelegenheiten gab es in dem Zimmer nicht.

Er war sich nicht sicher, ob seine Worte sie überhaupt erreichten. Er beugte sich leicht in ihre Richtung. »Leonie, bitte hören Sie mir genau zu. Ihr geschiedener Mann hat der Moll Ihre Geschichte erzählt. Sie hat an einem Artikel über Sie geschrieben.«

»O Gott!« Sie schluchzte auf und verbarg ihr Gesicht in den Händen.

»Sie brauchen sich keine Sorgen zu machen. Der Artikel wird nicht veröffentlicht, weil die Moll ...« Heftiges Schluchzen unterbrach ihn. »Also, Frau Thoma – Leonie – Sie werden ja vielleicht gehört haben, dass die Frau Moll überfallen worden ist und im Krankenhaus liegt.«

»So?«, sagte sie teilnahmslos. »Warum denn?«

Für eine so gute Schauspielerin hielt er sie nicht, dass sie ihm zuerst die Überraschung und dann die Gleichgültigkeit der Journalistin gegenüber hätte vorspielen können. Er war sich ziemlich sicher, dass sie mit dem Überfall auf Tanja Moll nichts zu tun hatte. Aber sie hatte die Moll verabscheut. Das musste er im Auge behalten.

»Warum wissen wir noch nicht genau. Sie auch nicht?« Er reichte ihr ein Taschentuch.

»Ich?« Leonie sah ihn an, als hätte sie die Frage gar nicht verstanden. Dann wischte sie über ihr verweintes Gesicht. Sie kauerte jetzt mit angezogenen Beinen im Fernsehsessel und wirkte wie ein kleines Tier, das versucht, sich in einer Höhle zu verstecken.

»Erzählen Sie, Leonie«, sagte er ruhig, schaute sie aufmerksam an und wartete. Er wusste, dass er ihr Zeit geben musste. Sie würde schon reden. Er wollte die Geschichte, die er aus dem Artikel kannte, aus ihrem Mund hören.

»Sie wissen ja nicht, wie schlimm es ist, ein Priesterkind zu sein«, brach es plötzlich aus ihr heraus. »Und das auch noch auf dem Dorf.«

»Natürlich nicht, Leonie. Ich hab es ja nicht erlebt. Aber ich kann es mir gut vorstellen.«

»Und alle haben es gewusst, nur ich ...« Sie begann wieder zu weinen.

»Sie haben es nicht gewusst?«

Sie zuckte die Achseln. »Ich hab es erst durch das Gerede der Leute erfahren und durch den Spott von anderen Kindern.«

»Sie hatten keinen Kontakt zu Ihrem Vater? Er hat sich nicht zu Ihnen bekannt?«

»Meine Mutter hat eine Schweigevereinbarung unterzeichnet. Das war die Voraussetzung dafür, dass sie von der Kirche Unterhalt für mich bekommen hat. Damit hat sie sich verpflichtet, weder den Namen meines Vaters zu nennen noch über diese Vereinbarung zu sprechen.« Sie lachte ein kurzes hartes Lachen. »Es hat ja auch niemand darüber gesprochen. Aber Andeutungen und Bemerkungen haben die Leute gemacht. Und die anderen Kinder in der Schule haben mich ausgelacht und neben mir getuschelt. Ich hab gedacht, wenn ich aus der Dorfschule raus bin und erst in Fürstenfeld ins Gymnasium gehe, wird es besser. Aber es ist noch schlimmer geworden. Es hat sich blitzartig in der Schule herumgesprochen, und die anderen haben mir Kruzifixe und Rosenkränze und lauter solche Sachen in die Schultasche gesteckt. *Pfaffenbankert* haben sie mich genannt und meine Mutter *Schweinepriesterhure.* Oder *Pfaffenbitch.*«

»Was hat Ihnen Ihre Mutter über Ihren Vater erzählt?«

»Solange ich klein war, hat sie behauptet, mein Vater wär gestorben. Erst so mit vierzehn hab ich mich getraut, sie zur Rede zu stellen. Sie hat mir dann das mit dieser Vereinbarung gestanden, und ich hab mich ganz bös mit ihr zerstritten. Ich wollte nur noch weg. Gleich nach der Matura bin ich zum Studium nach München gegangen.«

»Sie haben keinen Kontakt zu Ihrer Mutter?«

»Sie ist an Krebs gestorben, kurz nachdem ich zum Studieren nach München gegangen bin.« Leonie wischte sich die letzten Tränen aus dem Gesicht. »Ist er schlimm, der Artikel?«, fragte sie plötzlich.

»Er ist so, wie solche Artikel in der Boulevardpresse eben sind. Ich würde Ihnen raten, gleich den Dr. Lechner anzurufen. Der kann eine einstweilige Verfügung veranlassen, sodass Sie sicher sein können, dass dieses Machwerk nie erscheinen wird.«

»Danke, Herr Materna, das mach ich.« Die Andeutung eines Lächelns huschte über ihr Gesicht. Dann knüllte sie ihr Taschentuch zusammen und warf es in den Papierkorb unter dem Tisch.

»Sie sind also nach München gegangen«, kam Materna auf Leonies Geschichte zurück. »Was ist dann passiert?«

»Ich hab Literaturwissenschaften studiert. Nach ein paar Semestern ist einer meiner Professoren gestorben, den ich sehr gemocht habe. Das heißt, er und seine Frau, auch Literaturwissenschaftlerin, sind bei einem Autounfall ums Leben gekommen. Er hat Schneider geheißen, genau wie ich. Ich weiß nicht, wie ich auf die Idee gekommen bin, so zu tun, als wäre ich die Tochter vom verstorbenen Professor Schneider. Vielleicht, weil ich mir immer wieder vorgestellt habe, wie es wäre, so einen Vater, solche Eltern zu haben ...« Sie verstummte, bewegte den Kopf wie in einer vorsichtigen Verneinung hin und her.

»Und dann?«

Leonies Blick glitt zum Fenster. Von diesem Zimmer der kleinen St. Wolfganger Pension aus konnte man auf den See schauen. Ein paar Segelboote schaukelten auf den sanften Wellen, ein Dampfer zog seine Bahn durchs Wasser.

Sie atmete tief durch, ehe sie sich wieder Materna zuwandte. »Zuerst war es nur ein Gedankenspiel. Aber dann hab ich auch anderen diese Geschichte erzählt. Nicht meinen Kommilitonen natürlich, aber Leuten, die ich kennengelernt habe. Und sie haben mir geglaubt. Niemand hat das hinterfragt. Ich hab mir so allmählich eine neue Identität zurechtgelegt. Und die ist immer mehr zu meiner geworden.«

»Sie sind dann nach Graz gegangen, nicht wahr?«

»Ja. Ich hab mich an der Münchner Uni nicht mehr wohlgefühlt. Natürlich konnte ich dort nicht als Tochter von Professor Schneider auftreten. Und ich hätte in München jederzeit auf jemanden treffen können, der die Schneiders persönlich gekannt hat. Ich weiß, es klingt verrückt, aber ich wollte um jeden Preis mein neues Ich behalten und beschützen. Ich bin also wieder zurück in die Steiermark gezogen. Verwandte hatte ich nicht, und in Graz hat mich schließlich auch niemand gekannt. Ich hab dort fertig studiert und bin als Assistentin an der Uni geblieben.«

»Also sind Sie österreichische Staatsbürgerin. Als Tochter deutscher Hochschullehrer hätten Sie doch Deutsche sein müssen, oder nicht?«

»In der Uni und bei Behörden, wo ich meine Papiere gebraucht habe, hat sich niemand für meine Herkunft interessiert. Kommilitonen und Bekannten gegenüber hab ich einfach behauptet, meine Eltern seien Österreicher gewesen, die in München gearbeitet hätten.«

»Und den Andreas Thoma haben Sie in Graz kennengelernt?«

»Ich hab ihn dort wiedergetroffen, zufällig, gleich am ersten Tag. Gekannt hab ich ihn schon von Kind an. Er ist mit mir in die Schule gegangen. Natürlich hat er damals auch zu den Spöttern gehört. Aber wie ich ihm wiederbegegnet bin, war er so nett und hilfsbereit. Ich hab ja auch niemanden in Graz gekannt außer ihm. Er hat gesagt, dass es ihm wahnsinnig leidtut, wie er und die Mitschüler damals mit mir umgegangen sind.« Sie senkte den Kopf. »Ich hab das Gefühl gehabt, er versteht mich. Da hab ich mich ihm anvertraut.«

Materna schaute sie nachdenklich an. »Sie haben ihm vertraut und ihn sogar geheiratet.«

Leonie hob den Kopf. »Ja. Aber es hat überhaupt nicht gepasst. Wir haben uns schon nach ein paar Monaten wieder getrennt und sind ein Jahr später geschieden worden.«

»Sind sie im Streit auseinandergegangen?«

»Nicht wirklich in Frieden, aber auch nicht im Streit. Schwierig ist es erst geworden, wie ich den Wolfgang kennengelernt und mit der Arbeit an der Biografie angefangen habe. Wie der Andi das herausbekommen hat, weiß ich nicht. Jedenfalls hat er mich angerufen. Ich hab immer noch dieselbe Handynummer gehabt wie damals, als wir noch zusammen waren. Er hat aber immer mit unterdrückter Nummer telefoniert.«

»Was wollte er?«

»Geld. Er hat gemeint, er würde mir den reichen alten Mann von Herzen gönnen, aber er hätte doch gern ein bisserl was von dem Reichtum ab. Er hätte mir geholfen und immer meine Lügen gedeckt. Jetzt wär die Zeit gekommen, wo ich ihm helfen müsste.«

»Er hat Geldprobleme gehabt?«

Leonie zuckte die Achseln. »Mit Geld hat er überhaupt nicht umgehen können. Er hat auch immer ziemlich viel getrunken, gespielt ... also ist er mit seinem Gehalt nie ausgekommen. Ich hab versucht, ihm zu erklären, dass ich keineswegs reich bin. Wolfgang hat mich allerdings für meine Arbeit gut und großzügig bezahlt, auch dann noch, als wir schon ein Paar waren. Also hab ich immer wieder etwas von meinem Gehalt abgezweigt und dem Andi geschickt, sonst ...« Sie biss sich auf die Unterlippe.

»Was sonst? Womit hat er konkret gedroht?«

»Er wollte zur Presse gehen und erzählen, dass ich ein Priesterkind bin. Und eine Hochstaplerin.«

»Der Herr Jarisch hat es nicht gewusst – ich meine, das mit dem Priesterkind?«

Sie senkte den Blick auf ihre Hände. »Nein. Wolfgang und ich haben über vieles gesprochen, was ich für das Buch wissen musste, auch über seine Einstellung zu Frauen. Wir waren damals noch kein Paar. Er hat einmal gesagt, es sei ihm bei einer Frau immer wichtig gewesen, dass diese nicht nur hübsch, sondern auch klug und aus gutem Haus sei. Ich habe ihn damals schon geliebt und ich hab wahnsinnige Angst gehabt, er könnte etwas über meine Herkunft erfahren. Und später, als wir zusammengekommen sind, erst recht.« Sie begann wieder zu weinen.

Ob Leonie sich in den viel älteren Mann verliebt hatte, weil sie auf der Suche nach einem Vaterersatz gewesen war?, überlegte Materna. Schluss mit der Küchenpsychologie!, rief er sich selbst zur Ordnung. »Ich war am Vormittag bei einer Kollegin vom Herrn Jarisch, der Frau Amberg. Kennen Sie sie?«

»Nein, aber Wolfgang hat von ihr erzählt. Sie und er waren wohl so was wie gute alte Bekannte. Er hat sie gemocht.«

»Ja, und wissen Sie, was die gesagt hat?«

Leonie hob den Kopf und schaute ihn an.

»Der Herr Jarisch hat ihr anvertraut, dass er mit Ihnen glücklich ist. Die Frau Amberg hat gemeint, er hätte *so angekommen* gewirkt.«

»Angekommen?« Die Spur eines Lächelns zeigte sich auf dem verweinten Gesicht. »Er hat sich auch so auf das Kind gefreut.« Erschrocken hielt sie inne. »Ich … ich bin nämlich schwanger.«

»Wie schön.« Materna nickte lächelnd. Er wollte ihr nicht auf die Nase binden, dass er das längst wusste. »Ich bin sicher, er hätte Sie auch geliebt, wenn Sie ihm gesagt hätten, dass Sie keine Professorentochter sind. Aber das hilft uns jetzt nicht weiter. Wie ist denn die Geschichte mit Ihrem Ex-Mann weitergegangen?«

»Er wollte ständig mehr Geld von mir. In letzter Zeit ist er immer wieder ums Haus geschlichen, wenn der Wolfgang nicht da war. Wahrscheinlich hat er Urlaub. Einmal hab ich ihm tausend Euro gegeben, aber er wollte mindestens 20 000. Nachdem ich ihm gesagt habe, dass ich nicht so viel zahlen kann, ist ein richtiger Terror losgegangen. Er hat mir Sachen geschickt, wie ich sie früher in der Schultasche gefunden habe. Ein Kruzifix an einer Kette. Dann einen Priesterkollar. Und zuletzt, als der Wolfgang tot war, hat er ... naja, Sie wissen ja.«

»Er hat nachts Steinchen an Ihr Fenster geworfen.« Materna nickte. »Der Rosenkranz war auch für Sie. Er dürfte ihn verloren haben, wie der Kollege Laubenbacher ihn verfolgt hat.« Materna war jetzt klar, warum Leonie so abwehrend auf eine Durchsuchung der Zimmer reagiert hatte. Sie hatte Sorge gehabt, dass man diese Dinge finden würde.

»Ich hab einfach nicht mehr gewusst, was ich tun soll«, fuhr sie fort. »Die Angst, dass er wirklich zur Presse rennt, hat mich verrückt gemacht. Die Medien hätten sich doch gleich auf meine Geschichte gestürzt. Und ich wäre als Hochstaplerin und Lügnerin dagestanden. Ich kann es einfach nicht ertragen, wenn ich im Licht der Öffentlichkeit stehe und man mit dem Finger auf mich zeigt.« Leonies Stimme war immer lauter geworden. »Das hat der Andi natürlich gewusst«, sagte sie wieder in ruhigerem Ton. »Ich wollte mit ihm reden, irgendwie verhandeln. Aber im Geschäft war er ja nicht und, wie gesagt, seine Handynummer hab ich nicht gehabt. Also habe ich warten müssen, ob und wann er sich wieder meldet.«

»Und dann hat ihn der Herr Laubenbacher vertrieben ...« Materna nickte. Auf einmal passte alles zusammen. »Und den Schwächeanfall oben an der Stiege haben Sie ihm vorgespielt, damit er Ihren erpresserischen Ex nicht erwischt, oder?«

Leonie bekam einen knallroten Kopf. »Ja«, sagte sie nach kurzem Zögern. »Ich hatte einfach Angst, dass alles auffliegt.«

»Ich versteh schon.« Materna verstand sie wirklich. Es mochte viel schlimmere Geheimnisse geben, für die man bereit war, zu lügen und zu zahlen, aber er konnte nachvollziehen, dass Leonie nach all ihren Erfahrungen besonders empfindlich war, was Gerede über sie betraf. »Und wie war das in der Nacht zuvor, als Sie über die Stiege hinuntergestoßen wurden? War das auch Ihr geschiedener Mann?«

»Nein.« Sie schüttelte heftig den Kopf. »Ich hab zwar sofort an den Andi gedacht, wie ich ein Geräusch gehört habe. Deswegen bin ich aufgestanden und hab nachgeschaut, aber er war's nicht. Kaum war ich an der Treppe, hat mich der Kerl von hinten gepackt und mir einen Stoß verpasst.«

»Und dieser Kerl war sicher nicht Ihr Ex?«

»Ganz sicher nicht. Ich hab ihn zwar nicht gesehen, aber er war auf jeden Fall größer als der Andi. Das hab ich gemerkt, wie er mich von hinten gepackt hat.«

»Wie groß ist denn Ihr Ex-Mann?«

»Eins fünfundsiebzig. Außerdem glaube ich ...«

»Was glauben Sie, Leonie?«

»Ich traue dem Andi alles Mögliche zu, aber nicht, dass er mich über die Stiege runterstößt. Betrügereien, sogar Erpressung – ja. Aber Gewalt, einem Menschen etwas antun ...« Sie unterbrach sich und schüttelte den Kopf. »Das würde er nicht tun. Bestimmt nicht.«

16.00 Uhr

Isabel war von ihrem Ausflug zurück. In der Mittagszeit war sie von der Kaltenbachau aus den schattigen Weg zur Villa Blumenthal entlanggewandert. Sie hatte es unbedingt sehen wollen, das mystische Haus, das auf einmal im Mittelpunkt der Ereignisse stand. Am Kaiser-Jagdstandbild lagen noch immer viele Blumen, auch ganz frische. Ein großes Schild am Fuß des Denkmals warnte davor, wegen Waldbrandgefahr Kerzen anzuzünden.

Die Villa Blumenthal in Natura hatte Isabels Erwartungen bei Weitem übertroffen. Vollständig entfaltete sich der Zauber des Hauses erst in der Realität – selbst wenn man noch so viele Bilder gesehen hatte.

Nach dem langen Spaziergang war Isabel nach Faulenzen im Garten zumute. Sie machte es sich auf dem Liegestuhl unter dem großen Sonnenschirm gemütlich und blätterte in dem Buch, das Prof. Eisler ihr geborgt hatte. Es würde noch eine Menge zu sehen geben in Ischl. Die vielen Bilder und Kapitelüberschriften verrieten es ihr. Aber für heute war es genug. Mit einem wohligen Seufzer klappte sie das Buch zu, legte es zur Seite und schloss die Augen.

Einen winzigen Augenblick lang tauchte das Bild von Moritz vor ihrem inneren Auge auf. Seit sie hier war, hatte sie kaum an ihn gedacht. Das hatte sie sich selber verboten. Und wenn er sich doch in ihre Gedanken stahl, so wie grade eben, vertrieb sie ihn umgehend und energisch. Er war es gar nicht wert, sich womöglich den Urlaub verderben zu lassen.

Josis Garten roch nach Frühsommer. Die Pfingstrosen standen noch in voller Blüte, die Rosensträucher hatten schon ihre Knospen geöffnet. Isabel sog den sich vermischenden zarten Duft tief in die Lungen und döste weiter.

»Au, verdammt!«, riss eine Männerstimme sie aus der genüsslichen Entspannung. Sie kam von der Wirerquellgasse her.

Sie sprang auf und lief zum Gartentor. Auf dem Gehsteig stand ein Mann, der am Zeigefinger seiner rechten Hand sog. »Ist etwas passiert?«, fragte sie. »Kann ich Ihnen helfen?«

»Halb so schlimm.« Mit der Linken hielt der Fremde eine Coladose hoch. »Ich hab mich irgendwie beim Öffnen geschnitten. So was Blödes!« Er klemmte die Dose unter den

Arm und nestelte in seiner Hosentasche nach einem Taschentuch. »Entschuldigen Sie, wenn ich Sie erschreckt habe.«

»Kein Problem.« Isabel taxierte den Mann. Mindestens vierzig ... aber gut sah er eigentlich schon aus: groß, schlank, dunkelblond ... Seine helle Leinenhose hatte einen Blutspritzer abbekommen. Und ihr fiel sofort die Sonnenbrille auf. Es war eine M&S, das teuerste Modell aus der Firma ihrer Großeltern. »Zeigen Sie mir mal die Wunde«, forderte sie den Fremden auf.

»Ach, es ist wirklich nicht der Rede wert«, sagte der abwehrend, streckte ihr aber schließlich doch den blutenden Finger hin.

»Kommen Sie rein.« Sie deutete auf die Gartenbank. »Setzen Sie sich doch. Ich hole Verbandszeug.«

»Aber ich ...«

»Natürlich muss das versorgt werden. Ich bin gleich wieder da.«

»Das ist aber sehr aufmerksam von Ihnen.« Er lächelte. Dabei zeigten sich um seine Mundwinkel herum ein paar hinreißende Lachfältchen.

Isabel ertappte sich bei dem Wunsch, seine Augen zu sehen. Ob es um die herum auch solche netten Fältchen gab?

»Dann gestatten Sie mir aber, dass ich mich vorstelle«, sagte der Mann, der immer noch stand. »Sebastian Herbig.«

»Isabel Materna. Hallo. Jetzt setzen Sie sich aber bitte hin.«

Sie lief die Stufen zum Wohnbereich hinauf und steckte den Kopf durch die Tür des Traunzimmers. Wie immer bei schönem Wetter hatte sich Josi mit ihrer Arbeit auf den Balkon zurückgezogen. »Entschuldige, dass ich dich störe«, rief Isabel zum Balkon hinüber. »Sag, hast du irgendwo Verbandszeug?«

Josi sah von ihrem Laptop auf. »Verbandszeug? Bist du verletzt? Kann ich dir helfen?«

»Nein, bitte lass dich nicht weiter stören. Ein Mann, der am Garten vorbeigegangen ist, hat sich mit einer Coladose in den Finger geschnitten. Ich brauch nur ein Pflaster oder was zum Verbinden.«

»Du findest alles im Bad in dem weißen Kasterl über der Wanne. Desinfektionsspray ist auch da.«

»Danke, Josi!«

Isabel holte Pflaster, Tupfer und den Spray aus dem Bad. Zur Sicherheit nahm sie noch eine Mullbinde mit. Dann lief sie zurück in den Garten. Der Mann namens Sebastian Herbig saß immer noch auf der Bank und drückte das Papiertaschentuch gegen den Schnitt. Die Cola-Dose stand neben ihm.

»So. Geben Sie mir die Hand.« Isabel reinigte und desinfizierte die Wunde, die doch recht stark blutete. »Ein Pflaster wird nicht reichen. Aber ich glaube, nähen muss man es nicht.« Sie riss die Verpackung der Mullbinde auf und verband den Finger fachgerecht.

»Sie machen das ja wie ein Profi«, sagte Herbig.

Isabel lachte. »Geht so.« In dem Moment überlegte sie, ob sie nicht vielleicht viele Dinge gerade deswegen gelernt hatte, weil sie noch ein Kind gewesen war, als ihre Mutter Papa und sie verlassen hatte. Aber das ging den Fremden schließlich nichts an. »Fertig«, sagte sie und betrachtete ihr Werk mit schief gelegtem Kopf. »Wenn es nicht zu bluten aufhört, müssten Sie halt doch zu einem Arzt gehen.«

»Danke.« Er stand auf. »Das war sehr freundlich von Ihnen. Ich möchte ...« Er stockte. Dann schaute er sie mit einem fast verlegen wirkenden Lächeln an. »Wäre es sehr unverschämt, wenn ich Sie fragen würde, ob ich Sie heute Abend zum Essen einladen dürfte? Als kleines Dankeschön?«

Lass es!, meckerte eine Stimme in ihrem Kopf. Du hast gerade genug Ärger mit Männern hinter dir. Und außerdem ist er viel zu alt für dich. Ach, halt doch die Klappe, meldete sich ein anderer Kopfinsasse zu Wort. Gönn dir einen netten Abend. Schließlich hat er gefragt, ob du mit ihm essen gehen möchtest, und nicht, ob du mit ihm den Bund fürs Leben eingehen willst.

»Na gut«, sagte Isabel. »Um acht.«

»Um acht. Sie machen mir eine große Freude. Darf ich Sie abholen oder wollen wir uns irgendwo treffen?«

»Wir könnten uns irgendwo treffen«, schlug sie schnell vor. Sie kam sich vor wie ein Schulmädchen, das ein verbotenes Date vor den Eltern geheim halten muss. Aber es war ihr sehr lieb, die Verabredung für sich zu behalten. Man musste nicht groß über Dinge reden, die keine Bedeutung hatten. »Sind Sie von hier? Kennen Sie sich in Ischl aus?«, fragte sie.

»Ein bisschen, aber nicht sehr gut.«

»Na dann treffen wir uns doch einfach im Restaurant vom Kongress- und Theaterhaus. Das ist im Kurpark.«

»Wunderbar. Ich freu mich.«

»Also bis später«, sagte sie. Am Abend würde sich dann ja auch die Sache mit den Lachfältchen um die Augen klären.

16.30 Uhr

»Ob der Andreas Thoma neben der Erpressung auch hinter dem Anschlag auf die Moll steckt, wissen wir noch nicht. Jedenfalls hat er mit ihr zu tun gehabt«, schloss Materna seinen Bericht. Er hatte Conni und Lukas zur Polizeiinspektion bestellt, um sie und alle diensthabenden Ischler Kollegen auf den neuesten Stand zu bringen und das weitere Vorgehen abzusprechen.

»Eine Verbindung zu unserem Mordfall ist auch nicht auszuschließen. Immerhin ist das Erpressungsopfer die Freundin vom Jarisch«, gab Conni zu bedenken.

»Genau«, stimmte Materna zu. »Die Aufenthaltsermittlung hab ich schon veranlasst.«

»Wir können uns ja gleich einmal in Ischl umschauen, in den Hotels und Pensionen zum Beispiel«, schlug Klanek vor.

»Sehr gut.« Materna nickte. »Ein Foto haben wir ja. Wir kopieren es gleich für alle. Nach Aussage von Frau Thoma ist er eins fünfundsiebzig groß, muskulös, ein Kletterer.«

»Ich könnte mir die Campingplätze vornehmen«, sagte Florian. Er ließ Kaffee aus einer großen Thermoskanne in ein Häferl laufen und reichte es dem Chefinspektor.

Lukas quittierte das mit einem spöttischen Blick, sagte aber nichts.

»Dank dir, Flo.« Materna griff zum Kaffeehäferl. »Hast auch ein bisserl Zucker für mich?«

»Ein bisserl!«, prustete Conni los. »Bring ihm am besten ein Kilo oder so.«

Florian nahm eine Dose mit Würfelzucker von dem Tischchen mit der großen Kanne und stellte sie neben Materna.

Der nickte dem jungen Mann dankend zu, warf die üblichen fünf Stück Zucker in die Tasse und rührte um.

»Ich schau mich mit dir zusammen um, Klanek«, schlug Conni vor. »Und der Lukas könnte das mit den Campingplätzen doch mit dir zusammen übernehmen, Flo.«

Lukas schaute demonstrativ auf die Uhr.

»Kommst schon noch heim ins Bettchen«, bemerkte Conni.

»Muss ich mir das …«, begann Lukas in aufgebrachtem Ton.

Materna bedachte ihn mit einem Blick, der ihn verstummen ließ. Dann fuhr er fort. »Andreas Thoma dürfte sich seit einiger Zeit in der Ischler Gegend aufhalten beziehungsweise aufgehalten haben. Wenn er inzwischen weg ist, kommt er nicht weit. Wir haben allerdings ein Problem.« Er trank einen Schluck und stellte das Häferl wieder ab. Alle

Augen waren auf ihn gerichtet. »Wir können ihm nichts nachweisen.«

Im Raum wurde Gemurmel hörbar.

»Wenn es ganz blöd kommt, steht am Ende die Aussage von seiner Ex-Frau gegen die seine«, fuhr Materna fort. »Wir haben nichts in der Hand.«

Klanek schüttelte den Kopf. »Gibt's keine Erpresserbriefe, mitgeschnittene Anrufe – gar nix?«

»Gar nix. Leider. Er hat die Frau Thoma immer von einem Handy mit unterdrückter Nummer angerufen – von einem Kartentelefon wahrscheinlich. Dann hat er ihr mehrmals irgendwelche klerikalen Utensilien geschickt, einen Priesterkragen zum Beispiel. Sie hat die Botschaft natürlich verstanden und die Gegenstände aufbewahrt. Damit lässt sich aber nie im Leben nachweisen, dass er Geld von ihr gefordert hat.«

»So ein Scheiß«, schimpfte Conni.

»Ich wüsst' ja vielleicht was«, ließ sich der Heininger Hubsi vernehmen.

»Ja? Was denn?«, fragte Materna und machte sich innerlich auf eine von Heiningers Schnapsideen gefasst.

»Die Rosi könnt was wissen ...«

Keine Schnapsidee! Materna fragte sich, warum er nicht selbst darauf gekommen war. Die Heininger Rosi war schließlich Haushälterin in der Villa Blumenthal. Sie verbrachte dort relativ viel Zeit. Vor allem war sie eine Frau, die sich für alles, was ihre Mitmenschen betraf, außerordentlich interessierte. Wenn es irgendetwas im Zusammenhang mit der Erpressung gab, das man hätte bemerken können, hatte die Rosi es garantiert bemerkt. »Hast recht, Heininger. Kannst du deine Frau bitten, dass sie herkommt?«

»Ja, schon.« Heininger erhob sich mit einer Würde, als wäre er der Papst persönlich und sein Sessel der Papstthron, schritt zum Telefon, hob ab und wählte.

»Rosi«, begann er nach einem kurzen Moment des Wartens. »Du, Rosi, mir täten dich als wichtige Zeugin brauchen.« Offenbar hatte die Gattin Einwände, denn er hörte eine Zeit lang schweigend zu. »Weil, des is nämlich so: Du könnt'st mit deiner Aussage der Frau Thoma helfen«, sagte er schließlich. »Ja ... na, wirklich, Rosi, 's is scho wichtig ... ja ... Das sagen mir dir gleich alles. Kommst einfach bei der Inspektion vorbei ... Ja, jetzt gleich. Also, pfiat di.« Er legte auf, ein triumphierendes Lächeln im Gesicht. »Sie is gleich da.«

Keine zwanzig Minuten später betrat die Heininger Rosi hoch erhobenen Hauptes die Polizeiinspektion. Sie ließ den Blick über die versammelten Polizisten gleiten, Neugier und Triumph gleichermaßen in den Augen.

»Grüß Gott, Frau Heininger«, begrüßte Materna sie.

Die Rosi neigte das Haupt zum Gruß.

Der Chefinspektor deutete auf einen Sessel. »Nehmen S' doch Platz. Mögen S' an Kaffee?«

Mit einer hoheitsvoll abwehrenden Geste lehnte die Rosi das Angebot ab.

»Frau Heininger, ist Ihnen bei der Frau Thoma irgendwas Ungewöhnliches aufgefallen? Hat sie Anrufe gekriegt, auf die sie verstört reagiert hat? Post vielleicht?«

Rosi legte den Kopf schief. »Wieso sollt ich das wissen? Ich bespitzel die Frau Thoma doch ned.«

»Natürlich nicht. Aber manchmal kriegt man doch irgendwas mit, ohne dass man es will, oder?« Materna lächelte sie an. »Wollen S' nicht doch einen Kaffee?«

Sie zuckte die Achseln. »No ja. Mit Milch und Zucker bitte.«

Florian eilte wieder zu der großen Thermoskanne, schenkte eine Tasse voll, goss etwas Milch aus einer Packung hinein, legte ein paar Zuckerstückchen auf den Unterteller und brachte ihr das Getränk.

»Wissen S', wir glauben, dass die Frau Thoma erpresst worden ist«, fuhr Materna fort. »Und wir brauchen Sie als Zeugin, weil es mit Beweismitteln nicht gut ausschaut.«

Rosis Rücken straffte sich, sie sagte aber nichts.

»Frau Heininger, Sie wollen doch auch, dass der Erpresser, der der Frau Thoma das angetan hat, bestraft wird, oder?«

»Ah so, ja ... Also, i hab einmal g'hört, wie sie telefoniert hat. Ganz zufällig hab i des g'hört, weil sie im Esszimmer war und ich hab grad die Tassen ...«

»Natürlich ganz zufällig«, beruhigte Materna.

Rosi nickte. »*Du Mistkerl*, hat s' g'sagt. *Ich lass mich nicht erpressen!* Es sind auch so komische Packerl 'kommen, die haben sie ganz nervös g'macht. Eins auch an dem Tag, an dem der Herr Jarisch g'storben ist. Des hat bestimmt was damit zu tun. Und vorige Woch'n, da hab i sie mit am Mann vor dem Haus g'sehn. I glaub, sie hat ihn wegg'schickt, des weiß ich ned genau.«

»Der Mann hat Sie aber nicht gesehn?«, wollte Materna wissen.

»Na, i hab hinterm Auto g'wartet, bis er weg war.«

»Frau Heininger, würden Sie den Mann wiedererkennen?«

Sie sog kräftig Luft durch die Nase. »Vielleicht.«

Materna griff nach einer der Kopien, die Florian inzwischen von Andreas Thomas Foto angefertigt hatte, und gab es ihr. »Schaun Sie das bitte genau an. Könnt er das sein?«

Sie kniff die Augen zusammen und wiegte den Kopf hin und her – und her und hin. »Des is er«, sagte sie schließlich.

»Vielen Dank, Frau Heininger.« Materna nickte ihr zu. »Sie sind wirklich eine große Hilfe für uns. Es kann sein, dass wir Sie noch für eine Gegenüberstellung brauchen.«

Sie reckte ihr Kinn nach oben. »Selbstverständlich.«

»Geh, Rosi, wieso hast denn nix g'sagt?«, funkte ihr Gatte dazwischen.

»I bin eben diskret«, erklärte die Rosi. Sie erhob sich, nickte in die Runde und rauschte hinaus.

19.10 Uhr

Materna betrat die Halle des Hotel Royal. An der Rezeption erfuhr er, dass die Filmleute wieder im Haus waren. Er bat darum, mit Frau Katharina Greding verbunden zu werden.

Die junge Rezeptionistin nickte und wählte eine Nummer. Sie wartete geduldig. Schließlich schüttelte sie bedauernd den Kopf. »Es tut mir leid, Herr Inspektor, die Frau Greding nimmt nicht ab. Aber dort kommt gerade ihre Tochter.« Sie deutete auf den Lift, aus dem soeben Valentina stieg.

Er eilte auf die junge Schauspielerin zu. »Valentina, guten Abend. Sagen Sie, wissen Sie vielleicht, wo Ihre Mutter ist? Ich müsste mit ihr sprechen.«

»Hallo, Herr Materna«, begrüßte ihn Valentina freundlich. Aber ihr Blick flackerte unruhig. »Hm … Meine Mutter hat sich hingelegt. Sie hat einen schweren Migräneanfall. Das kommt ab und zu vor, und es ist jedes Mal sehr heftig. Sie ist dann gar nicht ansprechbar.«

»Oh, das tut mir leid. Denken Sie, ich kann morgen mit ihr reden?«

Valentina hob die Schultern. »Ich glaub schon«, sagte sie dann. »Sie hat am Vormittag drehfrei. Nachmittag muss sie arbeiten. Ich geh noch kurz an die frische Luft. Auf Wiedersehen, Herr Materna.«

Er bedankte und verabschiedete sich. Dann ging er zu seinem Auto.

Einen Moment lang blieb er noch im Audi sitzen und versuchte, die vielen neuen Erkenntnisse, Spuren und offenen Fragen in seinem Kopf zu sortieren und die notwendigen nächsten Schritte zu überlegen. Also gut. Katharina Greding würde er morgen befragen. Sie würde ja wohl kaum verschwinden, wenn sie noch zu drehen hatte. Die Horvaths heute Abend noch aufzusuchen war auch nicht besonders sinnvoll. Er würde morgen während der Ordinationszeit hinfahren, das war besser.

Immerhin – die Suche nach Andreas Thoma war angelaufen, in Ischl und darüber hinaus in ganz Österreich. Das ging also seinen Gang, und er musste abwarten.

Absolut verrückt war die Sache mit dem Pimmi-Foto. Er war sich ziemlich sicher, dass sich dahinter eine wichtige Spur verbarg, aber es war eine Spur voller Rätsel. Vorhin hatte er noch einmal mit Leonie Thoma darüber gesprochen. Sie hatte das Foto am Mordtag zum ersten und letzten Mal gesehen. Das bedeutete, dass der Eindringling es gefunden und mitgenommen hatte. Vielleicht hatte er sogar gezielt danach gesucht. Bei der Frau auf dem gestohlenen Foto handelte es sich offensichtlich um dieselbe Person, die Sarah Amberg im Gartenrestaurant des Stiftes Heiligenkreuz beobachtet hatte. Aber wer, zum Kuckuck, war diese Pimmi, und was hatte sie mit der ganzen Sache zu tun?

Gitta und Michael Jarisch waren inzwischen abgereist. Da es keine konkreten Vorwürfe gegen sie gab, war das ihr gutes Recht. Immerhin, sie waren in Wien nicht aus der Welt ... Er seufzte. Es war schon zum Verrücktwerden: Sie suchten nach dem Mörder von Jarisch und nach dem Beinahe-Mörder von Tanja Moll. Und alles, was sie bis jetzt gefunden hatten, war ein Erpresser. Womöglich gab es ja wirklich einen Zusammenhang zwischen all diesen Verbrechen. Aber welchen?

Materna fuhr los. Egal, was an diesem irren Tag alles passiert war und noch passieren würde – er musste jetzt endlich zu Josi, um sich zu entschuldigen. Sein blödsinniges Verhalten ihr gegenüber lag ihm furchtbar im Magen. Er hätte ihr gern einen Blumenstrauß mitgebracht, aber die Blumengeschäfte waren schon zu.

Wie so oft parkte er am Stifter-Kai. Er ging über den Steg und dann den Stelzhammer-Kai entlang. Josis roter Haarschopf war heute nicht am Balkon auszumachen. Dafür kam ihm unerwartet Isabel entgegen, die den Dackel an der Leine führte.

Poldi quietschte beim Anblick seines heißgeliebten Zweitmenschen vor Freude und hüpfte auf und ab wie ein Flummi.

»Hallo, Papa«, rief Isabel und blieb stehen. »So früh heute?«

»Isi, mein Schatz!«, rief er im Näherkommen. »Na ja, eventuell muss ich nachher noch einmal weg. Sag, bist du das neue Hundefrauerl?«

Er ging mitten auf dem Gehweg in die Hocke, und Poldi versuchte, einige feuchte Hundeküsse im Herrli-Gesicht zu platzieren. Als ihm das nicht gelang, warf er sich umgehend auf den Rücken, um sich den Bauch kraulen zu lassen.

Isabel lachte. »Ich bin das Probe-Hundefrauerl. Wenn der Poldi ein paar Tage bei mir bleiben soll, ist es doch gescheit, wenn er es schon ein bisserl gewöhnt ist, mit mir spazieren zu gehen.«

Materna richtete sich auf und drückte seiner Tochter einen Kuss auf die Wange. »Sehr vernünftig. Ist die Josi da?«

»Sie ist oben. Ach so ... ich bin heute Abend zum Essen eingeladen. Also, wir gehen dann weiter. Komm, Poldi. Servus, Papa.«

Er presste die Lippen zusammen. Ganz fest. Nein, er würde nicht fragen, von wem sie zum Essen eingeladen war. Ganz bestimmt nicht! Nie im Leben würde er so etwas fragen. Schließlich war seine Tochter erwachsen und konnte gehen, wohin immer sie wollte und mit wem sie wollte. Eben. »Ah so ... ja ... Also dann ... servus und viel Spaß.«

Zwei, drei Minuten später lief er die Stufen zum Hochparterre hinauf. Er hörte Josi durch die Wohnzimmertür reden. Hatte sie Besuch oder telefonierte sie? Er wollte gerade den

Türgriff herunterdrücken, da stieß ein Satz durch die geschlossene Tür auf ihn los wie eine Viper auf ihre Beute.

»Ja, natürlich mag ich gern in Schöneberg wohnen – wann kann ich denn einziehen?«

Er zog die Hand von der Türklinke zurück, als stünde diese unter Strom. Schöneberg ... einziehen ... Sie suchte eine neue Wohnung in Berlin! Natürlich. Sie wollte wieder mehr in Berlin sein. Viel mehr. Oder ganz. Weil sie genug von ihm hatte. Von ihm und seinem verrückten Beruf. Verständlich! Ohne ein Geräusch zu machen, drehte er sich auf dem Absatz um und verließ das Haus.

20.00 Uhr

Valentina hatte leichte Ringe unter den Augen, als sie Josi im Foyer des Hotel Royal begrüßte. »Danke, dass du gekommen bist. Hallo, Poldi.« Sie bückte sich, um den Dackel zu streicheln. Dann wandte sie sich wieder an Josi. »Sag, versau ich dir einen gemütlichen Abend mit deinem Paul?«

»Nein, der ist auch noch unterwegs. Und ich hab ihm geschrieben, dass ich bei dir bin.« Josi hatte den Brief für Paul auf den Wohnzimmertisch gelegt. Sie hatte sich darin auch für ihren recht heftigen Abgang zu Mittag entschuldigt und versprochen, später in Ruhe über alles mit ihm zu reden.

»Ich bin dir so dankbar.« Valentina legte Josi eine Hand auf den Unterarm. »So fürchterlich beieinander war die Mami noch nie. Nach dem Drehen war sie gar nicht richtig ansprechbar. Migräne, hat sie gesagt. Übrigens war dein Freund auch schon hier und hat nach ihr gefragt. Ich hab ihn gebeten, dass er morgen wiederkommt, und er war einverstanden.«

Josi zuckte leicht zusammen. Hatte Paul die Wahrheit herausgefunden, noch bevor sie mit ihm hatte reden können?

»Wollen wir in mein Zimmer gehen? Wir wären dort ungestörter.« Valentina warf einen Seitenblick in Richtung eines jungen Mannes, der in einem der Fauteuils saß. Er tat so, als würde er Zeitung lesen, schaute aber immer wieder zu ihnen herüber.

»Na klar.« Josi schmunzelte. »Das ist doch dein Filmpartner, oder?«

»Ja, der Rüdiger. Er ist auch wirklich ein sehr lieber Kerl, aber für meine momentanen Bedürfnisse zu anhänglich.«

Josi lachte. »Ich verstehe.«

Gemeinsam fuhren sie mit dem Lift nach oben zu Valentinas Zimmer.

Die junge Schauspielerin öffnete die Tür und ließ Josi eintreten. »Setz dich doch, bitte.« Sie deutete auf ein geblümtes Sofa.

Der Dackel sprang mit einem Satz auf Valentinas Bett.

»Poldi!«

»Lass ihn doch«, bat Valentina. »Mich stört das nicht.«

»Glück gehabt, alter Gauner«, bemerkte Josi und setzte sich.

Mangels weiterer Sitzgelegenheiten nahm Valentina daneben Platz. Auf dem Couchtischchen standen Rotwein und Weißwein, Wasser, süße und salzige Knabbereien.

»Bitte, bedien dich«, sagte Valentina.

»Danke.« Josi schenkte sich ein wenig Weißwein ein und füllte das Glas mit Mineralwasser auf.

Auch Valentina mischte sich einen G'spritzten. Dann wandte sie sich Josi zu. Sie zwinkerte nervös. »Hast du denn etwas über diesen Psychiater herausgefunden?«

»Also, ich hab meinen geschiedenen Mann angerufen. Der ist Psychiatrieprofessor und *der* Insider der Psychoszene. Sehr viel hat er mir aber auch nicht sagen können. Dieser Dr. Horvath ist ihm nur vom Namen her, von Kongressen und durch Veröffentlichungen bekannt. Allerdings hat er schon durchblicken lassen, dass er diesen Arzt nicht unbedingt empfehlen würde.«

Valentina seufzte und zog die Schultern hoch. »Meine Mutter ist ja leider irgendwelchen Ratschlägen gegenüber nicht gerade zugänglich. Es wird keinen Sinn haben, mit ihr über diese Sache zu reden.«

»Ich weiß. Und, Valentina, da ist noch etwas.«

»Ja? Was denn?«

»Also ...« Josi wusste nicht recht, wie sie das, was sie zu sagen hatte, in Worte fassen sollte. Aber sie musste es ansprechen, da führte kein Weg dran vorbei. Sie atmete noch einmal tief durch, nahm einen Schluck von ihrem G'spritzten und begann erneut. »Es geht um das Foto, das in dem Kuvert war. Hast du es noch?«

Valentina schüttelte den Kopf. »Ich hab es der Mami gegeben. Es war ja doch für sie bestimmt, oder?«

»Ja, entschuldige bitte, das war blöd von mir. Ich war so darauf fixiert, dich gleich zu treffen, dass ich überhaupt nicht daran gedacht habe, dass es ja noch eine Frau Greding gibt. Was hat denn deine Mutter dazu gesagt?«

»Nichts. Sie hat es gar nicht aus dem Kuvert genommen. Sie hat nur von oben reingeschaut, dann hat sie gesagt, dass sie schlimme Migräne hat, und ist in ihrem Zimmer verschwunden.«

»Hast du sie seither gesehen, mit ihr gesprochen?«

»Nein. Ich schau dann später nach ihr.«

Josi nickte. »Gut. Das Mädchen auf dem Bild, das auf dem Schoß vom Jarisch sitzt, ist deine Mutter, nicht?« Sie hatte sich vorgenommen, Valentina diese Sache schonend beizubringen. Dabei kochte sie innerlich und sie hätte am liebsten laut geschrien. Na bravo, jetzt stiegen ihr auch noch Wuttränen in die Augen.

»Ja, genau. Sie hat ja als Kind schon einmal mit ihm gedreht. Es wird ein Werbefoto für den Film gewesen sein.«

Valentina stockte. »Josi, was ist denn mit dir? Geht es dir nicht gut? Du hast ja ganz rote Augen.«

Josi antwortete nicht. Sie zog ein Papiertaschentuch aus der Handtasche und tupfte sich die Augenwinkel ab. »Sag einmal, könnte es sein, dass deine Mutter als Kind von Wolfgang Jarisch missbraucht worden ist?«, fragte sie geradeheraus.

»Missbraucht?« Verständnislos schaute Valentina Josi an. »Du meinst, wegen diesem Foto? Aber das sieht doch ganz harmlos aus.«

Harmlos ... Josi hatte auf der Aufnahme etwas in der Haltung und in den Augen des Kindes gesehen, etwas wie eine starke Abwehr. Aber wie sollte sie das Valentina erklären? »Vielleicht sehe ich ja Gespenster. Ich weiß nicht.« Jetzt lief ihr wirklich eine Träne über die Wange.

»Josi!« Valentina legte den Arm um sie. »Hast du auch ... ich meine ... bist du auch ...«

»Entschuldige.« Energisch wischte Josi mit dem Taschentuch übers Gesicht und richtete sich auf. »Nein, nicht ich, Valentina, aber die Martina, meine kleine Schwester. Sie ist monatelang von einem Lehrer, für den wir alle geschwärmt haben, missbraucht worden. Und ich hab diesen Kerl meinen Eltern noch empfohlen, als die Martina damals Nachhilfestunden in Mathe gebraucht hat. Aufgeflogen ist es, weil sie magersüchtig geworden ist. Meine Eltern haben den Typ natürlich angezeigt, aber ihm ist nichts passiert. Er hat sich versetzen lassen, das war's. Meine Schwester ist als psychisch labil abgestempelt worden, und es wurde gemunkelt, sie hätte ihn bewusst verführt. Die Leute in Ischl haben uns geschnitten. Meine Eltern sind dann mit meiner Schwester weggezogen. Ich hab wegen der Matura noch ein bisserl bleiben müssen. Ein paar Jahre später ist die Martina an ihrer Magersucht verstorben.«

»Um Himmels willen, Josi! Das ist ja grauenhaft. Und du denkst jetzt, dass Mama auch ...«

Josi richtete sich auf. Sie durfte sich nicht so gehen lassen. »Ich weiß es nicht sicher, Valentina«, antwortete sie schließlich. »Kann sein, dass ich überreagiere, weil mir dieser Dreckskerl von Lehrer neulich plötzlich begegnet ist. Da ist die ganze Geschichte natürlich wieder hochgekommen. Vielleicht interpretiere ich etwas in das Foto hinein, was gar nicht drin ist. Ich hab es ja nur kurz gesehen, aber trotzdem …«

Valentina nickte. »Ist doch verständlich, dass du in diesen Dingen empfindlich bist.«

Sie zieht es gar nicht in Erwägung, dachte Josi. Sie lässt das gar nicht an sich ran. Valentina betrachtete ihren Verdacht als Ergebnis ihrer eigenen schlimmen Erfahrung. Natürlich konnte sie recht haben. Aber warum sollte irgendeine anonyme Person der Schauspielerin dieses Foto auf eine so eigenartige Weise zukommen lassen, wenn es harmlos war?

Josi beschloss, es dabei zu belassen. Schließlich war sie sich selbst nicht sicher. Aber einen Punkt gab es noch, den sie unbedingt klären musste. Jetzt sofort. »Ich muss dir noch etwas sagen, Valentina«, begann sie. »Heute Mittag wollte ich den Dr. Horvath aufsuchen und mir selber ein Bild von ihm machen. Leider hab ich ihn nicht angetroffen. Dafür hat mich der Paul vor der Praxis erwischt. Er hat natürlich Angst gekriegt, dass ich mich wieder in seine Ermittlungen einmische. Weißt ja, was letztes Jahr passiert ist.«

»O Gott – ja, das war schrecklich.«

»Jedenfalls werde ich jetzt mit ihm reden müssen. Ich kann nicht mehr länger schweigen.«

Ein flehender Blick traf Josi. »Gib mir noch ein bisschen Zeit – bitte!«

Josi stand auf und legte ihr eine Hand auf die Schulter. »Es tut mir so leid, Valentina, aber ich fürchte, wir haben keine Zeit mehr.«

21.10 Uhr

»Josi? Isi?« Keine Menschenseele zu Hause. Auch kein Hund.

Ach so, ja, fiel es Materna ein. Isabel hatte doch gesagt, dass sie abends ausgehen wollte. Aber wo war Josi? War sie so sauer auf ihn, dass sie ihn gar nicht sehen, nicht mit ihm reden wollte? Oder ... Eine plötzliche Hitze flutete durch seinen Körper. Er riss die Schlafzimmertür auf. Auf dem großen Kleiderschrank standen Josis Koffer und die Reisetasche. Gott sei Dank! Weggefahren war sie nicht. Er musste versuchen, sie zu erreichen.

Wieder einmal durchkreuzte das Handy seine Pläne. Es war Laimer, der von der Inspektion aus anrief.

»Wir haben ihn, Paul!«

»Den Andreas Thoma?«

»Ja, genau. Er war mit einem gemieteten Wohnmobil unterwegs. Er wollte über den Pötschenpass abhauen und hat einen Unfall gebaut – schon auf der steirischen Seite. Dabei hat er sich eine Kopfwunde zugezogen und sich das Bein verletzt. Der Unfallgegner hat nur ein paar Prellungen. Der hat die steirischen Kollegen verständigt. Weil dem Thoma sein rechtes Bein nicht einsatzfähig war und der Campingbus ganz schön ramponiert ist, hat er nicht abhauen können.«

»Kommt er her?«

»Ja. Er ist im Krankenhaus Bad Aussee untersucht und verarztet worden. Er kann jetzt einvernommen werden. Die Ausseer Kollegen bringen ihn. Sie müssten jeden Moment da sein.«

21.45 Uhr

Als Materna in der Ischler Polizeiinspektion ankam, war Andreas Thoma gerade eingetroffen. Conni und Lukas waren bereits nach Linz gefahren, sodass Materna die Vernehmung zusammen mit Revierinspektor Laimer durchführte.

Thoma trug einen Verband um den Kopf und eine Schiene am Bein. Materna und Laimer setzen sich ihm gegenüber.

»Mein Name ist Chefinspektor Paul Materna. Meinen Kollegen Revierinspektor Laimer kennen Sie ja schon. Wir werden die Einvernahme mitschneiden. Haben Sie Einwände dagegen?«

Thomas undefinierbares Grunzen wertete Materna als Zustimmung. Er schaltete das Aufnahmegerät ein und sprach die Formalitäten ins Mikrofon. »Herr Thoma, Sie haben Ihre geschiedene Frau mehrmals genötigt, bestimmte Geldbeträge an Sie zu bezahlen. Andernfalls wollten Sie die Presse über ihre Herkunft informieren.«

»Hat sie des g'sagt, die Leonie?« Thoma verzog den Mund zu einem Grinsen. »Die hat scho immer viel Fantasie g'habt. Deswegen schreibt s' ja auch Bücher.«

»Sie bestreiten das also?«, fragte Laimer.

»Selbstverständlich!«

»Herr Thoma, kürzen wir das Ganze ab«, sagte Materna energisch. »Wir haben eine Zeugin, die das, was Ihre frühere Frau sagt, jederzeit bestätigen kann.«

»A Zeugin? A geh! Wen denn?« Das Grinsen erstarb.

»Das werden Sie sehen, wenn wir eine Gegenüberstellung machen.«

Thomas Blick flackerte. »Ja gut ... i hab die Leonie a paarmal gebeten, dass sie mir aushilft. Sie war ja mit dem reichen Fuzzi z'samm, da war des doch kein Problem für sie.«

»Ah – mit der Presse drohen und ihr so Sachen wie Rosenkränze, Priesterkrägen und Kruzifixe schicken, des heißt bei Ihnen bitten – oder was?«

»Na. I mein … I hab halt Geld ’braucht. I weiß ja, dass sie des unbedingt vertuschen will, wer ihr Vater is, da hab i s’ halt a bisserl triezt. Und auf einmal wollt sie mir überhaupt nix mehr geben. Da hab ich die G’schicht halt der Frau Moll erzählt. Aber es war ja alles die reine Wahrheit!«

»Die reine Wahrheit spielt bei *dieser* Art von Zeitung eine eher untergeordnete Rolle«, bemerkte Materna. »Hier geht es um Erpressung. Und der Tatbestand der Erpressung ist ja wohl noch nicht alles, richtig?«

»Wieso? Was meinen S’ denn?«, tat Thoma unschuldig.

Materna ging auf einmal ein Gedanke durch den Kopf. Vielleicht hatte die schwere Verletzung von Tanja Moll ja gar nichts mit Katharina Greding zu tun. Möglich, dass Thoma aus eigenem Antrieb versucht hatte, die Journalistin von der Veröffentlichung des Artikels über Leonie abzubringen. Sicher war er sich nicht, dass er damit richtiglag, aber er musste es herausfinden.

»Ich meine, es war so: Sie waren mit der Frau Moll in dem Dorf, wo Ihre Ex-Frau aufgewachsen ist. Sie hat dort Fotos gemacht, und Sie haben ihr die Geschichte erzählt. Dafür haben Sie Geld gekriegt. Wie viel?«

Thoma senkte den Kopf. »Einen Scheck über 10.000 Euro.« Plötzlich fuhr er auf. »Des ist doch ned strafbar, wenn man einer Journalistin was mitteilt, was man weiß, oder?«

»Das nicht.« Materna hätte am liebsten *leider nicht* gesagt, aber er hielt sich zurück.

»Wieso? Was meinen S’ denn?«, fragte Andreas Thoma noch einmal. Seine Stimme klang rau. In seinen Augen stand Angst.

»Das war am Sonntag, wie Sie mit der Frau Moll in der Steiermark waren. Richtig?« Materna nagelte den Mann mit seinem Blick fest.

»Ja, schon.«

»Und am Montag war auf einmal alles anders. Da ist Ihnen klar geworden, dass Ihre frühere Frau ziemlich viel erben wird und dass Sie einen großen Fehler gemacht haben.«

»Woher hätt i des wissen sollen?«, fuhr Thoma auf.

»Na, das haben Sie sich doch leicht zusammenreimen können. Natürlich hat sie als Lebensgefährtin vom Herrn Jarisch geerbt! In den sozialen Netzwerken ist ja bestimmt auch über die Erbschaft spekuliert worden. Vor der Notariatskanzlei sind haufenweise Paparazzi aufmarschiert. Die haben es ja auch gewusst. Sie sind doch sicher bei Facebook oder so. Wo haben S' denn Ihr Handy?«

»Des hab ich verloren.« Die Antwort kam wie aus der Pistole geschossen.

»Aha, Märchenstunde.« Materna schüttelte den Kopf. »Ich glaub eher, dass Sie es weggeworfen haben, wie nach dem Unfall die Polizei im Anmarsch war. Wir werden es suchen. Und wir werden es finden.«

»Na, ich ...«, stammelte Andreas Thoma und brach gleich wieder ab. Seine Augen flackerten. »Ich sag gar nix mehr.«

Materna schaute ihn scharf an. »Sie haben die Frau Moll angerufen und sie auf den Siriuskogel gelockt, weil Sie gewusst haben, dass auf dem Weg zum Restaurant wegen der Filmvorbereitungen kaum jemand sein würde. Sie wollten sie davon abbringen, den Artikel zu veröffentlichen. Sie war nicht einverstanden, oder? Dann haben Sie versucht, sie zu ermorden.« Er formulierte absichtlich verkürzt und überzogen. Wenn er Thoma dazu bringen konnte, sich zu verteidigen, würde er ungewollt weitere Informationen liefern. Die Rechnung ging auf.

»Des war a Unfall!«, schrie der Beschuldigte und fuchtelte mit den Händen in der Luft herum. »Bitte, Herr Inspektor, des müssen S' mir glauben! I wollt ihr den Scheck z'ruckgeben und sie bitten, dass sie den Artikel ned schreibt, weil i ... weil ich es so bereut habe.«

»Bereut haben S' das? So. Vielleicht haben Sie aber auch einfach kapiert, dass es ganz schön blöd war, das Druckmittel aus der Hand zu geben – jetzt, wo Ihre Ex-Frau richtig viel Geld erbt. Da hätten S' doch ganz andere Summen herausholen können. Dagegen sind die 10.000 Euro von der Zeitung lächerlich. Also, erzählen S' jetzt keine weiteren Märchen, sondern sagen S' einfach, was wirklich passiert ist.«

»Ich wollt sie überreden, dass sie die Fotos löscht und die G'schicht zurückzieht. Ich hätt ihr ja auch den Scheck zurückgegeben. Aber sie wollt ned! Ich hab nach ihrer Handtasche gegriffen, damit ich ihr Handy erwisch, wo des alles drauf war. Dann ist es zu einer Rangelei gekommen, und sie is mit dem Kopf gegen den Felsen g'flog'n. Des wollt ich doch ned. Des war a Unfall!« Jetzt heulte er beinahe.

»Geflogen ... Nach Einschätzung der Ärzte ist die Frau heftig gestoßen worden. Dadurch ist es zu der schweren Verletzung gekommen. Und dann haben Sie sie einfach liegen lassen.«

»Ich hab doch g'laubt, dass sie tot ist. Und ich hab g'hört, dass da einer kommt, deswegen bin ich weggerannt.«

»Da können S' froh sein, dass einer gekommen ist. Weil der die Rettung geholt hat, hat die Frau Moll eine Chance, das Ganze zu überleben. Das hieße, dass sie nicht wegen Mord vor Gericht stehen, sondern nur wegen versuchtem Mord. Vielleicht.«

»Aber des war doch ka Mord«, jammerte Thoma. »Und Mordversuch war's auch keiner.«

»Das werden die Richter beurteilen«, gab Materna kurz angebunden zurück. »Auf jeden Fall bleiben Sie hier.«

»I bin verletzt!«

Materna nahm Thoma die Unfallversion ab – unter Vorbehalt. Aber er hatte genug von dem Selbstmitleid dieses Menschen. »Haben wir ein ärztliches Gutachten?«

Laimer reichte dem Chefinspektor ein Schreiben.

Materna las. »Aha. Die Kopfwunde ist genäht. Der Verband soll morgen gewechselt werden. Und das am Bein ist eine unverschobene Patellalängsfraktur. Da haben S' eine Schiene bekommen, die bleibt erst einmal drauf. Mit Schmerzmitteln sind Sie versorgt.«

»Wir können auch jederzeit einen Arzt zuziehen, wenn Sie das wollen«, ergänzte Laimer.

»Genau.« Materna erhob sich. »Oder wir bringen Sie gleich nach Wels ins Untersuchungsgefängnis. Dort gibt es sogar eine Krankenabteilung. Und übrigens ... das Handy von der Journalistin werden S' ja inzwischen haben. Wo ist es?«

»In ihrer Handtasche. Die is noch im Campingbus«, nuschelte Thoma und starrte auf seine verschränkten Hände.

»Das Handy hätt Ihnen übrigens so oder so nix genutzt. Sie hat die Bilder und Notizen nämlich schon auf ihren Laptop übertragen. Und den ... Moment!« Vor der Einvernahme hatte Materna sein Smartphone lautlos gestellt. Er spürte es vibrieren und zog es aus der Hosentasche hervor.

23.10 Uhr

Piep – piep ... Hoffentlich ging er ans Telefon! Ohne ihn wusste sie jetzt nämlich nicht mehr weiter. Ihre schlimmsten Befürchtungen schienen gerade wahr zu werden ...

»Ja?«

Erlösung! Oder? Seine Stimme klang sachlich, fast geschäftlich – aber vielleicht war er nicht allein. »Hallo, Paul. Arbeitest du noch?«

»Ich bin noch in Roith auf der Inspektion, aber gleich fertig. Moment, bleib bitte dran.«

Josi hörte ihn im Hintergrund mit jemandem reden, dann fiel eine Tür zu.

»So, da bin ich wieder«, meldete er sich ein wenig später zurück. »Ich steh draußen auf dem Parkplatz. Wir können reden. Josi, ich wollte mich selber bei dir entschuldigen, nicht am Telefon. Ich war zweimal da, hab dich aber nicht angetroffen und ...«

»Paul, es ist alles gut. Wir reden später darüber, ja? Ich hab ein Problem, oder eigentlich hat Valentina ein Problem, und wir brauchen deinen Rat und deine Hilfe. Dringend!«

»Was ist passiert?«

»Die Frau Greding hat sich in ihr Zimmer eingeschlossen. Ich war bis gegen halb zehn bei der Valentina, danach wollte sie nach ihrer Mutter schauen. Sie hat es immer wieder mit Klopfen und auch telefonisch versucht. Keine Reaktion. Jetzt ist sie außer sich vor Angst und hat mich noch mal angerufen. Die Frau Greding scheint ziemlich viele Tabletten im Haus zu haben. Ich halte sie für suizidgefährdet. Ich fahr gleich noch mal hin. Kannst du bitte ins Hotel kommen?«

»Ich komme. Bin in etwa zwanzig Minuten da.«

»Dank dir, bis gleich!«

Josi atmete auf. Sie lief schnell nach oben, um Isabel Bescheid zu sagen, die vor einer Viertelstunde mit leuchtenden Augen und geröteten Wangen zurückgekommen und gleich in ihr Zimmer gegangen war.

»Ist gut, Josi.« Isabel war noch angezogen. »Wenn du den Poldi dalassen magst, kann er gern bei mir schlafen. Dann gewöhnt er sich schon mal dran.«

»Danke, Isi. Soll ich ihn holen?«

Isabel schüttelte den Kopf. »Mach ich schon.« Sie begleitete Josi nach unten und nahm den Dackel auf den Arm.

Josi verabschiedete sich von Isabel und war gleich darauf auf dem Weg zu ihrem Auto. Paul würde kommen. Das war gut. Sehr gut war das.

Als sie am Hotel Royal eintraf, entdeckte sie ihn auf dem Weg zum Eingang. Sie stieg aus und rannte los.

»Paul!« Sie holte ihn ein, bevor er das Hotel betrat, und fiel ihm um den Hals.

Er schloss seine Arme um sie. »Josi, bitte verzeih mir!«

»Alles gut. Wirklich.« Einen Moment lang vergrub sie ihr Gesicht in seiner Halsbeuge, wo es so gut und so vertraut nach Paul roch. Nur ein paar Sekunden! Schweren Herzens löste sie sich von ihm. »Komm.« Sie nahm ihn an der Hand.

Gemeinsam betraten sie die Halle.

Sie entdeckten sie sofort. Valentina hatte sich in einem Polstersessel zusammengekauert.

Sie sprang auf, als sie die beiden sah. »Danke, dass Sie gekommen sind, Herr Materna. Und danke für deine Hilfe, Josi.«

»Hallo, Valentina. Josi hat mir schon berichtet.« Forschend schaute er ihr ins Gesicht. »Reden wir offen: Denken Sie, dass Ihre Mutter sich etwas angetan haben könnte?«

»Ich weiß es nicht. Ich hab Angst, weil sie so viele Tabletten in ihrem Nachtkasterl hat und weil sie sonst immer aufmacht. Sie ist manchmal kurz angebunden, wenn sie sich gestört fühlt, aber dass sie sich gar nicht rührt ...« Sie stockte. »Bitte entschuldigen Sie, dass ich Sie mit meinen Angelegenheiten belästige, Herr Materna.«

»Da gibt es nichts zu entschuldigen. Es war absolut richtig, dass ihr angerufen habt. Ich denke, wir sollten nachsehen. Ich hole jemanden, der uns aufmacht.« Er stand auf und ging auf die Rezeption zu.

»Geht denn das?«, fragte Valentina.

Josi legte ihr die Hand auf den Unterarm. »Er ist Kriminalbeamter, und es ist Gefahr in Verzug.«

Keine drei Minuten später war Materna mit einem jungen Hotelangestellten zurück; der Kleidung nach handelte es sich um den Nachtportier.

Gemeinsam fuhren sie mit dem Lift nach oben.

Der Hotelangestellte öffnete mit einer Chipkarte Katharina Gredings Zimmertür und trat ein wenig zur Seite.

Josi war auf einen Anblick wie diesen gefasst gewesen. Trotzdem krampfte sich ihr Magen zusammen.

Wie aufgebahrt lag die Schauspielerin auf dem Bett. Sie gab kein Lebenszeichen von sich. Um sie herum waren unzählige leere Tablettenpackungen verstreut.

»Mami!«, schrie Valentina. Sie wollte sich auf ihre Mutter stürzen.

Josi bekam sie an den Oberarmen zu fassen, hielt sie sanft zurück und stützte sie.

Materna war schon bei der reglos daliegenden Frau, fühlte an der Halsschlagader den Puls. »Sie lebt«, sagte er kurz, riss sein Handy aus der Tasche und verständigte die Rettung. »Sie sind gleich da«, ließ er die Anwesenden wissen. »Bestellen Sie starken Kaffee in der Küche, sofort!«, rief er dem hilflos wirkenden jungen Portier zu. »Und dann helfen mir. Wir müssen sie hochheben und in Bewegung bringen.« Er fasste die blasse Gestalt auf dem Bett unter den Achseln und zog sie hoch.

Nachdem der Hotelangestellte per Handy den Kaffee geordert hatte, packte er mit an.

»Kann ich dir helfen, Paul?«, fragte Josi.

»Bitte kümmer dich um Valentina«, sagte er. »Bring sie hier weg.«

Josis rechte Hand lag immer noch auf Valentinas linkem Arm. Leichenblass und reglos stand Katharinas Tochter da und starrte mit leeren Augen in den Raum.

»Komm, Valentina.« Josi legte ihr den Arm um die Schultern und führte sie vorsichtig zur Tür. Sie hätte so gern gesagt, dass bestimmt alles gut werden würde. Aber wie sollte denn alles gut werden? Katharina Greding würde vielleicht – hoffentlich! – überleben, aber was würde danach kommen? »Der Paul schafft das schon«, versuchte sie die vom Schock gezeichnete junge Frau ein bisschen zu trösten. »Er hat schon einmal jemandem mit Tablettenvergiftung Erste

Hilfe geleistet. Er weiß, was er tut. Und die Rettung wird auch gleich da sein.«

Valentina war immer noch wie erstarrt, aber sie ließ sich den Flur hinunter zum Lift führen.

»Komm, wir warten in der Halle«, sagte Josi leise. »Da sehen wir es gleich, wenn der Notarzt kommt. Und der Paul findet uns dort nachher auch.«

Unten angekommen, setzten sich die beiden Frauen so, dass sie den Eingang im Blick hatten. Keine zehn Minuten später rissen die Rettungsleute die Tür auf und durchquerten im Laufschritt die Halle. Ein Notarzt und zwei Sanitäter, die eine leichte Tragbahre dabeihatten, liefen auf den Lift zu, drückten den Knopf und verschwanden in der Kabine.

Valentina sah ihnen mit gehetztem Blick nach. Sie schwieg noch immer. Josi hatte einen Sessel ganz nah an den ihren herangerückt und sich neben sie gesetzt. Sie streichelte ihr immer wieder beruhigend über den Arm.

Als die Rettungsleute bald darauf zurückkamen, lag Katharina Greding auf der Tragbahre. Der Notarzt hielt eine Flasche mit Infusionslösung hoch.

Hotelgäste, die durch die Halle gingen, blieben stehen. Andere, die mit Laptop oder Zeitung in einem der Fauteuils saßen, blickten hoch.

Valentina sprang auf. »Kann ich mit?«

Der Arzt wandte sich ihr kurz zu. Er machte eine kleine abwehrende Geste mit der Hand. »Morgen. Kommen Sie morgen.«

Josi war hinter sie getreten und fasste sie sanft am Ellenbogen. »Die Ärzte kümmern sich um deine Mutter. Du hörst ja, morgen darfst du sie besuchen. Komm, wir setzen uns wieder.«

Valentina sank in den Fauteuil. »Mami …« Ihre Erstarrung löste sich, und die Tränen begannen zu fließen. Endlich.

Josi legte ihr den Arm um die Schultern und ließ sie weinen.

Es dauerte noch eine Weile, bis auch Paul herunterkam. Mit ernster Miene setzte er sich zu den beiden.

Valentinas Tränen waren versiegt, aber ihr Gesicht sah ganz verquollen aus.

Josi hielt sie mit dem rechten Arm noch immer umschlungen. Mit der linken Hand suchte sie die von Paul, der sie ergriff und mit dem Daumen sanft über ihren Handrücken strich.

»Wie ihre Chancen stehen, hat mir der Arzt nicht sagen können«, begann er. »Aber, Valentina, für Ihre Mutter wird alles getan, was nur menschenmöglich ist.«

Ein kurzes Aufschluchzen, gefolgt von einem fast unmerklichen Nicken, war die Antwort.

»Soll ich einen Arzt für Sie rufen?«

Kopfschütteln.

»Gut. Der Notarzt hat mir ein leichtes Schlafmittel für Sie dagelassen.« Er zog ein Sackerl mit einer einzigen Tablette darin aus der Brusttasche seines Hemds und gab sie ihr.

»Ich möchte ins Krankenhaus!«

»Sie können im Augenblick nichts für Ihre Mutter tun, Valentina. Es wäre vernünftig, wenn Sie versuchen würden, ein bisserl zu schlafen. Wenn Sie zusammenklappen, ist niemandem geholfen.«

»Der Paul hat recht«, sagte Josi. »Ich bring dich noch in dein Zimmer, wenn du magst, ja? Du fährst derweil heim, Paul, und ich komm dann nach. In Ordnung?«

Noch einmal strich er über ihre Hand und drückte sie. »Natürlich. So machen wir's. Aber …« Er unterbrach sich und kramte in seiner Jackentasche. »Valentina, ich muss Ihnen noch etwas zeigen. Es ist leider nicht sehr … nicht sehr angenehm. Geht das?«

Sie schaute ihn aus tränengeröteten Augen an, richtete sich auf und atmete tief durch. »Ja. Es geht schon.«

Er zog ein Blatt Papier hervor und gab es ihr.

Valentina entfaltete es und begann zu lesen. Plötzlich schlug sie die Hand vor den Mund.

Josi schaute ihr über Schulter auf die in großer schwungvoller Handschrift geschriebenen Zeilen:

Valentina, mein Schatz,
ich habe Jarisch getötet.
Es musste sein.
Verzeih mir, mein Kind.
Mama

»Das stimmt nicht.« Valentina schüttelte heftig den Kopf. »Das kann nicht sein. Meine Mutter hat gar kein Gewehr.«

Es ist immer so, dachte Josi. Menschen, die eine schockierende Nachricht verkraften müssen, leugnen als Erstes die Realität. Sie hätte viel darum gegeben, Valentina die grausame Wahrheit ersparen zu können, die sie selbst schon länger geahnt hatte. Hilfesuchend schaute sie Paul an.

»Wir gehen dem noch genau nach, Valentina, versprochen«, sagte er. »Aber es ist halt eindeutig ein Schuldeingeständnis. Ich hab den Zettel auf dem Nachttisch gefunden. Es ist die Handschrift Ihrer Mutter?«

»Schon, aber ...«

»Wir werden auf jeden Fall einen Schriftvergleich durchführen. Vielleicht können Sie uns ja etwas Handgeschriebenes zur Verfügung stellen?«

»Ich glaub schon.«

»Gut. Dann geben Sie es bitte der Josi mit. Aber da ist noch was.« Er nahm ein Foto aus der Tasche. Auch das reichte er Valentina.

Es war die Aufnahme von Jarisch mit der kleinen Katharina auf dem Schoß. Quer über das Bild waren mit einem dicken schwarzen Permanentschreiber zwei Wörter geschrieben worden:

Me too!

Mittwoch, 29. Mai

8.15 Uhr

»Bravo, Materna!« Oberst Patzak klatschte seinem Chefinspektor schwungvoll die Hand auf die Schulter, als der zum Dienstantritt den Flur des LKA betrat. »Der Staatsanwalt hat mich schon in aller Früh informiert. Kommen S', setzen S' sich doch hin.«

Materna nahm auf dem Besuchersessel an Patzaks Schreibtisch Platz.

Der Oberst selbst hatte sich wieder in seinen riesigen Chefsessel gesetzt. Er nickte ein paarmal anerkennend mit dem Kopf. »Zwei Verbrechen an einem Tag aufzuklären – das ist schon a Leistung!«

»Also, was die Frau Greding betrifft – da hab ich ja nicht sehr viel beigetragen. Ich muss auch erst mit ihr reden, sobald sie ansprechbar ist.«

»Das können S' machen, Materna. Sie wird eh nach Linz in die forensische Psychiatrie überstellt.«

»Ach so, ja ... Ich wollt heute nach der Teambesprechung gehen, Herr Oberst. Ich hatte viele Tage keine Pause und war gestern bis nach Mitternacht im Dienst. Jetzt könnte ich wirklich wenigstens einen halben freien Tag brauchen.«

»Selbstverständlich, Materna. Aber ein bissl san S' schon noch im Haus? Wegen der Presse ...«

Presse! Materna schnaufte tief durch. Die Zeitungsfritzen hätten ihm jetzt gerade noch gefehlt. »Herr Oberst – der

Herr Behringer soll die Journalisten vertrösten. Der schafft das schon, er ist ein ausgezeichneter Pressesprecher.«

»Geh, bittschön! Die Journalisten rennen uns schon fast die Türen ein. Es geht schließlich um den Mord an einem Prominenten, ned wahr?« Patzaks Stirn zeigte tiefe Falten.

»Ich weiß, Herr Oberst. Der Herr Behringer könnte die Presse doch inzwischen über den Fall Moll informieren. Der Thoma hat ja immerhin die schwere Körperverletzung gestanden. Der Suizidversuch von der Frau Greding hat sich garantiert auch schon herumgesprochen. Darüber könnte man doch berichten. Aber über den Zusammenhang mit dem Jarisch-Mord wissen wir doch noch überhaupt nichts Konkretes.«

Der Oberst hob die Hand, als wollte er auf die Tischplatte hauen, fuchtelte dann aber nur kurz in der Luft herum. »Überhaupt nix Konkretes! Was meinen S' denn mit *überhaupt nix*? Die Frau hat den Mord in ihrem Abschiedsbrief schriftlich gestanden.«

»Die Frau Greding ist möglicherweise tablettenabhängig. Nach Aussage ihrer Tochter trinkt sie auch ziemlich viel. Sie ist in psychiatrischer Behandlung. Ich denke, das, was sie hinterlassen hat, können wir nicht ohne Weiteres als Geständnis werten. Wir sollten da sehr sorgfältig vorgehen. Ich muss unbedingt mit ihr reden, ob in Ischl oder in Linz. Ich hab vorhin schon mit dem Professor Eisler telefoniert. Der sagt, es geht ihr nicht gut, aber sie wird es schaffen. Er gibt mir gleich Bescheid, wenn sie ansprechbar ist.«

»Ah, fahrn S' nach Ischl?« Patzak kippte seinen Oberkörper nach vorn. »Jetzt sagen S' aber bitte nicht, dass die Frau Konarek schon wieder in Ihre Ermittlungen involviert ist!«

»Sie hat der Frau Greding das Leben gerettet, falls Sie das mit *involviert* meinen, Herr Oberst.«

»Ja, also gut.« Der Oberst machte eine Handbewegung, mit der er seine eigenen Bedenken wegzuwischen schien. »Machen S', wie Sie meinen, Materna. Halten S' Ihre Teambesprechung und dann nehmen S' sich frei.« Er erhob sich. »Alsdann – Wiederschaun, Materna.«

Auch Materna stand auf. »Auf Wiedersehen, Herr Oberst.« Er nickte grüßend und wandte sich zum Gehen.

»Ah – Materna?«, rief Patzak ihm nach, als er schon fast draußen war. »Befragen S' nur die Frau Greding. Aber grundsätzlich ist der Fall Jarisch abgeschlossen. Ich hoffe, da sind wir uns einig.«

Nein, da sind wir uns nicht einig, dachte Materna. »Auf Wiedersehen, Herr Oberst«, sagte er noch einmal. Dann schloss er die Tür hinter sich.

11.30 Uhr

Eine laue Brise strich über sein Gesicht. Josis Balkon war bei warmem Wetter ein wunderbarer und ruhiger Platz. Unten auf dem Stelzhammer-Kai kam jetzt, am späten Vormittag, allenfalls einmal ein Fußgänger oder ein Radfahrer vorbei. Die Luft hier an der Traun hatte eine ganz eigene Frische, fast so, als würde der Fluss sie reinigen und beleben. Materna ließ sich tief in die mittägliche Ruhe hineinfallen, schaute den kleinen Enten auf dem Wasser zu und hing seinen Gedanken nach.

Noch in der Nacht hatte Josi erzählt, wie Valentina sich ihr unter dem Siegel der Verschwiegenheit anvertraut hatte; wie es sie zunehmend belastet hatte, dass sie nicht mit ihm darüber reden konnte, und wie sie ihr Schweigen unbedingt hatte beenden wollen, als ihr Verdacht in Bezug auf Katharina durch das Foto Gestalt annahm. Sie hatte die verstörende Begegnung mit dem verbrecherischen Lehrer auf der Traunbrücke geschildert und auch von ihren Zweifeln gesprochen, ob sie nicht aufgrund dieses Erlebnisses zu viel in das Foto von Jarisch und Katharina hineininterpretierte. Schließlich hatte sie auch von ihrem Anruf bei Klaus Konarek erzählt und von ihrem Wunsch, sich selbst ein Bild von Katharinas Arzt zu machen. Und er hatte davon gesprochen, welche heftige Angst ihn gepackt hatte, als er Josi vor der psychiatrischen Praxis vorfand.

Aber dann hatten sie nicht mehr reden wollen. Es war tausendmal wichtiger gewesen, die Nähe des anderen zu spüren. Die Nacht war kurz genug gewesen. Und wunderschön.

Josi erschien mit der Thermos-Kaffeekanne in der Hand in der Balkontür. Sie stellte sie ab und ließ den Blick prüfend über den Tisch gleiten. »Fehlt noch was?«

»Mir schon.« Er stand auf, zog sie schnell an sich und küsste sie.

Lachend befreite sie sich aus seiner Umarmung. »Ich muss nach den Eiern schauen, sonst werden Kieselsteine draus.« Sie verschwand Richtung Küche.

Er setzte sich wieder hin und schaute ihr lächelnd nach.

Tagsüber war Materna das Vergnügen, mit Josi zu essen, nur selten vergönnt. Aber heute hatte er noch schnell alles eingekauft, was für ihn zu einem richtig guten späten Frühstück gehörte. Marmelade und Eier waren im Haus, das wusste er. Frische Semmeln, Croissants, Käse und Orangensaft hatte er mitgebracht. Gleich nachdem er zurück war, hatte er den Tisch auf dem Balkon gedeckt. Josi hatte das Kaffee- und Eierkochen übernommen.

Gefolgt von Poldi, kam sie mit zwei weichen Eiern in silbernen Eierbechern zurück, stellte den einen an seinen, den anderen an ihren Platz und setzte sich, während der Dackel seinen Krümelsammel-Hotspot unter dem Tisch bezog.

Materna griff nach der Kanne und schenkte den frisch gekochten duftenden Kaffee in die Tassen. Dann nahm er ein Croissant aus dem Brotkorb und bestrich es mit Butter und reichlich Marmelade.

»Sag einmal, Paul, hast du den Zettel nicht gesehen, den ich dir gestern geschrieben habe?« Josi nahm ein zusammengefaltetes Blatt Papier aus der Tasche ihrer Bluse, faltete es auf und legte es vor ihn hin. Ich hab ihn auf den Wohnzimmertisch gelegt. Oder warst du gar nicht zu Hause?«

»Schon, ich war vor der Einvernahme vom Thoma kurz hier, aber den Zettel hab ich glatt übersehen.« Er las, was sie ihm geschrieben hatte, dass sie bei Valentina sei und sogar etwas zu essen für ihn vorbereitet hatte – und kam zu der Erkenntnis, dass er ein riesiger Hornochse war. Josi war nicht wie seine geschiedene Frau Juliane. Sie hatte für seinen Beruf jede Menge Verständnis, so wie er auch für den ihren. Sie würde auch nicht gleich für immer davonrennen, weil er sich mal blöd verhalten hatte. Das wusste er doch! Eigentlich.

Josi griff nach einer Semmel. »Einen Gruß von der Isi soll ich dir sagen. Sie macht heute eine Wanderung zum Nussensee. So um zehn ist sie losgegangen.«

»Ah ... ja. Danke.« Er verkniff sich die Frage, ob sie denn den Ausflug allein machte. »Weißt du eigentlich, mit wem sie gestern essen war?«, rutschte es ihm dann doch heraus.

»Nein, das hat sie mir nicht erzählt. Aber es muss ein netter Abend gewesen sein.« Sie lächelte verschmitzt, griff zum Messer und schnitt ihre Semmel in zwei Hälften. »Die Isi ist übrigens bereit, ein paar Tage länger auf den Poldi aufzupassen. Ich werde nämlich nach der Talkshow noch zwei, drei Tage in Berlin dranhängen.« Sie griff nach der Butter. »Du weißt ja das Neueste noch gar nicht. Stell dir vor, eine Berliner Freundin, die Patrizia, hat sich von ihrem Freund getrennt. Jetzt ist sie allein in ihrer Wohnung, die für sie zu groß und zu teuer ist. Genauso geht es mir ja mit meiner auch, wo ich doch so viel in Ischl bin. Wir haben ausgemacht, dass wir uns Patricias Wohnung teilen. Ist doch gescheit, oder?«

»Sehr gescheit«, sagte er, während in seinem Kopf das Halleluja von Händel ertönte und er feststellte, dass er nicht nur ein riesiger, sondern der allerriesigste Hornochse der Welt war.

»Wie war deine Besprechung in Linz?«, erkundigte Josi sich.

»Der Oberst ist begeistert. Für ihn ist alles klar, beide Fälle sind gelöst, alles unter Dach und Fach. Der wollt gleich eine Pressekonferenz einberufen.«

Josi legte das Messer hin, das sie immer noch in der Hand hielt, und schaute ihn aufmerksam an. »Also ist für den Oberst alles klar, aber für dich nicht?«

»Ehrlich gesagt – nein.« Er griff nach der Kaffeetasse. »Es gibt einfach zu viele Ungereimtheiten.«

»Es ist schon verrückt.« Sie schüttelte leicht den Kopf. »Für mich hat sich in den letzten Tagen der Verdacht gegen Katharina ja immer mehr erhärtet. Aber jetzt hab ich auf einmal Zweifel, ob sie den Jarisch wirklich getötet hat.«

»Du auch?« Ruckartig stellte er seine Tasse ab. »Wie kommt das?«

»Der Brief. Ich hoffe, es ist kein Wunschdenken von mir, aber ich werde das Gefühl nicht los, dass mit dem etwas nicht stimmt. Der wirkt nicht wie ein Abschiedsbrief, sondern fast so, als hätte ihn ein Roboter verfasst.« Sie hielt einen Moment inne. »Außerdem stecken Widersprüche darin. Sie schreibt, sie hätte Jarisch getötet und wörtlich: *Es musste sein.* Das klingt nicht nach Reue, oder? Warum aber dann der Suizidversuch? Es hat doch auch bis gestern niemand einen Verdacht gegen sie geäußert. Natürlich, da war das Foto, das sie genau an diesem Tag bekommen hat. Aber wenn sie den Jarisch getötet hat, weil der ihr etwas Schlimmes angetan hat, heißt das doch, sie hat diese Erinnerung die ganze Zeit vor Augen gehabt. Wie konnte dann dieses eine Foto so eine massive Wirkung auf sie haben, dass sie sich das Leben nehmen wollte?«

»Weißt du was, Josi? Du bist genial!« Materna merkte, dass seine Stimme vor Aufregung ein wenig heiser klang.

Josi hatte vieles, was ihn an der Sache irritiert hatte, was für ihn aber vage und nicht zu greifen war, perfekt analysiert. »Du bist der beste Hilfssheriff der Welt, und wenn du diesen Job ausüben kannst, ohne dass du dich dabei ständig in Lebensgefahr bringst, dann mach ihn auf alle Fälle weiter!« Er hielt einen Moment inne. »Und hör bitte auf, mich aus deinen Smaragdaugen so anzuschauen, sonst kann ich überhaupt nicht mehr klar denken.«

»Okay, Chief.« Josi kicherte und senkte züchtig den Blick. »Besser?«

»Viel besser.« Er musste auch lachen. »Sag einmal, hast du eine Ahnung, woher die Frau Greding dieses Foto gehabt hat?«, fragte er wieder ernst.

»Ja. Von mir.«

»Von dir?« Materna fiel das letzte Stückchen seines Croissants aus der Hand. Von seinem Schoß kullerte es unter den Tisch, wo es der Poldi umgehend verschlang. »Also bitte, das musst mir jetzt genauer erklären.«

Josi berichtete von der Begegnung mit der Frau und deren kleiner Tochter während der Filmaufnahmen vor der Kaiservilla. »Der Regisseur ist fürchterlich ausgerastet, weil die Frau gesagt hat, dass sie zur Frau Greding wollen. Also hab ich angeboten, der Frau Greding das Kuvert zu bringen«, schloss sie.

»Die Frau ist mit ihrer Tochter wohl immer wieder am Set aufgetaucht«, erklärte Materna. »Einmal hab ich das sogar selber mitgekriegt. Sie hat wohl gehofft, die Kleine wird als Kinderstar entdeckt.«

Josi zog die Brauen zusammen. »Na bravo ... Jedenfalls hab ich den Umschlag prompt der falschen Frau Greding gegeben, der Valentina nämlich. Und die hat ihn gestern am Abend ihrer Mutter weitergegeben. Daraufhin hat die sich eingeschlossen. Angeblich wegen Migräne. Den Rest kennst du.«

»Weißt du denn auch, von wem das Kind den Umschlag hatte?«

»Die Mutter hat gesagt, ein Bub hätte es ihnen gegeben. Er hätte nicht mehr bis zur nächsten Drehpause warten können. Aber von wem der es bekommen hat, hat sie auch nicht gewusst.«

»Gut. Wir müssen alles dransetzen, das herauszufinden. Hoffentlich lässt uns der Oberst in Ruhe ermitteln und verbeißt sich nicht noch mehr in die Idee, dass der Fall gelöst sei. Für heute Nachmittag hab ich mir offiziell freigenommen.« Materna griff nach einem weiteren Croissant.

»Offiziell? Soso.« Josi blinzelte ihm zu.

»Na ja, ein paar Sachen krieg ich einfach nicht aus dem Kopf. Ich muss da einfach dranbleiben. Schlimm?«

»Quatsch.«

Er schickte ihr einen Luftkuss über den Tisch. »Ich muss auf jeden Fall selber mit Katharina Greding reden. Vielleicht ist das heute ja schon möglich. Mit Waffen kann sie umgehen, weil sie das für ihre Rollen gebraucht hat. Aber ob sie auch ein richtiges Schießtraining gehabt hat, muss ich auf jeden Fall noch klären. Die nächste Frage ist, wie sie an das Gewehr gekommen ist. Eine Jagdkarte oder auch eine Waffenbesitzkarte hat sie nicht, das haben wir nachgeprüft. Die Waffen, die im Film verwendet werden, haben unsere Leute gründlich untersucht. Aus keiner ist scharf geschossen worden. Natürlich könnte sie den Waffenmeister bestochen haben, mit Geld oder mit Sex, ein Gewehr ganz verschwinden zu lassen. Den möchte ich auch möglichst heute noch befragen.« Er nahm einen Schluck Orangensaft und stellte das Glas ab. »Und da ist noch etwas, was mir zu denken gibt. Du weißt ja, dass nach dem Mord in die Villa Blumenthal eingebrochen worden ist.«

Josi nickte.

»Es sind ausschließlich Fotos gestohlen worden, keine Wertgegenstände. Darunter war auch ein Foto von einer jungen Frau, auf dem *Pimmi* und *1977* gestanden ist. Diese Pimmi ist nach Aussage einer Kollegin vom Jarisch vor ungefähr vier Jahren bei den Dreharbeiten zu einem anderen Film aufgetaucht, und da hat es wohl Krach zwischen ihr und dem Jarisch gegeben. Das kann alles kein Zufall sein. Diese Frau spielt eine Rolle in dem Fall, da bin ich mir sicher.«

Josi runzelte die Stirn. »Könnte Pimmi ein Kosename für Katharina Greding sein?«

»Eben nicht! Sowohl die Leonie Thoma als auch die Frau Amberg, also die Schauspiel-Kollegin, beschreiben diese Pimmi als eher klein. Sie hätte ein rundes Gesicht gehabt. Die Frau Greding ist ja groß und hat ein sehr schmales Gesicht. Die Kollegin vom Jarisch hat auch gemeint, diese Pimmi wär gar nicht sein Typ gewesen.« Materna lauschte seinen eigenen Worten nach. Komisch, diesen Satz hatte er schon einmal gehört.

Sein Handy läutete. Er holte es aus der Hosentasche und schaute auf das Display. *Peter Eisler*, las er und nahm den Anruf an. »Grüß Gott, Herr Professor. Ist denn die Frau Greding schon ansprechbar?«

»Grüß Sie Gott, Herr Materna. Naja ... sie ist immer wieder mal wach, aber nicht vernehmungsfähig. Sie ist vollkommen verwirrt. Eine Befragung ist aus ärztlicher Sicht nicht anzuraten und würde auch nichts bringen. Sie müssen also bitte noch etwas abwarten. Die Patientin soll heute noch nach Linz überstellt werden. In der forensischen Psychiatrie bekommt sie auch Psychotherapie. Vielleicht bessert sich ihr Zustand ja schnell. Aber ich habe eine andere Neuigkeit für Sie. Die Frau Moll ist bei Bewusstsein, und Sie können mit ihr reden.«

14.25 Uhr

Josi betrat das Stallzelt, das sie vom vorigen Jahr bereits kannte. »Hallo, Roland!«, machte sie sich bemerkbar.

Roland König schaufelte gerade schwungvoll eine Ladung Pferdemist auf die Schubkarre. Er drehte den Kopf zum Eingang. »Josi! Das ist ja nett, dass du mich besuchst. Warst schon bei den Pferden? Die sind alle draußen.«

Sie schüttelte den Kopf.

»Na komm, gehen wir raus.«

Auf einer mit Draht eingezäunten Weidefläche grasten acht Pferde, und eines von ihnen kam gleich an den Zaun. Die anderen folgten. Roland strich dem Andalusier, der ihm den Kopf entgegenstreckte, über die Nüstern. »Na, kennst du sie noch? Die zwei Andalusier und die vier Holsteiner waren ja letztes Jahr schon dabei.« Er lächelte.

»Darf ich sie anfassen? Aber ...« Josis Blick ging nach unten. Sie gruselte sich ein wenig vor dem Elektrozaun.

»Da ist kein Strom drauf, keine Sorge. Wenn sie den Elektrozaun einmal kennen, respektieren sie die Bänder.«

»Wenn sie also einmal eine gewischt gekriegt haben?«

»Ja. Anders geht es nicht. Dafür haben sie dann überall ihren Auslauf und ihre Weidemöglichkeiten, auch wenn wir auf Tour sind.«

Josi tätschelte einem Tier nach dem anderen den Hals. »Brauchst du die alle für die Filmaufnahmen?«

»Ja. Einen der Holsteiner reitet der Kaiser, also zuerst der Herr Jarisch, jetzt der Herr Storz. Mit den Holsteinern fahre ich auch vierspännig. Für die leichten Kutschen nehme ich die Trakehner, die sind spritziger. Die Valentina reitet übrigens wieder ihren Kumpel vom Vorjahr, den Rico. Den zweiten Andalusier hatte ich eigentlich als Reitpferd für die Kaiserin vorgesehen, aber das hat gar nicht funktioniert. Ich hab ihr dann den Danjo gegeben.« Er deutete auf einen der Holsteiner, einen großen Braunen mit breiter Blesse. »Der ist total gelassen. Nicht einmal überdrehte Schauspielerinnen bringen den aus der Ruhe. Stimmt es eigentlich, dass die Greding versucht hat, sich das Leben zu nehmen?«

»Ja. Gestern Abend. Sie ist im Krankenhaus.«

»Na Mahlzeit.« Roland stieß kräftig die Luft aus und schüttelte den Kopf. »Wird ja alles immer irrer. Komm, lass uns einen Kaffee trinken gehen.«

Eigentlich hatte Josi heute schon reichlich Kaffee getrunken, aber sie wollte seine Gastfreundschaft nicht zurückweisen. Sie folgte ihm zum Wohnwagen.

Während Roland die Kaffeemaschine betätigte, nahm Josi auf der Eckbank am Esstisch Platz.

Er stellte die Kaffeetassen auf den Tisch. Dann holte er eine Prinzenrolle aus einem kleinen Hängeschrank und hielt sie hoch. »Kekse?«

»Danke, nein«, wehrte Josi ab. »Wir haben heute erst gegen Mittag gefrühstückt.«

Er steckte die Prinzenrolle zurück und setzte sich zu ihr.

»Sie ist gar nicht so einfach, die Arbeit bei diesem Film, nicht?«, griff Josi das Thema von vorhin wieder auf.

»Es geht so. Schwierig ist halt die miese Stimmung im Ensemble. Ich kann das gut verstehen, nach allem, was passiert ist. Aber den Tieren ist es egal, warum die Menschen gereizt sind. Sie spüren die ungute Atmosphäre, und das macht sie nervös. Ich hab heute den ganzen Tag frei, aber ich kann mir vorstellen, was jetzt los ist und wie es morgen sein wird – nach dem Selbstmordversuch von der Greding.«

Nachdenklich schaute Josi ihn an. Er wirkte irgendwie erschöpft. »Magst nimmer?«, fragte sie ihn geradeheraus.

Stumm betrachtete er die kreisende Flüssigkeit in seiner Tasse, während er immer weiter rührte. »Geht schon«, sagte er schließlich. »Es ist …« Er unterbrach sich und presste die Lippen zusammen.

»Was ist, Roland? Kann ich dir irgendwie helfen?«

Er schüttelte den Kopf und schwieg.

Josi schaute ihn ruhig an und wartete. Er wollte etwas sagen, da war sie sich sicher, aber er kämpfte noch mit sich.

Auf einmal stand er auf, so heftig, dass sein Sessel auf dem Holzboden schabte. Er holte einen Briefumschlag aus der Ablage über seinem kleinen Schreibtisch und legte ihn vor Josi hin. »Ich wollte eigentlich nicht ... aber: Hier. Lies.«

Sie nahm das Kuvert in die Hand. *Dr. Eugen Ronacher. Rechtsanwalt*, las sie.

14.35 Uhr

Schüsse zerrissen die Luft.

Materna suchte nach einer Stelle, an der er den Audi abstellen konnte, ohne den mit Transportfahrzeugen und Pkws zugeparkten Forstweg vollständig zu blockieren. Als er einen Platz gefunden hatte, blieb er stehen und rief Conni an. Er hatte ihn vorhin gebeten, mit Lukas zum Drehort zu kommen.

»Hallo, Paul«, meldete Conni sich. »Der Lukas und ich sind unterwegs. Wir sind bald da.«

»Gut. Ich geh schon vor. Also bis gleich«, beendete Materna das Gespräch. Er stieg aus, um das letzte Stück des Weges zu Fuß zu gehen.

Da Prof. Eisler vorgeschlagen hatte, dass er vor dem Besuch bei Tanja Moll gegen 16.00 Uhr in sein Büro im Krankenhaus kommen sollte, wollte Materna davor noch mit dem Waffenmeister reden. Conni und Lukas würden anschließend die Bücher überprüfen und noch einmal die vorhandenen Waffen zählen.

Mit viel Glück hatte er vorhin Felix Reich telefonisch erreicht. Der Regisseur hatte ihm mitgeteilt, man würde heute noch einmal den ganzen Tag Jagdszenen in der Nähe von Weißenbach drehen, und dort würde er auch den Waffenmeister Gerhard Braun finden. Ein wenig kurz angebunden war Reich gewesen, was ihm Materna nicht verübeln konnte. Schließlich war ihm jetzt auch noch seine Sissi abhandengekommen.

Er war an der Absperrung angelangt, an der diesmal nicht allzu viele Schaulustige standen. Rasch bückte er sich und schlüpfte unter dem Flatterband hindurch.

Sofort näherte sich ein Mann, muskulös und langhaarig, der ihn am Arm packte. »Halt! Hier können Sie nicht durch.«

Materna zeigte seinen Ausweis. »Kriminalpolizei. Ich muss mit Ihrem Waffenmeister reden. Herr Reich weiß Bescheid. Ach – und es kommen gleich noch zwei Kollegen.«

Der Mann betrachtete den Ausweis mit zusammengekniffenen Augen. »Kommen Sie mit«, brummte er schließlich und zog Materna ein Stück mit sich. »Bleiben Sie hier bitte ruhig stehen, bis die Szene abgedreht ist. Danach finden Sie den Herrn Braun dort drüben.« Er deutete auf einen großen grauen Transporter abseits der Szenerie und verschwand.

Materna betrachtete die Lichtung, auf der gerade gedreht wurde. Das Schießen hatte aufgehört. Eine große Kamera fuhr auf einen auf dem Boden liegenden ausgestopften Hirsch zu, vor dem mit geschultertem Gewehr der Kaiser und einer der Jäger standen. Ersatzkaiser Julius Storz trug eine Lederhose und einen Jägerhut, den ein überdimensionaler Gamsbart zierte. »Ein kapitaler Sechzehnender, Eure Majestät«, sagte der kaiserliche Waidmann.

Rundum im dichten Gebüsch hockten zusammengekauert ein paar weitere Jäger. Offenbar sollte der Kaiser sie nicht sehen. Die Kamera schwenkte auf einen von ihnen, der sich genau hinter dem Rücken Seiner Majestät befand. Ein junger Bursche, ebenfalls im Jägergewand, näherte sich ihm. Vorsichtig kroch der Mann samt Gewehr aus seinem Versteck. Die Kamera fuhr noch näher an die beiden heran, und der Bursche steckte dem Jäger einen Goldtaler zu.

»Danke!«, rief Reich von der Seite her.

Die Schauspieler entfernten sich aus der Szenerie.

Materna ging auf den Transporter zu.

Der Waffenmeister stand vor dem Fahrzeug. Er war das, was man einen Baum von einem Mann nannte, gut über einen Meter neunzig groß, breit, muskulös. Eine junge Frau mit Pferdeschwanz kletterte gerade in den Laderaum des Fahrzeugs.

Materna zeigte seinen Ausweis und stellte sich vor.

»Grüß Gott, Herr Inspektor«, sagte der Baum-Mann. »Mein Name ist Gerhard Braun. Der Herr Reich hat mir schon Bescheid gesagt, dass Sie mit mir reden wollen.«

Materna ergriff die gewaltige Pranke, die ihm der Waffenmeister entgegenstreckte. »Herr Braun, ich muss noch einmal nachfragen, ob und wie jemand vom Filmteam an eine der Waffen gelangen könnte. Ich meine natürlich außerhalb der Dreharbeiten.«

»Ausgeschlossen«, antwortete Braun sofort. »Hier ist alles doppelt und dreifach gesichert – schon deswegen, weil diese historischen Waffen ein Vermögen wert sind. Außerdem hat die Polizei doch schon alle Gewehre untersucht, nicht?«

»Es könnte aber doch zuvor ein Gewehr entnommen und nicht sofort zurückgegeben worden sein. Das wäre dann nicht untersucht worden.«

»Wissen Sie, Herr Inspektor, wie genau wir hier Buch führen müssen? Stimmt's Lizzy?«, wandte er sich an die junge Frau, die im selben Moment aus dem Transporter sprang. »Meine Assistentin«, fügte er erklärend hinzu.

Sie nickte. »Jede Waffe wird mit dem Namen des Schauspielers oder Komparsen in der Buchführung vermerkt, auch wenn sie nur für zehn Minuten herausgenommen wird. Sobald sie zurückgegeben wird, tragen wir sie wieder aus.«

»Also, da geht gar nix, glauben S' mir«, stimmte der Waffenmeister zu. »Aber Sie können gern noch einmal alle Waffen überprüfen und die Bücher dazu, kein Problem.« Der

Baum-Mann legte der jungen Dame namens Lizzy den Arm um die Schultern.

»Sehr gut. Danke für Ihr Entgegenkommen. Es kommen gleich zwei Kollegen, die das übernehmen werden. Ah – ich seh grad, da sind sie schon.«

Conni und Lukas kamen auf sie zu. Materna machte die Kollegen mit dem Waffenmeister und seiner Assistentin bekannt.

Lizzy deutete auf den Transporter. »Die Bücher sind da drin, und spätestens in einer Stunde sind auch alle Gewehre wieder da.«

»Gut, dann übernehmt ihr jetzt«, wandte sich Materna an die Kollegen. »Vielen Dank, Herr Braun. Auf Wiedersehen ... Lizzy.«

»Auf Wiederschaun«, sagte Braun.

»Tschüss«, schloss sich Lizzy an.

Materna wandte sich zum Gehen.

»Moment noch!«, rief Conni und ging ein paar Schritte mit Materna auf die Seite. »Sag einmal, ich hab geglaubt, du hast dir für heut freigenommen, Boss?«

»No schau, so kannst dich täuschen.« Materna lachte. »Ich werd nachher mit der Moll reden. Die ist wieder ansprechbar. Und morgen um acht sehen wir uns alle im Büro.«

»Am Feiertag?«, maulte Lukas.

»Seit wann gibt es bei uns Feiertage? Also servus!«

Als Materna zurück zu dem Platz kam, an dem vorhin gedreht worden war, fanden sich um den ausgestopften Hirsch herum allmählich die als Jäger gekleideten Komparsen und auch Jagdhornbläser mit ihren Instrumenten ein.

Materna betrachtete das Tier auf dem Boden.

»Na, Herr Chefinspektor, gefällt Ihnen unser Ottokar?«, fragte eine wohlklingende Männerstimme hinter ihm. »Sie sind doch der Chefinspektor vom LKA, nicht wahr?«

Materna wandte sich um. Es war der Kaiser persönlich. Nach frischer Schminke und Puder duftend, trat der Film-Franz-Joseph an seine Seite und nickte ihm freundlich zu.

»Ja, ich bin Paul Materna. Und Ottokar – das ist der Hirsch?«

»Genau. Von wegen Ottokars Glück und Ende. Sie wissen schon.«

»Ach so.« Materna lachte.

»Sie bringen gleich noch andere Viecher fürs große Halali.«

»Verstehe. Ach, Herr Storz – darf ich Sie etwas fragen?«

»Gern. Ein paar Minuten habe ich noch, bis es weitergeht.«

»Die Szene vorhin – die hab ich nicht ganz verstanden. Wofür hat denn der Mann im Gebüsch den Goldtaler gekriegt?«

Storz schmunzelte. »Der Kaiser war ein miserabler Schütze. Es war immer mindestens ein Jäger irgendwo versteckt, der mit ihm zugleich geschossen hat, schon damit das Tier wirklich erlegt und nicht nur angeschossen wurde. Der jeweilige Schütze hat dann eine Extrazahlung bekommen.«

»Und der Kaiser hat gedacht, er wär der Schütze gewesen. Na servus, Kaiser, kann ich da nur sagen.«

Storz lachte.

Materna konnte, warum auch immer, den Blick nicht von dem ausgestopften Hirsch wenden. Man hatte ihm einen Tannenzweig ins Maul gesteckt. »Und das mit dem Zweig? Eine waidmännische Tradition, ich weiß, aber was bedeutet sie?«

»Die letzte Äsung«, erklärte Storz. »Der *Bruch nach Schuss* soll die Achtung des Jägers vor dem Wild ausdrücken. Oh – entschuldigen Sie mich bitte, ich muss …«

Der Bruch! Einen Moment lang fühlte sich Materna wie paralysiert. »Ah, ja, danke.« Er nickte geistesabwesend.

Storz hob die Hand zum Gruß und begab sich zu den anderen Schauspielern und Komparsen.

Mit einem Schlag war Materna klar geworden, dass er bisher eine kleine, aber wichtige Einzelheit im Zusammenhang mit dem Mord aus den Augen verloren hatte – den Inbesitznahmebruch, den der Arzt auf dem Mordopfer gefunden hatte. Was war er nur für ein Idiot! Warum hatte er sich nicht von Anfang an auf dieses Detail konzentriert? Es hätte ihm garantiert einige Umwege, Irrungen und Wirrungen erspart.

Katharina Greding war keine Jägerin. Sie hätte bestimmt keinen Inbesitznahmebruch auf den »erlegten« Jarisch gelegt. Und um auf diese Weise die Polizei auf eine falsche Spur zu locken, war die Schauspielerin schlicht zu konfus. Vermutlich kannte sie diesen jagdlichen Brauch überhaupt nicht.

Wer ihn hingegen garantiert kannte, war Clarissa Auerbach. Die Geste würde auch zu ihrem Charakter passen. Er würde später noch einmal mit ihr reden, auch wenn er sich davon nicht viel versprach. Dass ihre Familie eine eigene Jagd besaß und dass sie eine wichtige Person im Jagdverband war, sprach letztlich eher gegen ihre Schuld. Welche Täterin, über die man das alles wusste oder mühelos herausfinden konnte, würde schließlich einen so deutlichen Hinweis am Tatort hinterlassen?

16.10 Uhr

Ronacher schwebte auf einer Wolke aus Seligkeit auf die Konditorei Zauner zu. Gestern hatte sie auf seine vorsichtige Frage, ob man sich vielleicht am Abend noch einmal sehen könnte, ablehnend reagiert. Sie hätte am späteren Abend noch eine Besprechung mit dem Regisseur. Außerdem sei sie müde. Er hatte das eingesehen. Aber heute – heute hatte sie drehfrei, und sie hatte sofort eingewilligt, ihn nach Kanzleischluss beim Zauner zu treffen.

Er betrat die Konditorei und hielt nach seinem Lieblingsplatz in der Nähe des großen Gemäldes von Kaiserin Elisabeth Ausschau. Der Tisch war frei.

Ronacher holte sich eine Zeitung und setzte sich. »Später«, wimmelte er die junge Serviererin ab, die gleich herbeigeeilt war. Er tat so, als würde er lesen. In Wahrheit schielte er die ganze Zeit an der Zeitung vorbei oder über die Zeitung hinweg zum Eingang.

Heute war sie früher dran. Er sprang auf, sobald er sie erblickte. Sie trug ein hinreißendes Dirndlkleid in zartem Hellblau und von edlem Stil und Schnitt. Ob sie das hier in Ischl im Trachtenatelier Schauer gekauft hatte? Dort hatte man schließlich schon zu Kaisers Zeiten für Adel und Hofgesellschaft geschneidert. Aber dann fiel ihm ein, dass ihre Familie ja auch eine Trachtenbekleidungsfirma besaß.

»Clarissa«, sagte er mit leicht heiserer Stimme, küsste ihr die Hand und rückte ihr einen Sessel zurecht. Er spürte, wie sein Herz bis zum Hals klopfte.

»Grüß dich, Eugen.« Sie setzte sich.

Nachdem auch er Platz genommen hatte, kam die Bedienung zurück.

»Kaffee? Cognac?«, fragte ihn Clarissa. Und bevor er noch etwas sagen konnte, hatte sie schon zwei Große Schwarze und zwei Cognac bestellt.

»Keine Mehlspeis? Die sind hervorragend hier.« Ronacher hatte unbändige Lust auf das Zaunerkipferl, das er jeden Tag verzehrte, wenn er aus der Kanzlei kam und hier den Feierabend einläutete.

»Danke, nein«, gab sie etwas spitz zurück.

Schade. Jetzt konnte er natürlich auch keine Mehlspeise bestellen. Er wusste genau, warum sie ablehnte. Sie war nicht die Frau, die sich um ihre Figur sorgen musste. *Gute Gene*, nannte man so etwas wohl. Aber Menschen ihres

Standes sogen Selbstdisziplin und Selbstbeherrschung mit der Muttermilch ein.

»Und – was sagst du zu den Neuigkeiten in unserem Fall?« Sie schaute ihn aus erwartungsvoll blitzenden Augen an.

Ronacher wurde es heiß. Neuigkeiten? Hilfe, was meinte sie bloß? Was immer es war – sie setzte voraus, dass er es wusste. Tatsache war, er wusste von nichts. »Neuigkeiten, ja ... also ...«

Die Kellnerin erlöste ihn vorübergehend von seiner Qual. »Bittschön, die Herrschaften.« Sie stellte Kaffee und Cognac auf den Tisch.

»Dank schön.« Er bemühte sich, das so aristokratisch wie möglich klingen zu lassen. Nicht umsonst war er ein Meister des Schönbrunner Deutsch, das schon der Kaiser gesprochen hatte.

Clarissa verscheuchte die junge Bedienung mit einem einzigen Blick. Es war der Blick, mit dem Generationen ihrer Vorfahren ihre Dienstboten bedacht hatten, wenn diese sich zu entfernen hatten.

»Also?«, wandte sie sich Ronacher zu. »Sag bitte nicht, dass du nichts davon weißt, Eugen.« Sie zog die rechte Braue hoch.

»Ich, ja, also, ich weiß grad nicht, was du meinst.«

»Na, dass sich unsere Sissi umgebracht hat – oder dass sie es wenigstens versucht hat. Ich hab gedacht, du kannst mir sagen, ob der Materna damit endlich seine Mörderin hat!« Jetzt fuhr auch Clarissas zweite Braue nach oben.

»Ach je ... a geh ... so was«, stammelte Ronacher. »Nein, also davon hab ich noch nix g'hört.« Ein Königreich für eine Tarnkappe ... Zum Glück fiel ihm in diesem hochpeinlichen Moment ein, dass er ja immerhin eine andere gute Nachricht hatte. Die würde sie bestimmt versöhnen.

»Ich werd mich natürlich sofort beim Materna erkundigen«, versprach er. »Aber etwas anderes, Clarissa. Ich denke, du brauchst dir wegen diesem ... König, ja, dem Kutscher, keine Sorgen mehr zu machen. Er hat von mir ein sehr deutliches Schreiben bekommen, ein anwaltliches Schreiben. Ich hab ihm eine Klage angedroht, sollte er es wagen, sich dir noch einmal un... naja, irgendwie zu nähern.«

Ihr Blick traf ihn wie ein Schlag ins Gesicht. In ihren Augen glühte der Zorn. Langsam, fast wie in Zeitlupe, stand sie auf. »Ich mache mir keine Sorgen, Eugen«, sagte sie. Sie griff zu ihrem Cognacschwenker, leerte ihn in einem Zug, stellte ihn wieder ab und verließ ohne weitere Erklärung das Lokal.

16.20 Uhr

Der Unfall hatte sie verändert. Materna saß auf einem Besuchersessel am Bett der Klatschreporterin Tanja Moll. Sie sah ihn aus tief in den Höhlen liegenden graubraunen Augen an. Der letzte Rest von dem Gach'n, der ihn wegen ihrer Artikel gepackt hatte, hatte sich beim Anblick der geschundenen Gestalt in dem schmalen Krankenhausbett aufgelöst – fürs Erste wenigstens. Ihr Gesicht war sehr schmal und wirkte fremd. Vielleicht lag es auch daran, dass er sie nur mit reichlich Make-up und in auffälliger Kleidung kannte. Jetzt trug sie ein weißes Klinik-Nachthemd und einen ebensolchen Kopfverband. Verrückt, dachte Materna, der dritte Kopfverband, den er innerhalb von so wenigen Tagen zu sehen bekam.

Prof. Eisler hatte ihn gebeten, den Besuch kurz zu halten. Also erklärte er nur, dass und warum die Polizei ihren Computer beschlagnahmt und ausgelesen hatte. Und er bat sie, den Vorfall auf dem Siriuskogel aus ihrer Sicht zu schildern.

Sie erzählte von dem zweiten Anruf ihres Informanten, von ihrem Treffen mit ihm auf dem Weg zur Franz-Josephs-

Warte und wie es zu einem Streit zwischen ihnen gekommen war, als Thoma plötzlich alles rückgängig machen wollte.

Das bestätigte Thomas Aussage. »Sie können sich also an den Ablauf der Auseinandersetzung genau erinnern?«, fragte Materna zur Sicherheit nach.

»Ja.«

»Gut. Was genau ist dann passiert?«

»Wie ich dem Andi, also dem Herrn Thoma, gesagt hab, dass ich den Scheck nicht zurücknehmen und die Artikel auf jeden Fall veröffentlichen werde, hat er versucht, mir die Handtasche zu entreißen. Es hat ein Gerangel gegeben, und dabei bin ich gegen diesen Felsen geprallt.«

Diesbezüglich hatte Thoma also die Wahrheit gesagt. »*Die* Artikel?«, fragte Matern. »Es ist nicht nur um den Artikel über die Frau Thoma gegangen?«

»Nein, auch um den über die Psychiaterbesuche von der Katharina Greding.«

»Um den auch?«

»Ja, genau.«

»Haben Sie denn die Information, dass die Frau Greding zu einem Psychiater geht, auch von dem Andreas Thoma?«

»Bestimmt nicht! Das hab ich selber recherchiert.« So patzig, wie diese Antwort klang, blitzte deutlich ein Stück der alten Tanja Moll durch.

»Wie hat er denn begründet, dass er was gegen die Veröffentlichung hatte?«

»Er hat gesagt, er wär darum gebeten worden.«

»Von wem?«

»Weiß nicht, das hat er nicht gesagt. Von der Greding wahrscheinlich. Und wegen dem anderen Artikel hat er gemeint, seine Ex-Frau hätte ihm auf einmal leidgetan.«

»Und Sie haben das geglaubt?«

»Nein.«

»Sondern?«

Ihre Nasenflügel blähten sich. »Also bitte, Herr Materna, mir ist das wurscht, wer den Andi um irgendwas gebeten hat, und erst recht, wer wem auf einmal leidgetan hat und warum. Das waren *meine* Geschichten. Topstorys. Und Deal ist Deal. Basta.« Ihre Stimme war schrill geworden. Ein spöttischer Zug lag um ihren Mund.

Materna stellte fest, dass die gute Tanja Moll trotz Verband und Blässe mit einem Mal wieder ganz die Alte war. Und mit der alten Tanja Moll hatte er noch ein Hühnchen zu rupfen. »Frau Moll, es ist mir sehr wohl bekannt, dass es Ihnen wurscht ist, was an diesen sogenannten Topstorys dranhängt. Und stellen Sie sich vor, auch mir sind diese albernen Geschichten wurscht, auch die, die Sie sich über mich ausgedacht haben. Aber wenn Sie noch einmal auf die Idee kommen sollten, meine Lebensgefährtin oder meine Tochter da mit hineinzuziehen, bekommen Sie ernsthaft Ärger mit mir. Klar?« Er stand auf und wandte sich zum Gehen. Er hatte schon die Türschnalle in der Hand, da drehte er sich noch einmal um. »Ihre großartigen Geschichten werden übrigens nicht erscheinen. Die Frau Greding liegt nach einem Selbstmordversuch in der Klinik. Diese Neuigkeit dürfte Ihre tolle Story deutlich toppen. Ihr Informant sitzt in Untersuchungshaft, und die Frau Thoma hat einen Anwalt eingeschaltet.«

17.20 Uhr

Materna fuhr die Salzkammergut Bundesstraße entlang Richtung Gmunden. Da er mit Katharina Greding nicht sprechen konnte, hoffte er, irgendetwas aus dem Psychiater herauszubekommen, was die unnachvollziehbaren Widersprüche rund um die Schauspielerin ein Stück weit klären konnte.

Vielleicht konnten Horvath und seine Mutter auch etwas zu der Foto-Sache sagen. Offensichtlich hatte Katharina Greding Andreas Thoma ja doch beauftragt, dass er die Moll dazu bringt, die Geschichte über ihre Psychiaterbesuche zurückzuziehen. Vermutlich hatte sie es sich einiges kosten lassen. Aber woher kannte eine Schauspielerin aus Kärnten einen Alpinbedarf-Angestellten aus der Steiermark, der bereit war, für Geld alles Mögliche zu tun?

Materna schaute auf die Uhr. Inzwischen war es halb sechs. Vielleicht war Christian noch im Büro. Glücklicherweise erreichte er ihn sofort. Er informierte ihn über den Stand der Dinge und bat ihn, zur Justizanstalt Wels zu fahren, um den Untersuchungshäftling Thoma nach seiner Beziehung zu der Schauspielerin zu befragen.

Bald darauf bog Materna in den Weg ein, der zu Dr. Horvaths Praxis führte. Er parkte an derselben Stelle wie beim letzten Mal und stieg aus. Als er auf das Haus des Arztes zuging, stand dieser im Vorgarten und rauchte.

»Ah, der Herr Inspektor«, sagte er, als er Materna erblickte.

»Guten Tag, Herr Doktor«, grüßte Materna über das Gartentor hinweg. »Haben Sie kurz Zeit? Ich hätte noch ein paar Fragen.«

Horvath blies den Rauch durch die Nase aus. »Kommen Sie rein. Es passt grade. Eine Therapiestunde ist ausgefallen.«

»Danke.« Materna öffnete das Gittertor und trat ein.

Der Psychiater drücke seine Zigarette in einem großen Standaschenbecher gleich neben der Praxistür aus und zuckte die Schultern. »Eine Unsitte, ich weiß. Aber irgendein Laster braucht der Mensch. Bitte, kommen Sie weiter.« Er hielt die Eingangstür zur Praxis auf.

Materna folgte ihm ins Wartezimmer. »Guten Tag, Frau Horvath«, begrüßte er die Mutter des Arztes, die wie beim letzten Mal hinter der Empfangstheke stand. »Ich störe nicht lange – nur ein paar kurze Fragen.«

Dr. Horvath deutete auf die Sitzgruppe. Alle setzten sich.

»Sie werden sicher erfahren haben, dass die Frau Greding versucht hat, sich das Leben zu nehmen«, begann Materna.

»Wie bitte?« Horvath fasste sich an die Stirn. »Nein, das habe ich nicht gewusst. Entsetzlich! Aber sie lebt?«

»Sie ist im Krankenhaus. Sie hat einen Brief hinterlassen, in dem sie den Mord an Wolfgang Jarisch gestanden hat.«

Der Psychiater stieß heftig Luft durch die Nase aus und deutete ein Nicken an.

Seine Mutter sagte nichts. Sie fuhr sich mit den Fingern durch die Haare und verschränkte dann die Hände.

»Aber es haben sich Zweifel an ihrer Täterschaft ergeben«, fuhr Materna fort.

»Ach!« Ruckartig wandte Dr. Horvath sich ihm zu. Auf seiner Stirn erschienen Falten. »Und was kann ich in dieser Sache für Sie tun, Herr ...?«

»Materna. Nun, Frau Greding war Ihre Patientin. Können Sie mir sagen, ob es aus ärztlicher Sicht möglich wäre, dass sie einen solchen Brief geschrieben ...«

»Leider nicht«, unterbrach ihn Horvath. »Sie wissen, dass ich Ihnen keinerlei Auskunft über eine Patientin geben kann.«

»Aber es geht um Mord, Dr. Horvath. Da gibt es Ausnahmen von der ärztlichen Schweigepflicht.«

»Hm. Sie werden Verständnis haben, dass ich Sie in dem Fall bitten muss, diese Ausnahme durch einen richterlichen Beschluss bestätigen zu lassen.«

Materna wusste, wie heikel das Thema ärztliche Schweigepflicht war. Er hatte durchaus Verständnis für die Haltung des Arztes, und er hatte auch gar nichts anderes erwartet. Aber aufgeben würde er nicht. »Lassen Sie mich anders fragen: Halten Sie es für möglich, dass ein Mensch, der sich aus irgendeinem Grund das Leben nehmen will, einen Brief schreibt, in dem er eine Tat gesteht, die er nicht begangen hat – ganz allgemein gefragt?«

»Hm.« Horvath strich sich über das Kinn. »Grundsätzlich ist das möglich, wenn diese Person an einer Psychose leidet, die grade akut ist. Akute Psychosepatienten behandle ich allerdings nicht hier in der Praxis. Ich überweise sie in eine psychiatrische Klinik. Hilft Ihnen das weiter?«

»Oh ja, vielen Dank.« Materna war hellhörig geworden. Wollte Horvath ihm sagen, Katharina Greding sei keine Psychotikerin und habe daher wohl die Tat begangen, die sie eingestanden hatte? Es war nicht mehr als ein leiser Argwohn, der sich in Materna formte, eine Andeutung von Verdacht. Aber da er keinen Punkt fand, an dem er einhaken konnte, ließ er sich nichts anmerken. »Können Sie mir bitte noch etwas zu dem Vorfall mit der Journalistin sagen?«, wechselte er das Thema.

»Ist dieses Foto denn veröffentlicht worden?«, fuhr Horvath auf.

»Nein. Wir haben das Bild im Computer der Reporterin gefunden. Sie ist ja ... verunfallt. Das wissen Sie, oder?«

Horvath antwortete nicht.

»Sie, gnädige Frau? Können Sie etwas dazu sagen?« Materna wandte sich Mona Horvath zu, die still vor sich hin starrte. Bisher hatte sie kein Wort gesprochen. Sie drückte ihre verschränkten Hände so fest zusammen, dass die Fingerknöchel ganz weiß hervortraten.

»Diese verdammten Boulevard-Journalisten!«, brach es aus Mona Horvath heraus. Man sollte die alle ...« Sie verstummte mitten im Satz und grub die Schneidezähne in ihre Unterlippe. Es fehlte nicht viel, und sie würde vollständig die Fassung verlieren.

»Mama, bitte!« Horvath schleuderte einen maßregelnden Blick in Richtung seiner Mutter.

Nicht nur Wut, auch Angst konnte Materna jetzt in ihren weit aufgerissenen Augen lesen. Es waren große dunkle Augen in einem runden Gesicht. *Sie war eher klein ... hatte ein rundes Gesicht ... war so gar nicht sein Typ*, hörte er auf einmal Sarah Ambergs Stimme in seinem Kopf. Gerade vorhin hatte er mit Josi darüber gesprochen. Und jetzt wusste er auch, wo er den letzten Satz schon einmal gehört hatte. Mona Horvath selber hatte ihn bei seinem ersten Besuch gesagt. *Ich war nicht sein Typ.*

Pimmi!

Materna hatte verstanden. Nicht alles, aber er hatte jetzt eine ungefähre Vorstellung von dem, was abgelaufen war. Allerdings waren ihm die Hände gebunden. Er konnte nichts Greifbares vorweisen. Er hatte keine Beweise, nicht einmal eindeutige Indizien. Er war der Jagdhund, der die Beute gestellt hatte, sie aber nicht fassen durfte.

Er riss sich zusammen. »Vielen Dank, Frau Horvath – Herr Doktor!« Schnell stand er auf. »Bitte bleiben Sie, ich finde schon hinaus.« Er nickte beiden zu und verließ den Warteraum.

Draußen griff er blitzartig in den Aschenbecher und holte den Zigarettenstummel des Doktors heraus. Zum Glück waren nur drei darin, und er hatte sich gemerkt, welcher es war, den Horvath vorhin ausgedrückt hatte. Zudem war er nicht ganz aufgeraucht. Schnell steckte Materna ihn ein. Da war der Psychiater auch schon hinter ihm.

Materna wandte sich um, lächelte ihm ins Gesicht. »Also dann – auf Wiedersehen!« Er gab seiner Stimme einen fröhlich-harmlosen Klang und hob noch einmal die Hand zum Gruß.

»Wiederschaun«, sagte Horvath und zog seine Zigaretten aus der Tasche.

Zügig ging Materna auf sein Auto zu. Jetzt wusste er auch, warum Rainer Horvath ihm bekannt vorgekommen war.

19.00 Uhr

Laura Greding musste mindestens Mitte siebzig sein. Sie war immer noch eine ausnehmend schöne Frau. Ihr schneeweißes Haar hatte sie zu einem dicken Knoten im Nacken gedreht. Das duftige Sommerkleid mit dem Blütenmuster schmeichelte ihrer schlanken Gestalt, und in dem fast faltenfreien Gesicht erkannte Josi die Züge von Katharina und Valentina wieder.

»Dank dir für die Einladung, Josi.« Valentina fasste über den Tisch nach Josis Hand und drückte sie.

»Gern.« Josi lächelte ihren Gästen zu. Sie hatte die beiden spontan in ihren Garten eingeladen, als Valentina angerufen und gesagt hatte, ihre Großmutter sei gerade mit dem Flugzeug in Salzburg gelandet und wäre so froh, mit Josi reden zu können.

Auf dem Terrassentisch standen Wein, Wasser, Saft und etwas Gebäck. »Und Sie haben bestimmt keinen Hunger nach dem Flug, Frau Greding?«

»Laura. Und ich darf Josi sagen, ja? Nein danke, das ist lieb, aber wirklich nicht. Ich habe eine Kleinigkeit im Flieger gegessen. Und ich möchte mich natürlich auch ganz herzlich bedanken, dass wir hier sein dürfen.«

»Was darf ich Ihnen zu trinken anbieten, Laura? Dir, Valentina?«

»Ich nehme gern ein Glas Rotwein«, sagte Valentinas Großmutter.

Valentina und Josi schlossen sich an.

»Ich weiß, Josi, es ist ungewöhnlich, fast schon unverschämt, jemanden, den man gerade erst kennengelernt hat, mit heftigen und intimsten Problemen zu belästigen«, begann Laura Greding. »Aber Valentina hat mir so viel von Ihnen erzählt und gemeint, wenn uns jemand versteht, uns vielleicht sogar helfen kann, dann sind Sie es.«

»Ich will es versuchen.« Josi wusste, dass dieses Kompliment ehrlich gemeint und ein Ausdruck von Vertrauen war. »Erst einmal: Willkommen in Bad Ischl und willkommen bei mir.« Sie hob ihr Glas.

Die drei Frauen stießen an und tranken einen Schluck.

»Aber vorab – ich habe auch etwas auf dem Herzen.« Josi stellte ihr Glas ab und schaute von Laura zu Valentina und wieder zurück zu Laura. »Ich kann nicht versprechen, dass ich über das, was wir hier reden, Stillschweigen bewahren kann. Sie werden es ja sicher schon wissen, Laura: Mein Freund leitet die Ermittlungen im Fall Jarisch. Wenn ich etwas erfahre, was für den Fall relevant ist, muss ich es ihm sagen.«

Laura Greding atmete tief durch. Dann nickte sie. »Natürlich. Ich bin Ihrem Freund auch sehr dankbar, Josi. Schließlich hat er meiner Tochter das Leben gerettet.«

»Ja. Er und die Josi«, sagte Valentina.

»Und du, Valentina«, ergänzte Josi lächelnd. »Wir haben alle drei dazu beigetragen, dass deine Mutter noch lebt.«

Jetzt war es Laura, die nach Josis Hand griff und diese drückte. »Ja, Josi, die Achtsamkeit von Ihnen dreien und ein kleines Wunder haben bewirkt, dass Katharina überlebt hat. Jetzt brauchen wir noch ein großes Wunder, um irgendwie beweisen zu können, dass sie keine Mörderin ist. Nie im Leben hat sie Wolfgang Jarisch umgebracht!«

»Oh – hallo!«, kam es vom Gartentor her.

Poldi, der unter dem Tisch gelegen war, sprintete los. Es dauerte ein bisschen, bis die Begrüßungsorgie überstanden war und Materna an den Tisch kommen konnte.

»Paul!« Josi streckte ihm die Hand entgegen, ergriff sie, als er zu ihnen getreten war, und hielt sie fest. »Laura, das ist mein Freund Paul Materna«, stellte sie vor. »Paul, das ist Valentinas Großmutter Laura Greding. Sie lebt auf Elba und ist gerade in Ischl angekommen.«

»Gnädige Frau.« Mit einer kleinen Verbeugung ergriff er die Hand der alten Dame, die sie ihm entgegenstreckte. »Hallo, Valentina«, begrüßte er die junge Schauspielerin.

»Komm, setz dich zu uns«, bat Josi. »Magst dir ein Weinglas holen oder bist du mit einem Wasserglas zufrieden?«

»Ein Wasserglas ist super.« Er zog sich einen Gartensessel heran, setzte sich und schenkte sich Rotwein ein. »Frau Greding, hab ich richtig gehört? Sie haben vorhin gesagt, dass ihre Tochter den Herrn Jarisch nie im Leben umgebracht hat?«

»Ja.« Ruhig schaute Katharinas Mutter ihm in die Augen.

»Erzählen Sie doch bitte, warum Sie da so sicher sind.«

Laura Greding lehnte sich zurück. Sie atmete zwei-, dreimal tief durch, ehe sie begann. »Es geht um dieses Foto von Wolfgang und Katharina. Ich kenne es. Es ist als Reklameaufnahme für den Film *Kleine Hoheit* entstanden. Ich war damals dabei, als es gemacht wurde. Katharina war oft recht patzig dem Wolfgang gegenüber, aber der hat ihr garantiert nichts getan. Ich kenne Wolfgang Jarisch. Auch ich habe früher mit ihm zusammen gedreht und mit ihm zusammen Theater gespielt. Da lernt man sich ganz gut kennen. Er war immer ein Frauenheld. Die Frauen haben ihn geliebt und er sie, aber letztlich war er ein grundanständiger Kerl. Wolfgang ein Kinderschänder – niemals!« Sie hielt einen Moment inne. »Ich nehme an, Herr Materna, Sie werden Zweifel an meiner Aussage haben. Aber bitte bedenken Sie: Selbst wenn ich mich in meiner Einschätzung total irren würde – Wolfgang hätte überhaupt keine Gelegenheit gehabt, Katharina etwas anzutun, sie auch nur unsittlich zu berühren. Ich war rund um die Uhr bei ihr.«

»Oh mein Gott«, entfuhr es Josi. »Valentina, entschuldige bitte, ich …«

»Es gibt nichts zu entschuldigen, Josi. Wenn man das Bild genau anschaut, kann man schon zu diesem Schluss kommen.«

»Ja, das finde ich auch«, pflichtete Materna Valentina bei. Dann wandte er sich wieder an Laura Greding. »Sie sagen, Ihre Tochter war patzig zu Wolfgang Jarisch?«

»Sie war patzig und irgendwie ablehnend gegen jeden. Vor allem gegen jeden Mann.«

»Haben Sie eine Erklärung dafür?« Ruhig und konzentriert schaute er sie an.

Laura Greding senkte den Blick. Sie schwieg.

»Omi ...« Mit einer hektischen Bewegung griff Valentina nach der Hand ihrer Großmutter.

Als die den Blick hob, lag ein harter Zug um ihren Mund.

»Hanno Brehm, mein zweiter Mann, Katharinas Stiefvater ... Ich fürchte, dass da etwas gewesen sein könnte. Ich war damals längere Zeit zum Filmen weg. Kathi ist bei ihm zu Hause geblieben. Als ich zurückgekommen bin, war sie irgendwie verändert ... Ich hab mir das damals als eine Phase in der Entwicklung erklärt. Aber jetzt frage ich mich, ob ich nicht doch etwas geahnt habe, was ich einfach nicht wahrhaben wollte. Ich habe die Augen zugemacht. Ich ... ich werde mir das nie verzeihen.« Ihre Augen füllten sich mit Tränen.

Valentina war weiß im Gesicht. Unablässig streichelte sie die Hand ihrer Großmutter.

»Laura?« Josi wartete, bis die verzweifelte Frau sie anschaute. Es dauerte einen Moment. »Laura, sind Sie mit Ihrem zweiten Mann noch zusammen?«

Laura Greding schüttelte den Kopf. »Wir sind schon lange geschieden. Er lebt in München.«

»Gehen Sie der Sache nach«, sagte Josi eindringlich. »Stellen Sie den Mann zur Rede. Und reden Sie mit Ihrer Tochter, sobald es ihr besser geht. Es ist wichtig, für Sie, für Ihre Tochter, für alle.«

»Auch ich rate Ihnen dazu«, schloss sich Materna an. »Finden Sie heraus, was war. Es gibt Initiativen, die sich für die Abschaffung der Verjährungsfristen bei Kindesmissbrauch einsetzen. Wenden Sie sich an diese, falls sich Ihr Verdacht bestätigt. Wenn Sie in der Sache aktiv werden, kann das ihrer Tochter helfen. Und – Sie tun es auch für sich.«

»Ja«, flüsterte Laura Greding. Sie tupfte sich über die Augen und sah auf. »Ja«, sagte sie noch einmal mit fester Stimme. »Ich verspreche es.«

20.20 Uhr

»Ich glaube, es wird gleich ein Gewitter geben.« Materna betrachtete die dicken Wolken, die am Himmel aufzogen. »Laura und Valentina werden hoffentlich noch trocken ins Hotel kommen.«

»Regen wäre nicht schlecht«, sagte Josi. »Wollen wir reingehen? Hast du Hunger? Ich könnte einen Auflauf warm machen. Das dauert aber ein bisschen, er ist noch im Tiefkühler.«

»Ja, klasse. Ich räum inzwischen hier auf, dann komm ich.« Er stellte Gläser, Flaschen und den Teller mit dem Gebäck auf ein Tablett und trug die Sachen in die Küche.

Zurück im Garten, schloss er den großen Sonnenschirm und klappte die Gartensessel zusammen. Er war froh, dass er entschieden hatte, früher nach Hause zu fahren. Den Zigarettenstummel heute noch nach Linz zu bringen hätte keinen Sinn gehabt. Am langen Himmelfahrtswochenende würde ohnehin nicht viel passieren. Als dann noch von der Ischler Inspektion die Nachricht gekommen war, das Handy von Thoma sei gefunden worden und bereits zur Untersuchung in Linz, hatte Materna gefunden, für einen freien Nachmittag habe er lange genug gearbeitet, und sich auf den Heimweg gemacht. Er war zufrieden mit dem Tag, der wichtige Erkenntnisse gebracht hatte. Die wichtigste von allen war es wohl, dass ihm klar geworden war, warum ihm der

Psychiater schon beim ersten Treffen so bekannt vorgekommen war. Nach seinem Besuch bei den Horvaths hatte er noch einmal das Me-too-Foto genau angeschaut. Rainer Horvath war dem jungen Jarisch wie aus dem Gesicht geschnitten! Und nun hatte er auch noch von Laura Greding die Geschichte der kleinen Katharina erfahren.

Er breitete eine Plastikhülle über die Gartenmöbel und ging nach oben.

Josi saß am Küchentisch vor einem Glas Mineralwasser. Sie deutete auf das Backrohr. »Knappe halbe Stunde noch.«

»Sehr schön.« Er nahm sich ebenfalls ein Glas Wasser. »Wo ist die Isi denn eigentlich?«, fragte er.

»Noch mal zum Essen eingeladen. Und morgen möchte sie einen größeren Ausflug machen.«

»Hm«, brummte er. Natürlich würde er sich nicht in die Bekanntschaften seiner Tochter einmischen. Aber irgendwie machte es ihn nervös, dass sie sich offensichtlich so schnell wieder auf einen Mann einließ. Allerdings war Isabel ja nicht nur erwachsen, sondern auch eine blitzgescheite junge Frau.

»Es tut ihr gut«, sagte Josi, die wieder einmal seine Gedanken zu lesen schien. »Ein bisserl angehimmelt werden nach dieser Geschichte mit dem Moritz ...«

Er nickte.

»Gut, dass du die Valentina mit ihrer Großmutter noch angetroffen hast, nicht?«, wechselte sie das Thema.

»Josi, das war sehr gut. Es war total wichtig. Großartig, dass du sie eingeladen hast.«

Sie lächelte. »Ich denke, Katharina kannst du als Mörderin jetzt wirklich abhaken, oder?«

»Ganz sicher. Sag mal, hältst du es für möglich, dass der Psychiater der Frau Greding irgendwie eingeredet hat, sie wär als Kind von Jarisch missbraucht worden und hätte ihn deswegen ermordet, obwohl sie es gar nicht war? Geht so was überhaupt? Ich habe schon von induzierter Erinnerung gehört, aber ich weiß nichts Genaueres darüber.«

»Ja, induzierte Erinnerung gibt es. Man kann einem Menschen falsche Erinnerungen ins Gehirn pflanzen wie Stecklinge in die Erde. Wie ich studiert hab, wurde noch recht kontrovers über dieses Thema debattiert. Dann gab es auf einmal einen großen Skandal um die multiple Persönlichkeitsstörung in den USA. Damals haben viele betroffene Frauen herausgefunden, dass die zugrunde liegenden Missbrauchserfahrungen nicht echt waren. Die sind ihnen nämlich von ihren Therapeuten suggeriert worden. Und mit dieser Erkenntnis sind bei den Patientinnen auch die Symptome verschwunden. Inzwischen wissen wir viel mehr über die Funktionsweise unseres Gehirns. Unser Gedächtnis hat ohnehin die Tendenz, Erinnerungen zu verändern. Und es gibt eine Menge Studien, die zeigen, dass es auch ganz drastische Erinnerungsverfälschungen geben kann. Das passiert manchmal unter starkem Stress ohne Beeinflussung durch einen Dritten, aber auch als Folge von Suggestion. Wart mal einen Moment.«

Josi stand auf, ging zum Backrohr und schaute kurz hinein. »Alles bestens«, stellte sie fest und setzte sich wieder. »Ich hab grade daran denken müssen, wie ich neulich auf einmal den Seyringer gesehen habe. Ich war ganz erstaunt, dass er nicht größer ist. In meiner Erinnerung war er ein Riese. Bei falschen Erinnerungen, die im Rahmen von Psychotherapien induziert werden, handelt es sich tatsächlich fast immer um angeblichen sexuellen Missbrauch.«

»Aber das ist ja grauenhaft.« Materna schüttelte den Kopf. »Warum machen Therapeuten so etwas? Ich versteh das nicht.«

»Absicht dürfte nur in seltenen Fällen dahinterstecken. Wenn ein Therapeut eine Theorie zur Entstehung einer Störung hat, von der er selber felsenfest überzeugt ist, kommt es vor, dass er den Patienten oder die Patientin unwillentlich durch suggestive Fragen beeinflusst. Irgendwann meint dann derjenige oder diejenige, sich erinnern zu können. Mit emotionalen Themen passiert das besonders leicht, und die Betroffenen haben dann ganz detaillierte Bilder dazu. Heute werden Therapeuten über dieses Phänomen aufgeklärt, deswegen ist es zum Glück selten geworden.«

»Aber absichtlich kann man so eine Erinnerungsverfälschung auch hervorrufen?«

»Ja, wenn man über das entsprechende Wissen verfügt und die Techniken draufhat. Nehmen wir mal an, Katharina hätte als Kind wirklich Missbrauchserfahrungen gemacht. Weil sie ihre Mutter liebte und vielleicht sogar ihren Stiefvater, hat sie diese aber verdrängt. In dem Fall wäre das Thema für sie hochemotional, und der Horvath hätte besonders leichtes Spiel bei ihr gehabt. Und vielleicht ...« Sie brach ab und schaute nachdenklich zum Fenster hinaus.

»Vielleicht?«

»Vielleicht hat er auch Drogen eingesetzt.«

»Du meinst ...«

Josi nickte. »Wie ich mit dem Klaus telefoniert habe, hat mir der erzählt, dass der Horvath sich wohl für die therapeutische Narkoanalyse stark gemacht hat.«

»Narkoanalyse?«

»Das ist eine sehr manipulative Methode, bei der die Patienten mithilfe von Narkotika für analytische Gespräche oder eben auch für suggestive Einwirkungen in eine Art Dämmerschlaf versetzt werden. Die Narkoanalyse ist zwar nicht direkt verboten, wenn der Patient oder die Patientin einverstanden ist. Sie gilt aber als ethisch verwerflich. Psychiater, die Narkoanalyse anwenden, machen sich daher nicht gerade beliebt. Weißt du, Paul, ich hab schon nach den Erzählungen von der Valentina gar kein gutes Gefühl gehabt; und nach der Information vom Klaus wollte ich mir diesen Psychiater selber anschauen.«

»Recht hattest du ja mit deinem Gefühl«, gab er zu. »Aber der Kerl könnte wirklich gefährlich sein, ich meine …«

»Weiß schon. Ich hab ja auch versprochen, in Zukunft ein ganz vorsichtiger Hilfssheriff zu sein.«

Donnerstag, 30. Mai

8.15 Uhr

»Du weißt schon, dass der Oberst eine Pressemitteilung herausgegeben hat, dass die Greding die mutmaßliche Mörderin ist, Paul?« Forschend schaute Christian seinen Chef an. »Und *mutmaßlich* steht nur der Form halber dabei, denke ich. Ich frag nur, weil du ja gestern Nachmittag noch Aufgaben verteilt und uns heut an Himmelfahrt einbestellt hast.«

»Ja, ich hab mich auch schon gewundert.« Lukas, der heute ausnahmsweise pünktlich um acht erschienen war, runzelte die Stirn.

Materna wurde im selben Moment klar, dass es ein Fehler gewesen war, seine Mitarbeiter in die informellen Ermittlungen von gestern einzubeziehen. Wenn er gegen Patzaks Willen weiterermittelte, durfte er das nur im Alleingang tun. Er hätte die Kollegen konsequent heraushalten müssen. Falls er mit seinen Annahmen unrecht hatte, würde das Konsequenzen für ihn haben. Doch das nahm er in Kauf. Allerdings durfte er sein Team auf keinen Fall weiter mit hineinziehen.

Zu Beginn der Teamsitzung hatte er von dem Gespräch mit Tanja Moll berichtet und darüber, dass diese die Unfallversion von Andreas Thoma bestätigt hatte. Er hatte auch erwähnt, dass er bei Dr. Horvath gewesen war. Dass er inzwischen einen massiven Verdacht gegen Mona und Rainer Horvath hegte, hatte er für sich behalten. Es war ihm verdammt schwergefallen.

»Es gibt halt ein paar Sachen, die wirklich noch geklärt werden müssen, bevor wir den Fall ad acta legen.« Materna blickte in ratlose Gesichter. Verständlich. Um den heißen Brei herumzureden war normalerweise nicht seine Art.

»Was denn für Sachen?«, fragte Lukas.

»Zum Beispiel hab ich noch gar nicht selber mit der Katharina Greding reden können. Sie ist jetzt hier in Linz im Kepler-Universitätsklinikum, aber die Frau Primar erlaubt noch keine Befragung.«

»i-a«, feixte Conni.

»Was?«

»Die Frau Primar*ia*, mit i und a.«

Alle lachten, bis auf Lukas. Der verdrehte die Augen.

»Gut. Primaria. Also, ich wollt mich nur mit euch kurzschließen, und dann könnt's übers Himmelfahrtswochenende freimachen.«

»Ah ja.« Christian musterte Materna mit einem prüfenden Blick. »Also, ich hab ja gestern den Thoma befragt, woher er die Katharina Greding kennt. Das wollt er mir aber nicht verraten. Er hat jetzt eine Anwältin und möchte nichts sagen, was er nicht mit ihr abgesprochen hat.«

»Und wozu ist das wichtig?«, fragte Lukas.

»Damit wir wissen, ob die Katharina Greding den Thoma beauftragt hat, das Erscheinen von dem Artikel über ihre Psychiaterbesuche zu verhindern.«

Jetzt zog Tina irritiert die Brauen zusammen, fragte aber nicht weiter nach.

Auch Conni, sein engster Mitarbeiter und alter Freund, schaute ihn nachdenklich an. Er schien zu ahnen, was in ihm vorging. »Der Lukas und ich haben also gestern noch einmal die Filmwaffen und vor allem die Buchführung darüber gecheckt«, sagte er. »Wir meinen, es ist sehr unwahrscheinlich, dass die Frau Greding an eines von diesen Gewehren gekommen sein kann. Es sind 25 historische Gewehre angemietet worden. Die Verträge liegen vor. 25 Gewehre haben die Leute vom Mike am Mordtag untersucht, und es sind immer noch 25 Gewehre da. Die Bücher sind total in Ordnung.«

Materna beließ es bei einem freundlichen »Danke.« Er hatte nichts anderes erwartet.

»Ja, und zu den Horvaths«, meldete sich Tina zu Wort. »Da hab ich ein bisschen recherchiert, wie du mich neulich gebeten hast, Paul.« Sie kramte einen Zettel mit Notizen hervor. »Da steht alles drauf. Das Wichtigste: Auf Mona Horvath ist ein Jagdgewehr zugelassen, ein Mauser M 98. Sie hat auch eine Jagdkarte, allerdings hat sie seit Jahren keinen Beitrag an die Jägerschaft bezahlt. Eine aktive Jägerin ist sie also nicht.«

Na bitte, dachte Materna. Hatte er's doch geahnt. »Und der Sohn?«

»Hat eine Waffenbesitzkarte für dasselbe Gewehr, aber keine Jagdkarte.« Sie gab Materna den Zettel.

»Danke.« Er warf einen Blick darauf. Tina hatte die Eckdaten des Lebenslaufs von beiden aufgeschrieben sowie die Daten zu der Waffe, zur Waffenbesitz- und zur Jagdkarte und außerdem alle Telefonnummern der Horvaths notiert.

Lukas runzelte die Stirn. »Ist jetzt auf einmal der Psychiater von der Frau Greding verdächtig?«

Verdammt! Materna wusste, dass er aus der Nummer jetzt nicht mehr rauskam. Die Frage war berechtigt. Grundfalsch und gedankenlos war es gewesen, seine Mitarbeiter in die Ermittlungen auf eigene Faust einzubeziehen. Jetzt musste er ihnen reinen Wein einschenken. »Es ist möglich, dass die Erinnerung von der Frau Greding an den Missbrauch durch Wolfgang Jarisch nicht echt ist, sondern ...«

»Typisch«, zischte Lukas.

Materna schaute ihn an, bis er aufsah. »Was ist typisch?«

Lukas schob die Unterlippe vor. »Wenn eine Frau darüber spricht, dass man ihr Gewalt angetan hat, heißt es, sie bildet sich das nur ein. Darauf läuft es doch hinaus, oder?«

»Ich denke, das besprechen wir später.« Materna hatte jetzt absolut keinen Nerv, eine Diskussion über ein so komplexes Thema wie die induzierte Erinnerung anzufangen. Jedenfalls wurde ihm durch die Bemerkung von Lukas klar, wie sehr er sich in die Nesseln setzte, wenn er seine Theorie nicht stichhaltig beweisen konnte. Er musste zu Horvath, sofort! Er musste die Sache zu Ende bringen. Allein. Dann würde er seinen Mitarbeitern alles erklären. Und endlich das überfällige Gespräch mit Lukas führen. »Alsdann, das war's für heute. Erholsame Tage wünsch ich euch.«

Lukas war als Erster draußen, Conni folgte nach einem prüfenden Blick auf Materna zögerlich. Tina wartete, bis ihr Computer vollends heruntergefahren war, dann packte auch sie ihre Sachen, wünschte einen schönen Feiertag und ging.

Christian blieb zurück. »Ich hab ja leider Dienst. Nix mit Himmelfahrt, Fenstertag und so.« Er setzte sich an seinen Platz am Schreibtisch. »Ah – Paul, bevor du gehst: Da ist gestern am Abend noch ein Fax vom Mike gekommen.« Er nahm ein Blatt Papier von der Ablage und gab es Materna.

Hallo, Paul, las der Chefinspektor. *Unsere IT-Leute sind noch nicht so weit mit dem Auslesen von Thomas Smartphone. Hier sind fürs Erste seine Telefonkontakte der letzten Zeit. Ich hoffe, das hilft dir. Gruß Mike*

Materna überflog die Telefonnummern. An einer von ihnen hakten sich seine Augen fest. Sie kam ihm bekannt vor. Aber woher? Er warf einen Blick auf den Zettel, den ihm Tina vorhin gegeben hatte. Natürlich, genau diese Nummer hatte er gerade gelesen! Es war die Handynummer von Mona Horvath.

10.30 Uhr

Isabel tanzte mehr über den Steg, als dass sie ging. Es war ein herrlicher Tag. Nach dem gestrigen Gewitter war die

Luft rein und erfrischend. Und schon schien wieder die Sonne von dem mit weißen Flauschwölkchen verzierten Himmel.

Isabel freute sich auf den Ausflug mit Sebastian. Sie hatte sich die Drei-Seen-Tour gewünscht: Wolfgangsee, Mondsee und Attersee als Rundfahrt. Er hatte zugestimmt. Sie fühlte sich so leicht und beschwingt wie lange nicht mehr. Nein, verliebt war sie nicht in Sebastian, zumindest nicht so richtig. Es war einfach nur ein Urlaubsflirt, etwas, was einen leicht und beschwingt machte, solange es dauerte. Nicht mehr, aber auch nicht weniger. Und sie genoss die Stunden mit ihm. Die altmodische Art, ihr Komplimente zu machen, sein Lächeln, wenn er sie ansah, seine aufmerksame Fürsorglichkeit – das war genau der Seelenbalsam, den sie gerade brauchte.

Er stand an einen Rover gelehnt auf dem Parkplatz am Stifter-Kai. Übermütig lief sie auf ihn zu.

»Isabel«, sagte er, als sie bei ihm angekommen war, und nahm ihre beiden Hände. »Danke, dass du gekommen bist. Wie entzückend du wieder aussiehst.«

Er hielt ihr die Autotür auf, schloss sie mit einem sanften *Plopp* hinter ihr, ging um den Rover herum und stieg ebenfalls ein. »Es ist ein Leihwagen«, erklärte er. »Ideal für Touren aller Art.«

Sie lächelte. »Wo fahren wir denn eigentlich zuerst hin? Zum Wolfgangsee oder zum Attersee?«

»Lass dich überraschen.« Er fuhr los.

Wohlig lehnte sie sich zurück. Nach einiger Zeit ließ sie die Seitenscheibe herunter, schloss die Augen und hielt ihre Nase in den Fahrtwind.

»Entschuldige, Isabel, aber ich hab die Klimaanlage an.« Er drückte einen Knopf, und die Scheibe fuhr wieder nach oben.

»Ach so, ja. Entschuldige.« Seine Reaktion und der veränderte Tonfall seiner Stimme verwirrte sie. Ein leichtes Unbehagen stieg in ihr auf. Sie schaute nach draußen. Sie fuhren auf der Salzkammergutstraße Richtung Ebensee. So gut kannte Isabel sich inzwischen in Ischl und Umgebung aus, um zu merken, dass sie hier falsch waren. »Zum Attersee hätten wir früher abbiegen müssen, glaub ich.«

»So, glaubst du.« Er trat das Gaspedal durch. Ein harter Zug erschien um seinen Mund.

Isabel fühlte sich nicht mehr leicht und beschwingt und auch nicht in Urlaubsflirtstimmung. Sie hatte ein verdammt ungutes Gefühl.

10.40 Uhr

Materna fuhr auf der Autobahn zwischen Sattledt und Kremsmünster in Richtung Gmunden, als der Bordcomputer meldete, dass Oberst Patzak ihn zu sprechen wünschte. Das hatte ihm nach der verpatzten Teambesprechung gerade noch gefehlt! Er drückte auf Annahme. »Grüß Gott, Herr Oberst.«

»Nix grüß Gott, *gnade Ihnen* Gott, Materna! I bin ja viel g'wohnt von Ihnen, aber das geht jetzt zu weit. Viel zu weit!« Patzaks Lautstärke war beachtlich. »Was glauben S' denn eigentlich? Sie wissen doch genau, dass sich in den Medien grad alles um diese Me-too-G'schichten dreht. Und Sie san z'erst in Umarmung mit einer Zeugin in der Zeitung und dann behaupten S' auch noch, die Tatverdächtige in am Mordfall hätt sich den Missbrauch an ihr nur eingebildet! I glaub, Sie sand wirklich von allen guten Geistern verlassen. Wenn des rauskommt, zerreißen uns die Medien in der Luft. Ich bin erbost, Materna, jawoll, erbost! I könnt ...« Was er könnte, sagte Patzak nicht.

»Herr Oberst, ich behaupte nicht, die Frau Greding hätt sich den Missbrauch nur eingebildet, aber es gibt sehr klare Hinweise, dass ...«

»Ah was – Hinweise!«, fiel ihm Oberst Patzak ins Wort. »Die Frau Greding müssen S' natürlich noch vernehmen. Aber bis dahin unternehmen Sie nix, gar nix, sonst wird das sehr unangenehme Folgen für Sie haben, des garantier ich Ihnen!«

»Herr Oberst, ich …« Die Verbindung war abgebrochen.

Dieses Mal war es ernst, das wusste Materna. Der Oberst mochte ihn. Er schätzte ihn und ließ ihm viele Freiheiten. Aber das, was er jetzt vorhatte, war eine Insubordination in einem Ausmaß, die Patzak als Vorgesetzter nicht würde hinnehmen können.

Materna ahnte, wer dem Oberst die Geschichte gesteckt hatte – Lukas. Da Patzak an Feiertagen nicht im Büro war, musste er ihn privat angerufen haben. Lukas konnte ihn nicht leiden. Aber warum?

11.00 Uhr

Der Rover schraubte sich einen steilen Waldweg hoch. Sie waren irgendwo auf irgendeinem Berg bei Altmünster.

»Sebastian, sag mir doch bitte, wo wir hinfahren.« Isabels ungutes Gefühl hatte sich in Angst verwandelt. Seit ihrem Einwand wegen der versäumten Abbiegung hatte ihr Begleiter kaum mehr mit ihr gesprochen.

»Ich zeig dir meine Lieblingshütte.«

»Eine Hütte?« Eine Hütte war das Letzte, was sie sich als Ausflugsziel ausgesucht hätte. Wollte er sie verführen? Sie hatte es wirklich bei einem lockeren Flirt belassen wollen. Und jetzt, wo er so komisch war, hatte sie schon gar kein Bedürfnis nach Intimitäten mit ihm. Wollte er ihr etwa Gewalt antun? Krampfhaft überlegte sie, was sie tun könnte.

Er lachte. »Geh, du kleines Schaf. Hast womöglich Angst vor mir?«

»N... nein«, log Isabel tapfer. Sie musste Zeit gewinnen. Sie brauchte einen Plan. Die Angst kroch langsam von der Magengrube nach oben in die Brust und hockte nun in ihrem Nacken wie ein Stein.

»Na siehst. Bist ja ein gescheites Mädchen.« Seine Stimme klang jetzt wieder freundlich. »Schau, da sind wir schon.«

Der Rover hielt vor einer verwitterten Jagdhütte.

Sebastian sprang aus dem Wagen, öffnete die Tür hinter dem Fahrersitz und zog etwas heraus. Dann ging er hinten um das Auto herum und öffnete die Beifahrertür.

Isabel fuhr zusammen. Er hielt ein Gewehr in der rechten Hand. An der rechten Schulter hing an einem einzelnen Riemen ein Rucksack. »Komm, steig aus. Ist es nicht schön hier?« Mit der Linken packte er sie am Handgelenk, zog sie aus dem Rover und weiter bis zur Hütte.

»Ein Gewehr? Willst du jagen?« Sie spürte, dass sie zitterte. Hoffentlich sah er es nicht.

»Vielleicht.« Er stellte den Rucksack ab, klemmte das Gewehr zwischen die Beine, öffnete die Eingangstür und schob sie vor sich her in die kleine Stube. Die Waffe lehnte er an die Wand, den Rucksack stellte er gleich daneben vor eine altmodische Kredenz.

Es roch muffig in dem Raum. Durch die kleinen Fenster fiel nur wenig Licht.

Verzweifelt suchte Isabel nach der rettenden Idee. Wenn sie es irgendwie schaffen würde, an ihr Handy in der Handtasche zu gelangen und die Verbindung zum Papa zu aktivieren ...

»Brauchst kein Handy«, sagte er. »Na, schau nicht so. Ich hab deinen Blick zu deiner Tasche gesehen. Ein Handy hier oben am Berg – ich bitte dich! Das ist doch ein Sakrileg. Und Netz gibt es hier eh keins. Setz dich hin.« Er deutete auf die Eckbank an einem wurmstichigen Tisch.

Sie setzte sich, als er auf sie zukam. Sie wollte nicht wieder gepackt und irgendwohin gezerrt werden.

Er ging zu der Kredenz an der gegenüberliegenden Wand und holte zwei Gläser heraus. Aus dem Rucksack zog er einige Flaschen, an denen er sich zu schaffen machte. »Ich mixe uns was Gutes«, sagte er. Ein klein wenig später stellte er ein gefülltes Glas vor sie hin.

Trink niemals etwas, was du nicht die ganze Zeit über im Auge behalten hast, hörte Isabel die Stimme ihres Vaters im Kopf. Sie wehrte mit einer Handbewegung ab. »Danke, ich hab keinen Durst.«

Er griff nach dem Gewehr, das er beim Eintreten an die Wand gelehnt hatte. »Doch, hast du«, sagte er und richtete den Lauf auf sie.

11.15 Uhr

Am schmiedeeisernen Tor vor der psychiatrischen Praxis hing ein Schild: *Ordination bis 2. Juni geschlossen.* Darunter stand eine Telefonnummer für Notfälle. Materna betätigte die Klingel zur Privatwohnung. Niemand öffnete ihm. An einem Fenster nahm er allerdings eine winzige Bewegung der Gardine wahr – und einen Schatten dahinter. Der Schatten gehörte zu einer eher kleinen Person. Mona Horvath.

Er griff zum Telefon, wählte zunächst die eine, dann die andere private Festnetznummer der Horvaths, und als sich dort niemand meldete, die Handynummer von Mona Horvath. Nichts. »Frau Horvath, bitte lassen Sie mich rein!«, rief er. »Ich muss mit Ihnen reden. Es ist wichtig!« Er war sich sicher, dass sie ihn hören konnte. Keine Reaktion. Ein, zwei Sekunden überlegte er. »Pimmi!«, rief er mit ganzer Kraft.

Ein Türöffner summte. Materna drückte das Gartentor auf.

Die Haustür öffnete sich. Mona Horvath stand im Türrahmen. Ihre Augen lagen tief in den Höhlen, das Gesicht war eingefallen. Sie sah aus, als wäre sie über Nacht um zehn

Jahre gealtert. »Kommen Sie.« Kraftlos schlurfte sie voraus durch den Flur. Sie öffnete die Tür zu einem geräumigen Wohnzimmer. Stumm deutete sie auf einen Polstersessel.

Materna blieb stehen und fixierte sie mit einem scharfen Blick. »Frau Horvath, machen wir's kurz. Sagen Sie mir: Wer hat den Herrn Jarisch erschossen, Sie oder Ihr Sohn?«

»Ich!« Sie schrie beinahe. »Der Rainer hat damit nichts zu tun! Er wollte mir nur helfen, ich ... O Gott!« Sie ließ sich auf einen Sessel fallen schlug die Hände vors Gesicht. Ein trockenes Schluchzen schüttelte sie.

Materna setzte sich ihr gegenüber. Er wartete, bis sie etwas ruhiger wirkte. »Wo ist denn Ihr Sohn?«

»Auf einem psychiatrischen Kongress in München.«

»Am Feiertag?«

»Heute ist Anreisetag. Die Vorträge gehen von morgen bis Sonntag.« Sie hob den Blick und schaute ihn direkt an, Entsetzen in den Augen. »Bitte, Herr Materna, Sie müssen mir glauben. Der Rainer war's nicht. Er kann gar nicht schießen.«

»Es gibt eine Waffenbesitzkarte, die auf seinen Namen ausgestellt ist.«

»Ja, aber nur, weil das Gewehr von meinem Vater noch im Haus ist. Mein Vater war Jagdaufseher. Früher war ich ab und zu mit ihm auf der Jagd. Mein Sohn hat die Jagd aber immer verabscheut. Da hab ich auch keine Lust mehr gehabt.«

»Aber das Gewehr haben Sie behalten.«

»Ich hab alle Waffen von meinem Vater verkauft bis auf sein Lieblingsgewehr.«

»Und damit haben Sie auf den Herrn Jarisch geschossen.«

»Ja.« Sie streckte ihm die Hände entgegen, als erwartete sie, dass er ihr Handschellen anlegen würde. »Sie werden mich jetzt wohl verhaften.«

»Zuerst möchte ich wissen, was genau passiert ist. Sie sagen, Ihr Sohn wollte Ihnen helfen – wie?«

»Er hat in der Nacht von Freitag auf Samstag Fotos aus der Villa Blumenthal geholt. Ich hab Angst gehabt, dass ich auf irgendeiner alten Aufnahme drauf bin.«

»Waren Sie auch«, sagte Materna knapp. »Den Schlüssel zur Villa haben Sie dem Toten aus der Tasche genommen?«

»Nein!« Sie begann wieder zu weinen. »Ihn anfassen – das hätte ich nicht können.« Das Weinen wurde heftiger. »Er ist ... ist ihm ... aus der Tasche gefallen. O Gott!« Wieder verbarg sie ihr Gesicht in den Händen.

»Sein Handy nicht?«

»Handy? Nein.« Sie schaute ihn fragend an.

Materna beließ es dabei. »Sie haben also den Schlüssel mitgenommen und Ihrem Sohn alles erzählt. Der ist damit in die Villa eingedrungen.«

»Ja, weil er mir helfen wollte«, sagte sie weinerlich.

»Helfen!« Materna spürte, wie Zorn in ihm aufstieg. »Er hat die Lebensgefährtin vom Herrn Jarisch über die Stiege hinuntergestoßen. Sie hätte tot sein können.«

Mona Horvath schoss aus ihrer zusammengekauerten Haltung hoch. »Das war ein Unfall!«

»Das bezweifle ich«, sagte Materna kalt. Die Frau hatte offenbar keinerlei Mitgefühl für andere, dafür jede Menge Mitleid mit sich selber. Er atmete tief durch. Er musste ruhig bleiben, damit sie redete.

»Erzählen Sie mir alles von vorn«, forderte er sie auf.

Sie schaute ihn irritiert an. »Ich habe den Wolfgang so geliebt«, begann sie schließlich. »Ich hab mich schon in der Schule in ihn verliebt. Wegen ihm hab ich auch in Wien studiert. Zuerst war es nur eine lockere Kameradschaft – zumindest von seiner Seite. Aber dann sind wir uns nähergekommen. Ich war etliche Jahre seine einzige richtige Freundin.«

»Wie meinen Sie das?«

Sie tupfte sich mit einem Taschentuch über die Augen. »Er hat natürlich Affären gehabt, immer mit demselben

Frauentyp: Fast alle haben wie Fotomodelle oder Schönheitsköniginnen ausgesehen. Aber wenn er Sorgen hatte oder Kummer, wenn ein Hemd schnell aufgebügelt werden musste oder wenn er eine Stichwortgeberin beim Rollenlernen gebraucht hat – ich war für ihn da. Immer.«

»Seine Affären haben Sie nicht gestört?«

»Schon, natürlich. Aber er war halt so. Er hat das gebraucht. Und wenn ich ihn behalten wollte ...« Sie verstummte.

»Wenn Sie ihn behalten wollten, haben Sie sich damit abfinden müssen?«

Sie nickte. »Er war das Wichtigste in meinem Leben. Er ... er war mein Leben.«

»Und dann haben Sie sich doch getrennt. Hat er mit Ihnen Schluss gemacht?«

Kopfschütteln. »Ich habe ihn verlassen, wie ich gemerkt habe, dass ich schwanger war.«

»Sie waren von ihm schwanger und haben ihn deswegen verlassen?«

»Ja.« Die Tränen begannen wieder zu fließen. »Ich hab Angst gehabt, dass er das Kind nicht will oder dass er meint, ich möchte ihn festnageln. Ach, ich weiß nicht ...«

»Sie haben ihm nichts von dem Kind gesagt?«

»Nein. Erst viele Jahre später hab ich gedacht, dass das falsch war. Ich wollte mit ihm reden. Er hat mir nicht zugehört.«

»Zum Beispiel im Klostergasthof Heiligenkreuz.«

Sie fuhr zusammen. »Das wissen Sie auch?«

Er nickte. »Hat Ihr Sohn gewusst, wer sein Vater ist?«

Sie senkte den Kopf. »Nein. Ich weiß, das war falsch, aber ich hab es ihm erst gesagt, wie der Wolfgang die Villa Blumenthal gekauft hat und nach Ischl gezogen ist.«

»Wie hat er reagiert?«

»Er war wütend.«

»Auf Sie?«

»Nein, auf seinen Vater. Er hat gesagt, der hätte sich um uns kümmern müssen, er hätte mich nicht sitzen lassen dürfen.«

»Aber wie hätte sich denn der Herr Jarisch um Sie und das Kind kümmern sollen, wenn er doch gar nichts davon wusste?«

»Das hat der Rainer mir nicht geglaubt. Er hat gesagt, ich soll aufhören, ihn zu verteidigen, und er hat den Wolfgang einen arroganten Drecksack genannt, er ...« Erschrocken brach sie ab. »Das heißt nicht, dass er ihn getötet hat, Herr Materna! Das war schon ich.«

»Wie genau ist es dazu gekommen?«

»Ich wollte unbedingt mit ihm reden, aber natürlich nicht neben seiner Freundin. Da hab ich erfahren, dass er immer in aller Früh in Engleiten Nordic Walking macht.«

»Von wem haben Sie das erfahren?«

»Vom Andi Thoma. Die Freundin vom Wolfgang war ja die Ex-Frau vom Andi. Deswegen war der Andi öfter bei der Villa.«

»Deswegen – so? Und Sie waren auch bei der Villa?«

»Nur einmal. Da hab ich den Andi getroffen. Wir haben uns sozusagen gegenseitig beim Spionieren ertappt. Er hat mir anvertraut, dass er mit seiner Ex noch ein Hühnchen zu rupfen hätt. Und ich hab gesagt, das hätte ich mit dem Wolfgang auch. Wir haben ausgemacht, dass wir in Kontakt bleiben, und haben unsere Telefonnummern ausgetauscht.«

Materna ging ein Licht auf. »Dann waren Sie es, die den Herrn Thoma gebeten hat, dafür zu sorgen, dass der Artikel über die Frau Greding nicht erscheint?«

»Ja. Ich hab ihn angerufen. Er hat mir gesagt, dass er der Journalistin Infos über seine geschiedene Frau verkauft hat. Ich hab ihm nahegelegt, dass er versucht, das zurückzunehmen. Das wär doch gescheiter, wo sie jetzt sehr viel erben wird. Und dabei sollte er die Journalistin gleich auch überreden, dass sie den Artikel über die Greding zurückzieht.«

»Damit war er gleich einverstanden?«

»Er wollte Geld dafür.«

»Wie viel?«

»15.000.«

»Hübsche Summe.«

»Ich hab halt verhindern wollen, dass die Greding mit uns in Verbindung gebracht wird.«

Materna hätte am liebsten losgebrüllt, aber er beherrschte sich. »Die Journalistin hat nur knapp überlebt!«, sagte er kurz. »Und in was für eine Lage Sie die Frau Greding gebracht haben, ist Ihnen auch wurscht? Sie gilt offiziell als die Mörderin von Jarisch. Was, wenn man sie unschuldig verurteilt hätte?« Jetzt war er doch etwas laut geworden.

»Es ... es tut mir leid«, stieß Mona Horvath hervor.

Materna schnaufte tief durch. »Und woher haben Sie gewusst, dass die Frau Thoma so viel erben wird?«, fragte er in wieder ruhigem Ton.

»Vom Wolfgang, wenn auch indirekt.«

»Sie haben also doch mit ihm geredet? Am Freitag in der Früh?«

»Nein, am Donnerstag. Ich hab ihn abgepasst. Ich wollte ihm endlich sagen, dass er einen Sohn hat, für den es wichtig wäre, dass er ihn anerkennt. Aber er hat nur den Kopf geschüttelt und gelacht. *Was du für Ideen hast, Pimmi,* hat er gesagt. Und dass ich es doch gut sein lassen sollte. Unsere Geschichte wär lange vorbei, und er wär glücklich. Dann ist er davonmarschiert mit seinen Stöcken. Ich bin so wütend geworden ...«

»Sie haben sich aber nicht überlegt, dass Ihnen der Herr Jarisch vielleicht wirklich nicht geglaubt hat? Es ist doch recht ungewöhnlich, mit so einer Geschichte 40 Jahre später anzukommen.«

Sie schaute ihn aus weit aufgerissenen Augen an und schüttelte stumm den Kopf.

Materna seufzte möglichst unhörbar in sich hinein. »Wie ist es weitergegangen?«

»Ich hab beschlossen, es am nächsten Tag noch einmal zu versuchen. Wenn ich das Gewehr mitnehme, hab ich mir gedacht, wird er mich schon anhören.«

»Und?«

»Ich hab mich im Gebüsch versteckt. Wie er gekommen ist, bin ich herausgetreten, hab das Gewehr auf ihn gerichtet und gesagt, dass er mir jetzt gefälligst zuhören soll, weil es um seinen Sohn geht.«

»Und er? Wie hat er reagiert«

»*Pass auf, Pimmi*, hat er gesagt, *deine Fantasiegeschichten interessieren mich nicht und deine Knarre auch nicht. Wenn du ein vaterloses Kind hast und meinst, das könnte mich beerben, täuschst du dich. Lass mich bitte endlich in Ruhe. Mein Testament ist gerade neu geschrieben, und es erbt jemand ganz anderer, ein Mensch, der mir alles bedeutet.* Und dann hat er mich einfach stehen lassen mitsamt meinem Gewehr. Ich hab ihm hinterhergerufen. Er hat sich umgedreht und zurückgeschrien, er hätte eine schöne junge Freundin. Und mit ihr würde er bald ein Kind haben, auf das er sich sehr freut. Da hab ich geschossen.«

»Sie haben ...«, begann Materna, aber im selben Moment begann Mona Horvaths Handy, den *Türkischen Marsch* zu dudeln.

Mechanisch, wie ein Roboter beinahe, fasste sie in die Rocktasche, zog das Mobiltelefon hervor und hielt es ans Ohr. »Ja?« Sie hörte kurz zu. »Ich habe Besuch«, sagte sie. Mit unbeweglichem Gesichtsausdruck reichte sie das Telefon an Materna weiter. »Für Sie.«

»Hören Sie zu, verehrter Herr Inspektor«, sagte Horvath. »Ich weiß nicht, was Sie alles rausgefunden haben. Es spielt auch keine Rolle. Es ist so: Ich liebe meine Mutter. Und ich gehe davon aus, dass Sie Ihre Tochter lieben. Die ist hier bei mir.«

Vor Maternas Augen begann sich alles zu drehen. Sein Magen krampfte sich zusammen. In ihm kochte eine unbeschreibliche Wut, gepaart mit einer Angst, wie er sie nur einmal verspürt hatte – damals, als er um Josis Leben bangte. Konzentrieren!, befahl er sich selber. Er musste sich konzentrieren und alle Kräfte bündeln.

»Falls Sie Ihr Töchterchen wiedersehen wollen, tun Sie einfach, was ich Ihnen sage«, fuhr Horvath in überheblichem Ton fort. »Belassen Sie es für ein paar Tage dabei, dass die Greding den Jarisch getötet hat. An diesem langen Wochenende steht die Welt ohnehin still. Tun Sie einfach nichts. Haben Sie verstanden? Gar nichts! Ich werde mit meiner Mutter in Ruhe abreisen. Danach können Sie machen, was Sie wollen.«

11.50 Uhr

Isabel erwachte auf einem staubigen Flickenteppich liegend. Sie fühlte sich schwindlig, und ihr Kopf tat weh. Ihre Hände waren mit einem breiten Klebeband gefesselt. Wo zum Kuckuck war sie? Und was war geschehen?

Auf einmal stand der Mann vor ihr. Das war ... Sebastian? Oder? Ja, genau, sie erinnerte sich an seinen Namen. Aber wie war sie hierhergekommen? Was war passiert?

»Schau an, Dornröschen ist erwacht. Gut geschlafen?«

»Sebastian, was ...« Sie hielt ihm die gefesselten Hände entgegen.«

»Ach ja«, sagte er. »Das ist nur eine kleine Vorsichtsmaßnahme. Übrigens heiße ich nicht Sebastian.«

»Nicht Sebastian ...«, wiederholte sie tonlos.

»Nein. Und es tut mir leid, aber ich fürchte, wir müssen noch eine Sicherheitsvorkehrung treffen. Ich traue deinem tüchtigen Papa nämlich nicht so ganz über den Weg.«

»Papa ...«

»Ja, genau. Papa.« Er holte eine Schale mit verschiedenen Utensilien von der Kredenz, die er offenbar schon vorbereitet hatte, und setzte sich neben sie. »Her mit den Patschhändchen.« Er nahm ihre zusammengebundenen Hände, goss aus einer kleinen Flasche eine Flüssigkeit auf einen Tupfer und rieb den Handrücken ihrer Linken damit ab. »So. Siehst du, brauchst keine Angst zu haben, der Onkel Doktor kann das.« Er klopfte ein paarmal auf die gereinigte Stelle, dann schob er die Kanüle einer Spritze in ihre Vene und klebte diese mit Heftpflaster fest. Mit schief gelegtem Kopf begutachtete er sein Werk. »Prima«, sagte er. »Gelernt ist eben gelernt.«

12.30 Uhr

Mit einem harten Griff packte er die Frau am Oberarm und riss sie hoch. Materna war ganz nahe dran, sie am Kragen zu nehmen und sie zu schütteln wie ein Raubtier seine Beute, als er schlagartig aus dem Taumel seiner grenzenlosen Wut erwachte. »Entschuldigung«, sagte er und ließ sie los.

Mona Horvath stand da wie gelähmt.

»Sie wissen, dass Ihr Sohn meine Tochter in seiner Gewalt hat?«

Sie begann zu schwanken. Er packte sie wieder am Oberarm, diesmal, damit sie nicht umfiel. »Frau Horvath! Reden Sie!«

»Ihre Tochter ... Sie haben eine Tochter? Aber Rainer ist doch ... nach München ... Rainer würde nie ...«, stammelte sie.

Gut. Sie wusste es offenbar nicht. »Sie sollten Ihren Sohn durch den Satz *Ich habe Besuch* wissen lassen, dass ich hier bin, richtig?«

»Ja. Er hat sich Sorgen gemacht, weil er mich allein lassen musste. Er wollte öfter anrufen, oder ich sollte ...«

»Schon gut. Gehen wir. Halt – wo ist das Gewehr?«

»Im Flur. Im Waffenschrank.«

»Zeigen Sie es mir.« Er folgte ihr in den Vorraum, wo sie einen Schlüssel vom Schlüsselbrett nahm und einen metallenen Waffenschrank aufschloss.

»Es ... es ist weg!« Mit offenem Mund starrte sie in den Schrank.

Er hatte nichts anderes erwartet. »Frau Horvath, was immer Sie wissen oder nicht wissen – Ihr Sohn hat meine Tochter in seiner Gewalt. Wo könnte er sein? Wo könnte er sie hingebracht haben?« Er hielt sie immer noch am Arm fest und jetzt schüttelte er sie wirklich.

»Ich ... ich weiß nicht«, stotterte sie.

»Denken Sie nach!« Er ließ sie los. »Es geht nicht nur um meine Tochter, sondern auch um Ihren Sohn. Er hat eine Waffe! Noch hat er niemanden getötet! Helfen Sie mir, das Schlimmste zu verhindern. Wenn meiner Tochter etwas passiert, dann ...«

»Vielleicht ist er auf der Hütte«, murmelte sie.

»Auf welcher Hütte?«

»Auf der Jagdhütte von meinem Vater. Wir waren lange nicht oben ...«

»Wo ist diese Hütte?« Er nahm Mona Horvath wieder am Arm. »Kommen Sie.« Halb schob er sie, halb zog er sie durch den Flur nach draußen und zu seinem Auto. »Frau Horvath, ich weiß nicht, ob Sie mich verstanden haben: Sie sind vorläufig festgenommen. Sie werden dem Staatsanwalt vorgeführt und kommen in Untersuchungshaft. Aber davor zeigen Sie mir jetzt den Weg zu dieser Hütte, wenn Sie noch irgendetwas für Ihren Sohn und auch für sich tun wollen.«

Sie nickte stumm und stieg ein, als er die Beifahrertür aufhielt.

Materna rannte um das Auto herum, sprang auf den Fahrersitz und fuhr los.

Mona Horvath dirigierte ihn Richtung Altmünster und dann eine Forststraße entlang, die steil auf einen Berg hinaufführte. »Sagen Sie es mir, wenn wir in der Nähe von der Hütte sind«, ordnete er an. »Ich möchte nicht direkt davor parken.«

»Zwei, drei Kilometer noch.«

Materna nickte. Vor einer Biegung fand er einen Platz zum Halten. »Sie bleiben hier«, befahl er. Einen Moment lang überlegte er, ob Fluchtgefahr bestand. Zusätzliche Handschellen gab es in seinem Privatwagen nicht, und das einzige Paar, das er hatte, würde er gleich brauchen. Aber nein, sie würde ohne ihren Sohn nirgendwohin gehen. Er stieg aus.

Nach etwa hundert Metern sah er die Hütte. Er zog seine Dienstwaffe aus dem Holster und entsicherte sie. Vorsichtig näherte er sich in Deckung der Bäume und Büsche.

Horvaths Auto stand da. Seine Mutter hatte also recht gehabt. Die letzten paar Meter musste Materna über den offenen Vorplatz. Hoffentlich sah der Kerl ihn nicht durchs Fenster. Die schussbereite Glock in der Rechten, hieb er mit der linken Hand auf die Klinke und trat die Tür mit dem Fuß auf.

»Papa!«, schrie Isabel.

Ihr Schrei ging ihm durch und durch.

»Hab ich es dir nicht gesagt, Mäuschen?«, flötete Horvath. »Der liebe Papa – da ist er ja!«

Der Psychiater hockte neben Isabel auf dem Boden. In dem Zugang an ihrer Hand steckte eine gefüllte Spritze. Verdammt! Der Dreckskerl hatte damit gerechnet, dass er kam!

»Legen Sie die Pistole auf den Boden, Materna. Schieben Sie sie zu mir herüber.«

Materna tat, wie ihm geheißen.

Mit der Linken angelte Horvath nach der Glock. Die Rechte hatte er an der Spritze. »So ist es gut«, sagte Horvath. Er deutete mit der Pistole auf die Spritze. »Da drin ist nämlich Propofol. *Michael Jackson Milk*. Super Zeug. Man fühlt sich danach wie neu geboren. Michael Jackson hat es geschätzt, ich schätze es auch.« Er grinste. »Das Problem ist nur – wenn man zu viel davon erwischt, geht es einem wie dem King of Pop – man ist leider tot. Und das hier ist die sogenannte letale Dosis.«

Materna machte einen Schritt auf den Mann zu. Jeder einzelne seiner Muskeln war gespannt wie bei einem Tiger vor dem Sprung.

»Stehen bleiben!«, befahl Horvath, die Hand an der Spritze.

Materna blieb stehen und hob die Hände. »Ist ja gut.« Atmen. Nur nicht in Isabels angstverzerrtes Gesicht schauen. Nur nicht zulassen, dass die Wut die Oberhand gewinnt. Konzentration. »Seien Sie vernünftig, Dr. Horvath. Ihre Mutter hat alles gestanden. Sie können das Land nicht verlassen. Sie kommen nicht weg.«

»Isabel aber leider auch nicht.« Horvaths Grinsen wurde noch breiter. Er spielte mit dem Daumen, der jederzeit den Kolben der Spritze nach unten drücken konnte. »Ich mache Ihnen noch ein Angebot, verehrter Herr Inspektor, mein letztes allerdings: Sie und das Töchterchen nehmen brav einen meiner Spezialdrinks. Damit werden Sie einige Stunden schlafen. Ich müsste Sie natürlich etwas sichern und einschließen und Sie dann leider verlassen. Aber ich bin überzeugt, Ihre tüchtigen Kollegen werden Sie finden. Irgendwann. Andernfalls müsste ich das Töchterchen in den ewigen Schlaf versetzen. Jetzt gleich.«

Maternas Hirn arbeitete fieberhaft. Er war ein geübter und erfahrener Kampfsportler, aber er durfte nichts riskieren.

Die Tür wurde aufgerissen.

»Rainer!«, schrie Mona Horvath.

Horvaths Kopf fuhr herum. »Mama!« Der Griff um die Spritze lockerte sich.

Materna trat zu. Er trat gezielt gegen die Hand des verbrecherischen Arztes. Die Spritze fiel zu Boden – Gott sei Dank! Das hätte schiefgehen können. Mit einem Satz war er bei Horvath, riss ihn hoch, packte seinen Arm und drehte ihn dem Kerl auf den Rücken. »Ganz ruhig, Isi!«, rief er seiner Tochter zu, während er Horvath zurück auf den Boden zwang und auf den Bauch drehte. Er drückte ihm ein Knie ins Kreuz und fesselte ihm die Hände mit Handschellen auf dem Rücken.

»Rainer!« Mona Horvath stürzte sich auf ihren Sohn. Sie zerrte an ihm, um ihn umzudrehen und zum Sitzen aufzurichten.

»Geh zum Teufel, Mama«, zischte Rainer Horvath. »Du hast mich verraten.«

17.30 Uhr

»Und dann hat der Papa vorsichtig die Nadel rausgezogen.« Isabel deutete auf das Pflaster auf ihrem Handrücken. »Der Seb..., ich mein, der Rainer Horvath war gefesselt. Seine Mutter hat eh keinen Mucks mehr gemacht. Und der Papa hat auch seine Waffe wiedergehabt.«

Josi schauderte. Ihr Herz klopfte so laut, dass sie meinte, Paul und Isabel müssten es hören. Was für eine wahnsinnige Geschichte! Und sie hatte Paul wegen Isis sogenanntem kleinem Sommerflirt auch noch beruhigt!

Sie saßen zu dritt auf dem Balkon bei Kaffee und kalten Getränken. Materna hatte für Josi die Ereignisse bis zu den Vorgängen auf der Hütte zusammengefasst. Dann hatte Isabel das Erzählen übernommen.

Poldi lag unter dem Tisch auf Isabels Füßen.

»Wir haben gewartet, bis die Polizisten aus Altmünster da waren«, fuhr sie fort. »Die haben den Horvath und seine Mutter weggebracht. Und nachdem der Streifenwagen weg war, wollte der Papa unbedingt, dass wir ins Krankenhaus fahren. Dabei ist es mir eh schon wieder gut gegangen. Der Professor Eisler hat mich ja auch nur kurz untersucht und meinen Blutdruck gemessen. Ich soll mich heute ein bisserl schonen, hat er gesagt. Das war alles.«

»Das war aber vernünftig, dass ihr im Krankenhaus wart.« Josi merkte, dass sie feuchte Augen bekam. »Ich bin so froh, dass euch nichts passiert ist.« Sie nahm Isabels Hand und drückte sie fest. »Und was du für gute Nerven hast, Paul!« Zart strich sie ihm mit der anderen Hand über den Arm.

»Na ja … Ein paarmal hätte ich sie fast verloren.«

»Kein Wunder.« Josi schaute ihn an. Er sah erschöpft aus. »Ein Glück, dass du heute nicht mehr wegmusst.«

»Ich hab von unterwegs schon mit der Staatsanwaltschaft telefoniert. Alles geht seinen Gang.« Er rührte in seiner Kaffeetasse, obwohl sich die üblichen fünf Stück Zucker längst aufgelöst hatten, und schaute der kreisenden Flüssigkeit zu. »Ich sollte mir wirklich einen anderen Job suchen«, sagte er plötzlich. »Ich meine das ernst. Es geht einfach nicht, dass mal du, Josi, und dann auch noch du, Isi, also dass ihr in solche gefährlichen Situationen kommt. Deine Mutter hat schon recht gehabt. Das ist einfach kein Beruf, wenn man Familie hat.«

»Geh, Papa, du kennst doch die Mami.« Isabel machte ein strenges Gesicht. »Auf die Idee, zu fragen, ob Schauspielerin in dem Fall der richtige Beruf ist, wäre sie ja auch nicht gekommen. Schon wie sie noch bei uns war, hat sie nie Zeit für mich gehabt; genauso ist es, wenn ich bei ihr zu Besuch bin. Du warst immer für mich da, auch wenn du einen stressigen Beruf hast. Außerdem weißt du genauso gut wie ich, dass du mit jedem anderen Job kreuzunglücklich wärst. Und für einen kreuzunglücklichen Vater bedank ich mich schön.« Sie griff zu ihrem g'spritzten Apfelsaft und trank nach dieser langen Rede das halbe Glas leer.

Wie zur Bekräftigung sprang der Dackel Materna auf den Schoß. Der kraulte ihn gedankenverloren hinter dem Ohr.

»Außerdem war es meine eigene Blödheit, dass ich auf den Typ reingefallen bin«, fuhr Isabel fort. »Ich hätte schon merken können, wie er alles inszeniert hat. Der hat sich doch absichtlich genau vor der Gartentür mit der Coladose verletzt, dieser Mistkerl!«

Maternas Augen wurden schmal. »Ohne das verdammte Foto in diesem Schmierblattl hätte er dich nicht gefunden. Die Moll kann sich auf was gefasst machen, wenn ich die in die Finger krieg. Die dreh ich lebendig durch die Faschiermaschine!«

»Ich muss dich wieder einmal darauf aufmerksam machen, dass so etwas verboten ist, Papa.« Isabel lächelte verschmitzt. »Als leitender Kriminalbeamter solltest du das eigentlich wissen.«

Materna musste lachen, und schon sah er wieder besser aus.

»Findest du die Geschichte von der Mona Horvath eigentlich glaubwürdig, Josi?«, fragte er. »Es wär ja auch möglich, dass der Sohn geschossen hat und die Mutter ihn nur deckt.«

»Ihr werdet ja noch Beweise suchen und finden, nicht?«

»Ja, auf jeden Fall.«

»Gut. Vom Gefühl her würde ich meinen, die Frau sagt die Wahrheit – das aber bitte ohne Garantie. Ich vermute, sie hat wenig Selbstvertrauen. Wenn der Jarisch neben ihr immer solche Model-Typen hatte und sie selber seinem Ideal nicht entsprochen hat, wird sie das wahrscheinlich als Dauerkränkung erlebt, es aber mehr oder weniger verdrängt haben. Dass sie ihn verlassen hat, als sie schwanger war, spricht auch dafür, dass sie sich seiner nicht würdig gefühlt hat. Wie der Jarisch plötzlich in Ischl aufgetaucht ist, sind wohl die alten Wunden wieder aufgerissen. In so einer Situation reicht oft ein kleiner Auslöser, und die Person dreht durch.«

»Und der Auslöser war …?«, fragte Isabel.

»Dass er von einer schönen jungen Frau gesprochen hat, wo sie sich doch nie schön genug gefühlt hat. Dass die ein Kind erwartet und dass er sich darauf freut, wo sie doch der Meinung war, er hätte ihr Kind nicht gewollt. In dem Moment dürfte ihre ganze unterdrückte Wut hochgekommen sein.«

Materna nickte.

»Nur eines verstehe ich nicht an der Geschichte.« Josi wandte sich an Isabel. »Du hast doch gesagt, der Kerl hat dich mit einem Gewehr gezwungen, dieses Zeug mit dem Betäubungsmittel zu trinken, Isi, nicht wahr?«

»Ja, genau.« Isabel nickte.

»Das Gewehr von seiner Mutter. Ein Kollege hat es zur ballistischen Untersuchung nach Linz gebracht«, erklärte Materna. »Aber was verstehst du nicht?«

»Dass der Horvath die Isi mit einer Überdosis Propofol bedroht hat, wo er doch ein Gewehr hatte. Ist doch komisch, oder?«

Überrascht schaute Materna sie an.

»Ich meine, es ist doch wahnsinnig umständlich, mit etwas zu hantieren, das intravenös verabreicht werden muss, sogar wenn man wie er sehr vertraut damit ist. Er hat einen Zugang legen müssen. Dadurch war er gezwungen, sich auf den Boden zu setzen, sobald er dich bemerkt hat, Paul. Keine gute Position, einem Kontrahenten zu begegnen, oder? Sieht so aus, als könnte der Horvath gar nicht mit Waffen umgehen.«

»Du bist genial, Josi!«, rief Materna. »Natürlich! Das hat seine Mutter auch gesagt. Damit können wir ihn ziemlich sicher als Mörder von Jarisch ausschließen.«

Josi sah die Bewunderung in seinem Blick, die sie einhüllte wie ein warmes Bad. »Na ja«, sagte sie. »Ich hoffe, ich werde auf die Art nicht noch zur Entlastungszeugin für dieses widerliche Subjekt.«

»Keine Sorge, Josi – bei dem Kerl kommen auch ohne den Mord an Jarisch haufenweise schwere Delikte zusammen.«

Sie nickte und griff nach der Kaffeekanne. »Leer«, stellte sie fest. »Ich koch schnell neuen.« Als sie aufstand, um in die Küche zu gehen, hüpfte Poldi vom Herrli-Schoß und folgte ihr.

Schmunzelnd schaute Materna den beiden hinterher. »Aha – die sprichwörtliche Treue des Hundes. Gegen die Verlockungen der Küche hab ich keine Chance.«

Ein paar Minuten später war Josi mit frischem Kaffee zurück. »Übrigens hat die Valentina angerufen«, sagte sie. »Morgen in der Mittagszeit werden die letzten Szenen in Ischl gedreht – die Trauung der Erzherzogin Valerie vor und in der katholischen Pfarrkirche. Sie fragt, ob wir zuschauen wollen.«

»Ohne Kaiserin Elisabeth?«, fragte Isabel.

»Der Regisseur muss ganz schnell eine Ersatz-Sissi aufgetrieben haben. Die Valentina fragt, ob wir kommen wollen und später am Nachmittag vielleicht zusammen einen Kaffee beim Zauner trinken. Sie würde sich gern von uns verabschieden – und natürlich auch hören, wie die Dinge stehen. Laura auch. Sie ist noch in Ischl. Kommst du mit, Isi?«

Isabel nickte. »Klar, sehr gern.«

»Und du, Paul, hast du Zeit?«

»Ich muss in der Früh nach Linz, kurz ins Büro und vielleicht kann ich morgen schon mit der Frau Greding reden. Ins Untersuchungsgefängnis muss ich dann auch noch. Das Geständnis von der Mona Horvath muss zu Ende geführt werden. Sie war ja gewissermaßen mitten drin, wie dieser ... dieser ... also ihr Sohn angerufen hat. Aber ich komm nach, sobald ich kann.«

»Darf ich die Valentina anrufen und ihr sagen, dass ihre Mutter nicht mehr unter Verdacht steht?«, fragte Josi.

»Natürlich, ruf nur an. Sag ihr einen Gruß.«

»Sie wird so glücklich sein. Und die Laura auch.« Josi strahlte. »Ach, da fällt mir gerade ein – ich hab ja noch gar nicht erzählt, dass ich den Roland König bei seinen Pferden besucht habe. Das ist der Tiertrainer, den wir schon vom vorigen Sommer kennen. Er arbeitet jetzt für den Film«, erklärte sie Isabel. »Stell dir vor, Paul, der Ronacher hat ihm mit einer Anzeige gedroht. Er soll die Auerbach sexuell belästigt haben. So ein Blödsinn!«

»Ach«, sagte Materna nur. Er schaute ein paar Augenblicke lang still vor sich hin. Dann sprang er plötzlich auf. »Entschuldigt bitte – ich muss doch noch einmal weg.«

Freitag, 31. Mai

8.00 Uhr

Als Materna in der Früh das Büro betrat, fand er zu seiner Überraschung sein gesamtes Kernteam vor. Er hatte nur mit Christian gerechnet. »Ja, wieso ...« Er wollte die Kollegen fragen, was sie denn an diesem langen freien Wochenende hier wollten, aber er kam nicht dazu. Alle standen auf und applaudierten. Sogar Lukas klatschte in die Hände.

Materna war völlig überrumpelt. So etwas war ihm noch nie passiert. »Also, einen Flickflack oder einen Salto rückwärts müsste ich erst noch üben«, sagte er schließlich. »Ich meine, damit ich auch was zu bieten hab für den Applaus. Oder soll ich lieber jodeln?«

»Jodeln brauchst nicht.« Christian zwinkerte ihm zu, dann wurde er ernst. »Wir wollten dir sagen, dass wir alle von dem beeindruckt sind, was du da gestern geleistet hast – und dass wir sehr froh sind, dass dir und deiner Tochter nichts passiert ist.«

Materna hatte das Bedürfnis, sich mit dem Ärmel über die Augen zu fahren. Was er auch tat. Dann schüttelte er einem nach dem anderen die Hand. Lukas' Hand hielt er etwas länger. Er schaute ihn prüfend an.

»Entschuldigung, Chef«, murmelte der.

»Paul«, sagte Materna.

»Entschuldigung, Paul«, wiederholte Lukas gehorsam.

»So, jetzt will ich von euch nichts mehr sehen.« Materna grinste. »Der Christian hat ja leider Dienst. Aber ihr anderen – schaut's, dass ihr weiterkommts. Schönes Wochenende.«

»Na, ich bleib lieber in Bereitschaft«, sagte Conni.

»Danke, Conni.« Materna nickte lächelnd.

Als alle gerade dabei waren, ihre Sachen zusammenzupacken, flog die Tür auf, und der Oberst trat ein. Am Fenstertag!

»Bravo, Materna!«, rief Patzak und nickte ein paarmal mit dem Kopf. »Also – nix für ungut. Sie haben recht g'habt. Die Frau Greding wird noch heute aus der forensischen Psychiatrie entlassen. Ich hoff, jetzt ist die G'schicht aber endgültig erledigt.«

Materna schluckte. »Sie wissen, dass ich die Dinge gern sauber zu Ende bringe, Herr Oberst. Ich werd die Frau Greding in der Klinik besuchen, solange sie noch da ist, und dann die Mona Horvath in der U-Haft. Mit beiden habe ich noch zu reden.«

13.50 Uhr

Die Menschen drängten sich hinter der Absperrung in der Franz-Josef-Straße. Josi und Isabel hatten einen Platz weit vorne ergattert. Von hier aus konnten sie bis zum Eingang der Kirche sehen. Die vielen im Stil der Kaiserzeit kostümierten Komparsen, die das Volk darstellten, säumten das letzte Stück der Straße bis zur katholischen Pfarrkirche. Kinder in Ischler Tracht hatten sich vor dem ehemaligen Hotel Post aufgestellt. Links und rechts vom weit geöffneten Kirchenportal warteten weiß gekleidete Mädchen mit Blumenkörben.

Josi lächelte. »Na schau, Isi – jetzt hast durch den Film sogar noch das echte Sissi-Erlebnis in Ischl.«

»Genau.« Isabel kicherte übermütig.

Hektisches Treiben überall, Kameras, Kabel, aufgeregte Rufe, gestikulierende Menschen ... »Und – bitte!«, rief der Regisseur durch ein Megafon. Ein Mann sprach in ein Funkgerät. Eine Frau betätigte die Klappe. Die Kameras schwenkten über das erwartungsvolle Volk.

Zwei Reiter in k. u. k.-Uniform führten den Zug an. Es folgte eine Kutsche mit jungen Leuten und einer jungen Dame.

Das Volk jubelte, die Kinder am Straßenrand winkten.

»Das sind die Enkelkinder vom Kaiserpaar mit der Herzogin Amélie in Bayern, der Freundin von der Valerie«, sagte ein älterer Herr neben Josi und Isabel.

»Interessant, danke!« Isabel strahlte den Mann an.

Der schmunzelte und setzte seine Erklärung fort: »Die nächsten sind die Eltern vom Bräutigam, der Erzherzog Carl Salvator mit seiner Frau, der Erzherzogin Maria Immaculata. Und in dem Wagen gleich dahinter sitzen der Thronfolger Franz Ferdinand und die Prinzessin Elisabeth Marie von Bayern.«

»Sie kennen sich aber gut aus«, stellte Josi anerkennend fest.

»Ein Hobby von mir.« Der Mann lächelte. »Schaun S', da ist schon die Kutsche mit dem Kaiser Franz Joseph und dem Bräutigam Erzherzog Franz Salvator. Fesch schaut er aus in seiner Rittmeister-Uniform, nicht?«

Josi und Isabel nickten.

Zum nächsten Wagen musste der freundliche Herr nichts sagen. Er gehörte der Braut und ihrer Mutter, der Kaiserin, die einen Fächer vor ihr Gesicht hielt. Sissi trug eine silbergraue Robe, Erzherzogin Marie Valerie ein weißes Kleid mit Puffärmeln, einen Spitzenschleier und ein Myrten-Diadem. Als Braut sah Valentina ganz besonders reizend aus. Auf dem Bock saß Roland.

Der Jubel des Volkes steigerte sich, Hüte flogen in die Luft.

»Versteckt sich die neue Sissi hinter dem Fächer, damit man nicht merkt, dass es eine andere Schauspielerin ist?«, fragte Isabel.

»Wahrscheinlich, ja«, antwortete Josi. »Aber es passt auch. Die Kaiserin hat sich ab ihrem 30. Lebensjahr nur noch mit Schleier oder mit einem Fächer vor dem Gesicht gezeigt.«

Ein Wagen nach dem anderen hielt vor der Kirche und ließ die hohen Herrschaften aussteigen. Die Glocken läuteten, die Orgel ertönte. Der Brautzug begann, sich zu formieren.

Josis Handy meldete die Ankunft einer Textnachricht. Sie zog es aus der Tasche und las laut:

Habe leider noch länger zu tun. Komme später zum Zauner. Kuss Paul

»Typisch.« Isabel schüttelte lächelnd den Kopf.

»Hauptsache, er kann sich noch von Valentina und Laura verabschieden«, sagte Josi.

Inzwischen hatte man das Kirchenportal geschlossen. Das Volk hatte das Jubeln eingestellt. Die Komparsen unterhielten sich, die Kinder rannten durcheinander.

»Meinst du, dass es noch was zu sehen gibt, Josi?« Isabel deutete in die Menge, die ebenfalls in Bewegung gekommen war. »Wart einmal – das glaub ich jetzt nicht«, rief sie plötzlich. »Da ist er doch, der Papa!«

14.00 Uhr

»Grüß Sie, Frau Meinhard. Danke, dass Sie gekommen sind.« Materna hatte sich durch die Menge bis zu seiner allerersten Zeugin vorgekämpft und schüttelte ihr die Hand. »Bitte haben Sie einen Moment Geduld. Ich bin sicher, die drehen als Nächstes den Auszug aus der Kirche und die Trauung erst im Anschluss. Oh – entschuldigen Sie.« Das

Handy meldete den Eingang einer Textnachricht. Materna öffnete sie und las.

Hallo, Paul, sie hat widerrufen. Das Gewehr war auch bei ihr. Gruß Conni. Zufrieden lachte Materna in sich hinein. Heute lief alles wie am Schnürchen, und Conni, die treue Seele, hatte natürlich sofort das Wochenende Wochenende sein lassen, als er ihn darum gebeten hatte.

»Kommen Sie, Frau Meinhard, wir müssen näher ran«, wandte Materna sich wieder seiner Begleiterin zu. Er nahm sie an der Hand und bahnte sich mithilfe seines Ausweises einen Weg bis direkt an die Absperrung.

Kerstin Meinhard strahlte ihn an. »Ich wäre auch hier, wenn Sie mich nicht drum gebeten hätten. Aber so nah an die Kirche wäre ich ohne Sie nicht gekommen.«

Materna beobachtete das Portal. »So – es geht los!«

In die Komparserie kam Bewegung. Die Kameraleute, die die Außen-Kameras bedienten, machten sich bereit, den Auszug des Brautpaares zu filmen. Das Kirchenportal wurde geöffnet. Gefolgt von Mitarbeitern mit Kabeln, Handkameras, Mikrofonen und undefinierbaren Gerätschaften, trat der Regisseur zusammen mit seiner Etiketten-Spezialistin ins Freie.

»Und?«, fragte Materna.

Kerstin Meinhard schwieg ein paar Sekunden lang. Dann nickte sie. »Ja. Ich bin ganz sicher. Tut mir leid, dass ich das mit dem Auto nicht gleich gesagt habe. Es ist mir wirklich erst eingefallen, als Sie mich vorhin am Telefon gefragt haben.«

»Verständlich, Sie sind ja unter Schock gestanden. Danke, Frau Meinhard. So – ich muss! Sie sind noch ein paar Tage in Ischl?«

»Bis nächsten Freitag.«

»Schöne Tage noch.« Materna winkte seiner Begleiterin zu. Dann schlüpfte er unter der Absperrung hindurch. »Herr Reich, Frau Auerbach«, rief er und näherte sich unbehelligt dem Regisseur und seiner Zeremonienmeisterin. »Guten Tag. Entschuldigen Sie bitte die Störung, Herr Reich«, wandte er sich kurz an den Regisseur, der heute erstaunlich gut gelaunt wirkte.

Dann nahm er Clarissa Auerbachs Hand und hauchte einen formvollendeten Handkuss darüber. »Verzeihen Sie, Gräfin«, sagte er. »Ich weiß natürlich, dass man einer Dame unter freiem Himmel nicht die Hand küsst. Nehmen Sie es als Ausdruck meiner Anerkennung für einen der raffiniertesten Pläne, die ich kenne. Und das hier ...« Blitzartig zog er Handschellen hervor und ließ sie um die gräflichen Handgelenke zuschnappen. »Das hier verstehen Sie bitte als Ausdruck meines Abscheus vor dem übelsten Verbrechen, das ich kenne – einem vorsätzlichen, berechnenden und kaltblütigen Mord.«

15.00 Uhr

»Ich möchte einen Anwalt«, keifte Clarissa Auerbach.

»Natürlich.« Materna nickte. Er hatte sie von Maurer und Klanek abholen und zur Polizeiinspektion in Roith bringen lassen. Die beiden saßen jetzt, beim Verhör, neben ihm. »Wollen Sie den Doktor Ronacher anrufen?«

»Um Himmels willen! Ich brauche einen Anwalt, keinen Patienten!«

Maurer zog die Stirn in Falten. Klanek schaute den Chefinspektor irritiert an.

Der schluckte die Antwort, die ihm auf der Zunge lag, hinunter. Ronacher tat ihm aufrichtig leid. Er war im Grunde ein netter Kerl, der Graf Bobby, und bestimmt auch ein guter Familienanwalt. Er hatte – neben seinem Habsburgertick – einfach nur ein unübertroffenes Talent, sich mit den falschen Leuten einzulassen und in jedes Fettnäpfchen zu treten, das irgendwo herumstand.

Mit zusammengekniffenen Lippen kramte Clarissa Auerbach in ihrer Handtasche. Sie zog ihr Handy hervor. »Ich werde mit Klagenfurt telefonieren.«

»Bitteschön«, sagte Materna. »Telefonieren Sie nur. Aber bestellen Sie Ihren Kärntner Anwalt gleich ins Untersuchungsgefängnis nach Wels. Der Staatsanwalt erwartet Sie nämlich bereits.«

Sie riss die Augen auf. Doch sie wirkte nicht ängstlich, sondern eher überrascht. »Ohne meinen Anwalt sag ich kein Wort«, sagte sie, telefonierte aber nicht.

»Schauen Sie, Frau Auerbach, im Grunde brauchen wir Ihr Geständnis gar nicht. Es hätte sich allenfalls positiv auf Ihr Strafmaß ausgewirkt. Wir haben genügend Zeugen. Die Joggerin beispielsweise, die sich am Mordtag über Ihre rasante Fahrweise in der Engleiten geärgert hat, erinnert sich genau an Ihr Auto, und Sie hat sie vorhin eindeutig identifiziert.«

»Blödsinn! Ich habe ein Alibi!«

»Ja, eines, das Ihnen eingefallen ist, nachdem ich die Überwachungskamera der Hotelgarage erwähnt habe. Außerdem hat ein Kollege inzwischen noch einmal mit Ihrer Tante geredet. Die alte Dame hat die Lügengeschichte nicht durchgehalten und die Aussage, Sie wären bei ihr gewesen, widerrufen.«

Zum ersten Mal konnte er Unsicherheit bei ihr erkennen. Die Frequenz des Lidschlags erhöhte sich. »Wir haben bereits ein recht vollständiges Bild von der Tat«, fuhr er fort. »Es gibt nämlich für praktisch alle von Ihren Manipulationen Zeugen. So hat zum Beispiel der Herr König von seiner Kutsche aus gesehen, wie Sie einem Buben ein Kuvert zusammen mit einem Geldschein zugesteckt haben. Wir wissen beide, was in dem Umschlag war – das Foto, das Katharina Greding den Rest geben sollte. Sie haben es bemerkt, dass der Herr König die Übergabe beobachtet hat, nicht wahr? Daraufhin haben Sie ihm unterstellt, Sie sexuell belästigt zu haben. Uns liegt ein Brief an ihn vor, den der Dr. Ronacher verfasst hat.«

»Dieser Trottel!«, zischte sie.

»Contenance, Gräfin!« Die Flucht in einen leichten Zynismus bewahrte Materna davor, ihr ins Gesicht zu springen. »Ich verstehe – Sie wollten die Unterstellungen gegen Roland König zunächst nur in der Hinterhand haben. Der Dr. Ronacher hat da wohl etwas übers Ziel hinausgeschossen.«

Sie hatte sich schnell gefangen. Ihre rechte Braue fuhr in gewohnter Manier nach oben. »Das waren nur seine Fantasien. Was denken Sie, was der sich alles eingebildet hat – auch, dass ich mit ihm eine Beziehung eingehen würde!« Sie lachte spitz auf. »Und überhaupt – wird man seit Neuestem des Mordes bezichtigt, wenn man jemandem ein Foto zukommen lässt?« Sie verzog den Mund zu einem schiefen Grinsen. »Da Sie selber ja offensichtlich nicht imstande sind, den Fall zu lösen, werde ich Ihnen sagen, wer die Mörderin ist: Mona Horvath. Die mit ihrer Affenliebe zum Wolfgang! Sie hat es nicht ertragen, dass er jetzt mit einer jungen Frau glücklich ist.«

»Gleich zwei gute Stichworte«, sagte Materna ungerührt. »*Mona Horvath* und *Affenliebe*. Was die Affenliebe betrifft, hat mir Sarah Amberg von Ihrem Verhalten und von dem Vorfall im Klostergarten des Stifts Heiligenkreuz erzählt. In einem Telefongespräch gestern Abend habe ich von ihr außerdem erfahren, dass Wolfgang Jarisch nach der Trennung von Ihnen monatelang massiv belästigt wurde und nahe daran war, Sie wegen Stalking anzuzeigen.«

»Blödsinn«, zischte Clarissa Auerbach. »Die Sarah, diese dumme Gans, wollte doch nur selber ...«

»Vielleicht mäßigen Sie Ihre Ausdrucksweise etwas, Gräfin?« Materna griff nach dem Wasserglas, das vor ihm stand, trank einen Schluck und fuhr fort. »Mona Horvath befindet sich bereits in Untersuchungshaft. Sie hat vollumfänglich gestanden, einen Schuss auf Wolfgang Jarisch abgegeben zu haben.« Materna betonte *einen* Schuss, sagte aber nichts weiter dazu. Stattdessen beobachtete er das Mienenspiel der Frau.

Das Grinsen war verschwunden. Sie presste die Lippen zusammen. Unter ihrem linken Auge zuckte ein Muskel.

»Mit der Frau Horvath habe ich am Vormittag noch mal gesprochen. Und was Sie betrifft, schweigt sie auch nicht länger. Wir wissen also, dass Sie bereits seit dem Vorfall in Heiligenkreuz Kontakt zu ihr hatten. Irgendwie haben Sie herausgefunden, wer diese *Pimmi* war. Als Jarisch bald darauf mit Ihnen Schluss gemacht hat, haben Sie ihr Verständnis und Freundschaft vorgegaukelt und immer den Kontakt gehalten. So haben Sie auch ihren Sohn kennengelernt. Seit Sie in Ischl sind, haben Sie ständig auf die Frau Horvath eingewirkt, dass sie endlich ihrem Sohn zu seinem Recht verhelfen soll. Und dass sie ihrer Forderung mit einem Gewehr mehr Nachdruck verleihen könnte, haben auch Sie ihr eingeredet.«

Sie sprang auf. »Was nehmen Sie sich eigentlich heraus!«

»Setzen Sie sich«, sagte Materna ruhig. »Auch mit Katharina Greding konnte ich heute kurz sprechen. Und wissen Sie, was die mir erzählt hat, wer ihr den Psychiater Dr. Horvath empfohlen hat? Sie!«

»Tss...« Ein kurzes Zischen durch die Zähne, dann setzte sie sich wieder hin.

Materna fixierte sie für ein paar Sekunden. »Wie haben Sie Rainer Horvath dazu gebracht, Katharina Greding auf diese Weise zu manipulieren? Haben Sie ihm eingeredet, sein Vater habe die kleine Katharina tatsächlich missbraucht und er könne sich an ihm rächen, indem er das aufdeckt?«

»Quatsch!«, schrie sie. »Das war seine Idee.«

»Hm ...« Materna wiegte den Kopf hin und her. »Das glaub ich kaum. Jemandem eine falsche Erinnerung dieses Kalibers einzupflanzen braucht Zeit. Ein echtes Motiv, das zu tun, hat der Dr. Horvath aber erst ab letzten Freitag gehabt. Bisschen knapp, nicht?«

Sie kniff die Lippen zusammen, sagte aber nichts.

»Ihre perfiden Pläne sind insofern aufgegangen, als Katharina Greding wirklich mehr und mehr daran geglaubt hat, sie sei als Kind von Jarisch missbraucht worden. Schließlich hat sie sogar geglaubt, dass sie ihn getötet hat. Dr. Horvaths Fähigkeiten auf dem Gebiet der induzierten Erinnerung sind beachtlich. Wie gesagt – dafür hatte er ein Motiv, nämlich seine Mutter zu schützen. Wie Sie es erhofft hatten, hat Mona Horvath ja im Affekt tatsächlich auf Wolfgang Jarisch geschossen. Allerdings war er nicht tot. Also haben Sie nachgeholfen. Der tödliche Schuss ist von Ihnen gekommen.«

»Das sind nur Mutmaßungen. Sie können gar nichts beweisen!«

»O doch, Gnädigste. Unsere Ballistiker werden beweisen, dass der Schuss ins Herz aus Ihrer Waffe stammt. Die haben wir nämlich inzwischen auch.«

»Gar nichts haben Sie!«, presste sie zwischen fast geschlossenen Lippen hervor. »Das sind doch nur billige Tricks von Ihnen.«

»Frau Auerbach, ich denke, die billigen Tricks sind mehr Ihr Ressort. Sie hätten Ihr Gewehr nicht Ihrer Tante zum Aufbewahren geben sollen. Wie gesagt – so ein alter Mensch hält solche Lügengeschichten schwer durch. Die alte Dame hat es meinem Kollegen, der noch mal das Alibi überprüft hat, anstandslos ausgehändigt – ein auf Sie registriertes Gewehr.«

Clarissa Auerbach schoss hoch. »Die blöde Gans, die Mona! Nicht mal auf die Entfernung kann sie richtig treffen!«

»Hinsetzen«, befahl Materna. »Also, wer da wie blöd ist, wollen wir jetzt nicht groß diskutieren. Sie haben Wolfgang Jarisch vom Weg bis zu dem Denkmal geschleppt. Das hat uns ermöglicht, Fremd-DNA sicherzustellen. Ein Vergleich wird zeigen, dass das genetische Material von Ihnen stammt. Und wie intelligent war es, ihn dann auch noch mit einem Inbesitznahmebruch zu bestücken – etwas, was Katharina Greding niemals eingefallen wäre?«

Wieder zischte sie wie eine Schlange. Keine Antwort.

»Haben Sie einfach nicht widerstehen können, Ihre Besitzansprüche auf Jarisch auf diese Weise noch an dem Toten zu demonstrieren? Oder war das Teil Ihres Verwirrspiels, genau wie das Theater mit dem Anwalt? Sollte ich denken, dass eine Person, die sich so auffällig verhält und so deutliche Spuren hinterlässt, nicht schuldig sein kann? Und dann, wenn es doch brenzlig für Sie geworden wäre, hätten Sie Mona Horvath als Täterin präsentiert, wie Sie es grade versucht haben? Fast wäre ich auf Ihre Tricks reingefallen. Aber nur fast.«

17.00 Uhr

Materna traf fast zugleich mit Rudi beim Zauner Esplanade ein. Josi und Isabel, Laura und Valentina Greding erwarteten ihn bereits bei Eis und Kaffee.

Der Poldi schoss unter dem Tisch hervor, um unter heftigem Rutengewedel seinen Zweitmenschen und den Rudi zu begrüßen.

»Mein Freund Dr. Rudolf Lechner«, machte Materna Rudi mit Laura und Valentina Greding bekannt. »Er ist der Anwalt von Frau Thoma, der Freundin vom Herrn Jarisch. Ich denke, auch sie sollte erfahren, was hinter dem schrecklichen Mord an ihrem Lebensgefährten steckt. Rudi wird ihr berichten.«

»Die Frau Thoma reist übermorgen in die Toskana«, ergänzte Rudi. »Sie hat dort ein kleines Landhaus für sich und ihr Kind erworben. Für den Verkauf der Villa hat sie einen

Makler gefunden, der ihr versprochen hat, das Haus nur in allerbeste Hände zu geben. Ich schau da auch mit drauf.«

»Das ist gut.« Josi lächelte. »Es ist ein besonderes Haus.«

»Herr Materna«, rief Valentina mit vor Aufregung gerötetem Gesicht. »Sie haben ja die Gräfin verhaftet!«

»Ich erzähle gleich alles. Lasst uns erst einmal hinsetzen.« Vom Nachbartisch, der zum Glück gerade leer war, zogen sich Materna und Rudi je einen Sessel heran.

Bei der umgehend herbeigeeilten Bedienung orderte Rudi einen Einspänner.

Materna bestellte einen Großen Braunen. Er registrierte, dass niemand eine Mehlspeise vor sich stehen hatte. Mist! »Sie waren wirklich eine bezaubernde Braut, Valentina«, sagte er, weil es einfach gesagt werden musste. Außerdem wollte er die Zeit überbrücken, bis der Kaffee kam.

»Danke.« Die junge Schauspielerin strahlte. »Heute ist es auch super gelaufen mit dem Drehen. Wir waren flott, der Regisseur war zufrieden mit uns und richtig gut aufgelegt. Es heißt, die Ersatz-Sissi, die er so blitzartig engagiert hat, ist seine neue Freundin.«

»Ja dann …« Materna musste lachen. »Geht das denn, wenn jetzt eine andere Schauspielerin die Kaiserin spielt?«

Valentina nickte. »Alle Szenen mit der Kaiserin in diesem Alter sind jetzt abgedreht. Meine Mutter hätte zwar entsprechend geschminkt auch die ältere Elisabeth gespielt, aber man kann für die paar Szenen, die noch kommen, genauso eine andere Schauspielerin nehmen.«

»Verstehe.« Der Kaffee kam. Materna bedankte sich bei der Serviererin. Dann begann er seinen Bericht.

»Es ist wahrscheinlich das erste Mal, dass ich über einen Fall rede, den ich noch gar nicht mit meinem Team besprochen habe.« Sein Blick glitt über die Runde. »Aber wie heißt es so schön: Besondere Umstände verlangen besondere Maßnahmen. Und Sie alle sollen erfahren, was passiert ist. Sie werden Ischl verlassen, nicht wahr?«, wandte er sich an Laura und Valentina Greding.

»Ja.« Valentina nickte. »Für uns geht's morgen weiter nach Schloss Lichtegg, zu unserem nächsten Drehort.«

»Und ich ziehe für einige Zeit nach Salzburg.« Ein feines Lächeln zeigte sich in Laura Gredings Zügen. »Ich habe dort eine gute psychosomatische Klinik für meine Tochter gefunden. Ich möchte in ihrer Nähe sein.«

»Das ist wunderbar, Laura.« Josi lächelte. Ihre grünen Augen wurden noch ein bisschen grüner, wie immer, wenn sie etwas sehr bewegte. »Aber jetzt spann uns nicht länger auf die Folter, Paul. Das ist ja nicht auszuhalten. Du hast also diese Spezialistin für höfische Etikette verhaftet, ja?«

»War denn nicht die Mona Horvath die Mörderin?«, fragte Isabel. »Ich versteh gar nichts mehr.«

»Es stimmt schon – die Mona Horvath hat geschossen. Der Schuss hat den Herrn Jarisch aber nicht getötet«, erklärte Materna. »Clarissa Auerbach, genannt *die Gräfin,* hat den Mord inszeniert wie ein Theaterstück. Raffiniert hat sie die ganze Zeit über im Hintergrund die Fäden gezogen – und schließlich auch den tödlichen Schuss abgegeben.«

»Aber bis gestern war doch nur von den Horvaths die Rede«, wandte Josi ein. »Wie bist du denn auf die Gräfin gekommen?«

»In Verdacht hab ich die Gräfin schon lange gehabt. Und mir war klar, dass etwas an Mona Horvaths Geständnis nicht stimmen konnte. Sie hat von nur einem einzigen Schuss gesprochen. Es ist aber zweimal auf den Jarisch geschossen worden. Und tödlich war erst der zweite Schuss. Sie hat sogar gesagt, dass sie es nicht geschafft hätte, Jarisch anzufassen, als er am Boden lag. Der Tote ist aber vom Weg bis zum Kaiser Jagdstandbild gezerrt worden. Ihre Aussagen waren schon deshalb glaubwürdig, weil sie selber überzeugt war, das Opfer mit diesem einen Schuss getötet zu haben. Den zweiten Schuss zu leugnen hätte also keinen Sinn ergeben.« Materna unterbrach, um einen Schluck Kaffee zu trinken.

»Normalerweise hätte ich natürlich an dem Punkt sofort nachgefragt«, fuhr er fort. »Aber das Geständnis ist durch den Droh-Anruf von Rainer Horvath unterbrochen worden. Von da an war nur noch eines wichtig – du, Isi.« Er lächelte seiner Tochter zu.

»Diese entsetzliche Entführungsgeschichte.« Mit einem tiefen Seufzer schüttelte Laura Greding den Kopf. »Isabel hat uns alles erzählt. Sie müssen ja halb gestorben sein vor Angst.«

»Ja«, sagte Materna. »Das bin ich wirklich.«

Isabel schickte ein dickes Luftbussi über den Tisch, das ihm das Herz wärmte.

»Wie alles vorbei war und wir alle bei Josi zu Hause waren, wollte ich wirklich an dem Tag nichts mehr unternehmen«, fuhr er fort. »Aber die Unstimmigkeiten in dem Fall haben mich nicht losgelassen. Auf einmal hab ich eine Filmszene vor Augen gehabt. Ich hab sie zufällig mitbekommen und zuerst nicht verstanden, aber der Herr Storz hat sie mir erklärt: Wenn der Kaiser auf der Jagd war, hat sich immer mindestens ein weiterer Jäger irgendwo versteckt, der ebenfalls auf das Wild geschossen hat, weil der Franz Joseph ein miserabler Schütze war. Man hat ihn aber immer in dem Glauben gelassen, er hätte das Tier selber erlegt. Ich hab mich gefragt, ob es sich bei dem Mord am Herrn Jarisch nicht genauso abgespielt haben könnte.«

»Na so was.« Valentina schaute Materna mit schief gelegtem Kopf an. »So sind Sie also auf die Lösung gekommen?«

»Sagen wir, die Geschichte hat dabei geholfen, die richtige Lösung zu finden. Ein anderer Punkt war, dass du, Josi, plötzlich den Brief erwähnt hast, den der Dr. Ronacher an den Roland König geschrieben hat. Er hat darin dem Herrn König vorgeworfen, die Gräfin sexuell belästigt zu haben.«

»Sie meinen den Roland, meinen Reitlehrer?« Valentina legte ihren Eislöffel weg. Sie hatte ihn die ganze Zeit mit der Hand umklammert, obwohl das Eis längst verspeist war.

»Ja. Und das war der Moment, in dem mir das nächste Licht aufgegangen ist. Ich bin sofort zum Herrn König gefahren und hab ihn gefragt, ob er vielleicht im Zusammenhang mit der Gräfin irgendetwas Ungewöhnliches bemerkt hätte. Er hat sich dann daran erinnert, dass er von seiner Kutsche aus im Kaiserpark beobachtet hat, wie sie einem Buben ein Kuvert übergeben hat.«

»Das Kuvert mit dem Foto, das die Frau Greding so entsetzlich verstört hat ...« Josi senkte den Blick und schwieg einen Moment. »Und der Bub, das war der, der es dann der Kleinen weitergeben hat, von der ich es übernommen habe?«

»Ja genau. Daraufhin hat die Auerbach versucht, den Roland sozusagen vorsorglich unglaubwürdig zu machen.« Materna nahm noch einen Schluck Kaffee und schielte zu der jungen Dame mit dem Kuchenwagen hinüber. Sollte er nicht doch ... später!

Zwischen Josis Augenbrauen erschien eine steile Falte. »Und deswegen hat sie gleich den Ronacher zugezogen?«

»Zugezogen hat sie ihn von Anfang an. Sie hat wohl gehofft, sie bekäme mit seiner Hilfe Genaueres über den jeweiligen Stand der Ermittlungen heraus. Und sie hat ihn für ihr Verwirrspiel mir gegenüber benutzt.«

»Der Arme.« Josi seufzte.

»Clarissa Auerbach scheint mir eine Frau zu sein, die alle Menschen um sich herum benutzt und manipuliert.« Materna hielt einen Moment inne und schaute ein paar Atemzüge lang auf die Traun, die ruhig neben ihnen dahinfloss. Dann fuhr er in seinem Bericht fort. »Heute in der Früh konnte ich endlich mit Ihrer Tochter, Laura, Ihrer Mutter, Valentina, sprechen. Ich hab sie gefragt, ob ihr der Psychiater irgendwelche Medikamente verabreicht hätte. Sie hat bestätigt, dass er ihr immer etwas gegeben hat – zur Beruhigung angeblich. Diese Mittel haben höchstwahrscheinlich dazu beigetragen, dass er die falschen Erinnerungen so fest in ihrem Kopf verankern konnte. Und vor allem wollte ich wissen, ob ihr jemand diesen Psychiater empfohlen hat und wenn ja, wer. Es war Clarissa Auerbach!«

»Also hat die Gräfin auch den Rainer Horvath gekannt?«, fragte Josi.

»Ja. Das und alles weitere hab ich heute Vormittag von der Mona Horvath im Untersuchungsgefängnis erfahren.« Er erzählte, wie Clarissa Auerbach Mona Horvath kennengelernt und sich mit der angeblichen Leidensgenossin verbündet hatte, als Wolfgang Jarisch sich bald darauf von ihr trennte. »So hat die Gräfin erfahren, dass die Mona einen Sohn von ihm hat, wovon der Herr Jarisch selber aber nichts gewusst hat – den Rainer Horvath.«

»Nein!«, riefen Laura und Valentina zugleich.

»Heiliger ...«, stöhnte Isabel.

Materna nickte. »Ja, der Psychiater ist der Sohn von Wolfgang Jarisch. Sobald die Auerbach nach Ischl gekommen ist, hat sie angefangen, Mona und Rainer Horvath zu bearbeiten. Dem Rainer hat sie wohl eingeredet, sein Vater wär ein Kinderschänder und er hätt die kleine Katharina missbraucht. Möglich also, dass der Horvath zunächst selber davon überzeugt war und seiner Patientin diese Missbrauchsidee unabsichtlich eingeredet hat.«

»Gerade unter Anwendung von Hypnose in Kombination mit Narkotika kann so etwas passieren«, erklärte Josi. »Aber mit Absicht funktioniert es auch. Und wie dann die Mona Horvath auf den Herrn Jarisch geschossen hat, war gewissermaßen der Boden schon bereitet, der Frau Greding auf demselben Weg auch noch die falsche Erinnerung an den Mord einzupflanzen.«

»O Gott!« Laura Greding war ganz blass geworden.

»Ihrer angeblichen Freundin Mona hat die Gräfin wohl regelrecht eingebläut, sie müsste endlich ihrem Sohn zu seinem Recht verhelfen«, fuhr Materna fort. »Wie die Frau Horvath versucht hat, mit Wolfgang Jarisch auf seiner morgendlichen Walking-Tour zu reden, scheint der ihr das mit dem Sohn nicht geglaubt zu haben. Daraufhin hat die Gräfin der Mona Horvath eingeredet, sie könnte ihrer Forderung mit einem Gewehr mehr Nachdruck verleihen. Wie der Herr Jarisch dann an einen ihrer wunden Punkte gerührt hat, hat sie tatsächlich geschossen.«

»No servus, Kaiser«, brummte der Rudi.

»Ja. Und wie einst bei der Kaiserjagd ist die geübte Jägerin im Gebüsch gehockt. Sie hat gemerkt, dass das Opfer noch lebt. Während die Horvath konfus zu ihrem Auto gerannt und weggefahren ist, hat sie ihm den finalen Schuss verpasst.«

»Ich glaub, ich brauch an Schnaps«, sagte Rudi.

»Und ich ...« Materna schaute in die Runde. »Darf ich für alle eine Zaunerschnitte bestellen? Klein und umwerfend gut.«

»Dann geb ich, wenn's recht ist, eine Runde Cognac aus«, schloss sich Rudi an.

Nachdem von den Damen keine Einwände kamen, winkte Materna der Bedienung. Rudi und er gaben die Bestellung auf. Materna seufzte zufrieden. Endlich würde er etwas Süßes bekommen! »Heute gegen Mittag war ich dann in der Situation, dass ich wusste, was abgelaufen war«, setzte er seinen Bericht fort, als sich die Servierin entfernt hatte. »Aber die Ergebnisse der ballistischen und genetischen Untersuchungen sind noch ausgestanden. Da hab ich die Frau noch einmal befragt, die den Toten letzte Woche gefunden hat. Jetzt, wo sie nicht mehr unter Schock gestanden ist, hat sie sich an das Auto von der Gräfin erinnert und sogar an das Gesicht der Fahrerin. Sie hat sie eindeutig identifiziert.«

»Ach, das war die Frau, die wir mit dir gesehen haben«, rief Isabel.

»Aber wie ist denn meine Mutter überhaupt in diese furchtbare Geschichte hineingeraten?«, fragte Valentina.

»Da muss ich ein bisserl spekulieren. Vermutlich ist der Auerbach aufgefallen, dass es ihr nicht besonders gut gegangen ist. Wahrscheinlich hat sie auch von vorneherein gewusst, dass Ihre Mutter schon als Kind mit dem Wolfgang Jarisch gedreht hat. Da hat sie sie als Sündenbock auserkoren und sie zu dieser sogenannten Therapie überredet. Ihre Mutter ist wahrscheinlich ein zufälliges Opfer gewesen.«

»O nein!« In Valentinas Augen standen Tränen.

Josi legte ihr die Hand auf den Arm. »Es ist vorbei, Valentina.«

Der Cognac und auch der Zaunerstollen kamen. Schon der Anblick der goldbraunen Flüssigkeit in den Gläsern und der kleinen schokoladebraunen Schnitten hob die Stimmung am Tisch, das allgemeine »Hmm«, »Aah« beim Probieren erst recht.

»Na also.« Rudi hob seinen Cognacschwenker. »Da sitzt ja jetzt die ganze Bande dort, wo sie hing'hört – im Häf'n. Darauf trinken wir jetzt.«

»Auf dich, Papa«, sagte Isabel.

»Ja, auf dich, Paul – und auf Katharina, dass es ihr bald besser geht«, ergänzte Josi.

Alle prosteten einander zu und tranken.

Laura Greding stellte ihr Glas ab. Nachdenklich schaute sie Materna an. »Da hat diese Gräfin den ganzen Irrsinn also aus enttäuschter Liebe inszeniert. Unfassbar!«

»Enttäuschte Liebe ... oder was sie für Liebe hält.« Materna steckte ein weiteres Stückchen seiner Zaunerschnitte in den Mund. Er schloss die Augen, um sich ganz dem schokoladig-nussigen Geschmack hinzugeben.

»Apropos Liebe«, bemerkte Valentina. »Schaut einmal, da kommt unser Regisseur mit seiner neuen Flamme!«

Der Dackel wuffte zwei-, dreimal von unter dem Tisch hervor. Er schien unschlüssig zu sein, ob er die Neuankömmlinge begrüßen oder verbellen sollte.

Materna öffnete die Augen und erstarrte.

»Mami!« Isabel sprang auf, lief auf ihre Mutter zu und umarmte sie.

Wie in Zeitlupe erhob sich Materna. »Juliane«, ächzte er.

»Ja, da staunen Sie, Herr Materna.« Reich grinste. »Die Juliane hat mir auch erst vorgestern verraten, dass sie ihre Ex ist. Aber keine Sorge – sie will Sie nicht zurück, und ich geb sie auch gar nicht mehr her.«

»Du … du bist die … die neue Sissi?«, stotterte Materna.

»Genau.« Juliane strahlte. Sie ließ ihre Tochter los und hakte sich wieder bei Reich unter.

»A… aber woher weißt du … wissen Sie denn, dass wir hier sind?«, stotterte Materna. Ich glaub, ich bin in einem Film, dachte er.

Reich lachte. »Die Valentina hat es verraten, als ich ihr gesagt habe, dass ich mich auch noch kurz von Ihnen verabschieden möchte, Herr Materna. Schauen Sie, wir haben Ihnen sogar etwas mitgebracht.« Er streckte Materna eine eingerollte Zeitung entgegen.

Der ergriff sie und rollte sie auf. Es war die *Krone* von heute. Das Titelbild zeigte Tanja Moll mit Kopfverband und sehr viel Make-up im Krankenbett. Als Fotograf war *B. Wondraschek* angegeben. Die Titelzeile las Materna zweimal, dreimal. Langsam sank er zurück auf seinen Sessel, als sein Hirn endlich erfasste, was da stand:

Mutige Journalistin riskiert ihr Leben für die Aufklärung eines Mordes.

Glossar

am – steht in Österreich für »an dem« und »auf dem«

Backhendlsalat – gemischter Salat mit panierten Geflügelstreifen

Bauernschmaus – Platte mit Bauchfleisch (Schwein), Geselchtem (Rauchfleisch), Würstel, Sauerkraut und Knödel

Beuschl – Haschee (Ragout) aus Lunge und weiteren Innereien

Brezel – in Österreich: *das* Brezel

Brötchen – kleines belegtes Brot

da – in Österreich gleichbedeutend mit »hier«

Distinktionen – Rangabzeichen

Einspänner – Mokka mit einer Haube aus Schlagobers (geschlagene Sahne). Der Einspänner wird im typischen Einspännerglas serviert.

Erste Allgemeine Verunsicherung – bekannte Pop-Rock-Band aus Österreich

Faschiermaschine – Fleischwolf

Fenstertag – Brückentag

Fiaker – gemietete Pferdekutsche, Droschke; auch: Fahrer der Kutsche oder Fuhrunternehmer

Gacher/an Gach'n haben – zornig sein

Graf Bobby – fiktive Witzfigur, Parodie auf den österreichischen Adeligen; entstanden in der k. u. k. Monarchie. In den 1950er-Jahren wurde die Figur durch Filme mit Peter Alexander besonders populär.

Großer Brauner/Kleiner Brauner – doppelter Mokka/einfacher Mokka mit etwas Milch

Gschaftlhuber – Wichtigtuer

G'selchtes – geräuchertes Schweinefleisch, Rauchfleisch

G'spritzter – Wein oder auch Fruchtsaft mit Mineralwasser

Häf'n/Häfen – Gefängnis, Knast
Häferl – größere Tasse, Henkelbecher
Jagdkarte – in Österreich für Jagdschein
Jessas/Jessasmarandjosef – Ausruf des Erschreckens. Jesus!/Jesus, Maria und Josef!
Kasten/Kasterl – Schrank, z. B. Kleiderkasten/kleiner Schrank, z. B. Küchenkasterl, Nachtkasterl
Kieberer/Kieberei – Polizist/Polizei
Kredenz – altmodisches Küchenmöbel mit Anrichte
Krone/»die Krone« – Kronenzeitung; auflagenstärkste österreichische Boulevard-Tageszeitung
Liptauer – Streichkäse aus Brimsen (= Frischkäse aus Schafsmilch), Topfen (= Quark), Paprikapulver, Zwiebel und diversen Gewürzen
Mehlspeis(e) – Oberbegriff für Kuchen, Torten oder auch warme Süßspeisen
Melange – mit Wasser verlängerter Mokka, der mit heißer Milch aufgegossen wird
Mokka – starker schwarzer Kaffee; wird mit etwas mehr Wasser zubereitet als ein Espresso
pfiat di – tschüss
Plastiksackerl – Kunststofftüte
Primar – entspricht dem deutschen Chefarzt
raunzen – in Österreich raunzt man anders: ein leicht jammernder Tonfall, in dem man sich über Dinge und Zustände beschwert, die jedoch nicht wirklich schlimm sind. Böse Zungen behaupten, beim Raunzen handle es sich um eine Art österreichischen Volkssport.
Schanigarten – Gastgarten
Schmierblattl – niveaulose Boulevardzeitung
Schönbrunner Deutsch – gehobene Form der österreichischen Umgangssprache, die auch im Kaiserhaus gepflegt wurde
Sessel – Stuhl; man sitzt daher *auf dem (am)* Sessel. Bequeme Sitzmöbel werden genauer beschrieben, z. B. Polstersessel
Stesser – Stoß
Stiege – Treppe
Surschnitzel – Schnitzel aus gepökeltem Schweinefleisch

Tschik – Zigarette

Türschnalle – Türklinke

Zaunerkipferl – Spezialität der Konditorei Zauner, Gebäck in Hörnchenform

Zaunerstollen – Spezialität der Konditorei Zauner, bestehend aus einer Masse aus zerkleinerten Ischler Oblaten und Haselnuss-Schokolade, überzogen mit heller oder dunkler Schokolade

Zu guter Letzt – Danke

Bestimmt haben Sie es schon bemerkt: In dieser Geschichte gibt es einen heimlichen Star – die *Villa Blumenthal.* Mit ihrer faszinierend-verwirrenden Schönheit, ihrem ungewöhnlichen Standort mitten im Wald und dem früher allgemein bekannten Beinamen *Haus des Blutigen Oscar* ist sie geradezu prädestiniert für eine Hauptrolle in einem Kriminalroman.

Vielen herzlichen Dank an Alexander de Goederen, den Besitzer dieses ganz besonderen und geschichtsträchtigen Anwesens. Er hat mir nicht nur gestattet, sein wunderbares Haus mit meinen Figuren zu bevölkern, er hat mir sogar die ausdrückliche Erlaubnis erteilt, darin zu morden! Ein Extradankeschön dafür – auch wenn ich den Mord dann doch nach draußen verlegt habe.

Glücklicherweise wurde im wirklichen Leben niemand in der Villa Blumenthal ermordet, auch nicht in der unmittelbaren Umgebung. Der Schriftsteller, Bühnendichter und Kritiker Oscar Blumenthal verdankte seinen Namen *Blutiger Oscar* ja schließlich auch nur seinen scharfen Kritiken und keineswegs irgendwelchen Bluttaten. Desgleichen hat die Villa niemals einem Schauspieler namens Wolfgang Jarisch gehört. Er und alle weiteren Figuren dieses Romans und ihre Handlungen sind frei erfunden. Ähnlichkeiten mit lebenden oder toten Personen sind nicht beabsichtigt und wären daher rein zufällig.

Ein Buch, aus dem ich viel über die Ischler Villen und ihre Geschichte gelernt habe, stammt von Maire-Theres Arnbom:

Die Villen von Bad Ischl. Wenn Häuser Geschichten erzählen. Es ist 2017 im Amalthea Verlag Wien erschienen.

Eine weitere wichtige Quelle zu den historischen Hintergründen dieses Romans war für mich: *Marie Valerie. Das Tagebuch der Lieblingstochter von Kaiserin Elisabeth von Österreich,* herausgegeben von Martha und Horst Schad, erschienen im Langen Müller Verlag 1998.

Mag. Verena Schweiger, die Geschäftsführerin des wunderbaren Ischler Traditionshotels *Goldener Ochs,* hat mir erlaubt, die Gräfin Auerbach in ihrem Haus einzuquartieren, und Paul Materna durfte dort Recherchen durchführen. Danke dafür, und vor allem auch für das freundliche Angebot, mich jederzeit mit Fragen zum Hotel an sie zu wenden.

Herzlichen Dank auch an die *Café-Konditorei Zauner* samt *Grand-Café & Restaurant Esplanade,* wo Josi und Paul seit ihrem Kennenlernen in *Der Sissi-Mord* Stammgäste sein dürfen.

Ein ganz großes Dankeschön an Eliane Wurzer und das Team des Piper Verlags für die gute Zusammenarbeit.

Meiner Agentin Monika Hofko danke ich dafür, dass sie sich in so hohem Maß für meine Bücher und mich einsetzt, immer ein offenes Ohr für alle mit dem Schreiben verbundenen Fragen und Probleme hat und mir, wenn es nötig ist, immer wieder den Rücken stärkt.

Die Arbeit am letzten Schliff des Manuskripts mit Franz Leipold war einmal mehr eine Bereicherung und Freude. Ich bedanke mich für ein einfühlsames und engagiertes Lektorat, für hilfreiche und kluge Änderungen, die den Text besser und bunter machen, und die immer neue Bereitschaft, auf die Eigenheiten der österreichischen Umgangssprache einzugehen, wie etwa den Gebrauch des bestimmten Artikels vor Namensnennungen oder die konsequente Benutzung des Dativs statt des Genitivs.

Gabi Meyr hat während der Entstehung des Manuskripts wieder mitgelesen. Danke für viele hilfreiche Anmerkungen und den ein oder anderen vergnüglichen »Manuskriptplausch« per E-Mail.

Chefinspektor Alfred Wagner hat einmal mehr mit Engelsgeduld meine Fragen zur Kriminalistik und zur österreichischen Polizei beantwortet. Ein riesiges Dankeschön dafür.

Vielen, vielen Dank an die Ärztin Stephanie Gröbner, der ich bereits seit dem ersten Band zu allen medizinischen Themen Löcher in den Bauch fragen darf.

Für die fundierten Ausführungen zur Wirkweise und Anwendung der »Michael-Jackson-Milk« Propofol danke ich herzlich dem Anästhesisten und Intensivmediziner Georg Pfanner.

Immer wieder gilt meine Dankbarkeit meinem Mann Albrecht für so viel liebevolle Unterstützung.

Ein ganz großer Dank an meine Leserinnen und Leser, denen, die neu hinzugekommen sind, und allen, die nun schon zum dritten Mal dabei sind, wenn Josi und Paul Ischler Fälle lösen! Danke fürs Mitfühlen, Mitlachen und Mitermitteln. Ihre Rückmeldungen bedeuten mir viel!

»Kaiserjagd« spielt noch vor dem Ausbruch der Corona-Pandemie, die unser aller Leben verändert hat. Ein Fremdenverkehrsort wie Bad Ischl ist natürlich in besonderem Maß betroffen. Möge die Reise ins Salzkammergut, die zurzeit nur fiktiv möglich ist, bald wieder in Wirklichkeit realisierbar sein. Ich freue mich darauf!

Und was den Schauplatz der Materna-Geschichten betrifft, gibt es auch etwas zu feiern: Bad Ischl wird gemeinsam mit 20 anderen Gemeinden des Salzkammerguts Europäische Kulturhauptstadt 2024 – herzlichen Glückwunsch!

Unerwartete Wendungen & jede Menge Sissi-Feeling

*Cover- und Preisänderungen vorbehalten

Jenna Theiss

Das Sissi-Feuerwerk

Ein Ischl-Krimi

Piper Taschenbuch, 312 Seiten
€ 13,99 [D], € 14,40 [A]*
ISBN 978-3-492-50250-4

Eigentlich wollte Chefinspektor Paul Materna mit Freundin Josi in Bad Ischl nur Urlaub machen. Da stürzt bei dem großen Open-Air-Spektakel »Sissis Feuerwerk« eine als Kaiserin Elisabeth kostümierte Artistin ab. Als es Hinweise gibt, dass hinter dem Sturz ein Anschlag steckt, übernimmt Materna die Ermittlungen. Doch es findet sich nicht die geringste Spur eines Motivs. Dann wird ein weiteres Mitglied des Teams ermordet aufgefunden und an Urlaub ist für Josi und Paul nicht mehr zu denken ...

PIPER

Leseproben, E-Books und mehr unter **www.piper.de**